귀여운
수호천사

An Angel for Emily

주드 데브루

김미숙 옮김

현대문화센타

옮긴이 **김미숙**

1964년 출생. 원광대학교 국어국문과 졸업.
동대학원 졸업. 번역서로『영혼의 거울』이 있다.

귀여운 수호천사

지은이 : **주드 테브루**
옮긴이 : **김미숙**
펴낸이 : **양장목**
펴낸곳 : **현대문화센타**
　　　　(122 - 030) 서울시 은평구 대조동 191-1
　　　　전화 : 384－0690~1　팩스 : 384－0692
E-mail : **hdpub@elim.net**
천리안 ID : **hdpub**
출판등록일 : **1992년 11월 19일(제3－448호)**

초판 1쇄 인쇄일 : **1998년 4월 15일**
초판 1쇄 발행일 : **1998년 4월 20일**

값 **7,500** 원

ISBN **89-7428-088-4**

※잘못 만들어진 책은 교환해 드립니다.

An Angel for Emily

Jude Deveraux

An Angel for Emily

by Jude Deveraux

Original English language edition Copyright © 1998 by Deveraux, Inc.
Korean Translation copyright © 1998 by Hyundae Munhwa Center
All rights reserved including the right of reproduction in whole or in part in any form

This edition published by arrangement with original publisher,
Pocket Books, New York through DRT International, Seoul

이 책의 한국어판 저작권은 뿌리깊은나무 저작권 사무소 DRT International을 통해
저작권자와의 독점계약으로 현대문화센타에 있습니다.
저작권법에 의해 한국 내에서 보호를 받는 저작물이므로 무단전재와 복제를 금합니다.

귀여운
수호천사

1

1998년, 노스캐롤라이나의 산지

"가만 안 두겠어!"

에밀리 제인 토드는 낮게 중얼거렸다. 불끈불끈 감정이 격해지면서 목소리가 점점 거칠어졌다.

"죽일 거야! 죽여버리겠어!"

그녀는 주먹으로 핸들을 내리쳤다. 굴욕이 되살아나면서 화가 치미는 걸 주체할 수 없었다.

"도널드하고 결혼할 사람이라는 이유만으로 내게 상을 준 거란 말이지!"

급커브를 도는 순간, 갑자기 차가 기우뚱했다. 바퀴가 갓길 자갈에 부딪히는 소리, 그녀는 숨을 깊이 들이쉬면서 속도를 좀 늦춰야 한다고 생각했다. 그러면서도 페달을 밟은 발에 힘이 더 들어가 다음 커브는 좀 전보다 훨씬 더 빠르게 돌아버렸다.

달빛도 없는 어둠 속, 나무 한 그루가 위험할 만큼 가까이 휙 스쳐갔다. 순간 눈물이 차 올랐다. 오늘밤은 에밀리에게 의미가 컸다.

도널드에게는 국제 도서관 협회로부터 상을 받는 게 대수롭지 않아 보일지 모르지만 에밀리에게는 더없이 소중했다. 뉴스 진행자 도널드에게는 애팔래치아 산지 마을에 도서를 무료로 보내주는 일도 하찮아 보였을 것이다. 하지만 에밀리는 그 일에 시간은 물론이고 재산도 거의 전부를 투자했다. 누군가 자신이 하는 일에 관심을 가져주기만 해도 가슴이 설레었다.

눈물이 시야를 가려 에밀리는 얼른 눈물을 훔쳐냈다. 마스카라가 범벅이 돼버렸지만 지금 볼 사람이 누가 있겠는가? 그녀는 차를 돌려 객실마다 셰리주(스페인 원산의 독한 황갈색 포도주)와 쿠키를 놓아주는 작은 여관으로 향했다. 고풍스런 옷장과 꽃무늬 침대보가 있는 로맨틱한 곳이면서 비용도 만만찮았다. 하지만 오늘밤은 그곳에서 보내고 싶었다. 그것도 혼자서!

"그 사람들이 침대가 두 개 있는 방을 줬을 때 모든 게 잘못돼가고 있다는 걸 알았어야 했는데."

또 한 번 차가 갓길 자갈에 부딪히는 소리가 들렸다.

"거기서부터 끔찍한 일 주일이 시작됐어……."

또 다른 급커브가 나타나는 바람에 에밀리는 거기서 생각을 멈췄다. 갑자기 나타난 가로수들이 길 양편에서 달려드는 순간, 길 한가운데 서 있는 남자 한 사람이 보였다. 그는 전조등 불빛을 손으로 막으면서 얼굴을 찡그렸다. 에밀리는 급히 방향을 틀었다. 남자를 치지 않으려고 온 힘을 다해 오른쪽으로 핸들을 꺾었다. 사람을 치느니 가로수에 부딪히는 게 나으리라. 그러자 이번에는 그 남자가 차와 가로수 사이에 있는 것처럼 보였다. 다시 왼쪽으로 방향을 틀어 도로 중앙으로 차를 몰았다. 하지만 차는 미처 그녀의 조치를 따라 반응하지 못했다.

남자를 치었을 때, 여태껏 한번도 해보지 않았던 엄청난 구역질이 나왔다. 차가 인간의 육체를 칠 때 나는 소리, 이전엔 한번도 들어본 적이 없었다.

차를 멈추고, 안전벨트를 풀고, 차에서 내리는 동안 시간이 정지된 것 같았다. 시꺼먼 어둠 속에서 빛을 발하는 것은 자동차의 전조등뿐이었다. 걷잡을 수 없이 가슴이 방망이질 쳤다. 아무것도 볼 수가 없었다.

"어디 있어요?"

곧 멎을 듯한 숨을 질끈 삼키면서 그녀는 다급하게 주위를 두리번거렸다.

"여기……."

어디선가 희미한 소리가 들렸다. 길옆의 방책을 거칠게 잡아채 한쪽을 부수고 걸어 들어갔다. 긴 베이지색 공단 드레스 자락이 꺾인 나뭇가지마다 걸렸다. 굽 높은 샌들이 땅을 덮고 있는 부드러운 낙엽 속으로 자꾸 빠져들었지만 개의치 않고 계속 걸어갔다.

시간이 꽤 지나서야 그를 찾아냈다. 그는 언덕에서 몇 발짝 내려간 곳에 쓰러져 있었다. 심하게 다쳤을지도 모른다는 생각을 하며 에밀리는 무릎을 꿇고 앉았다. 자동차에서 비치는 불빛도 그나마 나무들에 가려 아무것도 분간할 수가 없었다. 손으로 여기저기를 더듬어 몸의 어느 부분인지를 짐작할 수밖에 없었다. 팔이 손에 잡혔고 다음엔 가슴, 마침내 머리가 만져졌다.

"괜찮아요? 괜찮으세요?"

에밀리는 두 손으로 그의 얼굴을 더듬으면서 연달아 물었다. 얼굴이 젖어 있었지만 피인지, 땀인지, 아니면 숲에서 나오는 습기인지 알 수가 없었다. 그의 신음소리를 들었을 때, 에밀리가 느낀 건 안도감뿐이었다. 최소한 죽지는 않았다!

왜, 정말 왜, 도널드가 그렇게도 사라던 휴대폰을 사놓지 않았던가?

10

"일어날 수 있겠어요?"

이마로 내려온 머리칼을 쓸어 넘겨주며 물었다.

"도와달라고 전화를 하러 가고 싶은데, 이곳을 다시 못 찾아올 것 같아서요. 괜찮은지 말 좀 해주세요."

남자는 머리를 돌려 에밀리를 쳐다보았다.

"에밀리?"

나지막하고 부드러운 목소리였다.

에밀리는 놀라서 한 걸음 물러나 쪼그리고 앉았다. 눈은 어느 정도 어둠에 익숙해졌지만 아직도 그의 얼굴을 분명하게 볼 수는 없었다.

"어떻게 제 이름을 알아요?"

TV에서 도널드가 전해주던 끔찍한 뉴스들이 머릿속을 관통해 지나갔다. 혹시 이 남자가, 여자들을 미끼로 삼기 위해 상해(傷害)를 위장한다는 그 연쇄 살인범이 아닐까?

에밀리는 몸을 돌려 차를 향해 뛰어갈 자세를 취했다. 차에 시동을 걸어놓았던가? 너무 갑작스럽게 차를 멈춰서 엔진이 망가진 건 아닐까? 만약에 남자가 일어나서 잡아채면 도망갈 수는 있을까?

"나는 당신을 해치지 않소."

남자가 일어나 앉으려고 안간힘을 쓰면서 말했다.

에밀리는 남자를 도와주고 싶은 마음과 빨리 도망치고 싶은 마음 사이에서 갈등하느라 대꾸할 겨를이 없었다. 그러나 남자가 갑자기 손목을 거세게 잡아 쥐는 바람에 더 이상 갈등할 여유도 사라졌다.

"다쳤어요?"

"당신은 과속했소. 나무를 들이받고 다칠 수도 있었지."

그의 목소리는 잠겨 있었다.

에밀리는 어리둥절해서, 어둠 속에서 눈만 깜박이고 있었다. 처음엔 이름을 알고 있더니 이제는 과속을 했다고 질책하고 있었다. 여기서 빨리 나가야 해, 생각하며 차가 있는 언덕 위쪽을 올려다보았다. 나무 사이로 한줄기 불빛이 보였다. 저렇게 불을 켜놓으면 배터리가 다 소모돼서 차가 멎어버리지는 않을까?

남자는 여전히 그녀의 손목을 잡고 일어나 앉으려 했지만 에밀리는 도와주지 않았다. 빨리 그에게서 도망치고 싶다는 생각뿐이었다.

"이 몸이 좀 이상해요."

남자는 겨우 일어나 앉으며 말했다.

"그래요. 차에 치는 건 정말 무서운 일이에요."

남자가 '이 몸'이라는 단어를 쓰는 게 약간은 생소했지만 거기에 대해 오래 생각할 여유는 없었다. 두려움이 더해감에 따라 목소리도 커지고 있었다.

"당신은 날 두려워하고 있군."

남자는 에밀리의 태도가 이상하다는 듯 말했다. 마치 그녀가 자기를 알고 있을 거라고 생각하는 듯했다.

"그래요. 전, 정말 무서워요……."

그를 진정시켜야 한다는 생각이 들었다.

"맞소. 당신은 무서워하고 있소. 나한테도 그게 느껴져요. 에밀리, 어떻게……."

"어떻게 제 이름을 아시죠?"

에밀리는 남자의 말을 막고 고함치듯이 물었다.

머리에 상처가 크게 났는지, 그는 손으로 살며시 머리를 만져보았다.

"나는 항상 당신의 이름을 알고 있었소. 당신은 내 사람이니까."

이 정도면 충분해! 저렇게 말하는 사람이라면……, 에밀리는 잽싸게 몸을 비틀어 그의 손아귀에서 손목을 빼냈다. 차가 있는 언덕 위쪽으로 달렸다. 그러나 몇 발짝 못 가서 잡히고 말았다. 남자는 그녀를 붙잡아 팔 안에 가두고 가까이 끌어당겼다.

"쉿! 조용히 해요. 날 두려워하지 말고. 우린 아주 오래 전부터 알고 있는 사람들이오."

이상하게도 그의 몸이 닿자 그녀는 침착해졌다. 하지만 남자가 하는 말은 여전히 이해할 수 없었다.

"당신이 누군데요?"

에밀리는 얼굴을 옆으로 돌리며 물었다.

"미가엘이오."

에밀리가 당연히 알고 있을 거라는 말투였다.

"아는 사람 중에 미가엘이란 이름은 없어요."

내가 왜 도망가려고 바둥거리지 않지? 도망가기는커녕 그에게 기대기까지 하고 있지 않은가. 도대체 둘 중에 누가 차에 치인 거지?

"당신은 나를 알고 있소."

그는 에밀리의 머리카락을 매만지며 낮고 부드럽게 말했다. 그녀는 시상식을 위해 뒷머리를 틀어 올렸지만 지금은 다 풀려서 목까지 내려와 있었다.

"나는 당신의 수호천사요. 그리고 우리는 천 년 동안 함께 해왔소."

자신이 다치게 한 남자가 지금은 수호천사가 되어 있었다.

그 자리에서, 그의 팔이 만들어주는 안전한 영역 안에서, 에밀리는 한동안 움직이지 않고 서 있었다. 시간이 조금 지난 다음에야 그가 하는 말이 들리기 시작했고 다음에는 까닭 없이 속에서 자글자글 웃음이 솟았다. 지독하게 일진이 나쁜 오늘, 웃음이야말로 그녀에게 필요한 것이긴 했다. 대단한 자부심을 갖고 있었던 일이 참기 어려운 굴욕으로 변했고 급기야는 차로 한 남자를 치기까지 했다. 오늘은 그런 날이었다.

"수호천사라구요? 그러면 날개는 어딨어요?"

에밀리는 그의 팔에서 빠져 나오며 말했다. 웃어야 할지 두려움에 떨면서 도망가야 할지 판단이 서질 않았다.

"천사라고 해서 정말 날개를 갖고 있는 건 아니오. 그건 인간들이 만들어낸 거지. 우리는 가끔씩 인간들 앞에 모습을 나타내는데, 그러면 당신들은 우리를 알아볼 수 있소. 하지만 우리가 인간의 몸 속에 있을 때도 결코 인간들의 몸을 소유하지는 않소."

"아, 알겠어요."

그녀는 웃는 얼굴을 보이면서도 이 정신 이상자 같은 남자에게서 몇 발짝 떨어져 섰다.

"자, 보세요. 당신은 다치지 않았네요. 게다가 잘하면 날아갈 수도 있겠어요. 그러니까…… 날개를 다시 달기만 하면요."

에밀리는 어느새 차를 향해 언덕을 올라가고 있었다. 발목까지 닿는 긴 드레스에 굽 높은 구두를 신고 있다는 것은 전혀 생각지 못했다.

"그러니까 이……, 음, 이 인간은 지금 당장 떠나겠소."

언제 뒤따라왔는지 남자가 드레스 자락을 잡아당기면서 손을 그녀의 허리께에 둘렀다.

에밀리는 그를 향해 휙 돌아섰다.

"이거 보세요. 당신이 누구든, 뭘 하는 사람이든, 손은 치워요!"

날카롭게 쏘아붙이고 운전석 쪽으로 걸어가 차 문을 열었다. 운전석에 앉자마자 전조등 앞에 서 있는 남자가 보였다. 조금 전 차에 치인 사람치고는 엄청나게 빠른 동작이었다.

차 문을 닫는 아주 짧은 순간, 그의 모습을 보았다. 키가 크고, 넓은 어깨에 숱 많은 검은 곱슬머리. 속눈썹도 무거워 보일 정도로 숱이 많고 짙었다. 그 속눈썹 아래로도 뭘 볼 수 있을까 의심이 갈 정도였다. 옷은 어두운 색깔이었지만 얼룩이 보였다. 그 얼룩이 무엇인지 금방 알 수 있었다.

차에는 아직도 시동이 걸려 있었다. 몇 시간으로 느껴지는 시간이 실제로는 몇 분밖에 지나지 않은 모양이었다. 어찌됐든 이 이상한 남자에게서 빨리 떠나고 싶었다. 그러나 핸들에 손을 올려놓는 순간, 그가 땅바닥으로 쓰러졌다. 죽은 사람처럼 전조등 불빛 아래 누워 꼼짝도 하지 않았다.

일단 두려움을 접어두고 에밀리는 그에게로 달려갔다. 그의 팔 밑으로 손을 넣어 일어날 수 있도록 도왔다.

"자, 일어서 보세요. 병원으로 가야겠어요."

그녀는 초조해져서 말했다.

그는 에밀리에게 머리를 기댔다. 금방 언덕을 뛰어올라온 그가 이제는 너무나도 가냘파 보였다.

"당신이 날 두고 못 갈 줄 알았소."

어느새 그는 머리 위에서 그녀를 내려다보며 미소 띤 얼굴로 말하고 있었다.

"당신은 항상 상처 입은 남자에게 롤리팝이 되어주었으니까."

그를 조수석에 앉도록 해주고 안전벨트를 매준 다음 핸들을 잡으려다가 그가 했던 말을 문득 다시 생각했다. 롤리팝? 롤리팝? 막대사탕! 상처 입은 남자에게 막대사탕이라……

"다친 데가 아무 데도 없습니다. 긁힌 곳도 없고 멍든 곳도 하나 없어요. 정말 당신 차로 치었단 말입니까?"

젊은 의사가 얼굴을 들고 에밀리에게 물었다.

"그럼, 그런 거짓말을 왜 하겠어요?"

의자에 앉으며 에밀리는 대답 대신 반문했다. 새벽 두 시였다. 새 드레스는 찢기고 더러워졌으며, 몹시 피곤했다. 지금 하고 싶은 일은 오로지 오늘 일어난 일을 다 잊어버리고 자는 것뿐이었다.

"아, 그래요. 두 분 다 아주 운이 좋았어요. 안 그랬으면……"

의사가 굳이 그 다음 일까지 설명해줄 필요는 없었다. 말하지 않아도 충분히 짐작할 수 있었다. 의사는 그녀가 술을 마셨거나 아니면 요정의 꽃가루 냄새 같은 거라도 들이마셨을 거라고 생각할지 모른다. 그런데…… 천사들에게도 조제해주는 약이 있을까? 알약 같은 거라도? 천사들은 머리 위에 반짝이는 고리를 달고 다니나? 그걸 크리스마스 트리에 걸어놓을 수도 있을까? ……그녀는 사슬같이 이어지는 엉뚱한 생각 속으로 빠져들었다.

"괜찮으세요, 토드 양?"

젊은 의사가 이상하다는 듯 그녀를 들여다보며 물었다.

"그 사람이 천사라고 하는데, 어떻게 생각하세요?"

에밀리가 불쑥 물었다.

의사는 한동안 못 들은 척하고 있다가 책상 위의 서류를 내려다보았다.

"미가엘 체임벌린, 뉴욕 출생, 신장 182센티미터, 88.4킬로그램, 검은 머리, 갈색의……."

"그런 정보는 어디서 났어요?"

에밀리는 의사의 말을 자르고 덥석 말했다가 곧 다시 사과했다.

"아, 죄송해요. 좀 피곤해서요."

"우리 모두가 피곤합니다."

의사는 토요일 새벽 두 시에 환자를 보는 일은 거의 없다고 덧붙이고 나서 대답했다.

"면허증에서 봤습니다. 필요한 게 거기 다 있었지요. 이제 정말 집에 가서 잠 좀 자고 싶어요. 아침 8시면 환자들이 몰려온단 말입니다. 체임벌린 씨에게 검사를 더 받게 하고 싶으면 애슈빌에 있는 병원으로 모시고 가세요. 자, 이제 괜찮으시다면……."

의사의 말투는 이미 날카로워져 있었다.

최소한 가벼운 상처라도 입었을 거예요, 다시 한 번 봐주세요, 라고 말하고 싶었지만 의사의 치켜 올라간 눈썹을 보자 입을 다물 수밖에 없었다. 달콤한 새벽잠을 빼앗긴 의사 입장에서는, 육체적으로 완벽하게 건강한 한 남자를 데려와 진찰해달라는 게 짜증 날 수도 있겠다 싶었다. 아무리 그렇더라도 그녀가 차로 남자를 치었고 남자는 언덕 아래로 10여 미터를 굴렀다는 것만은 사실이었다.

"고맙습니다."

겨우 참고 침착하게 한마디 한 뒤, 에밀리는 천천히 의사의 사무실을 나와 대기실로 들어갔다.

정신 이상의 남자가 거기서 기다리고 있을 거라 예상했지만 뜻밖에도 그의 모습이 보이지 않았다. 에밀리는 안도의 숨을 내쉬었다. 왜 정신 이상은 흉터나 점처럼 눈에 보이지 않는 걸까, 갑자기 그게 궁금했다.

누군가가 미쳐버리기 전에 그 사람에 대해 몇 년 전부터 자세히 알아둘 필요가 있다는 생각이 들었다. 표가 나는 뭔가를 찾아두어야 하는 것이다.

밖으로 나오면서 긴장이 풀리기 시작했다. 무슨 일이 있었던 것일까……, 남자를 차로 치었다! 언덕 아래로 굴러 떨어진 사람이 말을 할 힘이 있는지는 모르겠다. 어쩌면 잘못 들었는지도 모르지만, 그의 말이 사실이라면 그 사람이야말로 수호천사의 보호를 받았는지도 모른다.

아, 그래, 맞아! 요즘은 수호천사를 믿는 게 유행이지. 에밀리는 혼자 웃었다. 하늘은 어떤 사람이 품는 생각을 은밀히 지켜보고 있다. 수호천사는 그 사람으로 하여금 특별함을 느끼게 만들어준다.

그런 생각에 열중해서 즐거웠던 나머지 차에 올라타 안전벨트를 맬 때까지도 그를 보지 못했다.

"인간들이 왜 그렇게 잠을 많이 자는지 이제야 알겠어."

턱뼈가 으스러질 정도로 하품을 하며 남자가 말했다. 에밀리는 뼈가 다 부스러지는 느낌이었다. 그가 조수석에 앉아 있었던 것이다.

“내 차에서 뭘 하고 있는 거예요?”

비명을 지르듯이 소리쳤다.

“당신을 기다리고 있었지.”

그는 오히려 그렇게 묻는 에밀리가 이상하다는 듯 대답했다.

“어떻게 여길 들어왔어요? 문이 잠겨 있었고…….”

대답을 기다릴 틈도 없이 그녀는 말을 쏟아 부었다.

“정말 당신이 천사라서 잠긴 문을 열 수 있었나요? 그렇다면 나를 도와줘 봐요. 나는, 나는…….”

역시 협박하는 데는 소질이 없었다. 협박 대신 문을 열고 밖으로 나와버렸다.

“에밀리!”

그는 에밀리의 팔을 잡아 다시 차 안으로 끌어들였다. 그녀는 그의 손을 뿌리치고 소리쳤다.

“내게 손대지 말아요!”

숨을 깊이 들이쉬고 침착해지려고 애썼다.

“이봐요, 난 당신이 누군지도 모르고 원하는 게 뭔지도 몰라요. 제발 내 차에서 나가 당신이 왔던 곳으로 돌아가란 말이에요. 당신을 친 건 정말 미안한 일이지만 의사가 아무렇지도 않다고 했잖아요. 더 말해야 알겠어요?”

그는 또 한 번 늘어지게 하품을 했다.

“여긴 당신 사는 곳이 아닌데, 안 그렇소? 당신은 거기로 가려던 참이 아니었나? 거기, 음…… 뭐라고 하죠? 당신들이 밤에 묵을 수 있는…….”

“호텔?”

“맞소, 호텔.”

그는 마치 천재라도 보듯 했다.

“우리가 같이 있을 수 있는 호텔 방이 있을까?”

18

“우리?”

에밀리는 기가 막힌 듯 물었지만 화는 좀 가라앉은 상태였다. 더 이상 그가 두렵지 않았고 짜증만 날 뿐이었다.

그는 등받이에 머리를 기대면서 살며시 웃었다.

“에밀리, 난 당신 마음을 다 읽을 수 있소. 당신은 지금 섹스를 생각하고 있지. 인간들은 왜 그렇게 섹스에 대해 많이 생각하는 거지? 조금만 자제한다면…….”

“나가요!”

더 듣지 못하고 그녀가 소리쳤다.

“내 차에서 당장 나가요! 내 인생에서 빠지란 말이에요!”

“그 남자야, 그 사람이 당신을 슬프게 했어. 그렇소?”

그가 에밀리 쪽으로 몸을 기울이며 물었다.

무슨 말인지 갈피를 못 잡다, 한순간 그녀는 폭발할 듯 놀랐다.

“도널드 말이에요? 내가 사랑하는 사람 얘기를 하고 있는 거예요?”

“그런 이름을 가진 뭔가가 이 나라에 있던가? 아니면 페르시아에 있나? 흠……, 그게 뭐였더라? 아, 맞아, 오리! 그 사람은…….”

에밀리는 두 주먹을 불끈 쥐고 그의 가슴을 향해 날릴 기세였다. 하지만 그가 잽싸게 손목을 낚아챘다. 그러고는 얼굴을 바짝 들이대더니 한참 동안 들여다보았다.

“정말 예쁜 눈이야, 에밀리.”

낮은 목소리에 에밀리는 잠시 어찌할 바를 몰랐다. 그러다 갑자기 몸을 뒤로 빼고 운전석에 머리를 기댔다.

“원하는 게…… 뭐죠?”

에밀리는 힘에 겨운 듯 느릿느릿 물었다.

“나도 모르겠소. 내가 왜 여기 있는지 나도 정말 몰라. 미가엘이, 지구에 사는 당신에게 아주 심각한 문제가 생겼다면서 나한테 인간의 몸으로 내려가 그 문제를 풀어보지 않겠느냐고 했소. 그리고 나는 여기로 보내진 거요.”

“알았어요. 그럼 지금 말한 미가엘은 누구죠?”

“물론, 천사장 미가엘이지.”

“물론이라고요? 내가 뭐 알고 있는 거라도 있다고 생각해요? 그러면 가브리엘은 당신하고 제일 친한 친구겠네요.”

“아니, 난 겨우 6계급 천사일 뿐이오. 그 두 분은…… 맞소, 계급 차이가 없는 분들이지. 나 정도는 미가엘이 시키는 일은 무조건 해야 돼요. 어떤 이유도 못 붙이지.”

“그래서 당신은 내가 하는 일을 도와주려고 지상으로 내려왔단 말이죠?”

“혹은 당신하고 관계된 어떤 일을 도와주려고.”

“어쨌든 좋아요. 틀린 걸 고쳐줘서 고맙군요. 그리고 지금은 그 일이 해결돼야 할 때예요.”

“에밀리, 우린 둘 다 피곤해요. 인간의 이 육신은 정말 서투르고 거추장스런 물건이란 말이오. 그리고…… 그걸 당신들은 뭐라고 하지? 음…… 피곤하게 돌아다닌 내 머리를 쉬게 하고 싶어.”

“발을 쉬게 하고 싶은 거겠죠.”

에밀리가 지쳐서 힘없이 말했다.

“발이라고? 발을 다쳤소?”

“내 발을 쉬게 하고 싶어…… 나는 쉬게 하고 싶어, 내 발을.”

“나도 그렇소.”

그는 맞장구 치고 나서 말을 이었다.

“그런데 사실 나는 내 등을 쉬게 하고 싶어. 지금 당신 호텔로 같이 갈 수 있을까? 나는 침대 두 개로 당신 한 사람을 얻었소, 맞지? 아니면 그 사람들이 내 말을 안 들었나? 가끔은 사람들이 말을 알아듣게 만드는 일이 어려워. 인간들은 귀 기울여 듣질 않는단 말이야.”

　에밀리는 종잡을 수 없는 말들에 대해 항의하려다 말고 입을 다물었다. 어차피 오늘밤 자고 일어나면 이 모든 일이 다 꿈처럼 흔적도 없이 사라질 것이다.

　시동을 걸고 아무 말 없이 호텔을 향해 차를 몰았다.

2

다음날 아침 눈을 떴을 때, 에밀리는 무척 당황했다. 직장에는 지각일 테고, 마을 일로 누군가를 만나기로 했는데……, 그리고 또 해야 할 일이……, 그러다 한순간 그게 아닌 것 같은 생각이 들었다. 오늘은 토요일인데다 다음주 화요일까지는 아무 일도 하지 않아도 됐다.

날아갈 듯 가벼운 새털 이불 아래서 몸을 한 번 뒤척이고 산뜻한 흰색 시트에 기분 좋게 몸을 밀착시켰다. 어젯밤엔 정말 이상한 꿈을 꾸었어. 갈색 눈의 천사와 자동차 사고 그리고……, 생각을 더 잇지 못하고 그녀는 잠 속으로 떠밀려 들어갔다.

쏟아져 들어오는 햇살이 잠을 깨웠다. 눈을 가늘게 뜨고 창을 올려다보았을 때 밝은 햇살 아래 언뜻 한 남자의 모습이 보였다. 얼굴은 보지 못했지만 양어깨 부근에서 커다란 흰색 날개를 본 듯도 했다.

"아직 잠이 덜 깼나봐."

중얼거리며 다시 이불 속으로 들어갔다.

"잘 잤어요?"

유쾌한 남자 목소리가 들렸다. 그러나 잘못 들었겠거니 생각하고 눈을 뜨지 않았다.

"아침을 가져왔소. 주인 아저씨네 밭에서 금방 딴 딸기하고 당근을 넣어 만든 조그만 머핀이요. 찬 우유도 있고 따뜻한 차도 있고……. 그리고 또 여기 안주인이 만들어줬는데, 노른자를 완전히 익힌 계란도 따끈따끈하고. 당신은 계란을 그렇게 먹는 걸 좋아하지?"

그 목소리에서 어젯밤 일이 되살아났다. 물론 생각나는 일들이 사실일 가능성은 없었다. 미간을 찌푸리고 잔뜩 경계하는 눈빛으로 그를 쳐다보았다. 그는 어젯밤에 입었던 것과 똑같은 검은색 셔츠에 같은 색 바지를 입고 있었다. 옷은 여기저기 얼룩이 져 지저분했다.

"제발 좀 가요!"

한마디 쏘아붙이고 다시 이불을 뒤집어썼다.

"너무 많이 자게 했어."

남자는 무슨 과학실험을 관찰하기라도 하듯이 말했다. 마치 이 다음엔 무슨 약품을 얼마얼마 넣어야 하는지, 그 공식을 다 알고 있는 것처럼.

더 이상 잠자기는 틀렸다는 생각이 들었다.

"그런 소리 또 하지 말아요."

에밀리는 끙 소리를 내면서 이불을 젖히고 머리칼을 목 뒤로 쓸어 넘겼다. 자리에서 일어나 앉으려는데 이상하다는 생각이 들었다. 어젯밤, 병원에서 나와 운전하기 시작한 이후의 일을 기억할 수가 없었다. 침대에 누워 잠에 빠져든 건 분명한데……, 증거를 보여주는 자신의 옷차림을 내려다보았다. 아직도 베이지색의 이브닝드레스를 입고 있었다. 화장도 그대로인 걸 보면 의심의 여지가 없었다.

에밀리는 이불을 다시 끌어당기면서 일어나 앉았다.

"가줬으면 좋겠어요. 나는 내 할 바를 다했고 이제 당신이 떠나주길 바래요. 더 이상 마주치고 싶지 않아요."

"차는 뜨거우니까 조심해요."

그는 그녀의 말을 전혀 듣지 못하는 사람처럼 예쁜 자기 찻잔을 받침에 받쳐서 건네주었다.

"차 같은 건 필요……."

말을 하다가 멈출 수밖에 없었다. 그의 표정이 그렇게 만들었다. 에밀리는 잔을 받아 들고 차를 한 모금 마시면서 생각했다. 그의 눈은 말을 해…… 거역할 수 없게 만드는 뭔가가 있는 것 같아…….

그는 음식이 담긴 쟁반을 그녀의 무릎에 놓아주고 침대에 큰 대자로 드러누웠다. 어쩔 수 없게 만드는 눈빛은 그렇다 치더라도 이것만은 견딜 수 없는 일이었다.

"이런 뻔뻔스러운……."

그녀는 잔을 내려놓고 벌떡 일어섰다.

"아래층에 있는 사람한테 얘기했소. 그…… 누구더라? 그런 사람을 뭐라고 부르지? 아, 그래, 경찰! 의사가 보고한 걸 토대로 사고를 조사하고 있지."

한 발만을 바닥에 디딘 채, 에밀리는 동작을 멈추고 그를 쳐다보았다.

"내가 고소하지 않으면 경찰은 사고에 대해 조사할 필요가 없다고 하더군. 하지만 내가 고소한다면 당신이…… 그러니까…… 아, 맞아, 과속, 과속을 했던 게 밝혀질 거고…… 게다가 더 걱정되는 건 당신이 파티에서 샴페인을 두어 잔 마신 채로 운전했다는…… 그러니까…… 아, 음주 운전 말이야. 그렇게 되면 문제는 심각해지지."

에밀리는 그 자리에 얼어붙어서 그를 노려보았다. 이제 그가 무슨 말을 하고 있는 건지 이해가 됐다. 동시에, 교도소 쇠창살과 음주 운전자

공판 장면이 눈앞에서 춤을 추었다. 경찰은 차가 부딪치면서 찌그러진 자국을 볼 것이고 그러면 속도가 어느 정도였는지 금방 알 수 있을 것이다. 길 위에도 증거가 남아 있을 것이다. 어젯밤 과속할 때만큼이나 빠르게 여러 가지 생각이 휙휙 지나갔다.

“뭘 원하는 거예요?”

갑자기 침이 말라 건조한 목소리가 갈라져 나왔다. 두려움이 전신을 훑고 지나가면서 몸이 떨렸다.

“에밀리.”

그가 한 손을 내밀면서 말했다. 그녀는 손을 세차게 뿌리치고 노려보았다. 그가 휴 한숨을 내쉬었다.

“나, 나는……..”

그는 말을 더듬으면서 그녀의 눈을 유심히 들여다보았다. 에밀리는 그가 마음을 읽으려고 한다는 것을 느낄 수 있었다. 맘대로 하라지! 그녀는 그를 마주 노려보았다.

그는 입가에 엷은 웃음을 띠면서 자세를 누그러뜨렸다.

“자, 이리 와서 머핀 하나 먹어봐요. 계란도 다 식겠어.”

“원하는 게 뭐냐고요!”

반복해 묻는 목소리에는 이미 화가 가득했다.

그는 머핀을 하나 집어 버터를 펴 바르면서 말했다

“이제부터 좀 여유 있게 시작합시다. 주말을 나랑 보내는 게 어떻겠소?”

“토할 것 같군요.”

에밀리는 그제야 나머지 한 발을 바닥에 디디고 섰다.

그도 침대에서 내려와 그녀의 어깨 위에 두 손을 올려놓았다.

“에밀리, 내가 누군지 나도 모른다고 말하면 당신은 뭐라고 할까? 내가 어젯밤에 왜, 그리고 어떻게 그 길 위에 있게 됐는지 모른다면? 당신이 차로 치기 2분 전의 일은 어떤 것도 기억하지 못한다면?”

그녀는 그를 올려다봤다. 더 이상 그가 두렵지 않았다.

“그렇다면 당신은 경찰서에 가야겠죠. 가서⋯⋯.”

순간 또 한 번 경찰의 조사 장면이 번쩍 눈앞을 지나갔다. 경찰은 누가 그를 치었는지 알아내려 할 것이고, 그렇게 되면 감당하기 어려울 만큼의 질문들을 받게 되겠지. 그래, 어젯밤 시상식에서 샴페인을 마셨어. 그건 사실이야⋯⋯. 그녀는 도널드의 공식적인 직업과 음주 운전 판결을 받은 사람과의 관계를 생각해보았다. 잘나가는 뉴스 캐스터와 음주 운전을 한 애인⋯⋯.

“내가 어떻게 해주길 바라는 거예요?”

에밀리는 또 한 번 같은 질문을 했다. 최소한 그는 이제 더 이상 자신이 천사라는 말은 하지 않았다. 그러니 어쩌면 자신이 누구인지를 기억해낼 수 있는 희망을 가져볼 수도 있었다. 분명 누군가 그를 찾고 있을 것이다. 어쩌면 부인일 수도 있고⋯⋯, 너무 짙어서 무거워 보이는 그의 속눈썹을 들여다보며 에밀리는 그런 생각을 했다.

“자, 이제 이리 와서 좀 먹지 그래요? 당신은 지금 배가 고파서 뭐라도 먹고 싶을 걸로 아는데.”

내내 웃음을 띠고 있던 그가 오래 기다렸다는 듯이 말했다.

그녀는 자신이 더 차분해짐을 느낄 수 있었다. 이제 그가 두렵지 않았다. 만약 그가 기억을 잃어버린 사람이라면 그 자신도 몹시 두려워하고 있을 것이다.

그녀가 이불 속으로 들어가는 걸 도와주려고 그는 이불 끝을 쳐들어주었다. 그런 다음 음식 쟁반을 다시 그녀의 무릎 위에 놓아주었다.

“에밀리, 당신 도움이 필요해요. 쉬는 동안 나를 도와줄 수 있을까? 여관 주인 말로는 당신이 숙박료를 미리 냈다던데, 만약 지금 그냥 집으로 돌아가면 그만큼 손해잖소.”

그는 버터 바른 머핀을 그녀의 손에 쥐어주었다.

"다른 하고 싶은 일도 많을 거라는 건 알아요. 함께 보낼 계획도 세워 났을 거고…… 도, 날, 드하고 말이오."

그는 도널드라는 이름이 목에 걸린 것처럼 발음했다.

"그렇지만 내게 할애할 수 있는 시간도 조금은 찾을 수 있을 거요."

그는 기대하는 얼굴로 에밀리의 표정을 조심스럽게 살폈다. 에밀리는 음식을 내려다보면서 아무 대답도 하지 않았다.

"아무것도 기억이 안 나요. 내가 어떤 음식을 좋아하는지, 어떻게 해야 옷을 살 수 있는지, 그리고 내 관심사가 뭔지도. 쉬운 일이 아니겠지만 당신이 도와준다면, 어쩌면 생각해낼 수 있을 거요. 내가 뭘 좋아하는지, 그리고……."

웃고 싶지 않았지만 어쩔 수 없이 웃음을 흘리면서 에밀리는 계란 껍질을 벗겼다.

"이 감동적인 이야기를 믿어달라구요? 진짜 나한테 원하는 건 뭔데요?"

그는 눈부시게 씩 웃었다.

"어젯밤에 누가 나를 그 생면부지의 땅에 떨어뜨려 놓고 죽이려고 했는지 알아봐야 해요. 그리고 의사가 뭐라고 했는지는 나도 알지만, 그래도 머리가 아파 죽을 지경이오."

"같이 병원에 가보는 게 좋겠네요."

그녀는 즉각 대답하고 나서 이불을 휙 젖혔다. 그는 이불을 다시 제자리로 끌어당겨 놓았다.

"더 이상 나한테 신경 쓰게 하고 싶지 않소. 내 생각엔 누군가가 나를 죽이려 하는 것 같아."

"그렇다면 경찰에 가야 하고요."

"그러면 난 당신에 대해 얘기해야 될 텐데, 안 그렇소?"

"그렇겠죠."

그가 무슨 말을 하는지 생각하면서 에밀리는 다시 먹기 시작했다. 경찰과 얽히게 된다면 미래의 삶과는 작별이었다. 국제 도서관 협회는 상도 취소하겠지?

"난 살인범을 찾아줄 수 있는 사람이 아니에요. 어쩌면 사립 탐정을 고용해야겠군요. 정말 그렇게 해보시지 그래요. 난 허리에 총을 차고 지저분한 창고 주변을 슬금슬금 돌아다닐 수 있는 그런 용감한 여자가 아니거든요. 그보다는 딱 도서관 사서 타입이죠. 내 관심거리는 중고 서적이고요. 난 그런 게 좋아요."

그녀는 강조해서 말했다.

"지금 당신한테 나를 죽이려고 하는 사람을 찾아달라는 게 아니오. 그냥 내 기억을 되살릴 수 있도록 도와달라는 거지. 사실, 날 죽이려는 사람들이 내가 잘 알고 있는 마을에다가 날 버려둘 만큼 어리석을까 의심스럽소."

그가 소매 단추를 풀면서 덧붙였다.

"밧줄로 묶어놓거나 차 트렁크에 넣어버릴 수도 있었을 텐데 말이야."

그가 말하면서 두 팔을 폈다. 그러자 손목에 두르고 있는, 빛이 나는 고리 같은 게 보였다.

"발목에는 더한 게 있소."

눈길을 의식한 그가 작은 소리로 중얼거렸지만 에밀리는 무시했다.

"그럼 어젯밤 일에 대해서는 아무것도 기억할 수 없단 말인가요? 아무것도?"

"그렇소, 아무것도. 하지만 오늘 아침엔 뭔가 생각날 듯 하기도 해요. 난 스페인식 오믈렛을 좋아하지 않아."

에밀리는 웃을 수밖에 없었다. 조금 전엔 살인자 얘기를 하더니 어느새 스페인식 오믈렛 얘길 하고 있었다.

"주말을 나랑 보내줘요. 음식을 이것저것 먹어보고, 풍경도 여기저기 구경하고, 할 수 있는 일들을 다 해보고 그러면 내가 누군지 생각날지도 몰라."

그는 간절한 눈빛으로 에밀리를 바라보았다.

"당신이 천사라고 말하는 것보단 낫네요. 그러니까⋯⋯."

고개를 숙이며 말끝을 흐렸다.

그는 즉각 터무니없는 소리를 다시 시작할 기세였다. 하지만 이내 포기했는지 침대에서 일어나 화장대 앞으로 갔다.

"이것 좀 봐요."

그는 자랑스럽게 말하면서 그녀에게 지갑 하나를 건네주었다.

"그 안에 재미있는 게 들어 있을 거요."

과연 지갑에는 '재미있는' 것들이 들어 있었다. 35달러짜리 지폐 한 장, 미가엘 체임벌린으로 서명이 되어 있는 골드 비자카드 한 개, 뉴욕에서 받은 운전면허증. 이상하게도 면허증엔 사진이 없고 주소만 적혀 있었다.

"오늘 아침에 벌써 경찰이 그걸 보자고 했소. 의사가 준 정보가 별 용도가 없었나봐."

"용도? 아, 쓸모가 없었다는 말이죠. 그렇다면 결국 당신이 의사한테 준 정보가 쓸모가 없다는 말이네요. 그건 그렇고 당신은 좀 떨어지는 2류 영어를 하시는군요."

"최소한 2류는 되지. 그건 그렇고 날 도와줄 거요?"

에밀리는 그의 간청이 야기할 수 있는 여러 가지 경우에 대해 잠시 생각해보았다. 그의 청을 받아들일 경우, 도널드는 노발대발할 것이다. 하지만 도널드는 중요한 때에 그녀를 바람 맞혔다. 맹세를 지키지 못하고 시상식장에도 모습을 나타내지 않음으로써 정작 같이 있고 싶은 날에 실망만 두 배로 안겨준 셈이었다. 사실 어젯밤 사고도 도널드 때문에 너무 화가 나서 생긴 일인지도 모른다.

하지만 그의 청을 거절할 경우에도 문제는 있었다. 다음 20년 동안을 감옥에서 보내야 하는 것이다. 지금 이 주말과는 비교할 수도 없는 길고도 지루하기 짝이 없는 날들이 넘치도록 준비되어 있는 것이다.

에밀리가 도널드를 좋아했던 이유 중의 하나는 그가 항상 자기가 하고 싶은 일이 뭔지를 잘 알고 있다는 것이었다. 여자로 하여금 모든 것을 알아서 하게 하는 그런 사람은 아니었다.

아이린은 '도널드가 에밀리를 애완견처럼 끌고 돌아다닌다'고 했다. 하지만 에밀리는 자신이 도널드에게 중요한 존재인 것 같은 흥분을 느끼는 게 좋았다. 그를 에워싸고 있는 활기찬 회오리바람이 좋았다.

들쑥날쑥하던 생각들은 결국 도널드에 대한 긍정적인 방향으로 끝났다. 그러니 이제는 집으로 가서 왜 예정보다 빨리 오게 되었는지에 대해 질문 세례를 받든지, 아니면 여기서 혼자 주말을 보내든지 해야 했다. 혼자, 아무하고도 말하지 않고, 여기저기를 배회하면서, 혼자서.

"시내에 공예품 시장이 있다고 들었는데, 알아요?"

에밀리는 푸른색 눈을 반짝이면서 살짝 웃었다.

"사람들이 여기저기서 자기들이 만든 물건들을 가져와 간이 점포를 만들어놓고 파는 거예요."

"재미없게 생겼군."

그가 창 밖으로 힐끗 시선을 주면서 말했다.

"아니에요, 재밌어요. 미국인들이 만든 공예품은 정말 굉장하다구요. 바구니, 나무 장난감, 보석, 인형……, 당신이 상상할 수 있는 건 뭐든지 있어요. 사람들도 아주 친절하고……, 당신 나를 비웃고 있는 거예요?"

말하다 말고 입을 꼭 다물었다. 너무나 태연하게 웃고 있는 그의 표정이 자신을 비웃고 있는 것처럼 보였다.

"당신은 축구 경기나 보는 게 낫겠어요."

"글쎄 난 공예품 시장도 모르고 축구 경기도 모르고……, 난 지금 당신이 아름답다는 생각만 하고 있으니까."

에밀리는 그가 아첨하고 있다고 생각했다. 남자들이 아름답다고 할 때는 항상 뭔가 원하는 게 있었다.

"당신이 원하는 게 이루어질 것 같지 않네요. 난 결혼을 약속한 사람이 있어요. 그리고 당신은……."

"그리고 나는 내가 누군지도 모르고 뭐하는 사람인지도 모르지."

그는 얼굴 가득 웃음을 머금고 그녀를 바라보았다.

"봐요, 에밀리. 당신은 정말 예뻐요. 그리고 마음도 아주 너그럽고. 어떤 여자가 당신처럼 모르는 사람을 도와주겠소?"

"감옥에 가고 싶지 않은 사람이겠죠, 나처럼."

그 말에 그는 소리내어 웃기까지 했다.

"뭐, 좋소. 내가 당신 환심을 사려고 그런 말을 했다고 칩시다. 어찌됐든 내가 하고 싶은 말은……, 나는 어쩌면 아내가 있었을지도 모르오. 그리고 아이들도 대충 열두어 명 정도 있었을지도 모르고. 내가 나중에 아내를 찾게 되고 나 혼자 있던 때의 일을 설명해줘야만 한다면 그땐 어떻게 될까?"

"결혼한 미국 남자들이, 하긴 어느 나라 남자든 마찬가지겠지만, 그렇게 충실하다고 생각하진 않아요."

그녀는 작은 목소리로 소곤거리듯이 말했다.

"어쩌면 나도 그럴지 모르지. 나도 몰라. 그 오리는 어떻소? 그 사람은 충실한가?"

"한번만 더 그 사람을 오리라고 부르면 가만 안 둘 거예요. 알겠어요?"

미가엘은 부드럽게 웃었다.

"그 말은 그 사람의 충실성에 대해 대답 않겠다는 뜻으로 들리는데?"

"지금 당장 두 가지 할 일이 있어요. 당신이 기억을 되찾는 걸 도와주겠어요. 하지만 기본 원칙이 몇 가지 있어요."

"듣고 있소."

"첫째, 내 사생활엔 접근 금지예요. 그리고 내 몸도 금지 구역이에요. 손도 대지 말라는 뜻이에요."

"알았소. 당신은 남성 출입을 금지하는 하렘."

"그렇다고 내가 하렘에 사는 건 아니에요."

그녀는 미간을 찌푸리며 그를 쳐다보았다.

"그렇게 웃지 좀 말아요. 당신이 뭘 생각하고 있는지 난 다 알 수 있어요. 날 놀리고 싶고 화나게 하고 싶어 안달이죠? 그런 거 싫어요."

"그런데 당신은 화났을 때 더 천사 같아 보이오. 눈도 더 반짝이고……."

"정말, 혼자 멋대로 생각하는 것 좀 그만 해요. 그렇지 않으면 우리 사이에 거래도 없어요. 알겠어요?"

"아주 잘 알았소. 다른 '대단한 원칙'은 또 없나?"

"대단한 원칙이 아니라 기본 원칙이에요. 기, 본, 원, 칙! 그리고 그게 바로 또 다른 원칙도 돼요. 난 이번 천사 일로 다른 말은 하고 싶지 않아요. 당신이 천사라고 말하는 것도 싫고 나보고 천사라고 하는 것도 싫어요. 그리고……."

"그리고 우리 모두가 천사라고 하는 것도. 그리고 우리 중에 누구는 인간의 몸을 갖고 있고 누구는 안 그렇다고 하는 것도? 그런 얘기요?"

"맞아요. 그리고 오늘은 다른 방을 알아볼 거예요. 더 이상 나하고 같은 방에서 지내게 하진 않겠어요. 이 모든 것에 동의해요?"

"물론, 기꺼이. 그런데 당신은 딱 한 가지 나한테 약속해줘야 할 게 있소."

"뭐죠?"

“이 원칙 중에 어떤 거라도 포기하고 싶어지면 나한테 말해줄 것. 당신 사생활에 대해 얘기하고 싶어지거나, 내가 당신을 만져줬으면 싶을 때, 그리고 천사 얘기가 듣고 싶을 때, 그런 때는 꼭 나한테 말해달라는 뜻이지.”

말을 마치면서 그는 악수를 하자고 손을 내밀었다.

“그게 거래 계약이에요?”

물어놓고도 에밀리는 지금이라도 그에게 자신의 삶에 간섭하지 말라고 말해야 할지 망설였다. 그러나 대답을 구하는 대신 그녀는 악수를 했다. 그의 손이 닿는 순간, 또다시 평온해지는 느낌이었다. 모든 일이 잘 될 것 같고 삶도 원하는 방향으로 이루어질 것 같은 예감까지 들었다.

그녀는 뿌리치듯 손을 빼냈다.

“이제 옷 갈아입어야 하니까 나가주세요. 한 시에 아래층에서 만나요. 가서 당신 옷도 사고 여관도 알아봐야죠. 나하고 여기 더 있지는 못할 테니까요.”

“고맙소, 에밀리. 당신은 천사야.”

그녀는 항의하려고 입을 열다가 반짝거리는 눈을 보고는 입을 다물어 버렸다.

“나가요!”

소리치면서도 그녀는 웃고 있었다. 그가 밖으로 나가고 샤워를 했다. 샤워 중에 전화벨이 울렸다.

“안녕? 내 사랑 작은 머핀, 나한테 화났지? 미안해. 어제는 화재 현장에서 밤새느라고 빠져 나갈 수가 없었어. 용서해줄 수 있지? 정말 큰 화재였거든. 미안해, 진심이야.”

도널드의 익숙한 목소리, 온몸이 기쁨으로 들떴다. 물기를 대충 닦고 침대에 걸터앉았다.

“오, 도널드. 내 평생 제일 끔찍한 일이 있었어요. 당신은 믿지도 못할 거예요. 차로 사람을 치었어요!"

도널드는 한동안 아무 말 없었다. 그의 이마에 주름이 잡혔으리라는 상상도 쉽게 할 수 있었다.

"자세히 말해봐. 특히 경찰 조사에 대해서 말이야. 경찰이 뭐래?"

그는 진지하게 말했다.

"아무 말도 안 했어요. 경찰은 그 일에 개입하지 않았어요. 그러니까 어젯밤엔 말이에요. 오늘 아침에는 미가엘한테, 아, 미가엘은 내가 치었다는 그 사람인데요, 경찰이 미가엘한테 그랬대요. 나를 고발할 수도 있고 감옥에 넣을 수도 있다고요. 하지만……."

"에밀리, 천천히 말해봐. 처음부터 빠뜨리지 말고 자세히."

그녀는 최대한 자세히 얘기했다. 그런데도 도널드는 계속 말을 가로막으면서 경찰에 대한 똑같은 질문을 반복했다.

"도널드, 내가 하는 얘기를 그대로 들어주지 않으면 당신이 직업상의 관심으로만 듣고 있다고 생각할 거예요."

"그런 말도 안 되는 얘기는 그만둬. 당신이 다쳤냐고 물었잖아."

"아뇨, 다친 곳은 하나도 없어요. 하지만 나는 커브에서 과속했고 샴페인도 최소한 두 잔은 마셨어요."

"하지만 그 남자가 고소하진 않을 거야, 그렇지?"

에밀리는 숨을 깊이 들이마시면서 입을 다물었다.

"고소는 안 할지 모르지만 그 사람은 나한테 말도 안 되는 섹스를 요구하고 있어요."

"새로 배우는 거 있으면 나한테도 보여줘."

에밀리는 우습지 않았다. 그는 분명, 누군가가 그녀에게 섹스를 요구하는 걸 농담 정도로 생각했을 것이다.

"사실 미가엘 체임벌린이란 사람은 꽤 멋있는 사람이에요. 나랑 같은 방을 쓰고 있고 난 검은색 실크 속옷을 샀어요."

"거, 좋은 생각이네. 그 사람이랑 같이 지내면서 상처 난 흔적 같은 게 있는지 살펴보면 되지. 그러고 나서 사람들한테 잘못된 게 전혀 없다는 걸 확인시켜주라고. 이런 시시한 일로 골치 아플 필요는 없지. 당신도 나도."

에밀리는 마침내 화가 나서 소리쳤다.

"도널드! 그 사람은 시시한 사람이 아니에요. 그리고 난 그 사람하고 '같이 밤을' 지냈다구요!"

도널드는 전혀 위험할 게 없다는 듯이 큰 소리로 웃었다. 그것이 에밀리를 더 화나게 만들었다.

"에밀리, 내 사랑. 난 당신을 믿어. 그리고 당신 평생 검은색 실크 속옷 같은 건 사본 적도 없잖아. 당신은 너무 실용적인 사람이라서 그런데다 돈을 쓰지 못해."

"그래요, 난 그런 사람이죠."

"아, 그래 좋아. 근데 지금 볼보에 시동을 걸어놨거든. 가야겠어. 그 집 없는 고양이하고 좋은 시간 보내. 사랑해."

그는 전화를 끊었다. 에밀리는 얼이 빠져서 그 자리에 앉아 꼼짝 못하고 수화기만 노려보았다. 전화를 끊어버렸다. 주말을 같이 보내러 올라오겠다는 말은커녕, 다른 남자와 잘 보내라는 말뿐이었다. 남자 천사와 잘 지내란 말이지, 그녀는 수화기를 내려놓으며 생각했다.

샤워하는 내내 도널드에 대한 욕설이 튀어나왔다. 실용적……, 그녀는 생각했다. 어떤 여자가 실용적으로 보이고 싶겠는가? 그리고 어떤 여자가, 검은색 실크 속옷 같은 건 절대 살 사람이 아니라는 말을 듣고 싶겠는가? 설사 그것이 사실이라 해도 말이다.

샤워를 마치고 옷장 서랍을 열었다. 어제, 가방을 풀어 옷을 정리할 때는 도널드가 장미를 들고 와서 사과하리라는 것을 의심치 않았다. 장미를 안고 나타나지는 않을지라도 사과만큼은 잘 하는 사람이니까.

옷장 서랍 안에 있는 옷들은 모두 '실용적'이었다. 에밀리는 수수하게 옷을 입는 사람이었고 그래서 그녀가 사오는 옷들은 아무 옷하고나 무난하게 어울렸다. 모두 물빨래가 가능한 옷들이었다.

"실용적……."

그녀는 중얼거리면서 옷장 서랍을 닫아버렸다.

침대 끝에 걸쳐 있는 베이지색 실크 드레스조차도 상당히 실용적이었다. 어제 한밤중에 언덕을 달려 내려가기 전까지는 어땠는지 몰라도, 지금은 단지 뜯기고 찢어진 천 쪼가리일 뿐이었다.

진한 청색 바지와 연분홍색 블라우스를 입고 평범한 파란색 카디건을 걸쳤다. 거울에 비치는 모습을 바라보았다. 머리, 그녀의 신체 중 가장 특징 있는 부분인 머리는 뒤로 완전히 빗어 넘겨져 파란색 스카프로 묶여 있었다. 화장기 없는 얼굴은 '자연스럽게' 보이도록 해주는 보증수표나 다름없었다. 그건 도널드가 에밀리를 좋아하는 이유였다. 그는 '색칠한 여자들'은 견딜 수 없다고 했다. 아이린은 도널드의 그런 면을, 자기보다 더 나은 사람을 못 견뎌 하는 성격 탓이라고 꼬집었지만.

하지만 거울을 보면서 그녀는 아니라고 생각했다. 튀는 타입은 아니지만 그녀는 잔잔하게 예쁜 사람이었다. 큰 갈색 눈과 자그마한 코, 장미 봉오리 같은 입술. 립스틱을 칠할 때도 모델의 유혹적인 입술처럼 두툼하게 칠해본 적이 없었다. 숱이 많고 약간 곱슬곱슬한 짙은 밤색의 머리칼만이 섹시함을 넌지시 비쳐줄 뿐이었다.

하지만 섹시함은 도서관 사서라는 직업에 어울리지 않는다는 생각이 들자, 한숨을 내쉬었다. 아니다, 두드러지지 않게 예쁜 얼굴과 균형 잡힌 몸매에는 지금의 복장이 가장 이상적이다. 그녀는 방을 나오면서 낮은 소리로 중얼거렸다.

"자연스럽고 실용적이지."

3

미가엘 체임벌린은 현관에서 에밀리를 기다리고 있었다. 머리를 뒤로 젖힌 채 살며시 눈을 감고 앉아 있는 그의 미소 띤 얼굴 위로 환한 햇살이 쏟아져 내렸다. 에밀리는 그 옆에 털썩 주저앉았다.

"내가 실용적인 여자라고 생각해요?"

그는 다른 사람들처럼 무슨 말을 하는 거냐고 다시 묻지 않았다. 대신 부드러운 목소리로 망설임 없이 대답했다.

"에밀리, 당신은 내가 돌봐줬던 여자들 중에서 제일 실용적이지 못한 사람이오. 그러니까…… 내가 만났던 여자들 말이오. 당신은 더할 수 없이 낭만적이지. 어울리지도 않는 남자를 사랑하고 있고, 아무도 상상할 수 없는 일을 꿈꾸고, 그리고 당신은 아주 용감하기도 해."

에밀리는 웃음을 참고 물었다.

"내가? 용감해요? 굉장한 거짓말쟁이시군요. 안 그래요?"

“용감하지 않다면 어떻게 오지의 애팔래치아에 들어가 아이들에게 책을 줄 수가 있었겠소? 당신하고 같이 가준 사람이 한 사람이라도 있었나?”

“전혀요. 어떤 사람들은 그러고 싶다고 말하기도 했지만……”

“그렇지만 포기했지. 비탈진 언덕과 계곡에 겁먹어서 말이오. 안 그렇소?”

에밀리는 고개를 돌리고 딴전을 피우다가 그를 쳐다보고 살짝 웃었다.

“전엔 내가 용감하다고 생각해본 적 없어요.”

미가엘은 밝게 웃으면서 일어나 그녀에게 두 팔을 벌리면서 유쾌하게 말했다.

“자, 나의 용감한 공주님, 어디로 갈까요?”

“남성복 가게로 가요.”

햇빛 아래서 보니, 그가 어젯밤부터 입고 있던 옷이 어찌나 더럽고 초라하던지 웃음이 나왔다.

“그 다음엔 당신 옷을 사주겠소.”

에밀리는 항의하려다가 그만두었다. 충충한 감색 옷을 보고 구제 불능으로 답답하고 구식이라고 말하던 도널드의 목소리가 들리는 듯했다. 상당히 실용적이기는 했지, 그녀는 얼굴을 찡그렸다.

“그래요, 나도 내 자신을 위해서 뭔가 사고 싶어요.”

소리내어 웃으면서 어느새 그녀는 앞서 걷고 있었다.

두 사람은 예스럽게 보이려고 상당한 돈을 들인 아이스크림 가게에 앉아 있었다. 흰색 대리석을 얹은 조그맣고 둥근 탁자와 빨간 시트에 등받이가 하트형인 작은 철제 의자가 놓여 있었다. 탁자 위에는 두 개의 커다란 바나나 아이스크림—에밀리 앞에는 초콜릿 시럽을 얹은 것이, 미가엘 앞에는 호두, 아몬드, 헤이즐넛을 얹은 것이 놓여 있었다.

오전에는 옷가게에서 즐거운 시간을 보냈다. 남자를 위해 옷을 고르는 것도 기분 좋은 일이었다.

도널드는 자신이 어떻게 보이고 싶은지, 그러기 위해서 어떤 옷을 입어야 하는지를 항상 정확히 알고 있었다. 그래서 에밀리는 넥타이 하나 사줘 보지 못했다. 그렇지만 미가엘은 스웨터와 셔츠, 바지 고르는 일은 물론, 어울리게 입혀달라고까지 부탁했다.

검은 머리칼과 눈에 어울리는지 보려고 그녀가 조금 떨어져서 눈을 가늘게 뜨고 볼 때면, 그는 기꺼이 마네킹처럼 서 있었다.

미가엘은 옷값을 모두 신용카드로 계산했다. 그러고 나서 숱 많은 곱슬머리를 단정하게 자를 수 있도록 이발소에 데려가 달라고 했다. 에밀리가 '머리가 그러니 거리의 악당 같아 보여요'라고 말한 적이 있었던 것이다.

"정말 그런지도 모르지. 내가 누군지 기억 못하는 한 나는 어떤 사람이라도 될 수 있으니까."

"천사까지도 될 수 있겠죠?"

"천사까지도."

그는 웃으면서 따라 말했다.

머리를 자르고 단정하게 빗자, 그는 에밀리가 생각했던 것보다 훨씬 잘생겨 보였다. 미가엘이 에밀리 자신의 표정을 흉내내며 쳐다보자, 목에서 따뜻한 기운이 올라오는 것 같았다.

"이제 그만 나가서 방을 알아봐야죠."

그녀는 이발사가 듣지 못하도록 속삭였다.

"나는 방이 있는데……."

그는 혼잣말로 중얼거리고 일어서서 거울을 들여다보았다.

"이 인간의 육체도 나쁘지는 않군. 봐줄 만해. 그렇지 않소? 미가엘에게 감사드려야겠어, 천사……."

에밀리는 새침하게 그를 흘겨보았다.

"미안."

하지만 전혀 미안해하지 않는 것 같았다. 활짝 웃는 얼굴이 그 사실을 증명해주었다.

방! 다른 방을 구해야 돼!

이발소에서 나와 그녀는 자신이 있는 여관과 반대쪽으로 그를 이끌고 갔다. 저쪽에 그가 머물 만한 곳이 있었던가?

"에밀리."

등뒤에서 미가엘이 불렀다.

"저기, 저거!"

그는 여자 옷가게 쇼윈도 앞에 서서 전시해놓은 옷 중 하나를 가리켰다. 에밀리는 자신이 어떻게 해야 할지 잘 알았다. 그녀는 옷가게에 들어가 맘에 드는 옷을 골라 입어보았다.

그렇게 이곳저곳을 돌아다니고 나서 그들은 아이스크림 가게에 자리를 잡았다. 점심으로 바나나 아이스크림은 적당치 않다고 반대했지만 미가엘은 무시한 채, 그 아이스크림을 샀다. 그녀는 화사한 꽃무늬가 있는 크림빛 실크 살리 드레스를 입고 그 위에 귀여운 적갈색 재킷을 걸치고 있었다. 재킷과 같은 색의 가죽벨트에는 폭이 7센티미터쯤 되는 진주 버클이 달려 있었다.

에밀리도 그 드레스가 태어나서 처음 입어보는 비실용적인 옷이라는 것을 잘 알고 있었다. 밝고 연한 색깔은 쉽게 더러워지고, 그리고 보디스는……, 보디스는 단추가 없는 대신 양쪽을 엇갈려서 여미게 되어 있었는데, 몸을 숙이기라도 하면 가슴이 거의 다 드러나 보일 것이다. 게다가 보디스는 몸에 딱 달라붙어서 정도 이상으로 몸매를 드러나 보이게 했다.

"당신, 예뻐. 그러니까 걱정하지 마시오. 머리를 그렇게 풀어놓은 게

난 더 좋소, 뒤로 묶는 것보다는. 스키타이(BC 6세기에서 BC 3세기경까지 러시아 남쪽 초원에서 활약한 이란계 민족) 여인들은 아름다운 머리칼을 가지고 있었지. 당신이 엘리자베스 여왕 시대에 살았다면……."

"지금 여기 있는 게 나예요."

"나는, 아, 내 말뜻은…… 당신이 아주……, 아이스크림 어떻소?"

그녀는 배 모양의 커다란 아이스크림 그릇을 내려다보며 웃었다.

"오늘 즐거웠어요."

"나도 그렇소. 그런데 내가 당신을 곤란하게 하지는 않았나 모르겠소. 내 말이 말라(mala)……."

그는 단어를 생각해내려고 애썼다.

"라틴어로 '잘못됐다'는 뜻인데……."

에밀리는 미가엘의 모습에 미소를 지었다. 요즘엔 라틴어를 많이 배우지 않지만 그녀도 'mal'이 무슨 뜻인지는 알고 있었다.

"말라프로피즘(Malapropism)이죠. 말을 잘못 쓰는 거예요."

"그렇소. 그래서 내가 당신을 곤란하게 했소?"

"아뇨, 전혀요. 사람들도 당신을 좋아해요."

그건 사실이었다. 그는 사람들을 평온하게 만드는 묘한 힘을 갖고 있었다. 옷가게에서도 그랬다. 카운터 여직원은 세일 때문에 걸려오는 전화를 받느라 정신없어 보였고 매우 불친절했다. 그런데 미가엘이 한 손으로 그녀의 손가락을 감싸면서 다른 손으로 사려고 하는 품목을 적은 쪽지를 건네주자, 여직원은 부드러워졌고 웃는 얼굴이 되었다.

"그건 어떻게 하는 거죠? 당신이 누군가를 만지면 그 사람은 더 조용해지고, 더 편안해지고, 더……."

에밀리는 말을 멈추고 그를 쳐다보았다. 만약 그가 다시 천사 얘기를 꺼내면 밖으로 나가버릴 생각이었다.

하지만 그는 마주 보고 웃기만 했다.

"생각이란 아주 강한 거요. 당신이 느끼고 있는 걸 그대로 누군가에게 전할 수도 있소. 자, 손을 줘봐요. 그리고 내가 당신을 느낄 수 있도록 해봐요. 어떤 감정이라도 좋소."

에밀리는 두 손으로 그의 오른손을 잡고 눈을 깊숙이 들여다보면서, 생각을 그에게 보냈다.

몇 초쯤 지나, 미가엘은 소리내어 웃으며 그녀의 손을 놓았다.

"됐소. 당신이 주는 메시지를 받았소. 당신은 지금 배가 고프고 손은 더 잡고 있기 싫다고 하는군. 내 생각엔 그 오리……."

그는 갑자기 말을 끊고 슬며시 웃었다.

"당신이 사랑하는 그 남자는 당신이 다른 남자의 손을 잡는 걸 싫어하고, 다른 남자랑 같은 방에 있는 것도 싫어하고……."

"신경 끄세요. 이제 정말 당신 방을 구하러 가야겠어요. 방을 구하고……."

그녀는 말을 멈출 수밖에 없었다. 두 살쯤 돼 보이는 작은 여자아이가 두 팔을 벌리고 미가엘에게 달려왔다. 미가엘은 아이를 안았다.

눈이 동그래져서 에밀리는 다시 자리에 앉았다. 아이가 미가엘의 목에 매달리자 두 사람은 몇 년 동안 만나지 못한 연인들처럼 서로 껴안고 입을 맞추었다.

이제 기억을 찾았구나 하고 생각하는 순간 알 수 없는 슬픔이 온몸을 할퀴고 지나갔다. 이제 집으로 돌아가거나 아니면 나머지 휴일을 혼자 보내거나 해야 하는 것이다. 혼자인 에밀리!

여자아이의 엄마로 보이는 젊은 여자가 총총 걸어왔다. 미가엘의 부인이구나……

"레이첼!"

여자는 숨이 차서 헐떡거렸다.

"왜 그러는 거니? 오, 선생님, 죄송합니다. 이 아이가 낯설어하지를 않네요. 왜 이러는지 모르겠어요.”

에밀리는 두 사람이 가족이 아니라는 사실에 안심하고 있는 자신을 인정하기 싫었다.

“여기 앉아보세요. 피곤해 보이시는데, 아이스크림 드시겠어요? 드시면서 얘기 좀 해요.”

에밀리는 바나나 아이스크림을 먹으면서 아무 말 없이 앞에서 펼쳐지고 있는 장면을 지켜보았다. 아이는 아직도 미가엘의 무릎에 앉아서 그가 아빠라도 되는 듯 아주 만족스럽게 껴안고 달라붙어 있었다.

아이의 엄마가 자리에 앉자 여종업원이 왔다. 미가엘은 말없이 손가락 두 개를 세워 보였다. 아이스크림 두 개.

미가엘은 입을 다물고 있는데도 아이의 엄마는 마음을 터놓고 말을 쏟아놓았다. 남편이 다른 여자를 만나는 게 분명하고 그래서 화가 나 미칠 지경이라는 것이었다.

“좋은 엄마가 되고 싶은데, 레이첼이 아빠를 너무 보고 싶어해요.”

그녀가 사연 끝에 덧붙였다.

에밀리는 당신도 남편이 보고 싶겠죠, 그렇게 묻고 싶었지만 가만히 있었다.

아이스크림이 오고 여자는 얘기를 계속했다. 미가엘은 아이에게 숟가락으로 아이스크림을 떠 먹여주었다. 6개월 정도 된 아기에게 하듯이.

“당신 남편 톰은 좋은 사람입니다.”

마침내 미가엘이 입을 열었다. 에밀리는 여자가 말한 적 없는 남편의 이름을 미가엘이 알고 있다는 데 놀랐지만 정작 여자는 눈치채지 못한 듯했다.

“그리고 남편도 당신을 사랑하고 있어요. 다만 남편은 레이첼이 태어난 뒤로 당신 마음속에서 남편의 자리가 사라져버린 걸 서운해하고 있습니다.”

여자는 고개를 떨궜다. 여태 참고 있었던 눈물이 흘러내리고야 말았다.

"그럴 만도 해요. 레이첼이 워낙 까탈스러워서 한시도 절 놓아주질 않으니까요."

미가엘이 소리내어 웃자, 에밀리는 깜짝 놀랐다.

"그런 걸 까탈스럽다고 하는군요."

미가엘은 재밌다는 듯이 큰 소리로 웃더니 레이첼을 내려다보았다.

"자, 레이첼, 귀여운 아기가 엄마 아빠를 힘들게 하고 있구나."

그는 다시 여자를 보면서 말을 이었다.

"심술을 좀 부리는 아이네요. 뭔가 원하는 게 있어서 그렇습니다."

미가엘은 아이를 사랑스럽게 쳐다보았다.

"할 수 있는 건 뭐든지 해주는걸요. 그 앤……."

여자는 아이에 대해 하던 말을 멈추었다. 더 이상 아이를 나쁘게 말하지 않으려는 것처럼.

"음악이죠. 레이첼은 음악가예요. 악기점에 데려가 보세요. 플루트나……."

미가엘은 또 단어가 떠오르지 않는지 손동작을 해 보이면서 도움을 청하는 얼굴로 에밀리를 쳐다보았다.

"피아노."

에밀리가 낮은 소리로 알려주었다.

"맞아요, 피아노."

미가엘은 또 에밀리를 천재라고 생각하는 듯했다.

"레이첼에게 악기를 사줘 보세요. 머릿속에 있는 것을 악기로 표현할 수 있을 거예요."

"하지만 음악을 연주하기에는 너무 어리지 않을까요?"

"그렇다면 당신이 바다와 사랑에 빠진 건 몇 살 때였습니까?"

여자가 미가엘을 보면서 어찌나 따스하게 웃던지 아직 손도 대지 않은 아이스크림이 그 열기에 다 녹아버릴 것 같았다.

"가보는 게 좋겠어요 악기점이 문 닫기 전에. 자, 레이첼, 이리 온. 이제 가야겠다."

아이는 절대 움직이지 않을 것처럼 미가엘의 목에 팔을 더 단단히 둘렀다.

여자가 일어나면서 놀란 얼굴로 레이첼을 내려다보았다.

"이 아이가 당신을 정말 좋아하나봐요. 전에 본 적도 없는데."

"아, 우린 아주 오래, 오래 전부터 알고 있었어요. 레이첼은 아주 어리지만 아직도 나를 기억하고 있잖아요. 자, 아가야, 이제 엄마한테 가야지. 엄마가 악기를 사주신단다. 이제 네가 큰 소리로 울지 않아도 엄마가 다 알아들을 수 있을 거야."

그는 아이의 볼에 입을 맞추고 한 번 더 꼭 껴안아준 뒤에 바닥에 내려놓았다. 아이는 엄마 곁으로 가서 손을 잡았다.

"고맙습니다."

여자가 몸을 구부려 미가엘의 뺨에 입을 맞췄다. 그에게 환하게 웃어주고 여자는 아이스크림 가게를 나갔다.

"별로 궁금하지 않아요."

에밀리는 아이스크림을 다 먹고 나서 불쑥 말했다.

"당신이 한 말이나 알고 있는 것에 대해 설명 같은 거 듣고 싶지 않아요. 아무것도 알고 싶은 게 없다는 말이죠. 무슨 말인지 알겠어요?"

미가엘에게 얼굴을 바싹 대고 에밀리는 마지막 말을 강조했다.

"분명히 알겠소."

그는 짧게 대답하고 또 웃고만 있었다. 에밀리는 일어섰다.

"이 정도면 됐어요 당신이 사고로 다친 데가 없는 게 명백하고 나는 집에 할 일이 쌓여 있으니까, 이제 가야 해요."

“내가 누군지 알아내는 걸 도와주지 않을 거요?”

그녀는 입술을 오므렸다.

“당신은 자신이 누군지 잘 알고 있잖아요. 다른 사람들도 다 알고 있는 것 같고요. 이제 더 이상 당신 장난감 되는 건 싫어요.”

“바로 조금 전엔 레이첼과 그 애 엄마가 내 가족이 아니라는 사실에 기뻐했잖소. 그래서 나는 당신 혼자 휴일을 보내게 놔두지 않을 생각이오.”

“천리안이네요!”

그녀는 발끈해서 쏘아붙였다.

“왜 내게 그런 생각이 들었는지는 나도 모르겠어요. 그런데 나도 모르는 걸 당신은 천리안처럼 들여다보네요? 정신 직통 전화국에 근무하세요? 당신은 사람들한테 인생의 기쁨이 가까운 곳에 있다고 말해주나요? 지금 나한테 하고 싶은 말이죠?”

그녀는 핸드백을 쥐고 돌아섰다. 그러나 곧바로 미가엘이 팔을 잡고 돌려 세웠다.

“에밀리, 난 당신한테 거짓말은 하나도 안 했소. 당신이 거짓말하게 만든 거 몇 가지만 빼고. 하지만 그 근본은 진실이오. 난 정말 집도 없고 오늘밤을 보낼 만한 곳이 아무 데도 없소.”

“돈도 있고 신용카드도 있어요. 사용하는 방법도 알고 있잖아요.”

“다른 사람이 하는 걸 보고 알았지.”

미가엘이 그녀의 팔을 잡았다.

“에밀리, 난 내가 왜 여기 있는지 모르오. 뭘 해야 하는지도 모르고. 그래서 도움이 필요해요. 내가 안다고 확신할 수 있는 건 내 삶이 당신의 인생과 연결되어 있고 내 임무를 수행하는 데 당신이 필요하다는 거요.”

“난 갈 거예요.”

에밀리는 현재의 삶 그대로를 좋아했다. 그런데 이 남자와 10분 정도만 더 있으면 인생이 원하지 않는 쪽으로 바뀌어버릴 것 같은 느낌이었다. 가능한 한 가장 빨리 그에게서 떠나고 싶었다.

"당신을 만나서 좋았어요. 그리고 고마워요. 드, 드레스를…… 사줘서요."

내키지 않는 말을 하느라 더듬거리면서 서둘러 인사를 마쳤다. 미가엘이 대답을 하기 전에 아이스크림 가게를 나와 달리기 시작했다.

여관으로 돌아올 때까지 그녀는 한번도 달리기를 멈추지 않았다.

"미스 토드."

프런트의 젊은 여자가 에밀리를 불렀다.

"소포가 와 있는데요."

그 순간에 떠오른 생각은 '그는 아니다'였다. 미가엘이 그렇게 빨리 소포를 보낼 수는 없는 것이다. 아무리 천사라도…… 그만! 그녀는 천사 쪽으로 가고 있는 자신의 생각을 스스로 저지시켰다. 말도 안 되는 생각이야! 그 사람은 천사가 아니야. 이상한 사람일 뿐이지. 이상한 힘을 가진 이상한 사람.

에밀리는 여자에게서 속달 소포를 받아 들고 고맙다는 인사를 한 뒤 방으로 돌아왔다. 문 앞에 이르러서야 도널드가 보낸 소포임을 알았다.

"아, 도널드……."

감동의 소리가 입 밖으로 새어 나왔다. 사랑하는, 빈틈없는 도널드. TV 방송 때문에 지역 유명 인사가 된 도널드. 주말을 화재 현장에서 보낸 사랑스러운 도널드.

그런데 그 순간 이상하게도, 화재라는 말이 너무나도 자연스럽게 한 남자를 연상시켰다. 들은 적 없어도 낯선 여자의 남편 이름을 알고 있던 사람. 아이가 음악을 좋아한다는 사실을 알고 그 아이를 아주 오래, 오래 전부터 알고 있었다는 사람.

포장을 풀고 납작한 흰색 상자를 열었다. 검은색의 화려한 실크 슬립!

매력적인 물건을 손에 들고 그녀는 생각에 잠겼다. 이토록 기분 좋은 물건을 왜 전에는 느껴보지 못했던가, 왜 이런 걸 가져보지 못했던가……. 떨리는 손으로 카드를 집어 들었다.

'상표에 있는 손빨래 가능 표시를 볼 것.'

도널드의 글씨가 적혀 있었다.

'당신의 실용성과 나의 불합리한 감각. 그것들이 항상 함께 작용하도록…… 사랑해. 주말 일은 다시 한 번 사과할게. 오늘 저녁 다섯 시 뉴스를 봐줘. 내가 나오거든……. 당신과 함께 하는 도널드.'

카드 속의 글씨가 눈물을 흘리게 했다. 도널드가 자만심에 차 있고 이기적인 사람이라는 생각이 들 때마다 그는 이런 면을 보여주곤 했다. 슬립에 얼굴을 묻고 침대에 엎드려 훌쩍였다. 도널드가 그리워서, 그리고 또 다른 알 수 없는 무엇 때문에. '또 다른 알 수 없는 무엇'은 에밀리로서도 이해할 수 없는 부분이었다. 그 순간만큼은 마음속에서 친구 아이린의 말도 듣고 싶지 않았다. 그러나 여지없이 그 소리는 들려왔다.

'그런데 이게 정말 너를 위한 선물일까? 아니면 도널드 자신을 위한 걸까?'

"그 미운 남자."

그녀는 소리내어 말하면서 미가엘을 생각했다. 그와 마주친 이후부터 생활은 거꾸로 돌아가고 있었다. 다시 자신에게로 돌아가는 유일한 길은 그를 잊어버리는 것이었다.

옷장에서 여행 가방을 끄집어내 짐을 챙겼다. 지금 떠나야 한다. 바로 지금. 빨리 이곳을 떠날수록 삶도 빨리 정상으로 돌아올 것이다.

짐을 챙기면서 힐끗 시계를 보았다. 벌써 오후 세 시. 지금 출발한다면 다섯 시 뉴스는 보기 어려웠다. 사랑하는 도널드가 보여주고 싶어하는 장면을 놓치게 되는 것이다. 하지만 미적거리는 동안 미가엘이 찾아온다면? 그가 다시 와서 이상한 인생 속으로 끌어들이려고 한다면?

하지만 미가엘이 그렇게 하지 않으리라는 것을 알고 있었다. 미가엘 체임벌린을 알게 된 지는 채 스물네 시간도 안 됐지만, 자존심이 대단하다는 것은 눈치챌 수 있었다. 그는 다시 오지 않을 것이다. 그녀에게 또다시 억지를 써볼 생각은 하지 않을 것이다.

좋아 됐어, 다 챙긴 여행 가방을 닫았다. 에밀리는 밤 운전을 싫어하지만 다섯 시 뉴스를 본 뒤에 바로 출발하기로 맘먹었다. 미가엘이 괴롭히지 않으리라는 다짐에도 불구하고, 길 잃은 새끼 고양이를 떼어놓고 떠나버리는 느낌만은 어쩔 수 없었다.

엉터리 같은 생각이야, 혼잣말을 하며 시계를 보았다. 3시 10분. 두 시간 조금 못 되게 남아 있다. 그 정도 시간 때우는 거야 식은 죽 먹기지. 뭘 할까…… 두 시간 동안 무엇을 할 수 있을까? 그토록 보고 싶었던 공예품 시장에라도 가고 싶었지만, 밖에 나가면 미가엘을 만날지도 모른다. 그 갈색의 큰 눈을 보게 되면 항복할 수밖에 없다는 것을 그녀는 알고 있었다. 그를 도와주기로 약속하지 않았던가.

손목시계를 보았다. 3시 12분. 만약에 그를 보게 되면 그녀는, 천사장 미가엘이 그에게 주었던 임무가 무엇인지 생각해내는 걸 도우려고 애쓰게 될 것이다. 그런 생각을 하자니 웃음이 나왔다. 엉터리 같은 말들이 지금은 그녀의 투시 능력을 도와주고 있단 말인가. 이상한 말들이 기억 한편에 남아 천사를 생각하도록 조종하고 있단 말인가.

천사들의 이름은 다 미가엘인가? 물어봤어야 했는데. 아니면 정신병원에서 도망쳐 나온 사람들이 스스로에게 그렇게 이름을 붙이는 걸까?

다시 시계를 보았다. 3시 14분. 나가야지. 도널드 선물을 사야 돼. 입을 꾹 다물고 방을 나왔다.

4

선물 가방에 팔이 짓눌린 채 에밀리는 방으로 뛰어들어갔다. 5시 1분 전이었다.

"완벽해!"

가방을 내려놓으면서 TV를 켰다. 평소 도널드는 주말 뉴스를 맡지 않았다. 그래서 주말이면 에밀리는 도널드가 어디쯤 오고 있을까 생각하면서 누워 기다리곤 했다.

밖에 나갔을 때, 그 이상한 남자의 흔적이 보이지 않아 안심이 됐다. 그 덕택에 차분해질 수 있었다. 그가 사라져 기뻤다. 이제야 그 날개 달린 사람이 빠진 자신만의 진짜 인생에 대해 생각할 수 있게 되었다. 그녀는 만족스런 미소를 지었다.

방송이 시작되었다. 화면에 보이는 도널드의 반가운 모습에 긴장을 풀고 한숨 돌렸다. 얼마나 익숙한 얼굴인가. 금발에 잘생긴 얼굴, 반짝이는 눈. 약혼을 한 지는 1년쯤 되었지만 그들은 5년 정도를 함께 지내왔다. 행복하고 소중한 시간이었다.

지금 도널드의 모습은 실제와 다르게 보였다. 완벽하게 의상을 갖춰 입고 머리는 스프레이를 뿌려 뒤로 빗어 넘겼는데, 마치 컴퓨터로 합성해서 만든 사람처럼 부자연스러워 보였다. 그는 몇 주 동안 세탁하지 않은 낡은 스웨터를 입거나 사흘째 면도도 하지 않은 적이 많았다. 그러면 에밀리는 '이 사람이 미스터 뉴스예요?' 하고 그가 속한 부서의 이름을 빌어 놀리곤 했다. '이 사람이 차기 주지사로 추천받은 사람 맞아요'라고 놀리기도 했다.

에밀리는 그가 활짝 웃으면서 맥주를 더 달라고 할 때의 모습을 좋아했다.

"주지사 부인은 맥주를 나르지 않는 걸로 아는데요."

에밀리가 장난을 걸면 그는 날쌔게 뛰어와서 간지럼을 태웠다. 한 가지 일은 또 다른 일을 만들고, 다른 일은 또 다른 기분 좋은 분위기를 끌어오고, 그러다가 결국에는…….

방송이 시작되고 30분이 지나도록 생각에 골똘히 빠져 있었다는 것을 몰랐다. 그러나 이제 번쩍 그 생각이 났다. TV 화면에 바로 그녀의 모습이 나오고 있었던 것이다. 야회복을 입고 국제 도서관 협회에서 주는 특별 공로상을 받기 위해 연단으로 걸어 올라가고 있었다.

"자, 이제 '금주의 천사'를 만나보시겠습니다."

도널드가 말했다.

"미스 에밀리 제인 토드는 가난한 애팔래치아 어린이들에게 도서를 기증해준 이기심 없는 헌신으로 어젯밤 상을 받았습니다. 작은 마을 도서관 사서의 박봉으로 어린이들의 책을 구입해 산골 마을을 찾아가는 데 주말을 썼습니다. 가까스로 식량만 공급받을 수 있는 그곳 어린이들에게 '마음속의 진수성찬'이 될 것입니다. 토드 양에게는 선물이 주어지겠습니다. 여기, 에밀리 양의 천사가 있습니다."

카메라를 향해 웃어 보이면서, 그는 금으로 만든 자그마한 천사상을 들어 보였다. 그것은 매주 토요일에 방송국에서 지급하는 것이었다.

프로그램에 시상 순서를 넣은 이유는 주말 시청률을 높이기 위해서라고 도널드가 귀띔해준 적이 있었다.

"자, 이번에는 불가해한 소식 한 가지 전해드리겠습니다."

도널드는 아직 웃음이 가시지 않은 얼굴로 말하고 있었다.

"방금 FBI에서 들어온 소식에 의하면 금세기 가장 악명 높은 암살자의 시체가 사라졌다고 합니다."

막 TV를 끄려던 에밀리는 소스라치게 놀랐다. 도널드의 머리 뒤편으로 초점이 맞지 않은 미가엘의 사진이 나타났다. 그녀는 뒷걸음질쳐 침대에 걸터앉았다.

"조직적인 범죄 집단의 암살 용의자 미가엘 체임벌린은 그 동안 10년 넘게 FBI의 수배를 받아왔지만 검거되기는커녕 좀처럼 흔적을 보이지 않았다고 합니다. 여러분이 보고 계시는 이 사진이 악명 높은 암살자의 유일한 사진입니다. 가정 문제로 고소당한 한 남자가 연행되었을 때, FBI의 순회 파견팀이 그 남자가 10대 긴급 수배자 중 한 사람이라는 사실을 알아차렸다고 합니다."

여기서 도널드는 호기심 유발을 위해 잠깐 말을 멈추었다. 그는 평소에 주말 뉴스를 맡고 싶어하지 않았다. 판에 박힌 코미디 요소가 있다는 이유에서였다. 주말에는 사람들이 심각한 뉴스를 듣고 싶어하지 않기 때문에 토요일, 일요일의 뉴스 진행자는 시청률을 높이기 위해 익살꾼이 되어야만 한다는 것이었다. 그래서 주말 뉴스의 끝 부분은 항상 웃으면서 끝날 수 있도록 짜여졌다.

"그 후 빅 보이의 도착을 기다리는 동안, 체임벌린은 24시간 무장 경호 요원의 감시 아래 독방에 수감되어 있었는데, 아침에 보니 가슴에 벌집 같은 총알 자국과 머리에 탄환 한 알이 박힌 채 죽어 있었습니다. 검시관은 즉각 D.O.A.(도착했을 때 이미 죽어 있는 상태)로 발표했습니다.”

그 시점에서 도널드는 잠시 원고를 내려다보았다. 그런 다음 약간의 미소를 띤 얼굴로 다시 카메라를 쳐다보았다. 그 미소를 에밀리는 잘 알고 있었다. 에밀리가 바보스런 짓을 했지만, 차마 바보 같다는 말을 하지 못할 때 그런 미소를 지었다.

“그러나 FBI는 시체를 잃어버린 것으로 보입니다. 체임벌린은 분명히 죽었는데도 옷을 훔쳐 입고 걸어나간 것 같습니다. 그를 체포해야 하는 또 다른 이유가 생긴 것입니다.”

도널드는 이제 얼굴 가득 미소를 지었다.

“누구라도 이 남자를 보시는 분은, 그러니까, 걸어다니는 남자죠. FBI나 지역 시체 안치소로 제보해주시기 바랍니다.”

책상 위에서 손을 깍지끼고 도널드는 여전히 웃는 얼굴을 보여주었다.

“천사 이야기와 다시 살아난 시체 기사를 끝으로 오늘밤 뉴스를 마치겠습니다. 좋은 시간 되시기 바라면서, 도널드 스튜어트였습니다. 월요일에 뵙겠습니다.”

에밀리는 아연실색해서 한동안 움직일 수도 없었다. 차로 치었던 그 남자는 좀 이상하긴 했지만 암살자는 아니었다.

갑자기 너무 많은 일들이 머릿속을 휘저었다. 미가엘이 말했던 두통, 온 곳도 갈 곳도 모른다는 사람이 사용하던 신용카드…… 그녀는 벌떡 일어섰다.

전화기를 집어 들었다. 도널드가 아직 자리에 있기를 바라면서 방송국으로 전화를 걸었다. 숨소리를 죽이고 신호음을 들었다. 다른 직원이 도널드를 바꿔주기까지 기다려야 했다.

도널드는 뭔가 알고 있을지도 몰라, 기다리는 동안 그녀는 생각했다. 그는 탐구심이 강한 일류 기자였고 많은 사람에 대해 알고 있었다. 사람보다는 비밀을 더 많이 알았다. 그가 깜짝 놀랄 만한 기사를 조사, 수집할 때는 에밀리가 여러 번 참고자료를 제공해주기도 했다.

"안녕, 머핀! 내가 화해 신청했던가? 당신은 제일 예쁜 천사……."

수화기를 들자마자 쏟아내는 도널드의 말을 자르고 에밀리는 서둘러 말했다.

"도널드, 내 코가 근질거려요."

곧바로 그는 웃음을 멈췄다.

"왜 그러는데?"

"당신이 했던 얘기 중에 마지막 거 말이에요. 감옥에서 죽었다는 남자요. 무슨 얘기 더 없어요?"

도널드가 목소리를 더 낮췄다. 이제 주변에 듣는 사람이 없다는 것을 그녀는 알 수 있었다.

"모르겠어. 나는 받은 원고를 그냥 읽기만 했으니까. 전화를 해서 좀 더 알아볼게. 당신 있는 곳 번호를 말해봐. 내가 다시 전화해줄게."

전화번호를 알려주고 그녀는 전화를 끊었다.

'나쁜 징조 탐지기'. 그것은 아버지가 그녀의 코에 붙여준 별명이었다. 근질거리는 코가 두 번이나 가족의 생명을 구한 일이 있었다. 여섯 살 때였던가. 그녀는 오빠와 아버지와 함께 페리스 관람차를 타러 갔었다. 하지만 에밀리가 갑자기 코가 근질거린다면서 소리를 꽥꽥 질러대는 바람에 페리스를 탈 수가 없었다. 오빠는 화를 냈지만 아버지는 다음 순서를 기다려 타면 된다고 아들을 달랬다. 그러나 다음 순서는 오지 않았다. 몇 분 지나지 않아 페리스 관람차의 기어가 부러져 네 사람이 죽고 몇 사람이 다치는 사고가 발생한 것이었다. 그 이후로 식구들은 에밀리가 코가 근질거리다는 말을 하는지 귀 기울여 듣게 되었다.

에밀리 가족들이 도널드에게 그 얘기를 들려줬을 때, 그는 웃지 않았다. 그 얘기를 듣고 웃지 않은 남자친구는 없었다. 대신 도널드는 코를 읽어줘야 할 때는 언제라도 말해달라고 진지하게 말했다.

불과 3개월 뒤, 에밀리는 그 말을 하게 되었다. 그들은 함께 파티에 가게 되었는데, 에밀리는 거기서 사람들이 대단한 사람이라고 여기는 한 남자를 소개받았다. 그는 텔레비전 방송국을 소유하고 있었고 도널드를 막 뉴스 앵커로 기용했던 사람이었다. 도널드는 그를 숭배하고 있었다. 그러나 에밀리는 그 남자가 코를 근질거리게 한다고 말했다. 그래서 도널드는 몇 가지 조사를 한 끝에, 그가 토지 의혹에 깊이 관련된 사람이라는 사실을 알아냈다. 6개월 후, 그는 체포되었지만 그때까지 도널드는 입을 다물고 있었다. 그가 체포되던 날, 도널드는 다른 모든 뉴스 매체를 앞질러서 그 기사를 터뜨렸다. 그 일은 도널드의 첫번째 성공작이 되었고 그는 잘생긴 뉴스 진행자일 뿐만 아니라 탁월한 기자라는 평판을 얻게 되었다.

도널드의 전화를 기다리면서 에밀리는 안절부절못하고 방 안을 왔다 갔다하느라 거의 녹초가 될 지경이었다. 전화벨이 울렸을 때 그녀는 수화기를 덥석 움켜잡았다.

"당신한테 장미 빚진 게 있는데."

"노란 장미로요. 빨리 말해봐요. 어떻게 된 일인지."

그녀는 서둘러 받아 넘겼다.

"경찰이 엉뚱한 사람을 체포했나봐. 이름이 미가엘 체임벌린인데 지금은 경찰도 그 사람이 살인자라는 확신을 못 한대."

"그런데 왜 안 풀어줬대요?"

"FBI가 기자들한테 정보를 누설한 뒤에 그 악명 높은 범인을 체포했을까? 당치도 않지. 사건이 조용해질 때까지 감옥에 넣었다가 풀어주려고 했겠지."

"그럼 누가 그 암살자를 쐈어요?"

"당신 맘대로 골라봐. FBI가 자기들의 실수가 알려지는 게 싫어서 그랬을 수도 있고, 아니면 진짜 킬러에 대한 관심을 돌리려고 이 남자를 죽이고 싶어하는 마피아의 짓일 수도 있고 아니면 부인일 수도 있고.”

“부인?”

“어, 그래. 처음에 부인 때문에 체포됐던 거라고 들었거든. 이웃 사람이 경찰을 불러서 가봤더니 부인이 비명을 질러가면서 그 남자의 머리에 총을 들이대고 있었대.”

“왜요?”

“뭐가 왜야?”

“부인이 왜 죽이려고 했을까요?”

전화기 저편에서 도널드의 웃음소리가 들렸다.

“내가 결혼해본 사람도 아니고, 그 사정이야 어떻게 알겠어? 당신 생각은 어때?”

에밀리는 농담할 기분이 아니었다.

“결국 세 사람이 그 남자를 죽이려고 한다는 말이죠? 살해당하기를 원하는지 원하지 않는지 모를 그 사람을?”

“그래, FBI와 마피아, 그리고 분노한 아내, 이 세 사람이지. 나 개인적으로는 부인 쪽에 걸고 있지. 부인이 제일 먼저 찾아낼 거야. 그 멍청이가 아직 살아 있다면 할 일이 두 가지 남아 있어. 신용카드를 한 번 쓰는 거하고 죽는 거. 모뎀을 가지고 있는 사람이면 누구라도 찾아낼 수 있는 거지.”

“그런데 만약 이 남자가 범인이 아니라면, 어떻게 결백을 증명하죠?”

도널드는 잠시 말이 없었다.

“에밀리, 당신 뭔가 아는 게 있어?”

“알긴 내가 뭘 알아요?”

그렇게 말하면서 웃었는데, 그 웃음소리는 자신의 귀에도 억지웃음으로 들렸다.

"정말이라니까요, 도널드."

그녀의 목소리는 어느새 높아져 있었다.

"어떻게 그런 질문을 해요? 난 단지 작은 도서관의 사서일 뿐이잖아요. 몰라요?"

"아, 알지. 그리고 나는 평생 지역 뉴스 일을 할 거고. 그런데 에밀리, 정말 무슨 얘길 하고 싶어서 그래?"

그녀는 숨을 깊이 내쉬었다. 거짓말 못 하는 성격이 다음 순간에 드러났다.

"그 남자를 오늘 본 것 같아요. 이 부근 가게에서요."

위험이 따르는 줄 알지만 그녀는 각오를 했다. 도널드 말이 맞다면—항상 그래 왔듯이—곧 다른 사람들도 알게 될 것이다. 에밀리가 주말을 보낸 마을에서 미가엘 체임벌린도 쇼핑을 했다는 사실을.

"경찰을 불러야지!"

도널드는 소리쳤다.

"그 남자가 킬러가 아니라고는 아무도 말 못 해. 교활한 거짓말쟁이라고! 사기치는 건 말할 것도 없지. 에밀리! 그 사람은 냉혈 킬러야. 내 말 듣고 있는 거야?"

"듣고 있어요."

그러나 그녀는 다른 생각을 하고 있었다. 미가엘이 신용카드를 사용한 지 몇 시간이 지났는데······.

"경찰에 전화해!"

도널드가 단호하게 말했다.

"지금, 당장. 무슨 말인지 알아? 직접 경찰한테 가지 말고 전화를 해. 그리고 거기서 나와. 지금 당장 나오라구. 난 분명히 말했어. 알겠지?"

"그래요. 알았어요. 그런데 도널드, 그 사람은 어떻게 될까요?"

"그 사람은 죽은 사람이야. 걸어다니는 죽은 사람이라구. 제발, 에밀리, 거기서 좀 나와. 만약 그 사람이 거기 있는 게 알려지면 그 마을은 피바다가 될 거야."

갑자기 도널드는 말을 멈추었다가 목소리를 바꾸어 말했다.

"가야겠어."

"FBI에 전화하려는 거죠?"

그녀는 다급히 소리쳤다.

"그 사람이 결백하다면 FBI가 구제해줄 거야."

"FBI는 여기 제 시간에 도착하지도 못할 거예요."

"에밀리!"

도널드는 경고하듯이 그녀의 이름을 불렀다.

"알았어요. 지금 나갈게요. 어쨌든 짐은 싸놨으니까. 가면 전화⋯⋯."

"에밀리! 당신이 차로 친 남자는 어떻게 됐어?"

"아, 그 사람은⋯⋯."

그녀는 할 수 있는 한 가장 가볍게 말하려고 애썼다.

"그 사람은 괜찮아요. 다친 데도 없고. 내가 부자가 아니란 걸 알아차린 순간 그냥 가족들이 있는 자기 집으로 가버렸어요."

도널드는 한참 동안 말이 없었다.

"당신이 돌아오면 얘기 많이 하자."

"그래요, 좋아요. 나는⋯⋯."

그녀는 침을 한 번 삼키고 섹시하게 들리도록 목소리를 낮췄다.

"당신이 선물해준 옷을 입을게요."

검은 실크 얘기를 하면 도널드의 마음이 차분해질지도 모른다는 생각이 들었다.

"꼭 그렇게 해! 내가 얘기하는 동안에는 당신을 그 마분지 상자에 넣어놓을 거야. 그런 다음에 꺼내서 구경해보자."

그녀는 시계를 보았다.

“지금 출발하는 게 좋겠어요. 노란 장미는 잊지 말아요.”

그녀는 애써 태평스럽게 말했다.

“알았어. 아주 많이 줄게. 오는 대로 전화해.”

“그럴게요. 그리고 자동 응답기에 말하면 되겠죠.”

“걔도 나 못지않게 당신을 좋아한다고.”

“느낌도 서로 통하죠. 안녕.”

잠시 동안 에밀리는 여행 가방을 쳐다보면서 결정을 내리지 못하고 서 있었다. 도널드가 시키는 대로 지금 나가야 한다. 그렇다, 그게 현명한 일이다. 그러나…… 옷 가방을 그대로 둔 채 문손잡이를 잡았다. 그를 찾아야 한다! 찾아서 경고해야 한다!

하지만 문을 확 열어 젖히는 순간, 그럴 기회는 사라져버렸다. 코끝이 서로 맞부딪칠 거리에 미가엘 체임벌린이 서 있었다. 그는 잔뜩 화가 나 있었다.

미가엘은 그녀에게서 눈을 돌려 옷 가방을 내려다보더니 다시 그녀에게로 얼굴을 돌렸다.

“당신은 나를 떠나려고 했군. 맞지?”

에밀리는 뒤돌아 섰다.

“어떻게 여길 들어왔죠? 문도 잠겨 있었는데.”

“잠긴 문을 여는 것도 내 능력의 한 가지 같소.”

그는 포기한 듯 대답하면서 턱을 치켜들고 에밀리 쪽으로 다가왔다.

“당신이 나를 인정해주지도 않고, 나를 기억하지도 않는 것만 해도 충분히 나쁜데 거기다 나를 떠나려고까지 하다니…….”

“당신은 정신 이상이에요. 알아요?”

그녀는 등을 옷장에 기댔다. 미가엘이 더 가까이 다가왔다.

“그리고 내가 당신을 찾아내서 경고를 해주려고 하는 것도 당신 정보망에 접수됐겠군요.”

얼굴에 입김을 느낄 수 있을 만큼 가까이 서서 그는 고개를 옆으로 돌렸다.

"나는 이 몸을 봤소. 당신들의 그……."

"텔레비전."

"맞소. 텔레비전에서 봤소. 누가 나를 죽이려고 한다더군."

"아니에요. 벌써 죽였어요. 하지만 당신은 결백해요. 내가 도널드에게 당신 얘기를 했고……."

그렇게 말해놓고 에밀리는 자신이 무슨 말을 하고 있는 건지 믿기지 않았다.

"뭘 어떻게 했다고? 다른 사람에게 내 얘기를 했단 말이오?"

"도널드한테만요. 좀 들어보세요. 내가 지도를 그려줄 수 있어요. 그리고 산 속에 버려진 오두막 같은 데를 찾는 방법을 알려줄 수도 있어요. 내 차도 줄 수 있고 그리고 당신은 돈도 가지고 있잖아요. 식료품도 살 수 있고 거기 숨어 살 수 있어요."

"그러면 경찰이 나랑 같이 있는 당신을 찾아내기까지 얼마나 걸릴까? 10분? 15분?"

미가엘은 자신을 진정시키려는 듯 손으로 얼굴을 쓸어 내렸다.

"봐요, 에밀리. 나는 여기 이 지구에서 뭘 하도록 되어 있는지 모르오. 하지만 그것은 당신과 관련 있는 일이고 나는 당신의 호의를 얻기 위해 내 시간을 다 할애했지. 그래서……."

"내 호의를 얻는다고요? 이런 걸 당신들은 그렇게 부르나요? 나를 음주 운전으로 고소하겠다고 나를 협박했죠. 내가 당신한테 허락하지 않으면……."

그녀는 더 말하지 못했다. 미가엘이 재빠른 동작으로 그녀를 끌어당겨 팔 안에 가두고 한 손으로 입을 막았다. 저항하면서 비명을 지르려고 했지만 힘이 너무 완강했다. 잠시 후 누군가 문을 두드리는 소리가 들렸다. 필사적으로 바동거리면서 빠져 나오려고 했지만 미가엘은 팔을 더 단단히 죄었다.

"토드 양."

남자 목소리였다.

미가엘이 에밀리를 창문 쪽으로 밀어붙였다. 창문을 타고 넘어가라는 뜻 같았지만 창틀 한쪽을 붙잡고 서 있기만 했다.

"당신이 10대 긴급 수배자 한 사람을 도와주는 걸로 생각할 거요. 그들이 당신에게 어떻게 할 것 같소?"

미가엘이 그녀의 귀에 대고 속삭였다.

그 말을 듣자마자 에밀리는 조용해졌다. 이 남자와 함께 있음으로 해서 발생할 골치 아픈 문제들은 그녀도 도널드도 원치 않았다. 미가엘은 그녀의 입에서 손을 떼고 창문을 더 높이 밀어 올렸다.

"하지만 난 결백해요!"

그녀는 싯싯 소리를 내며 낮게 소리쳤다. 그를 지나쳐 문손잡이를 잡는 순간 그가 왼쪽 귀에 대고 속삭였다.

"미가엘 체임벌린도 그렇지."

에밀리는 한순간 망설이다가 창틀 위로 뛰어올라가 작은 발코니 위로 내려섰다. 미가엘이 바로 뒤따랐다. 벽에 등을 밀어붙이며 그녀는 미가엘을 쏘아보았다.

"이제 어떻게 하죠? 날개를 펴고 땅으로 날아 내릴 건가요?"

"날개를 가져올 걸 그랬소."

에밀리가 조롱하고 있다는 걸 모르는 듯, 그는 심각하게 말하며 건물을 쳐다보았다.

"날개는 없지만, 저걸로 내려갈 수 있소."

그는 건물 옆에 기다랗게 서 있는 배수관을 쳐다보며 고개를 끄덕였다.

“그런 엉터리 같은 생각을……”

항의하려 했지만 미가엘은 어느새 그녀를 들어올려 발코니 난간에 내려놓고 몸을 구부려 배수관을 살펴보았다.

“거기에 발을 올려놓고 테두리를 잡아요.”

“그리고 그 다음은요?”

그녀를 돌아보는 미가엘의 눈이 반짝거렸다.

“그런 다음엔 열심히 기도해야지.”

“천사 농담은 듣기 싫어요.”

그녀는 발을 내밀면서 낮은 소리로 쏘아붙였다. 발코니를 건너기는 보기보다 쉬웠다. 레이스 모양의 테두리를 충실하게 공사해준 것과 다른 모든 돌출물에 고마워하면서 그녀는 무사히 땅에 닿았다. 그러나 너무 심하게 떨려서 잠시 바닥에 주저앉아 몸을 진정시켜야 했다.

“받아요!”

다급한 소리를 듣고 위를 올려다보는 순간 내용물이 가득 찬 세탁 주머니 두 개가 떨어져 내리고 있었다. 다행히 그녀는 제때에 주머니를 받아 안았다.

몇 초 지나지 않아 미가엘이 그녀 옆으로 내려왔다. 그는 세탁 주머니 하나를 더 들고 있었다.

“옷 가방을 들고 나올 수가 없어서 여기다 다 집어넣었지.”

하나를 열어보니 그녀의 옷과 화장품들이 빼곡히 쑤셔 박혀 있었다. 암살 용의자치고는 분명 사려 깊은 사람이었다.

“갑시다.”

에밀리의 손을 잡고 그는 주차장 쪽으로 달리기 시작했다.

차에 도착하자마자 에밀리는 핸드백을 두고 온 생각이 나서 온몸의 피가 얼굴로 몰려드는 것 같았다.

“내가 찾아주겠소”

그는 뒷좌석에다 세탁 주머니 하나를 아무렇게나 내던져놓고 다른 주머니를 열었다. 핸드백 얘기는 하지도 않았는데…….

에밀리는 그가 마음을 읽는 데에 너무나 화가 나 그가 만들어내는 혼란스러움에 대해 한마디 항의조차 하지 않고 차 안에 들어가 앉아서 기다렸다. 얼마 지나지 않아 그가 조수석에 앉으면서 자동차 열쇠를 건네주었다.

"어디로 모실까요?"

그녀는 화가 잔뜩 나서 비비 꼬인 말을 내뱉었다. 발목에는 상처가 났고 손은 호텔 주변을 따라 심어진 나무 가시에 긁혀 세 군데서 피가 나고 있었다. 게다가 그녀는 피곤하고 겁에 질려 있었다.

"좋아질 거요."

미가엘은 손을 뻗어 에밀리를 안심시키려고 했다. 그러나 그녀는 앙칼지게 손을 뿌리치고 차를 뒤로 빼면서 말했다.

"물론 좋아지겠죠. 나는 도망친 범인을 숨겨준 죄로 체포될 참이지만 괜찮겠죠, 뭐. 다 좋아질 테니까요."

그녀는 옆에 앉아 있는 미가엘을 쳐다보지 않았다. 어디로 갈 건지 묻지도 않고 호텔을 빠져 나왔다. 어디로 갈 건지를 물으면 틀림없이 천사 얘기를 다시 시작하면서 남쪽과 북쪽밖에는 가본 곳이 없다고 말할 것이다.

에밀리는 고향과 반대 방향인 동쪽을 택했다. 농로인 듯한 길로 차를 몰아 내려갔다. 순간적으로, 월요일에는 직장에 출근해서 일하고 싶다는 생각이 강렬하게 솟구쳤다.

미가엘은 그녀 옆에 조용히 앉아서 한마디 말도 없었다. 하지만 에밀리는 그의 존재를 아주 분명히 의식하고 있었다.

에밀리의 머릿속은 어떻게 하면 그를 떼어버릴 수 있을까 하는 생각으로 가득했다. 아까 방문을 노크하던 사람은 FBI 아니었을까? 아니면 룸서비스였나? 뭘 주문한 적이 있었던가? 어쩌면 도널드가 누군가를 보냈을지도 모른다. 문 뒤에 있던 사람이 누구였든 그는 구원자였지 적은 아니었을 것이다. 이 남자가 적으로 생각하게 만들었을 뿐이었다. 어쩌면…….

"여기 세워요."

미가엘이 조용히 말했다.

그는 얼굴을 심하게 찡그리고 있었다. 불빛은 밝지 않았지만 그가 아주 고통스러워하고 있다는 사실을 알 수 있었다. 앞쪽의 보잘것없는 건물에서 불빛이 나오고 있었다. '모텔/카페'라는 간판이 보였다. 그는 뭔가를 먹고 싶어하는지도 모른다.

"아니야! 여기서 내리게 해줘!"

"하지만……."

"지금!"

끼익 브레이크 소리를 내며 차를 세우자, 그가 차에서 내렸다.

"당신은 자유야, 에밀리. 가고 싶은 곳으로 가요. 누가 물어보면 내가 당신을 납치해서 같이 가자고 강요했다고 해요. 총을 들이대고 협박했다고. 당신 인간들은 총을 좋아하잖소. 안녕, 에밀리."

말을 마치고 그는 차 문을 닫았다.

에밀리는 한순간도 지체하지 않고 즉각 그 자리를 떴다. 도로로 들어서면서 뱃속 깊은 곳에서 솟아오르는 안도감을 느꼈다. 그러나 자동차 백미러를 통해, 보지 말아야 할 것을 보고야 말았다. 그녀를 지켜보면서 미가엘이 아직도 길가에 서 있는 것이었다.

그는 이 세상에 홀로 남겨져 있었다. FBI가 그를 찾기까지 시간이 얼마나 걸릴까. 아니면 마피아가 그를 찾아내기까지…….

그녀가 지켜보는 동안, 미가엘은 돌아서서 그녀와 반대 방향으로 걸어 내려갔다.

64

모텔 입구의 자갈길에 들어설 때까지, 에밀리는 자신이 할 수 있는 가장 지독한 말을 다 동원해서 자신을 욕하고 있었다. '현관 발닦개', 아이린은 그녀를 그렇게 불렀다. 그리고 도널드는 그녀가 이렇다 할 주견이 없는 사람들과 관계하고 있는 것에 대해 '집 없는 고양이'라면서 놀렸다.

그녀는 다시 차를 돌려 천천히 운전했다. 그러나 미가엘은 보이지 않았다. 길옆에 있는 숲 속으로 들어가 버린 것일까?

2킬로미터를 조금 지난 지점에서, 그녀는 다시 차를 돌려 이번에는 좀더 천천히 운전했다. 어둠 속에서 그의 흔적을 찾아내려고 열심히 눈동자를 움직였다. 그렇게 열심히 찾지 않았다면 이번에도 그냥 지나칠 뻔했다. 그를 남겨두고 떠났던 지점에서 겨우 서너 발짝쯤 떨어진 자갈길에 그가 쓰러져 있었다.

급브레이크를 밟아 차를 세우고 그에게로 달려갔다. 미가엘 하고 불렀지만 대답이 없었다. 몸을 숙이고 얼굴을 만져보았다. 여전히 아무 반응이 없자, 두 손을 머리 밑에 넣고 좀더 큰 소리로 불렀다.

"미가엘!"

그때 차에서 나오는 불빛으로 에밀리는 그의 미소를 보았다.

"에밀리, 당신이 돌아올 줄 알았어. 당신은 이 세상에서 제일 큰 마음을 가진 사람이야."

그는 눈을 뜨지도 않고 일어날 생각도 전혀 하지 않았다.

"무슨 일이에요? 뭐가 잘못됐나요?"

에밀리는 두려움을 숨기기 위해 짐짓 화난 투로 물었다. 어떤 두려움인지는 모른다. 그는 대단히 성가신 존재일 뿐 다른 어떤 것도 아니니까.

"머리가 아파. 나는 이 인간 몸뚱이가 싫소. 아, 아니야. 당신은 그런 말을 싫어하지. 인간의 육체? 좀더 나은가?"

  에밀리는 마치 두통의 원인을 알기라도 하는 것처럼 그의 머리를 쓰다듬었다. 가방에 아스피린이 있긴 하지만 물도 필요하고 또…….

  바로 그때, 그의 머리에서 튀어나온 둥글고 딱딱한 물체가 잡혔다. 차에서 내린 뒤에 쓰러져 다친 것인가? 피를 흘린 것 같지는 않았다.

  "의사한테 가야겠어요."

  에밀리는 그를 일으켜보려고 팔에 힘을 주었다.

  "그 사람들이 나를 죽일 거요. 두 번씩이나."

  그 말 속엔 진실이 있었다. 도널드도 뉴스 속의 남자가 걸어다니는 죽은 사람이라고 했다.

  어깨 밑으로 팔을 집어넣으면서 그녀는 차까지 가는 데 협조하라고 요청했다. 그는 최선을 다했지만 통증이 너무 심한 상태였다.

  일단 그를 차 안에 들여놨고 이제 할 일은 어딘가 안전한 곳으로 데려가는 일이었다. 도널드를 부를 수도 있고……, 하지만 그 순간 도널드의 목소리가 들리는 듯했다. 그 남자를 놔두고 빨리 밖으로 나와…….

  모텔 주차장으로 들어가 보이지 않는 곳에 차를 세웠다. 모텔의 실내는 밖에서 보는 것보다 더 허름했다. 카운터 뒤에서 TV를 보고 있던 남자는 꽤 오랫동안 목욕도 하지 않은 것처럼 보였다.

  "2인용 방 있어요?"

  남자는 아무 대답 없이 한동안 그녀를 응시하고 나서 옷을 위아래로 훑어보았다. 그녀는 스피드 경주에서 패션 디자이너가 디자인한 옷을 입고 서 있는 듯한 기분이었다.

  "여기 들어올 수 있는 사람은 더 나은 여유가 없는 사람이거나……시골 고등학생……."

  그는 싱글싱글 웃고 있었다.

  "그리고 당신 같은 숙녀…… 그리고 누구하고 뭘 하지 않을 사람이나……."

　도대체 무슨 말을 하는 건지 알아듣기도 힘들었고 아무 말도, 설명도 하기 싫었다.
　"얼마에 입을 다무실 건가요?"
　"현찰 50."
　그녀는 아무 말 없이 돈을 지불하고 열쇠를 받아 다시 차로 돌아왔다.
　몇 분 후 초라한 모텔의 '결코 깨끗하지 않은' 2인용 침대에 미가엘을 눕혔다. 에밀리가 느끼는 한, 미가엘은 거의 의식을 잃어가고 있었지만, 그가 손목을 잡는 바람에 깜짝 놀라 몸을 폈다.
　"당신이 그걸 꺼내줘야 해."
　"뭘요?"
　"총알. 내 머리에서 그 총알을 빼줘야만 해."
　에밀리는 그를 똑바로 내려다보았다.
　"카우보이 영화를 너무 많이 봤군요. 의사한테 데려다주겠어요. 그러면……."
　"안 돼!"
　목소리의 힘으로 머리를 쳐들고 한마디 한 뒤에 그는 몹시 고통스러워하면서 베개에 머리를 떨어뜨렸다.
　"제발, 에밀리. 내가 당신을 위해 해준 정을 생각해서라도……."
　"나를 위해서요? 그게 뭘까요? 배수관을 타고 내리게 한 거? 수배자 명단에 나를 포함시켜준 거? 아니면……."
　"당신이 연못에 빠졌을 때 내가 당신 어머니를 불렀어."
　그의 목소리는 부드러웠다. 그 말에 에밀리는 멈칫하면서 뒤로 물러섰다. 그 이야기는 그녀의 가족에게 있어서 아주 중요한 사건으로 꼽히는 일이었기 때문이다.
　어릴 적…… 어른들이 연못에 가는 걸 금했는데도 에밀리는 연못가에서 올챙이를 잡다가 그만 빠져버렸다.

몇 초 지나지 않아 어머니가 와서 건져주었다. 후에 어머니는 '누군가 가' 딸에게 가보라고 얘기해줬다고 했다.

"당신은 누구세요?"

그녀는 한 발짝 더 뒤로 물러섰다.

"지금 이 순간에 나는 한 남자이고 당신의 도움을 받아야 할 사람이오. 제발, 에밀리. 이 몸으로는 이 엄청난 통증을 오래 견딜 수 없을 것 같소. 할 일을 하기 전에 다시 불려 올라가고 싶지 않소."

"난…… 난 어떻게 해야 할지 모르겠어요. 의학에 대해선 아는 게 없다고요. 아무것도 몰라요."

"눈썹을 다듬을 때 사용하는 그거……."

목소리는 힘이 없고 눈꺼풀은 자꾸만 내려가고 있었다.

"족집게요. 하지만 족집게로 그렇게 큰 물건을…… 당신 머릿속에 있는 그거 말이에요. 집어낼 수가 없을 거예요."

에밀리는 그의 곁에 앉아 얼굴까지 내려온 머리칼을 뒤로 부드럽게 넘겨주었다.

"나도 당신을 도와주고 싶지만 당신이 지금 부탁하는 일은 의사만이 할 수 있어요. 의사도 아닌 사람이 집게 하나 가지고 머리에서 총알을 빼낸다는 건 말도 안 되는 얘기라고요. 피도 날 거고 감염될 수도 있고……."

에밀리는 그를 내려다보며 옅은 미소를 지었다.

"지금 당장 의사한테 가야 해요. FBI는 나중 문제죠."

"맞소, 집게. 그래, 당신 차에 그게 있지. 가져와서 이걸 빼줘."

에밀리는 침대에서 일어섰다. 방 안에는 전화도 없었다. 여기서 앰뷸런스를 부르느니 차로 직접 근처 병원을 찾아가는 게 빠를 것이다. 아니면 시내까지 나가 적당한 병원을 찾아볼 수도 있었다.

미가엘이 그녀의 손을 움켜쥐었다.

"그렇게 해야만 해, 에밀리. 이걸 없애줘야 한다고. 나를 의사한테 데려가는 건 죽음으로 데려가는 거하고 똑같소."

그의 몸이 닿을 때마다 갑자기 느껴지던 평온함이 다시 온몸을 감쌌다. 그녀는 꿈을 꾸는 것처럼 일어서서 열쇠를 집어 들고 차로 갔다. 항상 가지고 다니던 연장가방을 꺼냈다. 방으로 돌아와 연장가방을 열고 끝이 납작한 집게를 꺼냈다.

침대 머리에 등을 기대고 그의 머리를 무릎에 뉘기까지, 마치 자신의 몸이 아닌 것처럼 행동했다. 방 안의 불빛이라고는 희미한 스탠드 불빛이 전부였다. 그러나 불빛이 더 밝다 해서 더 잘 볼 수 있을 것 같지는 않았다. 한편으로는 이런 비몽사몽 상태가 아니면 결코 이런 일을 할 수 없으리라는 생각이 들기도 했다. 도대체 어떻게, 작은 도서관의 사서일 뿐인 그녀가 한 남자의 머리에서 총알을 뽑아낼 수 있단 말인가?

눈보다는 오히려 손끝을 사용해, 집게 끝에 걸리는 총알을 쉽게 찾아냈다. 처음엔 총알이 미끄러져 나갔지만 두 번째는 놓치지 않으려고 온 힘을 다 손끝에 그러모았다. 갑자기 자신이 힘센 남자 열두 명을 모은 것만큼이나 강해진 느낌이 드는 순간, 총알이 집게 끝에 딸려 나왔다.

다리를 쭉 뻗으면서 미가엘의 몸이 축 늘어졌다. 실신? 하지만 자신이 지금 그에게 얼마나 엄청난 고통을 주었는지 생각하기조차 싫었다.

한편으로는 피가 나리라 예상했으면서도 다른 한편으로는 피 같은 건 나지 않으리라는 사실도 알았다. 그리고 기뻤다. 지난 이틀 동안 겪은 일보다 훨씬 충격적인 일에 대처할 에너지를 자신이 갖고 있었다는 사실이 기뻤다.

다리를 베고 누운 미가엘을 내려다보면서, 덜거덕거리는 침대에 머리를 기대고 집게를 아직 손에 든 채, 그녀는 깊은 잠 속으로 빠져들었다.

5

잠에서 깨었을 때 그녀는 자신이 어디 있는지 깨닫지 못했다. 그러나 이내 뭔가 기억하고 싶지 않은 일이 벌어졌다는 걸 어렴풋이 알 수 있었다. 그녀는 이불을 파고 들어가서 눈을 감아버렸다.

"안녕, 잘 잤소?"

유쾌한 남자 목소리가 들렸고 에밀리는 즉시 누구인지 알아차렸다. 그래서 얇은 이불 속으로 더 깊이 들어갔다.

"자, 일어나야지. 당신이 깨어 있다는 거 알고 있소."

그녀는 벽 쪽으로 얼굴을 돌렸다.

"머린 괜찮아요?"

무관심한 듯 우물우물 말했다.

"뭐라고 한 거지? 안 들리는데."

분명하게 들었을 텐데도 그는 못 들은 척했다.

"머리가 괜찮냐구요!"

그녀는 여전히 돌아보지 않고 소리쳤다. 아무런 대답이 없자 이번에는 얼굴을 돌렸다. 머리카락이 젖어 있고 허리께에 수건 하나만 걸친 미가엘이 서 있었다. 탄탄한 근육질의 넓은 가슴과 벌꿀 색깔의 사랑스러운 피부, 그녀는 공연히 더 화가 났다.

미가엘은 환하게 웃기까지 했다.

"그들이 나한테 몸을 아주 잘 골라준 것 같소. 당신이 내 몸을 좋아하니 나도 기쁜데."

"너무 성급하게 마음을 읽었네요."

앙칼지게 한마디 던지고 그녀는 눈가로 내려온 머리카락을 귀 뒤로 넘겼다.

그는 침대에 앉아 그녀를 바라보면서 낮고 부드러운 소리로 말했다.

"가끔씩 나는 당신들 인간이 다른 사람의 몸에 매력을 느끼는 걸 이해할 수 있소."

"내 몸에 닿으면 당신은 죽어요."

그는 재밌다는 듯 킥킥 웃었다.

"이걸 봐요."

그는 두 손으로 천천히 가슴을 쓸어 내렸다.

"나도 당신들의 그 TU에서 봤는데……."

"TV예요. 텔레비전을 줄여서 말하는 거예요."

"아, 그래요, TV. 하여튼 거기서 보니까 이 몸이 가슴에 총을 맞았다면서?"

"정말로 당신이 '이 몸'이라고 하는 거, 그만 좀 했으면 좋겠어요."

에밀리는 고개를 옆으로 돌려버렸다.

"내가 당신을 불쾌하게 하고 있네."

그렇게 말하면서도 뉘우치는 빛은 전혀 보이지 않았다.

"당신도 알다시피 우리가 무슨 일을 함께 하려면 몇 가지 대단한, 아 참, 기본 원칙들을 만들어야지."

거기까지 말하고 그는 그녀가 가르쳐준 걸 아직도 기억하고 있다는 사실에 대해 칭찬받고 싶은 표정으로 에밀리를 쳐다보았다. 그러나 에밀리는 그럴 생각이 없었다.

"당신은 나와 사랑에 빠질 수 없소."

"내가 어떻다고요?"

"당신은 나랑 사랑에 빠질 수 없다고."

에밀리가 아무 말 못하고 있는 사이를 틈타 그는 일어서서 등을 보이며 걸어갔다.

"내가 폭포할 때, 아, 말해주지 말아요. 생각났소. 샤워. 내가 샤워할 때……."

그는 뒤돌아서 그녀를 쳐다보며 말을 이었다.

"당신도 알겠지만 이 세상 육체들과 육체들의 습성을 지켜보는 것도 분명히 하나의 일인데, 그 습성들을 경험하는 건 또 다른 큰일이더군. 상당히 성가신 일이라는 걸 알았소. 이런 몸들에서 일어나는 거의 모든 일들이 성가시다는 사실을 알게 됐지."

에밀리는 그를 똑바로 쳐다보았다.

"그러면 당신이 진짜 있어야 할 곳으로 날아가지 그래요?"

그는 얼굴 가득 환하게 웃었다.

"내가 또 당신을 화나게 했소."

"당신은 어떻게 그럴 수가 있어요? 법 집행 기관뿐만 아니라 범인들조차도 나를 도주 범인으로 수배하게 만들어놓고, 물론 당신 부인은 말할 것도 없죠. 그리고 나한테 당신과 사랑에 빠질 수 없다고 했죠. 제발 말 좀 해봐요. 내가 어떻게 참아요?"

미가엘은 웃으면서 다시 그녀의 곁에 와 앉았다.

“난 단지 당신이 그렇게 느낄 때를 대비해서 한 말이오. 일단 내 임무를 마치면 나는 집으로 돌아가야 하니까.”

“그 집이란 곳은 천국이죠?”

그녀는 한쪽 눈썹을 치켜 올렸다.

“맞소, 정확해. 당신이 연못에 빠지지 못하게 하기 위해 돌아가야지. 그리고 위험이 있을 때마다 당신 코를 근질거리게 해줘야 하고.”

그 말을 듣고 에밀리는 침대 커버를 목까지 끌어당겼다.

“내 인생에서 나가줬으면 좋겠어요. 지금 당신은 아주 건강하잖아요 그러니까…….”

“자, 내 머리를 만져봐요.”

미가엘은 그녀의 말을 무시하고 몸을 구부려 그녀 쪽으로 머리를 수그렸다.

에밀리는 냉담하게 있고 싶었지만 어젯밤에 일어났던 일이 궁금했다. 손을 그의 젖은 곱슬머리 속에 넣고 두피를 꼼꼼히 만져보았다. 불룩 튀어나왔던 흔적도, 상처도 지금은 없었다.

“그리고 여기도 봐요.”

그는 똑바로 일어나 앉아서 손으로 가슴을 문질렀다.

그녀는 총알 구멍이 난 자리에 어떤 자국이 남을 수 있는지 보았다.

“그리고 여기.”

이번에는 등이 보이도록 뒤돌아 섰다.

“두 개는 등을 관통했지.”

그녀는 정말 총알 자국으로 보이는 흔적을 손으로 만져보지 않을 수가 없었다. 도널드는 감옥에서 살해당한 그 남자가 ‘가슴에 벌집 같은 총알 자국과 머리에 탄환 한 알이 박힌 채’ 죽어 있었다고 했다.

미가엘은 뒤돌아 서서 침대 곁 테이블 위에서 증거가 되는 물건을 집어 들었다.

"이것이 그렇게도 무시무시한 통증을 줬던 물건이오. 하지만 당신이 이걸 꺼내준 뒤엔 괜찮아졌지. 당신은 잘 잤소?"

에밀리는 그가 건네준 그 무시무시한 작은 총알을 한참 동안 바라보았다. 어젯밤, 그녀는 집게 하나로 남자의 머리에서 이것을 꺼내주었다. 그런데 오늘 아침 그의 머리에선 상처 하나 찾을 수 없었다.

"당신은 누구죠? 어떻게 잠긴 문을 열 수가 있어요? 머리에서 이런 걸 꺼냈는데도 어떻게 피 한 방울 흘리지 않죠? 나에 대해 어떻게 그렇게 잘 알아요?"

"에밀리."

조용히 부르면서 그는 그녀의 손을 잡으려고 손을 내밀었다.

"감히, 나를 만지지 말아요. 당신이 나한테 닿을 때마다 이상한 일이 생겼어요. 당신은…… 어젯밤에 나한테 최면을 걸었던 거죠?"

"그럴 수밖에 없었소. 안 그랬으면 당신은 의사를 부르려고 했으니까. 하지만 나를 진정시키는 것보단 당신 마음을 진정시키는 데 에너지가 훨씬 많이 소모됐소. 나는 의식을 잃어가고 있었지."

"말 돌리지 말아요. 내 물음에 대답 안 했어요. 당신은 누구예요?"

"당신이 요청하지 않는 한 그 얘기는……, 천사 얘기 말이오. 그 얘긴 안 하겠다고 약속한 걸로 아는데……."

"아, 그래요. 그런데 지금은 말해달라고……."

갑자기 눈물이 차 올라서 그녀는 얼굴을 돌렸다. 요 며칠은 그녀에게 너무 힘든 시간이었다.

"인간 여자들은 다 그렇게 비논리적이오?"

"내가 들었던 모든 성차별에 대한 얘기 중에서 그 말이 제일 듣기 싫어요!"

화가 나서 이불을 휙 젖히다가, 에밀리는 그제야 자신이 속옷만 입고 있다는 사실을 알아차렸다. 바지와 셔츠는 방 한쪽에 있는 의자 등받이에 반듯하게 걸쳐져 있었다.

"당신이 내 옷을 벗겼어요?"

분노가 끓어올라 그를 뚫어져라 쏘아보았다.

"당신이 불편해 보여서 편히 재우려고 그랬소."

그는 뭔가 잘못한 게 있다는 건 알면서도 그게 뭔지는 정확히 모르는 눈치였다.

침대에서 나오려고 다시 몸을 움직였을 때, 미가엘이 그녀의 손을 잡았다. 언제나 그랬듯이 그녀는 차분해졌다.

"당신이 들어준다면 다 얘기하겠소. 그렇지만 내가 아는 게 별로 없다는 걸 미리 말해두지. 나도 지금 당신처럼 방향을 잃고 혼란스러운 상태라는 걸 믿어줘야 해. 당신이 집에 가고 싶어하는 만큼 나도 그렇소. 사람들한테 쫓기고 싶지도 않고 총에 맞거나 창문을 뛰어넘고 싶지도 않소. 나도 다른 사람들처럼 해야 할 일이 있고 임무가 있소."

"당신 일이란 건 천국에서만 일어나겠죠."

그녀는 손을 빼냈다.

"그렇소. 내 일은 어디서든 생기지."

"나한테 믿어달라고 하는 건 당치도 않아요."

그는 숨을 깊이 들이마셨다.

"왜 그렇지? 인간들은 눈으로 볼 수 없는 건 믿지를 못해. 당신들은 어떤 동물이 존재한다는 것도 믿지를 않아. 직접 눈으로 보기 전에는. 그렇지만 무엇을 믿고 안 믿고 하는 게 사실 자체를 바꾸지는 못하지. 무슨 말인지 알겠소?"

"알아요, 무슨 말인지. 난 다만 당신을 믿지 못하는 것뿐이에요."

미가엘은 잠시 그녀를 쳐다보다가 눈을 깜빡거렸다.

"아, 알겠소. 당신은 천사를 믿기는 하는데 단지 '내가' 천사라는 걸 못 믿는단 말이군."

"바로 그거예요!"

뜻밖에 그녀의 쾌활한 대답을 듣고 그는 소리내어 웃었다.

"어떻게 하면 당신한테 증명해줄 수 있을까? 날개를 돋아나게 하는 거말고 다른 뭐 없을까?"

그의 말을 재밌어하고 있다는 걸 알면서도 에밀리는 자신에게 화를 낼 생각이 없었다. 대신 그냥 자리에 앉은 채 그를 응시하고만 있었다.

잠시 후 그는 자리에서 일어나 방 안을 서성였다.

"좋소. 당신은 뭔가 보긴 했는데 내가 한 말을 믿기에는 충분치 않다는 말이군. 당신이 본 것들로 미루어 내가 어떤 사람이라고 생각해요?"

"당신은 마술사고 천리안도 가지고 있어요. 열쇠를 다루는 데 아주 능통하고요."

"그리고 총알에도."

그가 웃으면서 쳐다보았지만, 에밀리는 못 본 척했다. 그는 다시 침대로 와 앉았다.

"좋소, 에밀리. 나는 지금 당신한테 인간 대 인간으로서 도움을 청하고 있는 거요. 음, 내…… 천리안 능력이 당신하고 관련된 일 한 가지를 해결해야 한다고 말해줬소. 하지만 나는 그 문제가 뭔지를 모르겠소. 그러니 그걸 해결하기 전에 문제가 뭔지부터 찾아야 해요."

"어떤 종류의 문젠데요?"

에밀리는 그 말을 무시할 수도 있었지만 호기심이 생겼다. 도널드가 기사 거리를 수집할 때, 옆에서 도와주는 것도 좋아했다. 실은 미스터리만 좋아했지만.

"나도 모르겠소. 천사가 지구로 내려와 해결해야 할 만큼 큰 일이 뭐가 있을까?"

"사악함이요. 진짜 사악한 것."

미가엘의 얼굴이 갑자기 환해졌다.

"맞소. 분명히 그것일 거야. 여기 온 뒤로 생각할 시간이 많지 않아서 미처 그 생각이 떠오르지 않았는데, 사악함, 그게 딱 맞는 말이야."

그는 에밀리를 향해 몸을 기울이면서 나머지 말을 했다.

"그렇다면 어떤 사악함이 당신을 둘러싸고 있을까?"

"나를요? 조그만 동네 도서관 사서를? 농담하지 말아요."

이제 그녀는 정상을 되찾았고 이 잘생긴 남자를 거리를 두고 바라볼 수 있게 되었다. 그렇지만 왜 두 사람은 침실에서 떨어져 있어야만 할까.

그는 또 일어서서 방 안을 왔다갔다하기 시작했다. 수건은 엉덩이께까지 흘려내려 있었다. 갑자기 에밀리는 방 안에 전화기가 있었으면 하는 생각이 들었다. 지금 당장 도널드에게 전화를 하고 싶었다.

"나도 바로 그런 생각을 했소. 당신이 사는 그 마을에선 흥미로운 일이 없고 항상 그렇듯이 자극이 없소. 그리고……."

"무슨 소리를 하는지 모르겠네요! 내 생활에 자극이 없는 건 아니에요. 나는 여기 주지사 될 사람과 결혼하게 될 거예요. 어쩌면 대통령까지 될는지도 모르죠. 그런 정보는 당신도 알고 있겠군요."

"아니오."

미가엘이 진지하게 대답했다.

"그는 젊었을 땐 항상 의욕에 찬 야망을 갖고 있겠지만 노후에는 이런 말을 하면서 시간을 보내고 있을 거요. 누군가가 날 방해하지만 않았다면 뭐든 할 수 있었을 거라고."

에밀리는 항의하려고 이불을 휙 젖혔다. 그러나 미가엘이 곧 말을 막았다.

"아, 맞아. 당신이 진실을 좋아하지 않는다는 걸 까먹었소."

에밀리는 다시 똑바로 앉았다.

"난 누구 못지않게 진실을 좋아해요."

에밀리는 눈살을 찌푸리며 그를 똑바로 보았다.

“그리고 내가 알기로 신은 비천한 우리 인간들에게 자유 의지를 주셨어요. 도널드가 과거엔 당신 말처럼 살았는지 모르지만……, 아, 그런데 난 그건 믿지 않아요. 윤회라는 거 말이에요. 어쨌든 그는 이 생애를 바꿀 수 있잖아요. 안 그래요?”

“바로 그거요. 그건 내가 정정하겠소. 그런데 어디까지 말했지?”

미가엘이 미소를 짓자 에밀리도 마주 웃어주었다.

“내가 지루한 생활을 하고 있고, 내가 사는 곳도 지루하고, 내가 사랑하는 사람은 실패하게 될 거라는 얘길 하고 있었죠. 당신이 만약 천사라면, 지루한 사탄의 자식들은 싫어할 거 같은데.”

그녀는 작은 목소리로 또박또박 말했다.

미가엘은 웃으면서 대답했다.

“좋소. 어쩌면 당신도, 당신의 마을도 지루하지 않을지 모르지. 하지만 나는 당신 주변에서 악한 것을 본 기억은 없소.”

“당신은 우리 모두에 대해 이미 결론을 내려놓고 더 이상 쳐다보지 않는지도 몰라요. 당신의 중추신경이, 에밀리는 지루하고 그녀가 하는 일도 지루하고 사는 곳도 지루하다고 말해주나 봐요. 당신은 진짜 ‘보려고’ 하질 않아요.”

미가엘은 한동안 그 자리에 서서 눈을 크게 뜨고 그녀를 빤히 쳐다보았다.

“그런 면에 일가견이 있는 것 같은데?”

“내가요? 지루해하는, 하찮은 내가?”

그렇게 말하는 순간 모든 남자들이 싫어졌다. 도널드는 그녀에게 ‘실용적’이라고 말하고 지금 이 남자는 그녀가 너무 지루하게 살고 있어서 악을 매혹시키지 못한다고 말하고 있었다.

미가엘은 그녀가 공격적으로 비꼬는 말은 못 들은 척했다.

"당신은 정말 뭔가 아는 거 같소. 선은 악을 매혹시키지."

"그러면 이제 나는 '선'하기까지 하니까…… 지루하고, 선하고, 실용적인 거네요."

"착하다는 게 뭐 잘못된 거요? 천국은 선한 사람이 모이는 곳이지만 당신 정도 되는 사람은 그리 많지 않소."

정확한 대답을 못할 것 같아 그녀는 가만히 있었다. 어머니는 항상 착한 게 좋은 거라고 말했지만 여자들은 가끔씩 조금쯤 사악하게 보이고 싶을 때가 있기 마련이었다.

"그러면 사악함을 찾아내지 못하면 어떻게 그 문제를 해결할 건가요? 그리고 노스캐롤라이나 그린즈버러에는 악이 그렇게 많은 것 같지도 않던데요. 당신도 말했듯이 상당히 지루하거든요."

미가엘은 침대 끝에 걸터앉았다.

"지금 그 마을을 기억해내려고 노력하는 중이오. 나는 마을 몇 군데하고 도시 몇 군데를 돌봐줘야 하는데 서로들 문화가 다르지. 사우디 아라비아에서는 죄가 되는 일이 모나코에서는 아무렇지 않을 수 있고, 여기 미국에선 죄가 되는 일이 파리에선 꼭 그렇지만도 않소. 가끔 나는 헷갈려."

"그 말은 맞아요. 그런데 천사를 위한 안내 책자 같은 건 없나요?"

"그럼 인간이 되는 길을 안내해주는 책자는 있소?"

"성경?"

에밀리를 마주 보며 그는 밝게 생긋 웃었다.

"나는 항상 당신이 좋소. 그리고 당신 몸은 더 재밌다는 걸 알았소."

"내 몸이 우습게 생겼어요?"

그는 짧게 웃더니 몸을 구부리고 뺨에 살짝 입을 맞췄다. 그러고는 놀란 듯이 얼른 자세를 바로잡았다.

"이런…… 그런데 기분은 참 좋군. 자, 이제 시작해볼까?"

“내 지루한 질문에 당신의 지루함을 걸고 말씀해주시겠어요? 우리가 무슨 일을 시작해야 하는지?”

“모르겠소? 물론 우리가 당신 마을로 가서 악을 찾아내는 걸 시작해야지.”

“우리라고요? 당신하고 나?”

그는 대답 대신 에밀리를 쳐다보기만 했다.

“당신은 이미 범죄자로 수배당하고 있다는 걸 잊어버렸어요? 수백 명의 사람들이 당신을 찾고 있을 텐데? 그린즈버러가 당신이 돌아갈 만한 장소일진 몰라도 거기도 TV는 있어요. 그리고 당신 사진도 여기저기 붙어 있을 거고요. 누군가 당신을 알아보고 밀고할 거예요.”

“음…… 그게 문제구만. 그렇다면 당신이 나를 숨겨줘야겠군…….”

“오, 아니에요. 그렇게 생각하지 말아요.”

“뭘 생각하지 말라는 거요?”

그는 천진스럽게 눈썹을 찌푸리며 물었다.

“이 일에 나를 끌어들이지 말라는 말이에요. 그리고 난 당신을 절대 숨겨주지 않을 거예요. 나는 이미 너무 많은 시간을 당신한테 써버렸어요.”

“그 말은 알아듣겠어. 알아듣기까진 아니더라도 최소한 그 말을 존중할 생각은 드는군. 그런데 태국에도 그런 원칙이 있을까? 당신이 만들었던 그 기본 원칙 말이오. 아, 아니야. 그런 원칙은 당신 미국 여자들이 만들었지.”

그녀는 눈을 가늘게 뜨고 미가엘을 쳐다보았다. 그녀를 웃기려고 그렇게 횡설수설하는 건지 어쩐지 종잡을 수가 없었다.

“왜 난 항상 당신이 내 말을 진지하게 들어주지 않는다는 인상을 받게 되죠?”

“아침 먹기 전에 샤워하고 싶소?”

그는 표나지 않게 잠깐 웃더니 물었다.

"좋아요, 아침 먹으러 가요. 카페에 있는 사람들이 당신을 손가락질하면서 어젯밤 TV에서 본 사람이다, 하면서 소리치는지 확인해보죠."

"사람들이 미키한테도 그렇게 할까?"

에밀리는 그를 날카롭게 쏘아보았다. 그가 미키 마우스 얘기를 염두에 두고 하는 말인 줄 너무나 잘 알기 때문이었다. 미키 마우스에는 당연히 도널드가 등장하지 않는가.

"미안해요."

그는 성의 없이 사과했다.

"난 만화 주인공들을 헷갈린다니까. 지금 그 얘기할 때가 아니었는데. 하지만 당신의 도널드는 항상 TV에 나오지 않소? 그러면 사람들이 도널드를 보고도 손가락질 하나?"

"만약에 사람들이 그런다고 해도 그건 도널드가 범죄자라서 그러는 게 아니에요."

에밀리는 또다시 문제의 핵심에서 벗어나고 있음을 깨달았다.

"잘 들어요. 당신하고 관계된 일은 이제 끝났어요. 나는 이제 당신하고 한시도 같이 있지 않을 거예요. 창문을 넘는 것도, 배수관을 타고 내리는 것도, 천사 어쩌고저쩌고 하는 얘기를 들어주는 것도 이젠 안 한다고요. 당신은 내가 만난 사람 중에 제일 천사 같지 못한 사람이에요. 이제 나는 일어나서 옷 입고 집으로 갈 거예요. 나 혼자서! 무슨 말인지 알겠어요?"

"분명히 알았소. 그리고 지금 마침 그 얘길 끝내게 돼서 기뻐. 왜냐면 당신의 마피아 동맹군들이 지금 주차장으로 밀고 들어오고 있거든."

미가엘이 무슨 말을 하는지 에밀리는 금방 알아챌 수 있었다. 마피아 동맹군? 순식간에 모든 일이 일어났다. 미가엘은 잽싸게 의자에 걸쳐져 있던 옷을 잡아챈 뒤, 문 밖으로 사라졌다. 다음 순간 노크 소리가 들리더니 한 남자가 문을 열어달라고 말했다. 에밀리는 큰 소리로, 지금 속옷만 입고 있으니 잠깐 기다려달라고 했지만 그들은 기다려주지 않았다.

문이 잠긴 걸로 알고 있었는데 세 남자가 문을 열고 들어왔다. 잠시 문 앞에 서서 그녀를 쏘아보더니 방 안을 뒤지기 시작했다.

"잠깐만요! 수색영장은 가져왔나요?"

"아니오, 아가씨."

한 남자가 대답하면서 배지 같은 것을 잠깐 보여주더니 번개같이 다시 코트 주머니에 넣었다.

"우린 당신을 보호하려고 여기 온 겁니다. 당신이 인질로 잡혀 있다는 정보를 들었습니다."

에밀리는 이불을 목까지 끌어당겼다.

"내가 정말 인질로 잡혀 있었다면 당신들이 침입한 순간 난 죽었을 거예요. 안 그래요?"

그녀는 있는 힘을 다해 남자를 노려보았다. 하지만 이불 아래서 오들오들 떨고 있었다. 허세를 부리는 이유도 두려움을 감추기 위해서였다. 어떻게 그녀가 FBI와 관련될 수가 있단 말인가?

한 남자가 달려와 침대 안에 누가 숨어 있는지 확인하려고 이불을 더듬거리면서, 당연히 그녀의 몸도 더듬었다. 에밀리는 비명을 지르면서 항의했지만 이미 막을 수 없는 일이었다.

"저리 가요! 무슨 일 때문에 그러는지 말해줘요?"

그녀는 심호흡을 하고 나서 첫번째로 들어온 남자를 쏘아보았다. 남자는 전에 TV에서 보았던 미가엘의 사진을 보여주면서 말했다.

"이 남자를 본 적 있습니까?"

에밀리는 이 남자가 무슨 말을 듣고 싶어 묻는 말인지 알 수가 없어서 가능한 한 솔직하게 말하기로 마음먹었다. 분명히 도널드로부터 뭔가를 들은 모양이었다.

“네, 어제 내가 있었던 마을에서 본 사람이에요.”

“그날 그 사람하고 같이 있었습니까?”

“참 우스운 질문이네요. 그런 이상한 사람하고 내가 왜 같이 있어요?”

세 남자 모두 선 채로 그녀를 내려다보면서 다음 말을 기다렸다.

“그래요. 같이 있었어요. 금요일 밤에 내 차로 그 사람을 치었어요. 그래서 병원에 데려갔고 그 다음날 몇 시간도 같이 있게 됐어요. 그 사람은 아무 상처도 입지 않았지만 나는 의무감 같은 걸 느꼈으니까요. 내가 그 사람을 죽일 뻔했잖아요.”

“어젯밤엔 무슨 일이 있었습니까?”

“TV에서 그 사람을 봤죠. 그래서 제 약혼자 도널드 스튜어트한테 전화했어요.”

그들이 도널드를 아는 눈치인지 보려고 얼굴을 살폈지만 셋 중 누구도 아는 것 같지 않았다.

“어쨌든 도널드는 나더러 경찰한테 알리고 거기서 나오라고 했죠.”

“그래서 경찰한테 갔습니까?”

무슨 의도로 그런 질문을 하는지 알 수가 없었다. 에밀리는 이불 위의 손을 내려다보며 얼굴을 붉히려고 애썼다.

“경찰한텐 가지 않았어요. 난…… 노크 소리를 듣고 놀라서 창문으로 올라갔어요.”

에밀리는 남자들이 길게 긁힌 자국을 볼 수 있도록 손을 들어올렸다.

“건물 주변에 가시덤불이 있었어요. 난…… 옷 가방을 아래로 내릴 수가 없어서 남겨놓고 갔죠. 바보 같은 일인 줄은 알지만 나중에 도널드가 그러더군요. 그땐 내가 너무 놀라서 밖으로 나오는 것밖에는 아무것도 할 수 없었을 거라고요.”

에밀리는 남자들이 믿어줄까 생각하면서 잠시 숨을 참고 있었다.

“우리가 이미 알고 있는 사항을 확인시켜주는 얘깁니다.”

첫번째 남자가 대답했다. 남자들 중 유일하게 그 사람만이 성대를 가지고 있는 것 같았다.

"미가엘 체임벌린 정도 되면 벌써 멀리 달아났을 거라고 확신하지만, 혹시라도 다시 당신 앞에 나타나면 전처럼 현명하게 행동하셔서 저희에게 연락해주십시오."

그는 명함을 건네주었다.

"이 번호로 전화하시면 밤이든 낮이든 누군가가 도와드릴 겁니다. 실례했습니다."

말을 마치고 그들은 들어올 때만큼이나 잽싸게 방을 나갔다.

남자들이 나가고 나서 에밀리는 베개 위로 쓰러져 누웠다. 온몸이 심하게 떨리고 있었다.

FBI라니! 조사를 받다니! 실용적이고, 지루해하고, 현명한 에밀리 제인 토드가 FBI로부터 조사를 받았다. 그건 모두, 자신이 악을 찾고 있는 천사라고 주장하는 한 남자 때문이었다.

갑자기 에밀리는 똑바로 일어나 앉았다. '악'이라는 말이 머릿속에 전광석화처럼 떠오르면서 퍼뜩 한 가지 생각이 났다.

"낡은 매디슨 저택!"

그녀는 소리내어 중얼거렸다. 갑자기 몇 가지 일이 앞뒤가 들어맞아가는 것 같았다. 일찍이 지구상에 악이 있었다면 그것은 바로 끔찍한 그 매디슨 저택일 것이다. 그렇다면 그 악은 그녀와도 관계가 있는 것이다. 에밀리는 몇 년째 그 집에 대해 조사해오고 있는 중이니까. 조사한 자료의 분량도 족히 30센티미터는 넘을 것이다. 그렇다면 미가엘이 말하는 그녀와 관련된 악이란 게 바로 그걸까.

이불을 젖히고 바닥에 한 발을 내렸을 때, 문이 와락 열리면서 미가엘 체임벌린이 달려 들어왔다.

"에밀리, 괜찮은 거요? 당신을 해치지는 않았구나. 괜찮소?"

미가엘은 양손을 에밀리의 어깨 위에 올려놓고 거의 맨몸에 가까운 몸을 훑어보았다. 죽음을 면할 수 없는 위험에 처하기라도 했던 것처럼.

"왜 아직도 여기 있는 거예요? 그 사람들이 언제 또 들이닥칠지 모르는데. 아마 지금 이 순간에도 여길 지키고 있을 거예요."

그녀는 얼굴을 잔뜩 찡그렸다. 그러나 미가엘은 싱긋 웃었다.

"당신은 나를 걱정하고 있었군. 그렇소? 그렇지 않다면 왜 그 남자들한테, 밖에 가시덤불에 미가엘이 있으니 잡아가라고 하지 않았겠소?"

"당신이 어떤 사람이든 간에 나는 당신이 최소한 킬러는 아니라고 생각해요. 물론 천사도 아니죠."

"아, 그렇소. 당신은 인간 육체도 우리 천사들처럼 이상한 생각을 갖고 있다고 생각하는군. 자, 이제 나가서 뭐 좀 먹을까? 이 몸이 배고파서 쓰러지겠소. 얼마나 귀찮은지 몰라. 얼마나 자주 먹을 걸 먹어줘야 하는 거요?"

"한 달에 한 번. 그리고 2주마다 마실 것도 줘야 하고요."

그는 소리내어 웃으면서 유쾌하게 말했다.

"일어나서 옷 입어요. 아 참, 그런데…… 인간 육체의 눈을 통해서 사람의 몸을 보는 건 정말 이상해……. 대개 나는 정신만 볼 수 있었는데 당신 같은 사람을 보는 건 정말 재밌어."

에밀리는 침대에서 내려섰다.

"나가서 기다려요. 아무도 못 보게 숨어 있어야 해요."

"내 바람이 당신의 명령이오."

말을 해놓고 그는 자기가 한 말에 당황하는 것 같았다. 에밀리는 웃지 않을 수가 없었다.

"어서 여기서 나가기나 해요."

에밀리는 도망가는 시늉을 하는 그에게 베개를 집어 던졌다.

6

"아니야, 아니야, 아무래도 이건 아니야."

에밀리는 블루베리 팬케이크를 먹으면서 혼잣말을 하고 있었다. 트럭 정류소 뒤편에 있는 매점에서 그녀는 미가엘과 아침식사를 하는 중이었다. 미가엘은 자기 몫뿐만 아니라 에밀리 몫의 절반 이상까지 먹어 치웠다. 물론 그녀로서도 빼앗기고 싶진 않았다. 그러나 그는 딸기 팬케이크가 맛있는지 블루베리 팬케이크가 맛있는지를 알아보기 위해서일 뿐이라고 했다.

에밀리는 목소리를 한층 낮췄다. 누가 보고 있어서는 아니었다. 이곳 사람들의 모습으로 봐서는 적어도 반 이상이 FBI에 쫓기고 있는 사람들 같았다.

"당신을 데리고 집에 가진 않을 거예요. 당신을 숨겨주지도 않을 거고요. 숨어 지내라고 매디슨에 데려다주지도 않을 거예요. 그 집은 쓰러져

가고 있고 위험해요. 으스스한 건 말할 것도 없고요.”

“으스스? 그게 뭐요?”

“유령 말이에요! 가만 놔둬요! 그건 내 팬케이크예요. 당신 건 거기 접시에 있잖아요. 이거 봐요, 다른 사람 음식을 먹어 치우는 건 정중하지 못한 행동이에요. 최소한 사랑하는 사이가 아니면 안 된다고요.”

순간 그는 마음에 상처를 입은 듯했다.

“하지만 에밀리, 나는 당신을 수백 년간 사랑해왔소. 내가 보호하는 모든 사람들을 나는 사랑해요. 누군가를 다른 사람보다 조금 더 사랑하게 될지도 모르지. 그런 경우엔 그만한 대가를 각오해야 하지만.”

“우리는 연인이 아니에요. 그리고 실제로 ‘사랑에 빠져’ 있지도 않고요.”

“아, 알겠소. 섹스. 다시 그 얘기로 돌아와 있군.”

“아니, 그게 아니에요. 제발, 나한테 이런 식으로 하는 것 좀 그만둬요!”

“뭘 말이오?”

그는 정말 천진스러웠다. 에밀리가 눈을 가늘게 뜨고 한참 바라보자 그때야 씩 웃었다.

“좋소, 주제로 돌아갑시다. 사랑하는 에밀리, 난 그 집이 필요해요. 만약 그 집이 당신이 말한 대로라면 나는 아마도 그걸 고치라고 여기 보내진 것 같소.”

“어쩌려고 그래요? 죽은 영혼하고 통하는 걸 보여주려구요?”

표정으로 봐서, 미가엘은 그녀의 말을 이해하지 못한 눈치였다.

“그러니까…… 당신이 테이블에 앉는 거예요. 대개는 영매하고 같이요. 그런 다음에 당신이 영혼을 불러내고 몇 가지 질문을 하고…….”

거기서 에밀리는 말을 멈추었다. 미가엘이 웃음을 참느라고 이상스럽게 입을 씰룩거리고 있었다.

"내 얘기가 그렇게 즐거워요? 그리고 한 번만 더 내 팬케이크에 손대면 손 하나 없어질 줄 알아요."

에밀리는 포크를 높이 쳐들고 찌르는 시늉을 했다.

"난 당신 말을 이해해보려고 노력하고 있을 뿐인데."

말은 그렇게 했지만, 여전히 웃음이 터져 나올까봐 참는 모습이 역력했다.

"아니잖아요. 당신은 이해해보려고 전혀 노력하지 않고 있어요. 그냥 날 우습게만 만들고 싶어하죠."

그녀는 지갑을 집어 들고 벌떡 일어섰다. 미가엘이 즉시 그녀의 손목을 잡았고 역시나 그녀는 차분해져서 다시 자리에 앉았다.

"에밀리, 당신 기분을 상하게 하고 싶진 않은데…… 정말이오. 내가 다른 나라에서 왔고 그래서 당신하곤 좀 다른 걸로, 그렇게만 봐줄 순 없겠소?"

"다른 나라라고요? 당신은 정신병원에서 나온 사람이고 나는 당신이 이 지구상에서 하는 어떤 일도 도와주고 싶은 맘이 없어요."

가슴에 팔짱을 낀 채 앉아 있는 자신이 뾰로통한 계집아이처럼 보이리라는 걸 익히 알면서도, 에밀리는 자세나 표정을 고칠 맘이 없었다. 그가 그녀의 내부에 지독히 나쁜 어떤 것을 터뜨려놓은 것 같은 기분이었다.

잠자코 있던 미가엘이 문득 말을 꺼냈다.

"모스 씨라고 들어봤소? 영혼과 얘기를 나누기 위해서는 테이블에 둘러앉아야 해요. 그런 경우를 몇 번 본 기억이 나거든. 에밀리, 당신은 그 시기에 그런 것들을 좋아했지. 몇 년이었더라…… 1890년도쯤 되는 것 같은데. 1790년이었나? 모스 씨를 어떻게 생각해요?"

"참 재밌군요. 당신 상상의 친구들한테 얘기해서 날 웃음거리로 만들어보세요."

88

에밀리는 여전히 팔짱을 낀 채였다.

"그거 먹을 거요?"

"네, 먹을 거예요!"

에밀리는 배가 불러 단 한 입도 더 먹고 싶지 않으면서도 고집을 부렸다. 남은 팬케이크를 포크로 찍어 크게 한 입 베어 물었다.

"에밀리, 당신을 웃음거리로 만들려는 게 아니오. 다만 나는 당신들이 보는 거하고 다르게 볼 뿐이지. 어디에든 영혼은 있소 어떤 건 몸을 가지고 있고 어떤 건 그렇지 않다는 차이가 있을 뿐이오. 실제에 있어서는 차이점이 없는 거요."

"당신은 몸이 없이 영혼을 볼 수 있는 사람이구요?"

빈정거림으로 꽉 찬 말투였다. 미가엘은 대답도 하지 않고 팬케이크가 남아 있는지 접시만 쳐다보았다.

"어때요? 그럴 수 있어요, 없어요?"

얼굴을 드는 그의 눈에 불쾌한 빛이 비쳤다.

"그렇소, 물론 나는 그럴 수 있지. 당신이 그럴 수 없다는 게 참 이상해. 모스 씨가 바로 여기 내 오른쪽에 앉아 있는 데 그걸 못 본단 말인가?"

에밀리는 그의 오른편을 힐끗 쳐다보고 나서 미가엘의 얼굴을 보았다.

"당신은 지금 이 트럭 정류소가 으스스해서 당신 옆에 유령이 앉아 있단 얘기를 하려는 거죠?"

"모스 씨는 유령이라기보다는……."

미가엘은 잠시 멈추고 싱긋 웃었다.

"'해부학적으로 설명을 요구받은' 사람이라고 불리는 걸 좋아하지. 참 훌륭한 사람이오. 그런데 모스 씨가 우리는 이제 소시지를 먹게 돼 있다고 말해주는데? 지금 주문을 좀더 해도 된다면 말이오."

"아뇨! 살쪄서 안 돼요. 이제 핵심을 말해주시겠어요? 그러니까 당신이 지금 이 순간에 유령하고 얘기하고 있단 말인가요?”

전 같았으면 그렇게 어리석은 질문을 하느니 차라리 죽어버렸을지도 모른다. 하지만 지금은 그를 거스르지 못하고 끌려가고 있었다.

“맞소. 지금 모스 씨랑 얘기를 나누고 있는데, 이제 점점 더 재밌는 얘길 하는군. 여기서 자기 얘기를 들어주는 사람을 본 지가 너무 오래 됐다는데? 아무도 자기 존재를 믿어주지도 않고 말을 걸려고 해도 들어 주질 않으니 이 세상은 참 슬픈 곳이라는 생각이 든대요. 어쩌다 애길 들어주는 사람은 미치거나 마약을 먹은 사람뿐이라는군.”

미가엘은 에밀리에게 몸을 굽히며 나머지 말을 마무리했다.

“이 현대 미국 사회에서 유령으로 사는 건 참 외로운 인생이라는데.”

“그렇군요…….”

에밀리는 식당을 둘러보며 천천히 대꾸했다.

“화장실에 가야겠어요. 그리고 그만 나가는 게 좋겠네요.”

“화장이 뭐요?”

“뭐라구요?”

“모스 씨가 그러는데 당신이 화장을 하려고 한다는데.”

“맞아요. 난 지금 화장실에 가려고 하는 거예요.”

“또 그런 말도 하는데? 당신은 나를 미친 사람이라고 생각하기 때문 에 지금 나를 떼어놓고 도망가려고 한다고. 항상 그게 보인다고 하네. 만약 그렇게 한다면, 에밀리, 잘 지내고…… 모든 행복이 당신 것이 되 기를 바라겠소.”

“당신은 정말 무서운 사람이에요.”

그녀는 미가엘을 쏘아보았다. 그가 항의하거나 못 가게 잡았다면 오 히려 당당하게 걸어 나갈 수 있었을 것이다. 하지만 행복을 빌어주는 남 자를 두고 어떻게 떠날 수 있단 말인가?

“나는 지금 화장실에 갈 거고, 당신은 그 동안 계산을 마치세요. 다시 돌아오면 모스 씨 얘기 같은 건 한마디도 더 듣고 싶지 않아요.”

미가엘은 오른쪽을 쳐다보고 나서 말했다.

“미안해요. 그러면 또 다음 기회에……”

에밀리는 못 들은 척 구두 굽 소리를 내며 화장실로 갔다.

에밀리가 돌아왔을 때, 미가엘은 밖에서 기다리고 있었다. 곤혹스럽게도, 기다리고 있는 그의 모습이 갑자기 친근하게 느껴졌다. 가끔씩 도널드보다 이 남자와 보낸 시간이 훨씬 긴 것처럼 느껴지곤 했다. 그나마 도널드와 만날 때는 항상 그가 조사하는 기사 중의 하나로 작업을 해야 했다.

“우린 얘기를 좀 해야 해요.”

에밀리는 진지하게 입을 열었다. 둘이서 떨어져 있던 몇 분 동안 머릿속에 열심히 써놓은 연설 원고를 읽기 시작할 참이었다. 함께 집으로 갈 수는 없고, 그래서 어딘가에 남겨놓을 수밖에 없으며, 그러니 숨을 만한 곳을 찾아봐야 한다는…….

FBI와 마피아, 분노한 아내, 매스컴이 찾고 있는 남자, 현상금을 노리는 사람들은 말할 것도 없고……. 그런 남자에게 안전한 곳…….

“당신은 나를 걱정해주고 있군. 맞소?”

미가엘은 그렇게 말해놓고 엄청 기뻐하는 얼굴이었다.

“병아리 눈물만큼도 아니에요.”

에밀리는 식당 앞뒤로 주차해놓은 트럭들 사이로 걸어가며 무관심한 척 대답했다. 그녀의 작은 마즈다는 주차장이 아닌 숲 속에 주차되어 있었다. 몇 년 동안 그 자리에 박혀 있었을 것 같은, 바퀴가 열여덟 개 달린 트레일러가 마즈다를 가려주고 있었다.

“이제 정말 당신 문제를 생각해봐야 해요. 나랑 같이 집에 가는 건 불가능한 일이니까 당신이 갈 만한 곳을 찾아내야 한다구요. 아니면 도움을 청할 수 있는 사람이나……."

"안 돼!"

에밀리가 막 차에 열쇠를 꽂으려는데 미가엘이 매섭게 소리쳤다.

"왜 그래요? 당신이야 열쇠가 없어도 문을 열 수 있지만 난 아니에요. 또 마술을 보여주고 싶어서 그래요?"

갑자기 그는, 사납게 에밀리를 차에서 떼어내 가슴에 끌어안았다. 미가엘의 가슴이 방망이질 치고 있었다. 힐긋 올려다보니 그는 잔뜩 경계하는 눈으로 차를 노려보고 있었다.

"왜, 왜 그래요?"

그녀는 차를 돌아보며 한껏 소리를 낮춰 물었다. 그녀의 가슴도 심하게 콩닥거렸다.

"저 기계에 뭔가 잘못된 게 있소. 어두운 빛에 둘러싸여 있어."

에밀리는 금세 그의 말뜻을 알아차렸다.

"아우라 말이에요? 그렇지만 자동차가 어떻게 그런 걸 느껴요? 기계는 전조 같은 거 못 느껴요."

그는 에밀리의 말은 무시하고 자기 할말을 계속했다.

"당신은 저기 숲 속으로 깊숙이 들어가시오. 그리고 땅에 엎드려서 머리를 감추고 날 기다려요. 알겠소?"

그는 두 손을 그녀의 어깨 위에 얹고 내려다보았다. 눈이 타는 듯이 이글거리면서 꼭 시키는 대로 해야 한다는 말을 대신하고 있었다. 고개를 끄덕일 수밖에 없었다. 미가엘이 어깨를 놓아주자 그녀는 차와 충분한 거리를 두고 잽싸게 숲 속으로 달려갔다. 나무에 부딪치면서도 계속 달리다가 참나무 관목 숲을 발견하고 그 속으로 뛰어들었다. 그가 말한 대로 땅에 엎드려 팔로 머리를 감쌌다.

시간이 얼마나 지났을까. 용기를 내어 머리를 들고 시계를 봤다. 몇 시간이 지난 것 같은데 겨우 몇 분이 지나 있었다. 15분 정도가 지날 때까지 아무 소리도 들리지 않았다. 문득 자신이 참 바보스럽다는 생각이 들었다. 도대체 뭐가 잘못된 게 있단 말인가? 정신 이상인 남자가 명령하는 대로 맹목적으로 복종하고 있는 이유가 뭔가? 차가 불길한 기운에 싸여 있다니! 미가엘은 자신을 어제 태어난 갓난아기쯤으로 생각하는 건가?

이성의 반항에도 불구하고 에밀리는 그 자리에 그대로 있었다. 덤불 쪽에서 무슨 소리가 났다. 다시 팔로 머리를 감쌌다.

"나요. 위험은 지나간 것 같소. 이게 폭탄이란 건가?"

미가엘이 거기 서 있었다. 줄에 대롱대롱 매달려 있는 다이너마이트 자루를 손에 들고.

"그, 그런 것 같아요. 하지만 난 다이너마이트를 직접 본 적이 없어서……, 그걸 없애야 하는 거 아니에요?"

"어떻게 하는 거요?"

"나도 몰라요. 그걸 내 차에서 찾았단 말이에요?"

에밀리는 '내 차'라는 단어에 쐐기를 박듯이 발음했다. 목이 탔다.

"모스 씨가 어떤 전선을 잘라야 기계가 폭발하지 않는지 알려줬소 아래쪽으로 갈고리를 걸어놓은 걸 자르라고 했지."

."그리고 당신도"

"아니오. 나는 어떤 줄인지 몰라서 두려웠는데 모스 씨가……."

"아뇨, 내 말은 당신도 차하고 같이 폭발할 뻔했다는 뜻이에요."

"아, 그렇소 이 몸도 그럴 뻔했지."

그는 다이너마이트에서 에밀리에게로 시선을 돌렸다.

"이 몸이 같이 폭발했으면 당신 주변의 악을 찾지도 못한 채 다시 불려 올라갈 뻔했소. 그건 부끄러운 일인데."

"당신이 지금 악을 들고 있는 것 같은데요. 계속 그렇게 들고 있을 건가요?"

"모스 씨가 그러는데 이 부근에 막아야 할 갱도가 하나 있다더군. 이걸 거기다 던지면 폭발해서 구멍이 막아지겠지. 에밀리, 내 걱정은 말고 여기 있어요. 모스 씨가 우리 할 일을 다 알려줄 테니까."

"굉장하네요. 유령이 천사에게 다이너마이트 자루로 해야 할 일을 알려주다니. 내가 걱정할 일이 없을 것 같네요."

그는 소리 없이 웃으면서 나무가 무성한 쪽으로 걸어갔다. 에밀리는 그대로 서서 기다렸다. 시간이 꽤 오래 지났다고 느끼는 순간 엄청난 굉음과 함께 땅이 흔들렸다. 순간 그것이 다이너마이트가 폭발하는 소리였음을 깨달았다. 잠시 후 미가엘이 다시 나타났을 때, 그가 안전한 것을 알았고 에밀리는 땅에서 일어섰다. 그때까지도 걷잡을 수 없이 다리가 떨려 미가엘이 잡아주지 않았다면 쓰러지고 말았을 것이다.

"이제 됐소. 이제 정말 우리 둘 다 안전하니, 안심해도 돼요."

그는 한 손으로 머리를 쓰다듬으면서 다른 팔로 그녀를 안아주었다.

"누가 그런 짓을 했죠? 왜 그렇게 당신을 죽이려고 하는 거예요?"

"그 폭발물은 내가 아니라 당신 때문에 장치해놓은 거요."

그가 낮게 말했다. 에밀리는 잠시 그 말뜻을 생각해야 했다.

"나를요? 누군가가 나를 날려버리려고 했다는 거예요?"

"그렇소."

에밀리는 그에게서 몇 발짝 떨어졌다. 이해할 수 없는 말이 힘을 모으게 만들었다.

"다이너마이트에 '에밀리를 죽이기 위해'라고 써 있기라도 하던가요? 이 나라의 모든 사람들이 당신을 찾고 있다는 사실은 폭발물하곤 아무 상관이 없다는 말이죠? 정말 쫓기고 있는 사람이 누군지 몰라요?"

미가엘은 얼굴을 찡그린 채 생각에 잠겨 있었다.

"당신이 그렇게 생각할 만하지만 그 다이너마이트는 당신을 겨누고 있었다는 걸 느낄 수 있소. 누가 당신을 죽이려고 했을까, 에밀리?"

"그럴 사람은 아무도 없어요. 두말할 것도 없어요."

돌아서서 그녀는 차를 향해 뛰어갔다. 또 다른 폭발물이 장치되어 있든 말든 신경 쓰지 않았다. 미가엘이 그녀의 팔을 잡았다.

"당신이 나를 여기다 두고 떠나려고 한다 해도, 당신 혼자 보낼 수는 없소. 에밀리, 누군가가 당신을 죽이려 한단 말이오. 당신이 믿든 말든 달라질 건 없소. 나는 진실을 알고 있소."

"놔줘요. 안 그러면 소리지를 거예요."

"그러면 그 다음엔 어떻게 될까?"

미가엘은 장난을 치고 있는 게 아니었다. 다만 단순한 호기심이 어린 얼굴이었다.

"집어치워요!"

에밀리는 으르렁거리며 그를 밀치고 다시 걸었다. 하지만 차에 열쇠를 밀어 넣으려는 순간, 망설여지는 건 어쩔 수가 없었다.

"이젠 안전해요. 이제 정말 그 기계 주변엔 깨끗한 기운이 감돌고 있소."

저쪽에서 미가엘이 말했다.

에밀리는 진절머리 난다는 듯한 표정으로 그를 한 번 쳐다보고 나서 차에 열쇠를 꽂고 돌렸다. 문을 연 후에야 그녀는 숨을 참고 있었다는 사실을 깨달았다. 차 문이 열리자마자 미가엘이 조수석으로 미끄러지듯 들어가 앉아서 안전벨트를 맸다.

"당신은 나랑 같이 못 간다고 했죠?"

그러나 그는 아무 말도 않고 창 밖만 뚫어져라 쳐다보고 있었다.

"왜 대답이 없어요? 또 죽은 사람하고 얘기하는 거예요?"

에밀리는 메스껍다는 듯이 물었다.

"당신과 같이 묘지 같은 델 지나지 않도록 미리 알려줘요."

"모든 영혼들은 자기 무덤에 영혼의 일부를 남겨놓지."

그는 멍한 표정으로 알 수 없는 말을 중얼거리고 나서 에밀리를 쳐다보았다.

"에밀리, 당신 집까지 얼마나 걸리지?"

"차로 한 시간 반이요."

"좀더 오래 걸리는 길은 없소?"

"산 넘어서 가면이야 하루 종일도 걸리죠. 하지만 난 집에 빨리 가고 싶어요."

"그러면 어서 먼길로 떠납시다. 얘기 좀 해야 할 것 같은데."

"무슨 얘기를요?"

"나는 당신이 모든 얘기를 해줬으면 좋겠소. 당신이 생각할 수 있는 모든 걸 말이오. 누가 당신을 죽이려고 하는지 알아내야 하거든."

"다시 말하지만 날 죽이려는 사람은 아무도 없어요. 난 실용적이고, 지루하고, 현명하고, 대담하지 못한 사람이에요. 알잖아요? 제대로 된 정신을 가진 사람이라면 누가 날 죽이려고 하겠어요? 그리고 설사 그럴 수 있다고 해도 내가 죽는 게 왜 천사한테 문제가 되죠? 그건 당신 문제가 아니라는 말이에요. 하루가 멀다고 소름 끼칠 만큼 많은 사람들이 죽고 있잖아요. 그런데 작은 마을 도서관 사서 하나가 죽는다고 해서 무슨 문제가 되나요?"

"나도 모르겠소. 나도 그 똑같은 질문을 나 자신한테 하고 있던 참이오. 나는 왜 여기 보내졌을까? 천사장이 가서 들여다보라고 누군가를 보낼 수밖에 없을 만큼의 악……, 어떤 악이 당신을 둘러싸고 있는 거지."

그는 고개를 돌려 에밀리의 옆얼굴을 바라보았다.

"하지만 당신처럼 사랑스러운 사람을 파괴하려고 하는 사람이 있다면 그건 뭔가 아주 잘못된 거요. 에밀리, 당신은 착하고 친절한 사람이오. 이런 말은 하지 않아야 되지만 나는 항상 내 사람들 중에 당신을 가장 사랑해왔소. 당신은 당신 인생에서 좋은 일을 아주 많이 했어. 그리고 당신이 이뤄낸 소중한 것들을 사람들을 사랑하고 돕는 데 썼지. 당신도 알 거요.”

“아뇨, 난 몰랐어요.”

그의 말은 터무니없는 아첨처럼 들렸다. 어쩌면 천사가 누군가에게 착하다고 말하는 건 꼭 그 뜻이 아닌지도 모른다.

거의 직각으로 우회전하는 길에서 ‘경치 좋은 길’이라는 표지판이 나타났다. 얘기할 시간이 필요한 두 사람에게는 산지를 지나는 그 여행이 다른 어떤 코스보다 적당하리라.

7

산골 마을의 작은 식료품 가게 앞에 왔을 때 에밀리는 갑자기 자신이 살인 사건의 조사를 받고 있는 기분이 들었다. 미가엘이라면 당연히 조사를 받아야겠지만 자신은 본의 아니게 점점 말려들어 가고 있잖은가.

나를 죽이려 하다니, 말도 안 돼. 도대체 그럴 만한 이유가 단 한 가지라도 있단 말인가. 이제 모든 것이 살인 미스터리의 음모로 보이기 시작했다. 그게 아니라면 그 누구도 자신을 죽이려 할 이유가 없는 것이다.

"아니야, 틀렸어. 내가 아니야."

에밀리는 작은 가게 입구에서 빨간 플라스틱 바구니를 집어 들며 혼자 중얼거렸다. 바닥을 나무로 만든 시골 가게 안에는 카운터 뒤에서 졸고 있는 남자 외에 아무도 없었다. 그래서 다른 사람을 신경 쓰지 않고도 선반 너머 있는 미가엘에게 말을 건넬 수 있었다.

"나는 아직도 당신이 틀렸다고 생각해요. 표적은 당신이지 내가 아니에요."

그녀는 거칠게 뱉어놓고 카운터의 남자를 힐끗 쳐다보았다. 남자는 머리가 의자 뒤로 넘어간 채 입을 벌리고 자고 있었다.

"그 폭발물이 당신을 겨누고 있었다는 건 누가 뭐래도 확실해. 그런데 이건 뭐지?"

미가엘이 과일즙보다 설탕이 훨씬 많이 들어간 주스를 들어올리면서 물었다.

"더럽고 매스껍고 역겨운 거예요. 당신 이빨을 썩게 해서 길에다 빠뜨리게 만들어줄 거예요."

"참 재밌겠군."

그는 바구니에 주스 병을 담으면서 재밌다는 듯이 킬킬거렸다.

"문제는 당신이 마음을 정하는 거지. 그러면 이쪽이냐 저쪽이냐 갈등하지 않게 될 거요."

"좋아요. 그렇다면 당신이 아닌 나를 죽이려고 하는 이유가 뭐죠? 난 부자도 아니고 그렇다고 상속을 받을 기회도 없는데요. 아무리 생각해도 누군가 나를 죽여야 할 이유가 없어요. 난 내 눈으로 범죄를 본 적이 한 번도 없는 사람이에요. 그런 나를 누가, 왜 죽이려고 해요?"

"질투 때문인가?"

그 말에 본의 아니게 웃음이 나왔다.

"그거네요. 나를 두고 내 두 연인이 서로 죽이려고 싸우나봐요. 그거 도로 놔요! 당신은 왜 항상 그렇게 영양가 없는 물건만 집어 들어요? 그 분홍색 과자는 당신 창자를 딱 붙게 만들 거예요."

미가엘은 입 한쪽을 올리면서 싱긋 웃더니 그 케이크도 바구니에 담았다.

"이봐, 이 케이스 안에 차가운 거. 이 상자 안엔 뭐가 들어 있소?"

에밀리는 한숨을 쉬었다.

"하나를 들고 봐요. '냉동 요구르트'라고 써 있을 거예요."

"아, 맞네. 에밀리, 나는 이 '크림'이라는 단어가 당신한테는 악담이 될 거라는 생각을 하고 있던 참이오. 그런데 어디까지 얘기했지?"

"'듀크의 연애 편지 출판'을 막으려고 누군가가 나를 죽이려고 한다는 얘길 하고 있었죠."

미가엘은 잠시 헷갈리는 듯하다가 씩 웃었다.

"당신 다음 생애에다 제목을 달고 싶은 생각 있소? 내가 정해줄 수 있소. 생의 제목이란 대개 상처럼 주어지지 않지. 많은 유혹과 책임이 따르고, 생 자체가 온통 사랑으로만 뭉쳐진 것도 아니고."

"아뇨. 난 제목 같은 건 달고 싶지 않아요. 나는……."

그녀는 눈을 찡그리며 미가엘을 쳐다보았다.

"그런데 왜 내 악에 대한 얘긴 계속하지 않아요?"

"생각을 위해서 말을 줄여야 하거든. 당신을 없애려고 했던 사람을 생각해내야 하는데 말을 많이 하면 생각에 방해가 되니까. 그런 걸 모르다니, 뜻밖인데?"

에밀리가 꽉 찬 바구니를 카운터에 올려놓는 동안 미가엘은 금전 등록기 앞에 있는 막대사탕과 껌을 쳐다보고 있었다.

"그건 다 먹어도 괜찮은 거예요. 사고 싶은 만큼 사요."

바구니의 물건을 꺼내면서 그녀는 작은 소리로 말했다.

"우리도 당신처럼 보이지 않는 걸 볼 수 있다면 참 편하겠어요. 하지만 우리 가엾은 인간 육체들은 보잘것없는 지루한 삶을 살아요. 어디서든 악령 같은 걸 볼 수는 없죠."

카운터 뒤의 남자가 벌떡 일어나서 금전 등록기를 찍기 시작했다. 미가엘은 카운터에 막대사탕 여섯 개를 올려놓았다.

"당신이 지금 모스 씨 얘길 하는 거라면 그는…… 이 카운터 아저씨보다는 덜 악하지. 그런데 이 '캐러멜'이라는 건 뭐지?"

미가엘이 공연히 카운터 남자를 눈짓으로 가리키는 바람에 에밀리는 카운터 남자가 눈치라도 채지 않을까 조마조마했다. 다행히 그 남자는 잠이 아직 덜 깨서인지 아무것도 모르는 듯했다. 미가엘은 짓궂게 웃으면서 막대사탕 네 개를 카운터 위에 더 가져다 놓았다.

"그리고 에밀리 당신은 내가 본 사람 중에 제일 나쁜 거짓말쟁이요."

말의 내용과는 다르게 그의 말투는 서글서글했다. 막대사탕을 사주지 않겠다고 할까봐 미리 머리를 쓰는 게 분명했다.

한 시간 뒤, 그들은 휴게소에 차를 세우고 샌드위치를 먹었다. 미가엘은 자기가 산 시시한 것들을 이것저것 먹어보았다. 에밀리가 말을 꺼냈다.

"트럭 정류소에 있던 사람들이 당신이나 나를 봤다면 그 사람들은 내가 누구고 어디 사는지도 알 거예요."

"맞소."

그는 부드럽게 대꾸하면서, 케이크에 분홍색 아이싱을 입히고 코코넛을 얹은 과자를 집어 들었다. 에밀리는 피크닉 테이블 의자에 깊숙이 앉아 있었다.

"분명히 우릴 뒤쫓고 있을 거예요."

말은 그렇게 하면서도 미가엘이 이 명백한 사실에 대해 알려고도 하지 않으리라는 걸 잘 알고 있었다.

"아니, 더 이상 안 쫓아올 거요."

"그렇게 확신해요?"

에밀리는 테이블 쪽으로 몸을 숙이며 물었다.

"안 보고도 모든 일을 다 아는 것처럼 행동하네요. 하지만 내 차에 폭발물이 장치 돼 있었던 건 몰랐잖아요."

"첨엔 정말 몰랐지."

그는 이제 아이싱을 걷어내고 초콜릿 케이크를 먹고 있었다.

"난 내가 뭘 할 수 있고 뭘 할 수 없는지 정말 모르오. 집에 있을 때는 내 힘을 잘 알았는데. 수년간 해오던 일이었으니까. 하지만 여기서는 극히 제한돼 있다는 걸 알았소. 한 가지 예로, 나는 앞날에 대해서 알 수가 없소."

그는 피크닉 테이블을 쭉 훑어보면서 눈썹을 점점 더 찡그렸다.

"오늘 아침, 나는 폭발물 사건이 그렇게 진행되고 있었는데도 그걸 몰랐다는 사실에 놀랐소. 차에 뭔가 이상한 게 있다는 건 느꼈지만 그게 뭔지를 몰랐지. 그게 고장나서 그런 줄 알았소. 차 앞유리에……."

그는 손으로 옆으로 젓는 동작을 해 보였다.

"와이퍼요."

"맞소, 그거. 하지만 작은 와이퍼가 그런 아우라를 만들어내서 차를 어두운 빛으로 감쌀 수 있을까 하는 의심이 들었소. 하지만 내가 뭘 알겠소? 난 당신을 만나기 전엔 차 한번 타본 적이 없는데."

"그렇지만 지금 당신은 아무도 우릴 쫓아오지 않는다는 걸 알고 있잖아요."

"맞소. 그 사람들은 당신 차에 다이너마이트를 장치하고 떠났소. 그건 내가 아주 잘 알지. 지금까지는 내 힘이 당신하고 관련된 일에만 나타나는 것 같소. 당신 차 문은 열 수 있는데 다른 차는 안 되더라고. 그리고 호텔 문도 그렇소. 당신 있던 방문만 열리는 거요. 이상하지 않소?"

"열쇠 없이 문을 열 수 있다는 건 예삿일이 아니에요. 아우라를 볼 수 있는 것도 이상하고. 유령은 말할 것도 없고요. 아이스크림 가게서 만났던 여자아이 일도 이상하고. 당신 머릿속의 총알도, 당신 몸에 있던 총알 자국도 그렇고. 매일매일 일어나는 일이 온통 알 수 없는 일들이에요. 그리고……."

"조심해, 에밀리. 그렇지 않으면 그 대목에서 당신이 나를 믿는다는 말을 하게 될 것 같소.”

“그래요. 믿는 거 맞아요. 다만, 당신이 유령을 볼 수 있다고 ‘생각한다’는 걸 믿는 거죠. 당신이 ‘생각하는’…….”

“그럼 내가 정말 천사라면 당신은 어떻게 할 거요?”

“당신을 보호해야죠.”

생각할 것도 없이 대답하고 나서 그녀는 갑자기 얼굴이 붉어졌다. 천사야말로 다름 아닌 자신의 보호자가 아니던가. 고개를 숙이고 반쯤 먹은 막대사탕을 내려다보았다. 처음엔 도저히 먹을 수 없을 것 같던 막대사탕을 어느새 절반까지 먹었다.

“그러면 어떤 게 당신을 믿게 만들었소? 기적? 환상? 뭐요?”

“나도 몰라요.”

에밀리는 일어서서 음식 쓰레기를 치우면서 애써 그의 눈길을 피했다.

“길가에 서서 지나가는 차를 태워달라고 하는 걸 뭐라고 하지?”

“히치하이킹.”

그녀는 재빨리 대답해주고 나서 매서운 눈으로 그를 쳐다보았다.

“그럴 생각이에요? 그건 위험해요.”

“당신이 어딘가에다 나를 놓고 가면 히치하이킹을 해서라도 당신 동네로 가야지. 가서 나 혼자 당신을 둘러싸고 있는 악을 찾아낼 거요. 당신이 나를 만난 적이 있다는 건 아무도 모르겠지.”

“그리고 아마 그런 일이 일어나겠죠. 당신이 마을에 발을 들여놓고 10분 안에 경찰에 밀고되는 일 말이에요.”

에밀리가 남은 음식을 차 트렁크에 넣고 난 후에도 미가엘은 움직이지 않았다. 그는 태연히 앉아서 경치를 보며 과일 주스를 홀짝거리고 있었다. 그 이상하고 설탕만 잔뜩 든 주스. 그래도 그는 주스 맛이 이상하다는 걸 인정하지 않을 것이다.

지금 당장 차를 타고 이 사람에게서 달아나야 해, 에밀리는 생각했다.

이 사람은 내 책임이 아니야. 그리고 내 완벽한 생활에 더 이상 골치 아픈 일을 만들 필요는 없어. 완벽. 그것이 에밀리가 자신의 생활을 정의하는 방식이었다. 원하는 것은 모두 갖고 있었다. 하고 싶은 일을 할 수 있는 직업과 사랑하는 남자, 친구들……, 거기다 국제 도서관 협회에서 상까지 받지 않았던가. 한 가지 하고 싶은 일이 있다면 도널드와 결혼해서 아이 둘을 갖는 것, 그것뿐이었다.

하지만 에밀리는 테이블에 앉아 있는 한 남자를 두고 가버리지 못했다. 다시 자리로 돌아와 앉아서 경치에 눈을 주었다.

"어쩌면 당신이 나를 위해 매디슨의 저택에 대해 뭔가 알아낼 수도 있겠네요. 나는 거기서 있었던 일에 대해 책을 쓰고 싶거든요. 이미 조사를 많이 했지만 뭔가가 빠져 있어요."

"그 집에 어떤 사연이 있소? 인간 영혼들은 항상 이 땅을 떠나지 못하는 이유를 하나씩 갖고 있지."

미가엘은 얘기 내용에 전혀 관심이 없다는 듯 한마디 툭 던졌다.

"난 살면서 내내 그 얘기를 들어왔어요. 어린아이들은 늙은 매디슨 영감이 잡아간다고 서로 놀래곤 하죠. 하지만 최근 몇 년간 나는…… 그래요, 왠지는 나도 모르지만 동정심이 생겨요."

"당신은 항상 사람들을 도와주고 싶어하니까."

오래 전부터 그녀를 알고 있었던 척하는 태도에 대해 항의하려고 입을 열었다가 에밀리는 포기해버렸다. 칭찬을 굳이 거절할 필요가 있겠는가.

"정말 단순한 얘기예요. 그리고 그런 얘기는 과거에도 많이 있었을 거라고 생각해요. 아름다운 젊은 여자가 잘생긴 한 남자와 사랑에 빠진 거예요. 하지만 남자는 가난했고 여자의 아버지가 두 사람의 결혼을 반대했죠. 대신, 여자의 아버지는 자기 친구인 매디슨이라는 사람과 딸을 결혼시켰대요. 매디슨은 부자였지만 여자의 아버지라고나 해야 어울릴 만한 나이였죠. 두 사람은 우아한 불행 속에서 10년 정도 함께 살았어요. 그런데 여자를 사랑했던 젊은 남자가 어느 날 마을로 돌아온 거예요. 그 이후로 여자가 몰래 그 남자를 만나러 다녔는지 어쨌는지는 아무도 몰라요. 어쨌든 여자의 남편은 질투심에 휩싸여서 젊은 남자를 죽였어요."

"불행하게도 난 그런 걸 너무 자주 봤소. 질투는 당신 인간들의 큰 약점이지."

"어, 그래요? 지금 또 미키 얘기를 하려는 거죠?"

그녀는 미가엘이 도널드를 부르는 이름 중의 하나를 상기시켜주면서 날카롭게 쏘아붙였다.

미가엘은 하얀 이를 드러내면서 씩 웃었다.

"그래서 그 매디슨 영감이 그 집에 저주를 내렸단 말이지?"

"어떤 사람들은 그렇게 말해요. 살인 사건이 있고 나서 재판이 있었는데 남편의 하인이, 주인이 그 젊은 남자를 죽이는 걸 봤다고 그랬대요. 그것만이 남자가 희생된 증거였죠. 왜냐하면 시체는 찾을 수가 없었으니까. 어쨌든 매디슨 씨는 교수형을 당했고, 하인은 나중에 그 집 창문에서 뛰어내렸고, 미망인은 집 밖으로 한번도 나오지 않다가 결국 미쳐버렸어요."

"그러니까 그 집안에는……."

그는 생각하느라고 시간을 끌었다. 에밀리가 말을 이었다.

"살해된 젊은 남자나 살인을 저지른 노인, 그리고 주인을 죽음으로 몰아 넣은 불행한 하인, 아니면 미친 아내…… 그 혼령들이 있을 수 있다는 거죠. 당신이 한번 짚어봐요."

"에밀리, 이 일이 당신 주변의 악하고 무슨 연관이 있다고 생각하는 거요?"

"나는, 음……."

그녀는 손을 내려다보았다.

"자, 어서 생각해봐요. 무슨 생각이 났소?"

에밀리는 고개를 쳐들고 도전적으로 그를 노려보았다.

"난 정말 몰라요. 하지만 뭔가가 있긴 있었어요"

미가엘은 에밀리의 눈에서 두려움의 빛을 보고 주스 병을 그녀 쪽으로 밀어주었다. 그녀는 한 모금 마셔보고 얼굴을 찌푸렸다. 단맛이 너무나 진했다.

"이제 당신 창자를 집어던지겠군."

"소화기관이죠."

"뭐든 좋소. 그 일을 해결하러 천사가 내려와야 할 만큼 끔찍한 일이란 게 도대체 뭐지?"

에밀리는 주스 병을 보고 있다가 아무 생각 없이 병에 붙은 종이 상표를 벗겨냈다.

"당신은 악령을 믿어요?"

대답이 없자 에밀리는 그를 올려다보았다. 미가엘은 믿을 수 없다는 듯이 한쪽 눈썹을 치켜 올렸다.

"좋아요, 당신이야 그렇겠죠. 하지만 요즘 사람들은 안 그래요."

"나도 알아요. 당신 인간들은 이제 '과학'을 믿어. 대부분의 사람들이 증권거래소에서 의심스런 일을 하는 사람을 악의 표본이라고 생각하지. 계속해요. 그래서?"

미가엘의 목소리에는 경멸의 빛이 역력했다.

"이번 주말에 도널드한테 얘기하려고 했어요. 그런데 도널드가 나타나지 않았어요. 그게 바로 내가 그렇게 화가 났던 이유 중의 하나예요. 누군가 얘기할 사람이 필요했거든요"

"악령에 대해 얘기할 사람으로 그 사람이 더 낫다고 생각하면 그렇게 하시오."

미가엘이 딱딱하게 말했다.

"그런 태도로 당신은 어떻게 천사가 될 수 있었어요?"

"나는 내 본분 때문에 만들어진 거요. 얘기 계속 하겠소? 아니면 여기서 그만두겠소?"

에밀리는 깊이 한숨을 내쉬었다.

"그 집에 갔었어요. 그게 전부예요. 그냥 보기 위해서 갔던 거죠. 그 집의 평면도를 그려보려고 스케치북을 가지고 갔어요. 거기서 일어난 일에 대해 글을 쓰려던 중이었으니까요. 창문은 더러웠지만 햇빛이 가득해서 아주 잘 볼 수 있었어요."

그녀는 맛이 이상한 주스를 한 모금 더 마셨다.

다음 말이 없자 미가엘이 말을 꺼냈다.

"내가 추측하건대…… 당신은 봉인된 뭔가를 열어봤지?"

"그건…….."

"상자, 아니오? 음……. 에밀리, 벽을 부쉈지?"

"그래요. 하지만 이미 반 정도는 떨어져 있었어요. 누군지 몰라도 그 벽을 만든 사람은 썩 훌륭한 목수는 아니었나봐요."

"그래서 뭐가 나왔지?"

"몰라요. 나는 유령을 볼 수 없어요. 뭔가가 휙 하고 나를 지나쳐 갔다는 것밖에 몰라요. 그 끔찍한 느낌에 기절할 뻔했죠. 정신을 가다듬기까진 시간이 꽤 걸렸어요. 겨우 정신차리고 걸을 수 있게 됐을 때 그냥 거기서 나왔어요."

그는 한쪽 입만 올리고 웃었다.

"조용히 걸어나왔다, 맞소?"

"놀리고 싶으면 놀려요. 하지만 그날 이후로, 그러니까 2주 전쯤부터예요, 그린즈버러에 아주 불쾌한 일들이 일어나는 거예요. 한 집에는 불이 나고, 아이들이 넷 있는 부부가 이혼을 했어요. 마을 바로 밖에서 차 석 대가 충돌했고…….."

"당신은 그런 일들이 악령 때문에 생긴 거라고 생각하는 거요?"

"모르겠어요. 지금은 단지 느낌만 갖고 있어요. 밤에 혼자 도서관에 있을 때 나는 혼자가 아니에요. 하지만 난 누군가 혹은 무엇인가가 나랑 같이 있는 게 싫어요. 가끔은…… 가끔은 어떤 남자가, 그리고 어떤 땐 여자 웃음소리가 들리기도 해요. 그리고…… 최근에는 마을 사람들이 전보다 더 잘 싸우는 것 같아요."

이 남자는 보나마나 나를 비웃겠지, 그녀는 생각했다. 도널드도 비웃을 것이다. 그렇다고 그 비웃음이 그의 인격을 반영하는 건 아니다. 전에 한번 친구 아이린에게 그 얘기를 하려고 한 적이 있었다. 그런데 아이린은 얘기를 다 듣기도 전에 법석을 떨며 큰 소리로 웃어댔다.

"아무 말도 안 할 거예요?"

그녀는 화난 것처럼 말하려고 했지만 맘대로 되진 않았다.

"이 얘기가 무슨 관련이 있는지를 모르겠소. 당신하고 차를 몽땅 날려버릴 생각을 했던 누군가와……, 하지만 악령은 사람들에게 무서운 일을 저지르도록 교란시킬 수 있지. 상투적인 수법이 무질서와 혼란이니까."

미가엘은 고개를 들고 그녀를 쳐다보았다.

"그러니까 그 녀석이 당신을 따라오게 하려고 정확히 어떻게 한 거요?"

"나를? 왜 나를 따라와요? 내가 아는 한, 악령은 마을 전체를 헤집고 다녀요. 그리고 왜 나를 쫓아오려고 하겠어요? 나는 실용적이고 현명하고 너무나 평범한 사람이잖아요. 내가 착해질 때를 빼면 말이에요."

"최근 며칠간 내가 본 당신 생활이 평범하다고는 할 수 없소. 사실, 당신을 구하기 위해 천사가 내려와야 할 정도지. 봐요, 에밀리, 당신이 덜 착하고 덜 현명했다면 당신은 스파이 총에 맞았을지도 몰라."

하도 장난스럽게 말하는 바람에 그녀는 기분이 좋아져 소리내 웃었다.

"갈 준비 됐어요?"

"당신하고? 내 생각엔 당신이 날 버릴 것 같소. 내 생각엔 당신이 나를 히치하이킹 하게 만들 것 같고, 내 생각엔 당신이……."

"됐어요! 그만 해요. 나는 지금 신한테 그분의 천사들에 대해 얘기할 생각이에요. 당신 남자들은 다시 생각해봐야 할 필요가 좀 있어요."

그녀는 차 문을 열면서 계속했다.

"아 참, 그런데, 당신에겐 다른 담당 인간이 없나요? 다른 사람 얘기는 안 하는 것 같네요. 아니면 전에 담당하던 사람이라도."

그는 가만히 웃기만 했다. 에밀리는 미간을 찌푸리며 또 말을 이었다.

"지어내 보지 그래요? 지금까지 나한테 지어냈던 말처럼."

미가엘은 그녀의 비난에도 냉정을 잃지 않고 침착하게 조수석에 앉았다.

"글쎄, 당신 인간들은 왕이나 왕비, 아니면 그 비슷한 것들을 좋아하는 것 같은데, 맞소?"

"날 건드려서 또 화나게 만들 궁리는 그만 하고 얘기나 하나 해보세요. 두 개도 좋고."

그녀는 시동을 걸고 차를 출발시켰다.

"마리 앙뜨와네뜨 얘기요. 내 사람이었지. 가엾은 사람. 지금은 농장에 사는데, 아이들이 여섯이나 있고 훨씬 행복하게 살고 있소. 왕비로서는 지독히 불행했지."

"그 얘기 좀 자세히 해보세요."

둘이 탄 차는 막 고속도로로 들어섰다.

8

그린즈버러는 기묘한 지형 속에 아늑하게 자리잡고 있었다. 아주 오래 전에 누군가가 '찻잔'이라고 불렀던 것이 지금은 이름처럼 굳어져 있었다. 불행하게도 지금은 많은 사람들이 '찻잔 바닥에서 나가기를 기다릴 수가 없다'고 말했다. 에밀리는 그곳을 평화로운 곳이라고 생각하는데 다른 사람들은 지루한 곳이라고 생각했다. 미국에서 가장 지루한 도시일 거라고 말하기도 했다. 그래서 사람들은 '보안관 톰슨의 총은 써먹을 일이 없어서 케이스 속에서 녹슨다'라는 농담을 만들어내기도 했다.

마을로 들어서는 길은 가파르게 내리막 경사가 져 있고, 나가는 길은 무모하게 자전거를 타는 사람이나 좋아할 오르막길이었다. 다른 두 방향은 굵고 튼튼한 로프와 강철로 만든 장비가 있어야만 오를 수 있는 가파른 산지였다.

이런 지형 속에 그린즈버러가 있었다. 마을 인구는 216과 3분의 2(셜리 부인이 또 임신을 했기 때문에)명이었다. 사람들은 '게으름'이 자기들을 그린즈버러에 묶어둔다고 말했다. 그들은 너무 게을러서 어디든 나다닐 수가 없었다. 마을에서 가게를 하는 극소수를 제외하고는 모두 도시에서 일했다. 그들은 도널드처럼 주 내내 그린즈버러를 떠나 있다가 주말에 돌아오곤 했다.

제 3자들을 마을로 끌어들이는 극소수의 장소 중 하나가 도서관이었다. 20세기가 시작되기 전, 앤드루 카네기가 그린즈버러의 그 작은 마을을 우연히 지나게 된 적이 있었다. 그는 아름다운 작은 마을에 애정을 느껴 그곳에 자신의 도서관을 설립하고 싶어했다. 그 도서관이 바로 에밀리가 '내 도서관'이라고 부르면서 사랑을 쏟는 건물이 되었다. 책을 살 돈을 달라고 노스캐롤라이나 주와 연방정부까지 집요하게 괴롭혔던, 그녀의 모든 것이 된 도서관. 에밀리는 매일 작가들에게 부탁의 글을 썼다. 출판업자들에게 끈덕지게 부탁을 해서 끝내는 두손들게 만드는 것이 중요한 업무 중 하나였다. 매년 한 번씩은 미국 서적 판매인 대회에 참석해서 한꺼번에 공짜 책을 잔뜩 짊어지고 돌아와 후원자들과 책을 나누기도 했다.

그런 끊임없는 노력의 결과로 그린즈버러 도서관은 노스캐롤라이나 주 안에서 최고가 되었다. 사람들은 작가의 애기를 들으러 모여들었고, 책 속에서 보던 작가의 강연을 들으러 왔으며, 도서 진열 요령을 배우러 왔다. 그 외에도 흥미를 끄는 거라면 어떤 거라도 보기 위해 사람들은 수십 킬로미터를 운전해왔다.

그린즈버러의 누군가에겐 그곳이 떠나버리고 싶은 곳인지 모르지만 에밀리에게는 아니었다. 그녀는 마을과 사람들을 가족처럼 사랑했다. 형제자매도 친척도 부모마저도 잃어버린 사고무친의 에밀리에게는 도널드와 이 마을뿐이었다.

이제 옆자리에 앉아 있는 이 남자도 내 영역 안으로 들어오게 되는 것인가……, 에밀리는 그를 곁눈질하면서 생각했다. 그는 라디오에서 나오는 음악에 빠져 주파수를 이리 맞추고 저리 맞추고 했다. 듣는 곡마다 꼬치꼬치 묻는 건 물론이었다. 그는 수천 년 동안 컨트리웨스턴(기타, 밴조 등으로 연주되는, 미국 남부 음악)이나 오페라, 로큰롤 등을 들어보지 못했음을 표내고 있었다.

꽤 늦은 시간에야 에밀리는 그린즈버러로 들어섰다. 어두운 게 차라리 좋았다. 이 낯선 사람을 누구에게도 보이고 싶지 않았다. 미가엘은 깨닫지 못하겠지만, 아무도 그를 못 보는 게 여러 모로 좋을 듯싶었다. 왜냐면 도널드는…… 분명 이해하지 못할 테니까.

에밀리의 아파트는 그린즈버러의 거의 끝 부분에 있었다. 그 사실이 또 기뻤다. 그녀의 집은 큰 건물 안에 있었다. 최소한 그린즈버러에서는 큰 건물이었다. 1층에는 식료품 가게와 우체국, 하드웨어 가게가 있었다. 위층은 두 개의 아파트로 나누어져 있었는데, 하나는 에밀리의 것이었고 다른 하나는 도널드 것이었다.

만난 지 얼마 안 됐을 때 도널드는 주말에 도시를 피해 있을 수 있는 곳을 갖고 싶다고 했다. 그는 한편으로 작은 마을 출신이라는 게 공식적인 이력으로 더 좋아 보인다는 사실을 알고 있었다. 그러기엔 그린즈버러가 안성맞춤이었다. 그는 하드웨어 가게 위층의 아파트를 빌렸다.

도널드가 주말마다 작은 마을로 들어오기 시작하면서 두 사람은 점점 헤어질 수 없는 사이가 되어갔다. 맞다, 최소한 그린즈버러에서는 '헤어질 수 없는' 것이다. 에밀리는 딱 한 번 그와 함께 시내에 나가본 적이 있었다. 도널드가 일하는 곳과 벽을 유리로 만든 그의 아파트, 그가 함께 일하는 동료들을 보러 갔다. 그 한 번으로 끝이었다. 당당하게 어깨를 세운 재킷에 앙증맞게 짧은 검정 투피스를 입은 여자들. 키가 크고 늘씬한 도시의 그 여자들 틈에서 에밀리는 자신이 보잘것없는 사람으로 느껴졌다. 연한 갈색 원피스를 입고 궁전 주변을 서성거리는 우유 짜는

112

여자. 도널드와 함께 처음 나가본 도시에서 에밀리는 자신을 그렇게 느꼈다.

그 이후로 도널드와 그녀는 다시는 그 일에 대해 얘기하지 않았다. 대신 두 사람은 은연중에 한 가지 사실에 합의한 셈이었다. 그녀는 그린즈버러에 머물러 있는 게 좋으며 도널드가 주말에 집에 와도 그린즈버러를 벗어나지 않는 게 좋겠다는 말없는 약속. '내 주말 아내', 도널드는 에밀리를 자주 그렇게 불렀다. 그러면 그녀는 '정확히는 평일 부인이 없어서'라고 대꾸하곤 했다. 그러면 그는 또 그랬다. 에밀리가 주말마다 너무 녹초를 만들어놓기 때문에 평일 내내 쉴 수밖에 없어서 그렇다고. 그리고 두 사람은 큰 소리로 웃곤 했다.

그런데 지금 에밀리는 분명히 낯선 사람과 아파트 입구로 들어서고 있었다. 그것도 도널드의 집 바로 코앞에서. 낯선 사람이 분명한데도 그녀는 가끔 미가엘을 쳐다보면서 아주 오래 전부터 알고 있던 사람처럼 느끼곤 했다.

건물 뒤편으로 차를 몰아 가서 가장 어두워 보이는 곳에 차를 세웠다. 마을로 돌아왔다는 사실을 아무도 눈치채지 못하게 하는 게 좋았다. 어찌됐건 사람들은 그녀가 사랑하는 남자와 로맨틱한 주말을 함께 보내고 있는 걸로 알 테니까. 그래, 정말 길고 로맨틱할 뻔하기도 했다. 총알과 폭발물과 창문에서 뛰어내리는 일만 아니었다면.

"그래, 바로 여기야."

미가엘의 목소리는 경건하기까지 했다.

"당신이 여기로 운전해 들어오는 걸 셀 수 없이 여러 번 봤소. 도서관에서 집으로 걸어올 때도 봤고."

"당신은 여기 와본 적 없어요."

그녀는 의도했던 것보다 훨씬 매섭게 말했다. 그러면서도 그 순간 자신이 과민해 있다고 생각했다. 무엇이 이 남자와 집까지 오게 만들었는가? 그와 무엇을 어쩌겠다는 것인가?

"괜찮아질 거요."

그가 또 어느새 마음을 읽은 것일까. 그는 부드럽게 손을 잡아주었다. 그리고 언제나 그랬듯이 에밀리는 이내 평온해졌다.

차에서 내리기 전에 그녀는 살짝 웃어주었다.

그가 이미 아파트가 눈에 익다는 말을 했는데도, 아파트에 도착했을 때 미가엘의 행동에 대해 그녀는 놀라지 않을 수 없었다. 그는 문 앞에서 에밀리를 휙 지나쳐 테이블 램프를 켜는 스위치가 있는 곳을 정확히 찾아갔다. 불을 켜고 그는 눈이 휘둥그레져서 방 안을 왔다갔다했다.

"그래, 그래. 다 여기 있어. 하나도 바뀐 게 없군. 당신 어머니한테 편지 쓰던 책상도 여기 있고. 에밀리, 어머니가 돌아가셨을 때 당신 마음 아팠던 거, 나도 그랬소. 하지만 어머니는 당신을 기다리고 있고 나중에 다시 만날 수 있을 거요. 아, 여기가 바로 당신이 카드놀이 할 때 그 남자를 꺾어버렸던 그 테이블이구나. 그때 당신 아주 기분 좋아했지. 그리고 당신 책들도 있고. 당신이 앉아서……."

그는 방 안을 한 바퀴 둘러보았다.

"그 긴 건 어딨지? 당신이 누워서 책 읽던."

에밀리는 단호하게 한 일 자로 입을 다물고 있었다.

"그 침대 의자는 도널드 아파트에 갖다놨어요. 이거 봐요, 난 당신이 나를 염탐해온 거 기분 나빠요. 나는……."

"염탐한다고? 에밀리, 그건 내 마음하곤 너무나 거리가 먼 일이오. 당신을 보살펴줘야 되는데 당신을 지켜보지 않고 어떻게 그 일을 할 수가 있겠소? 아, 이건……."

그는 유리로 만든 서진(書鎭)을 집어 들었다.

"당신이 이걸 사던 때가 생각나요. 당신이 열세 살 때였는데……."

"열두 살 때였어요."

그녀는 팽팽하게 맞서 대꾸하고는 그의 손에서 서진을 빼앗아 테이블 위에 도로 올려놓았다.

침실로 가면서 에밀리는 점점 화가 났는데 그는 전혀 눈치채지 못했다. 에밀리는 잠시 걸음을 멈추고 자신이 진짜 화가 나 있는 것인지 아니면 놀라서 그러는 것인지 생각해보았다.

그가 침실의 옷장 서랍을 여는 소리가 들렸을 때, 즉시 결정을 내릴 수 있었다. 놀란 게 아니라 화가 나 있는 것이다!

양손을 허리에 짚고 입술을 단단히 오므리고서 살금살금 침실로 들어갔다. 그는 서랍 안에 있는 그녀의 옷을 매만지면서 열심히 안을 들여다보고 있었다.

"당장 손떼요!"

날카롭게 소리지르면서 잽싸게 서랍을 닫아버렸다. 그는 손가락을 끼일 뻔했다.

그래도 미가엘은 놀라거나 미안해하지도 않았다. 시종 침착할 뿐이었다.

"당신은 저 빨간 드레스를 입어야 돼. 정말 잘 어울리거든. 당신이 그 옷을 사게 만든 게 바로 나요."

"당신이 담당하는 사람들을 다 이런 식으로 염탐해요?"

그렇게 말해놓고 에밀리는 스스로 정정했다.

"담당하는 사람도 없겠지만……"

자기가 한 말을 수정하면서 화를 낸다는 건 쉬운 일이 아니었다.

그는 갑자기 움직임을 멈추고 침대를 내려다보았다. 몇 년 전 어느 산골 마을의 작은 가게에서 샀던 하얀색 침대 커버를 쓰다듬으면서 그가 말했다.

"에밀리, 느낌이 이상해. 너무 이상해…… 나 지금……."

미가엘이 얼굴을 돌려 그녀를 쳐다봤을 때 그의 눈엔 분명히 뜨거운 빛이 가득했다.

에밀리는 본능적으로 뒤로 물러섰다.

"당신, 당장 나가는 게 좋겠어요. 아니면 내가 떠날 거예요. 아니면……."

다시 얼굴을 돌리면서 그는 눈빛을 감추었다.

"그래서 그게 그런 거구나. 이제 당신 인간들을 조금 더 잘 이해할 수 있소."

그는 분명, 에밀리가 '하지만 당신이 여기 있어야 할 이유는 없어요'라고 말할 것에 대비하고 있을 것이다.

그가 다시 머리를 들었다. 눈이 이글거리고 있었다.

"에밀리, 절대로 날 두려워할 필요가 없소. 약속해요."

그는 달아오를 때만큼이나 빠르게 다시 안정을 찾는 것 같았다. 그는 조용히 웃었다.

"자, 이제 좀 쉽시다. 이 몸이 좀 약해졌소. 계속해서 연료를 넣어주고 쉬어야 하나봐."

"어디서 잘 건데요?"

그녀의 목소리는 애써 태연을 가장하고 있었다.

"내가 자고 싶지 않은 곳에서."

그렇게 말하고 환하게 웃는 미가엘은 너무나 고자세였다. 어쩔 수 없이 나오는 웃음에 에밀리는 긴장이 풀렸다.

"장난치지 말아요. 소파를 거실에다 끌어내 줄 테니까 거기서 자요. 그리고 내일 아침에 집을 알아보러 가요. 그러고 나서 떠나면 되죠."

"그렇게 합시다, 에밀리. 당신이 원하면 언제라도 떠나겠소. 당신한테 절대 강요하진 않을 거요."

"그만둬요. 당신이 그런 식으로 공자님같이 말하는 걸 그만두지 않으면 나는……."

"나는 공자님이 아니오, 에밀리. 나는 천사……."

미가엘은 눈을 반짝거리면서 말하다가 갑자기 멈추고 싱긋 웃었다.

"난 지금 너무나 졸린 남자요. 당신 인간들은 잠자기 전에 뭔가 준비하는 게 있지 않소?"

이불을 가지러 들어가면서 그녀는 또 한 번 그 생각을 했다. 도대체 내가 지금 뭘 하고 있는 걸까…….

머리카락을 뒤로 쓸어 넘기면서 에밀리는 잠에서 깨어났다. 반쯤 눈을 떴을 때 잘생긴 남자의 얼굴이 보였다. 본능적으로 손을 멈추고 머리카락을 움켜잡았다. 검은색 머리칼에 몸을 덮을 만한 커다란 날개를 달고 있는 남자.

"미가엘……."

그녀는 중얼거리면서 입가에 키스를 받은 것처럼 달콤한 미소를 지었다.

"천사들은 다 이름이 미가엘인가요?"

그녀는 졸린 목소리로 중얼거렸다.

"천사들 중 최고만 그렇지."

문득 정신을 차리고 깨어나 후닥닥 일어나 앉다가 그녀는 침대에 앉아 있던 미가엘과 머리를 부딪쳤다.

"지금 뭐하고 있는 거예요?"

그녀는 필요 이상으로 소리쳤다.

"당신을 깨우러 들어왔소. 그런데 거기 누워 있는 당신이 너무나 예뻐 보였소. 그래서…… 에밀리, 나는 지금 막 유혹에 빠진 것 같소."

미가엘이 너무 충격을 받은 것처럼 보여서 에밀리는 웃지도 못했다. 화를 내기에는 너무 이른 아침이었다.

"유혹에 빠진 천사가 또 있었어요? 그래서 쫓겨났나요?"

"에밀리, 이건 웃을 일이 아니오. 나는 유혹에 빠지면 안 돼. 말썽을 부릴지도 몰라."

우울한 말과 표정에도 불구하고 그녀는 내심 기분이 좋았다. 그토록 아름다운 남자를 유혹할 만큼 섹시하다는데, 세상 어떤 여자가 싫어하겠는가.

"아, 그렇군요."

그녀는 앉은 채로 몸을 쭉 뻗어 기지개를 켰다. 잠옷이 가슴께에서 벌어져 있다는 걸 알면서도 일부러 그냥 두었다.

미가엘이 한쪽 눈썹을 치켜 올렸다.

"내 생각엔 악령이 당신 집으로 들어와서 지금 막 당신 정신을 흐려 놓고 있는 것 같소. 당신은 결혼한 여자가 아니던가?"

"약혼이죠. 그것뿐이에요"

에밀리는 재빨리 정정했다. 그는 도널드 행세를 하려는 듯이 장난칠 자세를 취했다. 그녀가 냅다 베개를 집어 던졌다.

"나가요! 샤워하고 옷 입어야 돼요."

그의 표정이 다시 심각해졌다.

"날 쫓아낼 필요 없는데. 난 이미 당신이 샤워하는 걸 봤거든. 내가 제일 좋아하는 대목은 당신이 다리에 로션을 바를 때요. 그리고 그 조그맣고 부드럽고 둥근 분홍색……."

"나가요! 빨리! 경찰에 집어넣기 전에, 당장!"

미가엘은 문까지 가서 다시 멈춰 섰다.

"경찰 중에도 내가 담당하던 사람이 있었는데, 샤워하는 동안 그 사람 얘기나 해줄까?"

베개 하나가 또 날아가는 동안 그는 잽싸게 나가서 문을 닫았다. 부엌 쪽에서 키득거리는 웃음소리가 들렸다.

샤워하는 동안 에밀리는 또다시 자신에게 물었다. 그러니까 정확히,

이 남자와 무엇을 어쩌자는 말인가…… 최근 며칠간을 돌아보면 그를 떼어버리기 위해 무척 애쓴 것 같기는 했다. 그러나 그럴 때마다 뭔가가, 어떤 알 수 없는 힘이 그녀를 붙잡았다.

도널드한테 전화해서 어떻게 해야 하는지 물어봐야 해. 하지만 도널드가 노발대발할 건 뻔했다.

‘10대 수배자 중 한 사람을 아파트에 숨겨놓고 있다고? FBI는 그 남자를 찾고 있는데, 당신은 그자하고 유령이 나오는 집을 찾아가겠다고? 뭐라고 했더라? 그 자가 수천 년 동안 당신을 돌봐준 천사라고? 뭐, 좋아. 그렇담 내가 이해하지.’

도널드는 분명 그렇게 말할 것이다.

아니, 이해 못해. 도널드가 이해해준다는 건 상상도 할 수 없었다. 하지만 그가 틀린 건 아니다. 분명 맞는 얘기가 아닌가.

그렇다면 이 남자를 어떻게 할 것인가. 길거리로 쫓아내서 누군가가 경찰에 밀고하게 만든다? 그는 엄청난 벌을 받을 것이고 또 누군가는 엄청난 현상금을 받을 것이다.

그런데 나는 지금 왜 그를 걱정하고 있는가? 그에게서 착각 속의 키스를 받지 않고는 잠을 깰 수 없을 정도로, 이제 그렇게 된 걸까?

어머니가 자주 하던 말이 생각났다.

“가슴이 아닌 머리로 결정을 내려라.”

길 잃은 남자를, 비록 임시라고는 해도, 함께 지내도록 해준다는 것은 분명 머리가 아닌 가슴으로 내린 결정일 것이다.

그래도 매디슨 저택에 대해 뭔가 알아내는 일은 꼭 하고 싶다. 정말 유령이 나오는 것인지, 아니면 단순히 사람들의 상상에 의한 것인지. 정말 유령이 나오는 거라면 누구의 유령일까? 살인죄로 사형된 매디슨은 그 젊은 남자의 시체를 어떻게 했던 걸까?

에밀리는 샤워 꼭지를 잠그고 나와 수건을 잡았다. 하지만 FBI에 쫓기는 남자가 뭘 어떻게 해서 유령 나오는 집인지 아닌지를 알겠는가? 그녀는 생각할수록 자신에게 화가 났다. 무슨 근거로 그가 천사라고 하는 말을 믿는단 말인가…….

그녀는 수건으로 젖은 머리를 거칠게 털어내고 헤어드라이어를 집어들었다. 미가엘 체임벌린은 천사가 아니다. 그는 단순히 천리안 능력을 가지고 있을 뿐이고 사람들을 믿게 만드는 데 능숙할 뿐이다.

에밀리는 립스틱을 바르면서 생각했다. 그렇다면 다른 사람과 매디슨 저택에 가보는 건 어떨까. 전에 도널드에게 같이 가자고 얘기했을 때 그는 드러내놓고 비웃었다. 그리고 여자친구들도 딱 잘라 거절했다. 혼자서 그 집에 갔을 때 무슨 일이 일어났는지 얘기하는 것 자체가 잘못이었다.

그래, 매디슨 저택에 같이 갔다 온 다음에 그를 떼어버리는 거야. 오늘밤에…… 오늘밤 안에 모든 일을 마무리 지어야 해. 내일부터는 출근해야 하고 그리고 그 사람 혼자 아파트에 있게 할 수는 없으니까.

논리적인 결정을 내린 데에 스스로 흡족해져서 그녀는 욕실을 나왔다. 청바지에 가벼운 스웨터를 입었다. 평범한 옷이지, 그녀는 생각했다. 스웨터는 물세탁 때문에 줄어들어서 몸에 꼭 끼고 바지는 몇 년 전 못에 걸려서 엉덩이 아래 곡선 부분이 찢어지긴 했지만. 그 이후로 옷장에 아무렇게나 던져두었던 옷이었다. 도널드는 그녀가 청바지를 입는 모습을 별로 좋아하지 않았다. 엉덩이 부분이 7센티미터 정도나 찢어진 것은 더욱더.

옷차림에 약간 신경을 쓰면서, 에밀리는 앞으론 좀더 나이에 어울리게 입어야겠다고 다짐했다.

무심코 문을 열고 거실로 나갔을 때 그녀는 까무러치게 놀라 자리에 굳어버리고 말았다. 깔끔했던 부엌에서 냉장고가 폭발한 것 같았다. 통조림은 이것저것 뚜껑이 다 열려 있고, 계란 상자는 뒤엎어져 싱크대 문으로 노른자가 줄줄 흘러내리고 있었다. 여기저기 음식 천지였다. 가스 레인지 위의 프라이팬에서는 무엇이 타는지 연기가 나고 있었다. 그녀가 연기를 본 바로 그 순간 경보기가 울렸다.

"당신이 할 때는 쉬워 보였는데."

미가엘은 난리 가운데 서서 적잖이 놀란 얼굴로 그녀를 쳐다보고, 다음엔 경보기를 올려다보았다.

"지금 경찰이 올까?"

그녀는 달려가서 빗자루를 들고 경보기를 껐다.

"에밀리, 당신은 화났을 때 너무 예뻐."

조수석에 앉은 미가엘이 말했다.

"그건 세상에서 제일 구식 대사예요. 그리고 부엌 청소는 당신이 하겠죠?"

"기꺼이. 당신이 요리하는 걸 가르쳐준다면."

그는 웃고 있었고 그녀의 입술은 아직도 오므라져 있었다.

"당신은 여기 그렇게 오래 있지 못해요. 오늘밤에 떠나야 해요."

"물론 그래야지. 비행기를 탈 수 있을 거요. 이런 인간의 몸으로 비행기 타는 건 아주 재밌을 것 같아."

"어디 갈 건데요?"

그녀는 묻기부터 했다. 미가엘이 눈을 빛내면서 쳐다봤다.

"나도 모르겠소. 당신은 어디로 가고 싶은데?"

에밀리는 파리라고 말하고 싶어서 입을 열었다가 얼른 입을 다물고 그를 힐끗 쳐다보았다.

"도널드하고 로키 산맥으로 캠핑가고 싶어요."

"정말이오? 그거 재밌겠군. 나는 당신을 예술 박물관 타입으로 생각해 왔는데 캠핑을 가고 싶다니 뜻밖이오. 어쩌면 당신을 로마에서 만날 수 있을 줄 알았는데. 아냐, 잠깐…… 로마가 아니고 파리.”

에밀리는 대답 대신 앞만 바라보았다.

“저기 있다.”

그녀는 언덕 위의 오래된 집을 보면서 고개를 끄덕였다.

1830년에 세워져 지금은 덩치만 커다란 채 음습하게 가라앉아 있는 집. 유령이 나온다는 소문이 도는 건 단지 그 집이 사람들에게 너무 오랫동안 잊혀져 있기 때문이라고 에밀리는 자주 생각했다.

창문은 거의 모두 부서지고 지붕은 여기저기 구멍이 뚫렸다. 마을에서 소유하게 되었을 때도 그 골치 아픈 집을 유지시켜 나갈 여유가 없었다.

“참 좋은 집이야. 하지만 당신은 항상 큰 집을 좋아했소, 그렇지? 아 참, 내가 얘기한 적 있었소? 당신이 여왕의 시녀였던 얘기 말이오.”

에밀리는 얘기들 들으려고도, 믿으려고도 하지 않았다.

“머리카락이 빨갛고, 이런 걸 하고 있었는데…….”

그는 목 주변에 동그라미를 그려 보였다.

“러프(16~17세기에 걸쳐 유럽에서 사용한 독특한 주름 칼라)?”

“레이스지. 아, 여왕은 진주를 좋아했소. 당신은 여왕을 좋아했고 여왕은 시녀들한테 아주 친절했소. 자기 뜻을 거스르고 결혼하지만 않는다면 말이오. 여왕은 자신이 다스리는 나라와 결혼해야만 하는 걸로 생각했고 그래서 다른 모든 여자들도 그래야만 한다고 생각했지.”

“엘리자베스였군요. 엘리자베스 여왕 얘기를 하고 있는 거죠, 맞아요?”

에밀리는 매디슨 저택 앞에 차를 세우며 낮은 소리로 말했다.

“그럴 거요, 엘리자베스. 여러 가지 기억하는 건 어려워. 하지만 당신이 여왕이 살던 집을 아주 좋아했다는 건 분명히 기억해요.”

시동을 끄면서 돌아보니 그의 눈이 빛나고 있었다. 그것은 에밀리가 관심 있게 듣고 있다는 걸 그가 알아차렸다는 뜻이었다.

가능한 일도 아니겠지만, 실제로 엘리자베스 왕실을 본 적이 있다는 말인가? 만약에 그랬다면 수세기 동안 역사학자들을 속 태운 몇 가지 의문점을 미가엘이 풀어줄 수도 있지 않은가.

"눈앞에 닥친 일을 딴 데로 돌리려고 지금 또 그러고 있는 거죠?"

그녀는 좌석에 머리를 기대며 물었다.

"아니오, 에밀리. 나는 다만……."

그는 말을 끝맺지 않고 가만있었다. 무슨 말을 하려고 했는지 궁금했지만 묻지 않고 기다렸다. 그런데도 그는 여전히 말을 마무리 짓지 않았다.

차에서 내리면서 그녀는 집을 올려다보았다.

여러 곳에 '출입금지' 푯말이 붙어 있었다. 부서진 창문을 가로질러 판자 같은 게 대어져 있었지만 출입을 방해할 정도는 아니었다.

미가엘이 옆에 와 섰을 때, 그녀는 가능한 한 사무적으로 대하려고 애썼다.

"내가 당신한테 바라는 건 이 집을 둘러보고 당신의 그 능력을 사용해서 느끼는 걸 얘기해달라는 거예요. 이 집에서는 끔찍한 일이 있었고 그렇다면 어디엔가 그런 분위기가 강하게 남아 있을 거예요. 그런 걸 당신이 나한테 충분히 얘기해줄 수 있을 만큼 느끼면 좋겠어요."

"알았소. 그런데 내가 이런 분위기를 얘기하도록 허락받은 거 맞나?"

미가엘은 또 그녀를 놀리고 있었다.

"당신은 그 분위기들과 달아날 수도 있어요. 그리고 아주 행복하게 살 수도 있을 테고."

미가엘은 쿡쿡 웃으면서 현관 쪽으로 걸음을 옮겼다. 에밀리가 썩은 널빤지 위에 발을 디디려고 할 때 미가엘이 그녀의 팔꿈치를 잡아당겼다.

그녀는 주머니에서 커다란 열쇠를 꺼내 현관문의 녹슨 자물쇠에 꽂았다.

"사람들이 오지도 않는데 왜 이렇게 자물쇠는 잠가놓는지 모르겠어요. 아이들이 창문에다 돌을 던지려고 오는 거말고는 찾아오는 사람도 없는데 말이에요."

"귀신이 무서워서 그렇겠지? 안 그렇소?"

미가엘은 모든 인간들과, 인간들의 나약함과, 보지 못하는 것에 대해 두려워하는 습성을 비웃고 있었다.

"우리는 당신처럼 그렇게 개화하지 못해서 그래요."

에밀리는 어깨로 문을 밀어붙였다.

"그리고 당신 같은 직관력도 못 가졌고요."

세 번째 시도를 하려고 문을 향해 어깨를 들이미는 순간 미가엘이 그녀의 머리 너머로 손을 뻗어 문을 밀었다. 믿을 수 없게도 소리도 없이 문이 스르르 열렸다.

불행하게도 에밀리는 그 순간 온 힘을 다해서 문을 밀어보려던 참이어서, 문이 열림과 동시에 현관 바닥으로 넘어질 뻔했다. 미가엘이 잡아주지 않았다면 엎어져서 얼굴이 납작해졌을 것이다.

"미리 말을 해줬어야죠."

그녀는 벽에 부딪힌 옆구리를 털면서 말했다.

"그리고 왜, 문 여는 마술을 보이기 전에 내 팔을 좀 잡고 있지 않았어요?"

불만에 찬 얼굴로 올려다보다가 에밀리는 그의 표정을 보고 얼굴이 하얗게 질렸다. 현관을 샅샅이 훑어보는 그의 얼굴에 무시할 수 없는 두려움의 빛이 가득했다.

"에밀리, 내 말 잘 들어요. 당신은 여기서 나가야겠소. 지금."

"무슨 일인데 그래요?"

그를 올려다보았다. 누군가의 머리카락이 일어서는 소리를 들어본 적이 있다면, 그건 미가엘에게서일 것이다.

"아무것도 물어보지 말고 빨리 가요."

"왜 그러는지 말해주지 않으면 안 가요."

에밀리는 허리에 손을 짚고 단호하게 말했다. 이 유령 나오는 집에 대해서는 미가엘보다 먼저 알고 있었지 않은가.

"이 유령은 아주 현실적이오. 그래서 물리적인 힘도 갖고 있소 유령이 이 몸을 죽이려고 해요."

미가엘은 그녀를 문으로 밀어붙였다. 에밀리는 그가 무슨 말을 하고 있는지 깨달았다.

"당신을? 당신을 죽이려고 한다고요?"

미가엘은 한 번 더 그녀를 문 쪽으로 밀면서 대답은 하려고도 않고 혼잣말로 중얼거렸다.

"신만이 악령을 없앨 수 있소. 인간의 몸으로는……."

열 때는 그토록 어렵던 문이 어느 사이 쾅 닫히면서 두 사람을 갈라놓았다. 더 이상 미가엘의 말소리가 들리지 않았다.

에밀리는 곧바로 다시 문을 열려고 안간힘을 썼지만 문은 단단히 잠겨 있었다. 열쇠를 꽂아보려고 했지만 들어가지도 않았다.

"미가엘! 빨리 들여보내 줘요!"

문을 두드리면서 소리쳤지만 안에서는 아무 반응이 없었다.

에밀리는 창문 쪽으로 가서 판자 틈새로 안을 들여다보려고 했지만 어둠밖에는 보이는 게 없었다.

그런데 그때 안에서 무슨 소리가 들렸다. 공기를 가르는 듯한 쉿쉿 소리와 나무 바닥을 날카롭게 강타하는 소리. 숨을 제대로 쉴 수가 없었다. 미칠 듯한 기분으로 어떻게 해야 할지 생각하느라 진땀을 흘렸다. 보안관을 부르면…… 천사가 유령한테 공격당하고 있다고 하면 서둘러

와서 조치를 취해줄까? 그렇게 해야 하나? 보안관이 미가엘을 보면 FBI에게 알리지 않을까?

에밀리는 다시 문으로 가서 두드리기 시작했다. 그런데 주먹으로 딱 한 번 문을 내리쳤을 때 이상하게도 문이 열렸다. 뛰는 가슴 위에 손을 얹고 어둠뿐인 안으로 들어갔다.

아무도 없었다. 집 안 어디서도 나뭇잎 뒹구는 소리 하나 들리지 않았다. 주위를 두리번거리다가 현관 바닥에 꽂혀 있는 칼을 보았다. 그 순간, 온몸의 피가 얼굴로 솟구쳤다. 목까지 올라온 비명을 겨우 눌러 삼켰다. 미가엘이 서 있던 자리에는 기병대 무기 같은 칼 세 자루가 마룻바닥에 5센티미터 정도씩 박힌 채 꽂혀 있었다. 칼은 아직도 약하게 진동하고 있었다.

가장 가까이 있는 칼에 손을 뻗어 만져보았다. 살인죄로 교수형을 당한 매디슨은 미국 해병대의 함장이었다.

에밀리는 자신이 무엇을 하고 있는지 생각할 겨를도 없이 미가엘을 소리쳐 불렀다. 미친 듯이 미가엘을 부르며 2층으로 뛰어올라갔다.

칼을 던진 사람이 누구든, 아니면 그 무엇이든 아랑곳하지 않고 엄청난 속도로 집을 가로질러 달려가 방문을 열어 젖히고 뛰어들어갔다. 몇 년 전 그녀는 필라델피아에 있는 한 건축회사로부터 순전히 업무상의 목적에서 매디슨 저택의 설계도 사본 하나를 얻은 적이 있었다. 그 건축회사는 처음 이 집을 설계한 곳이었다. 그녀는 눈가리개를 하고도 집 안을 돌아다닐 수 있을 정도로 연구했다.

"미가엘, 어딨어요?"

외침은 빈 벽을 타고 울려 나갔다. 그 소리는 그녀를 덜 외롭게 해주었다. 온몸을 소용돌이치는 두려움을 덜어주기까지 했다.

가장 위층인 3층으로 올라가기 전부터 에밀리는 히스테릭해지고 있었다.

미가엘은 그녀의 인생 속으로 들어온 것만큼이나 빠르고 쉽게, 또 그렇게 사라져버린 것인가.

어디선가 갑자기 손 하나가 나타나서 입을 억세게 틀어막았다. 한 팔을 배에 단단히 두르고 있어서 숨을 쉬기도 어려웠다. 에밀리는 온 힘을 다해 발을 구르며 몸부림을 쳤다.

"아야! 가만히 좀 있으시오. 신발 때문에 아파 죽겠소."

미가엘이 그녀의 귀에 대고 소리를 죽여 외쳤다.

순간 에밀리는 그의 손을 물었다. 그에게서 풀려나자 노발대발해서 그의 주변을 빙빙 돌았다.

"어디 있었던 거예요? 온 집안을 다 찾았잖아요. 대답해줄 수도 있었을 텐데. 그리고……."

미가엘은 그녀의 손을 쥐고 달리기 시작했다. 그녀는 뒤에 대롱대롱 매달려 따라 뛰었다.

"위층이 또 있소? 여기가 꼭대긴가? 그 단어가 뭐더라?"

"다락방? 그래요, 다락방이 있어요. 거기엔 벽장 뒤에 감춰진 계단이 있어요. 매디슨 함장은 다락방을 철저히 숨겼대요."

"나한테 그 이름은 말하지 마시오."

미가엘은 왠지 단호하게 말했다. 에밀리의 손을 잡고 뛰어 침실까지 온 그는 널빤지로 반쯤 가려진 문을 날렵하게 열어 젖혔다.

"가요!"

그는 에밀리를 위쪽으로 밀어주며 뒤를 바짝 따랐다.

"이 방에서 나가는 길이 있을 텐데, 맞소? 막힌 공간은 아니라는 게 느껴지거든."

"맞아요. 함장은 도망칠 때를 대비해 터널 같은 걸 만들어놨어요. 그런데 그게 지금도 온전한지 모르겠어요. 이 집은 썩어가고 있으니까."

"그 사람의 마음이 썩어가고 있었던 거요."

다락방으로 향하는 계단으로 올라서면서 미가엘은 소리 낮춰 말했다.

"오, 이런……."

에밀리는 주위를 둘러보았다. 거긴 와본 적이 없는 곳이었다. 트렁크와 낡은 옷가지들, 그리고 조사해보고 싶었던 여러 가지 물건들이 산더미 같았다.

"지금 그런 생각은 하지도 마시오. 여기 비상구는 어디 있소? 여기서 나가야 해."

미가엘은 다시 그녀의 손을 움켜잡았다.

에밀리는 집중해야 했다. 아주 오래된 책들이 꽂혀 있는 유리 책장이 벽 한 면을 차지하고 있었는데, 자꾸 그쪽으로 관심이 갔다. 저기에 뭐가 있을까? 희귀본들인가? 작가가 첫번째로 사인해준 책들을 모아놓은 것인가? 어쩌면 고전 소설의 원본이 있는지도 모른다. 어쩌면…….

"에밀리! 비상구가 어디 있냐구!"

현실로 돌아오기 위해 그녀는 눈을 두어 번 깜빡거렸다.

"저기, 처마 밑에 있는 것 같은데. 그래도 아직 안전한지는 정말 모르겠어요. 어쩌면 우리는……."

그녀는 갈망하는 눈으로 다시 한 번 책장을 힐끗 보았다.

"어떻게 해야 하는데? 여기 갇혀서 꼬챙이처럼 말라가?"

그는 문을 찾으려고 처마 밑의 벽을 더듬고 있었다.

"찾았다!"

그러나 거기에 자물쇠나 빗장 같은 건 없었다. 그는 문을 비집어 열어놓고 나서 에밀리를 돌아보았다. 에밀리는 유리 책장 앞에까지 가서 막 손잡이를 잡으려 하고 있었다.

미가엘은 그녀를 잡아채서 작은 문 쪽으로 밀어 넣고 몸을 구부려 무릎을 꿇게 했다.

"내가 먼저 나갈 테니 나를 도와주시오. 그리고 조심해야 해. 그렇지 않으면 유감스런 일이 생길 거요.”

말을 마치자마자, 미가엘은 작은 문 뒤편의 어둠 속으로 사라졌다.

“이건 완전히 이상한 나라의 엘리스가 토끼굴을 통과하는 격이군.”

에밀리는 심호흡을 한 번 하고 나서 기어 내려가기 시작했다.

어디선가 이상한 소리가 들렸다. 끽끽거리는 그 소리가 오래된 그 집 안에서 나는 건지 아니면 생각하고 싶지도 않은 다른 어떤 것에서 나는 소리인지 알 수가 없었다.

“무슨 일이 일어나고 있는지 얘기 좀 해줄 수 없어요? 당신은 유령하고 친구였던 걸로 아는데요. 이 유령한텐 말 같은 거 못 걸어요?”

“여길 잡아요.”

미가엘이 손을 뻗어 그녀를 이끌었다. 에밀리는 도대체 아무것도 볼 수가 없었다. 자신의 몸인지 미가엘의 몸인지조차 구분이 가지 않았다. 그러나 미가엘은 어둠과 밝음을 따로 구분하는 것 같지 않았다. 그의 몸은 자유자재였다.

“좋아요. 자, 이쪽으로, 천천히. 그래, 잘했소. 곧 나가게 될 거요.”

“대답 좀 해달라고요.”

에밀리는 초조해하고 있었다. 어둠 속의 침묵을 견디기 어려워서 그가 아직 함께 있다는 사실을 끊임없이 확인하고 싶었다.

“이 집을 떠도는 영혼은 이 몸을 죽이고 내 영혼을 원래 자리로 돌려보내려고 하고 있소. 하지만 나는 왜 내가 여기로 보내졌는지, 그 이유를 찾기 전에는 죽지 않을 거요.”

“알겠어요.”

그 말들은 에밀리를 더욱 겁나게 했다. 그래서 두려움을 화로 가장해 그에게 쏘아붙였다.

“당신은 정말 짜증나는 사람이에요. 왜 두려워하질 않죠?”

“뭘 두려워해?”

"죽는 거요! 사람들은 다 죽는 걸 두려워하잖아요."

"조심해, 거기! 그 널빤지는 썩은 거요. 좋아, 아주 잘 하고 있어, 에밀리. 사람들은 죽음 뒤에 뭐가 있는지를 모르기 때문에 두려워하는 거요. 나는 알지. 그리고 안다는 건 아주 좋은 거요."

"누군가가 당신을 죽이려 한다면서 그렇게 숭고한 철학 얘기만 하고 있을 거예요?"

"기도 드리기에 지금보다 더 좋은 시간이 있을까? 당신 알고 있소?"

그의 목소리는 오히려 즐거움의 빛을 담고 있었다.

"모르죠, 난."

두려움이 온몸을 훑으며 지나갔다. 이 다락방도, 기어다니는 것도 다 싫었다.

"아드리안, 어디 있소?"

미가엘은 그녀의 생각을 흩트려놓으려는 듯이 갑자기 소리를 크게 냈다.

"아드리안은 누구예요?"

"내 보스요."

"천사장 미가엘이 당신 보스인 걸로 알고 있는데요?"

거미줄이 얼굴에 척 엉겨 붙었다. 정신없이 떼어내고 있는데 미가엘이 돌아보더니 그 끈적끈적한 거미줄을 아주 부드럽게 없애주었다. 그의 손길을 느끼는 순간 에밀리는 또 침착해졌다.

"아니지. 천사장 미가엘은 아드리안보다 2백 계급 정도 위에 있소. 그리고 나는 아드리안보다도 열 단계 정도 아래고."

"아, 알겠어요."

에밀리는 이해하지 못하면서도 아는 척했다. 미가엘이 뒤로 돌아 다시 기어가기 시작했을 때, 두려움이 훨씬 덜해졌다는 걸 느꼈지만 여전히 어둠의 침묵 속에 있는 게 너무 싫었다.

“당신 말은 천국의 일이 아니라 무슨 회사나 단체 얘길 하고 있는 것처럼 들려요.”

대답을 하기 전에 그녀는 얼른 다음 말로 넘어갔다.

“설마 회사나 단체도 천국을 기초로 하는 거라고 말하진 않겠죠. 난 믿지도 않을 거니까. 그런 건 다른 걸 기초로 하고 있어요.”

“기본 구조는 같소. 사탄이 아이디어를 훔친 거지.”

“거 참 놀랍군요.”

그녀는 입을 삐죽거리며 빈정거렸다.

“에밀리, 자꾸 그러면 당신 놔버릴 거요.”

“당신을 제거하려고 하는 사람이 죽을 거 같아요, 아니면 살 거 같아요?”

미가엘은 낮은 소리로 웃으면서 대답할 생각은 하지 않았다. 통로를 빠져 나가자 갑자기 빛이 보였다. 그가 뒤로 손을 뻗어 에밀리의 손을 잡았다. 이제는 무릎을 꿇지 않고도 똑바로 설 수 있게 되었다. 빛을 봤기 때문인지 아니면 미가엘이 손을 잡고 있어서인지, 어쨌든 이제 더 이상 두렵지 않았다.

“여기 있네.”

미가엘이 말했다. 그의 목소리에서 안도의 빛이 감돌았다.

“누가 있는데요?”

말해놓고 그녀는 자기가 속삭이고 있다는 걸 깨달았다. 집 설계도에 대한 기억이 정확하다면, 지금 그들은 1층 매디슨 함장 서재 안에 있는, 작은 비밀 방에 와 있었다. 방은 겨우 사람이 서서 들어갈 수 있을 정도였는데 벽장 크기보다 작았다. 거기다 워낙 철저히 가려져 있어서 방 밖에서는 아무도 그 방을 볼 수 없었다.

“아드리안이 여기 있어.”

그는 하얀 이를 드러내며 밝게 웃었다.

"아드리안은 지상의 영혼을 위협할 만한 몸 같은 걸 갖고 있지 않소. 그러니 두려워하지 않아도 돼요. 아드리안이 그 남자를 진정시켜줄 거요. 그러면 당신도 안전해질 거고."

에밀리는 미가엘이 끊임없이 그녀를 걱정해주면서 정작 자신의 목숨은 대수롭지 않게 여기는 게 별로 마음에 들지 않았다.

"문 열려고 해봤어요?"

에밀리가 그를 지나쳐 문 앞으로 가면서 물었다.

미가엘이 그녀 앞을 막고 서서 손을 잡으며 조용히 말했다.

"아직 안 돼. 때가 아니오."

목소리에서 뭔가 석연찮은 점이 느껴졌지만 에밀리는 그에 대해 생각하고 싶지 않았다. 다시 두려워지지 않으려면 차라리 농담을 하는 게 나을 것 같았다.

"때가 아닌 걸 알다니, 대단하네요. 나는 그저 킬러의 몸 속에 들어가 있는 천사하고 벽장에 처박혀 있으면 되겠군요. 상관 천사가 분노한 유령을 진정시키는 동안. 그런 얘긴가요?"

"당신은 항상 영리해. 영리하고 아름다워, 에밀리……."

목소리가 너무나 진지해서 에밀리는 그를 올려다보았다. 방 안은 깜깜했지만 미가엘의 윤곽만은 볼 수 있었다. 가까이에서 호흡하고 있는 건장한 몸의 온기를 느낄 수 있었다. 가슴이 뛰었지만 그녀는 굳이 자신을 부인했다. 이건 그와 가까이 있어서가 아니라 지금 막 토끼굴을 탈출해 나와서 숨이 차서 그런 거야…….

"이 몸과 음…… 당신 몸이 함께 느낌을 만들어내고 있소. 내 입술을 당신 목에 대고 싶은데. 지금 이 순간 당신 목에 키스하는 건 숨쉬는 것만큼이나 절대적인 것 같소. 해도 될까?"

"물론 안 돼요."

말은 그렇게 하면서도 에밀리는 얼굴을 돌리고 그의 입술이 쉽게 닿을 수 있도록 턱을 살짝 치켜 올렸다.

목을 파고든 그의 입술은, 에밀리가 평생 동안 그 어떤 것에서도 경험해보지 못한 짜릿함을 선사했다. 너무나 부드러우면서도 동시에 더할 수 없이 강렬했다. 그건 이 지상의 것이 아니었다. 그녀는 아무런 생각도 하지 못하고 팔을 그의 허리에 둘렀다. 미가엘의 몸을 더욱 가까이 끌어당긴 다음 그가 입술을 찾을 수 있도록 얼굴을 기울였다.

그러나 다음 순간, 갑자기 문이 활짝 열리며 눈부신 빛이 쏟아져 들어왔다. 열린 문 쪽을 돌아보았지만 빈 방 밖에는 아무것도 없었다. 다시 미가엘에게로 얼굴을 돌렸을 때 그는 얼굴이 창백해져 있었다.

"나는 회초리도 없이 강에 간 거야."

그가 중얼거렸다.

"회초리가 아니라 노를 말하는 거겠죠."

틀린 말을 정정해주면서도 그녀의 목소리는 목에 걸린 듯했고 무릎은 이상하게도 힘이 없었다. 허리에 두르고 있는 팔을 거두면 제대로 설 수나 있을지 걱정이 되었다.

그러나 다음 순간 미가엘은 그녀의 허리에 두르고 있던 팔을 내리고 군인 같은 자세를 취했다. 얼굴을 쳐다보니 누군가의 말을 듣고 있는 표정이었다. 그러나 에밀리가 보는 한, 방 안 어디에도 사람은 없었다.

잠시 후, 미가엘은 에밀리를 보면서 말했다.

"에밀리, 여기 있어요. 일이 좀 생긴 것 같소. 아드리안이 무지 화가 났소."

말을 마치자마자 그는 에밀리를 어둠 속에 남겨두고 뛰어나갔다.

뒤이어 문 밖에서 미가엘의 목소리가 들렸다. 내용을 알아들을 수는 없었지만 목소리의 분위기는 지금까지 그녀가 들어보지 못한 것이었다. 거기엔 경건함과 깊은 존경이 배어 있었다. 상관에게 책망받고 있는 군인의 목소리 같기도 했다.

에밀리는 정신을 수습해야 한다고 생각했다. 미가엘의 키스에서든 다락 터널의 시련에서든. 어느 쪽이 맞는지는 굳이 알고 싶지 않았다. 그보다는 오히려 다른 호기심이 고개를 들었다. 물론 사실은 아니겠지만 어쩌면 저 문 밖에서는 한 천사가 다른 천사를 호되게 꾸짖고 있는 중인지도 모른다. 그렇다면…… 그런 일을 놓칠 수는 없었다.

조심조심 문을 열었다. 미가엘이 보였다. 그는 방 한가운데서 고개를 숙이고 서 있다가 이따금 고개를 끄덕거렸다.

"이게 바로 몸입니다. 통제할 수 있을 것 같지가 않습니다. 예, 이해합니다. 하지만 그녀는 너무 아름다워서 그 끌어당기는 힘에 저항하기가 어렵습니다."

미가엘 뒤에서 그녀는 살며시 미소를 지었다. 귀엽고 예쁘다는 말은 자주 들었다. 하지만 이 남자는 그녀가 아름답다고 말하고 있었다. 그 말을 믿었다.

"하지만 그녀의 영혼은 아름답습니다!"

미가엘은 그녀의 명예를 옹호해주기라도 하려는 듯 거칠게 소리쳤다. 그가 잠시 말을 멈추고 듣는 자세를 취하는 동안 그녀의 미소는 얼굴 전체로 번졌다.

"내가 왜 여기 보내졌는지 모르잖습니까?"

미가엘은 보이지 않는 누군가에게 물었다.

그가 고개를 끄덕이고 나서 중얼거리는 소리를 에밀리는 조용히 듣고 있었다. 그는 거듭거듭 네, 네, 소리만 반복했다. 잠시 후에 그는 천천히 고개를 들고 에밀리 쪽을 보았다.

"천사장 미가엘이 무슨 생각을 하고 있는지 짐작할 수는 없지만, 내 임무 속에 예쁜 여자와 키스하는 게 포함돼 있을 것 같지는 않다는군."

에밀리는 활짝 웃었고 미가엘은 그녀에게 윙크를 했다.

"갈 준비 됐소? 이 몸이 배가 고파."

"하지만, 아까……."

에밀리가 말을 시작하려는데 미가엘이 그녀의 등을 떠밀었다. 두 사람은 어느새 차 앞에까지 와 있었다.

에밀리가 싱크대 문에 말라붙은 계란을 북북 문질러 닦는 동안 미가엘은 간이 바(bar) 의자에 앉아 생각에 잠겨 있었다.

아파트로 돌아오는 동안, 차 안에서 그는 거의 말이 없었다. 하지만 에밀리는 그가 걱정하고 있다는 사실을 알았다. 그 이유를 알아내기 위해서는 몇 가지를 물어봐야 했다.

"내가 왜 여기 있는지를 알아내야 해. 오늘 일 이후로 세상과의 관계를 끊게 될지도 몰라. 여기 온 이유를 알아내기도 전에 말이오. 난 치명적일 만큼 당신한테 빠져버렸소, 에밀리. 내 목적을 알아내고 수행하는 걸 스스로 방해하고 있는 거요."

에밀리는 대답도 충고도 하지 않았다. 그는 아침에 있었던 일을 냉정하게 생각할 수 있게 되었지만 에밀리는 그때까지도 몸이 떨리고 있었다. 불결한 다락방 통로를 기어내려 온 일이 그녀에게는 재미있는 일일 수 없었다. 미가엘 또한 그 동안 많은 일을 겪으면서도 아직 지구에 내려온 이유를 찾아내지 못했다.

늦은 점심으로 샌드위치를 만들기 시작한 에밀리에게 그가 말을 꺼냈다.

"내일은 뭘 할 계획이오?"

"출근해야죠. 도서관으로 말이에요. 기억해요? 내가 돌아갈 때쯤이면 난리가 나 있을 거예요."

"내가 같이 가겠소."

"안 돼요. 당신은 같이 못 가요. 생각도 하지 말아요. 당신이 나타나면 안 돼요."

"너무 못생겨서?"

농담을 해보려고 애쓰는 것 같았지만 유머의 효과가 제대로 나타나지는 않았다.

"아뇨, 너무 위험해서요. 당신은 금방 눈에 띌 거예요."

"누가 나를 발견하면 나한테 어떻게 할까? 죽이려나?"

"심각한 문제를 그렇게 가볍게 얘기하는 거 정말 싫어요."

"내 죽음에 대한 심각한 문제라면, 내가 임무를 완성하기 전에 죽게 되는 경우, 그 한 가지요. 임무가 어떤 거든지 간에."

"그 임무가 매디슨 저택에서 있었던 일하고는 상관이 없는 거 같아요?"

"확실히 모르겠소. 그럴 수도 있지만……."

그는 고개를 들었다.

"맞닥뜨려봐야만 알 수 있을 것 같소. 내가 걱정하는 건……."

그는 다시 고개를 떨구고 손만 쳐다보았다. 이제 더 이상 무슨 말도 하지 않을 생각인 듯했다.

"당신이 걱정하는 게 뭔데요?"

태평스럽게 말하려고 했지만 미가엘이 심각한 표정을 하고 있다는 것을 무시할 수가 없었다.

다시 그녀를 보는 눈빛은 부드러워져 있었다.

"당신도 알겠지만, 나는 제대로 된 수호천사가 아니오. 제일 좋아하는 사람과 좋아하는 사람 그리고 싫어하는 사람의 구분이 너무 확연해. 우리는 모두 신처럼 되려고 열심히 노력하는데 결코 쉽지가 않소. 신은 모든 사람을 사랑해요. 정말 그래. 그들이 누구이든 무슨 일을 했든 문제 삼지 않고 신은 모두를 사랑하지."

미가엘은 심호흡을 했다.

"신처럼 되려고 노력하지만 비슷해지지도 않아. 나는 내 담당 인간들을 사랑하는 게 아니라…… 맞아, 간섭하는 거야.”

“어떻게 간섭하는데요?”

“내가 사랑하는 사람에게 위험을 경고하거나, 뭐 그렇지.”

“무서운 일이 일어나려고 할 때 코를 근질거리게 한다거나?”

“바로 그거요. 그런 일을 내 모든 사람들한테 했더라면 모든 게 좋았을 거요. 하지만 나는 그런 일을 각자에게 똑같이 일어나게 할 수가 없었소. 예를 들면, 내게는 정말 불량스런 영혼을 가진 사람이 하나 있었소. 순전히 제멋대로였지. 사악했소. 살인을 저지르고, 사람들을 속이고, 아이들을 학대하고.”

“하지만 당신은 그를 사랑하려고 했겠죠.”

“그래, 아드리안은 그가 맡은 사람들을 모두 평등하게 대했소. 하지만 나는…….”

미가엘은 얼굴을 붉혔다.

“당신은 그 사람한테 어떻게 했는데요?”

“붙잡히게 했소. 평생 동안 나는 누군가의 귀에다 그가 어디 있는지를 속삭여줘서 그를 잡게 하고 갇히게 만들었소. 도망가도 다시 잡힐 거라는 걸 나는 알았지. 한 인생에서는 숟가락 하나를 훔치게 해서 20년간 감옥에 있게 했소. 왜냐면 그가 자유의 몸이 되면 또 무슨 일을 저지를지 나는 잘 알고 있었거든. 20년 후에 풀려났을 때는 또 멜론 하나를 훔치게 해서 다시 감옥으로 보냈소.”

“무시무시한 천사라는 걸 알겠어요.”

무시무시하다는 말을 하면서도 에밀리는 웃음이 나왔다.

“재밌는 일이 아니오. 신은 당신 인간들에게 자유 의지를 주셨고 나는 거기 간섭하지 않았어야 했소. 아드리안은 그 남자도 변화할 수 있다고 말하곤 했지. 하지만 내가 그 사람을 감옥에 넣었을 때 그 사람은 변화하려고 노력해볼 기회조차 잃어버린 거요. 하지만 에밀리, 3백 년 넘게 못된 짓만 하는 남자를 지켜보면 당신이라도 그렇게 생각할 거요. 그는 변하지 않을 거라고. 결코 변할 사람이 아니라고.”

에밀리는 미가엘의 갈등에 아무런 대답도 하지 않았다. 그 말이 맞다고 맞장구치는 일밖에 다른 말은 할 수 없었다. 하지만 천사에 대해서 그녀가 아는 게 뭐가 있단 말인가? 그렇다고 미가엘이 천사라는 말도 물론 아니지만.

“겨자로 할까요? 아니면 마요네즈?”

“그게 뭐요?”

겨자와 마요네즈에 대한 설명이 미가엘에게는 기분 전환이 되었다.

9

　　다음날 아침 에밀리는 도서관으로 가는 동안 길을 걸으면서 미가엘에
대해 생각했다. 오늘 아침까지 그를 떼어버리려고 했는데 왜 그렇게 하
지 못했던가. 미가엘은 그녀가 단단히 작정한 일을 잊어버리게 만드는
방법을 알고 있는 것 같았다.
　　어젯밤 그는, 사람들이 '강철과 음식으로 처치하는 것'을 본 적이 있
는데 그 방법을 알려달라고 부탁했다. 무슨 말을 하는지 깨닫기까지는
시간이 좀 걸렸다. 처음에는 강철로는 '무기'를, 음식으로는 고대 제단에
바쳐진 '양'을 생각했기 때문이다. 그런데 그게 숯불구이를 뜻한다는 걸
깨달았을 때는 헛웃음이 나왔다. 그녀와 도널드의 아파트 사이에 놓아둔
작은 기구 앞에다가 숯과 불쏘시개를 가져다주고 사용 방법을 알려주었
다. 고기를 사러 갔다 올 동안 불을 준비해놓으라고 지시해놓고 가게로
갔다. 돌아오는 길에 그녀는 적잖이 걱정이 되었다. 온 아파트를 다 태

우고 있지나 않은지. 그러나 완벽한 숯불을 준비해놓고 기다리고 있는 미가엘을 보고 에밀리는 놀라기도 했고 기쁘기도 했다. 그가 대견스러웠다. 미가엘도 스스로 한 일을 얼마나 자랑스러워하는지 공중으로 떠오를 것 같아 보였다.

"한번 떠올라볼까? 당신도 알겠지만 할 수 있다고."

호들갑에 에밀리는 웃지 않을 수 없었다.

저녁식사 후, 미가엘은 '그녀가 추는 걸 여러 번 봤던' 그 춤을 알려달라고 했다. 그 말을 이해하는 데도 시간이 꽤 걸렸다. 그는 에드워드 7세 일생에서 그녀를 봤다고 말했으니까……, 물론 윤회를 믿는 건 아니지만 그때의 춤이라면 왈츠였다. 에밀리는 엄청나게 빠른 춤 동작을 보여주었다.

방 안을 빙빙 돌며 춤을 추면서 미가엘은 그녀가 참석했던 무도회와 은색드레스, 머리에 장식했던 다이아몬드에 대해 얘기했다.

"당신은 거기서 제일 아름다운 여자였지. 그래서 남자들은 당신에게서 눈을 떼지 못했소."

"내 남편까지도?"

미가엘은 눈길을 돌리고 대답하지 않았다. 에밀리도 더 묻지 않았다. 현대 의학이 이해할 수 있는 일 이전의 것들은 오직 하늘만이 알 것이기 때문에.

사실이든 아니든 미가엘이 들려주는 얘기 속에서 그녀는 자신이 다른 시간, 다른 장소에 와 있는 듯한 착각에 빠져들었다. 양초들이 보이고 향수 냄새가 났으며 다른 무희들의 부드러운 웃음소리가 들렸다. 코르셋이 피부에 꼭 달라붙어 허리를 가늘게 죄어주었고 수천 개의 조그만 은구슬들이 다리에서 기분 좋게 찰랑거렸다.

음악이 끝나고 미가엘이 손을 떼자 환영은 사라졌다. 그의 팔에 안겨서 다시 환영을 보고 싶은 욕망을 억누르느라 에밀리는 진땀을 뺐다.

“오늘밤엔 이만 헤어져야겠소. 잘 자요, 에밀리.”

눈부신 현대의 백열 전구 아래 그녀를 혼자 남겨두고 미가엘은 홀연히 돌아서서 갔다. 더 이상 양초도, 어깨를 드러낸 드레스도 없었다.

단단히 침실문을 잠그고 안전하게 혼자가 되었을 때, 에밀리는 넘치는 생각 속에서 자신을 억누르느라 힘이 들었다.

“무관심이야.”

혼자서 중얼거렸다. 혼자 있게 되자, 자연스레 도널드에게로 생각이 미쳤다.

무관심하고 거리가 생긴 것이다. 내일 밤엔 도널드에게 전화를 해야겠다. 비상 사태가 아니면 평일에는 누구에게도 방해받고 싶어하지 않는다는 건 알지만 그래도 해야 한다. 시트 사이로 미끄러져 들어가면서 그녀는 생각했다. 바로 지금이 비상 사태가 아니고 무엇이란 말인가. 에밀리는 그런 생각을 하면서 어젯밤을 보냈다.

그리고 지금 에밀리는 걸어서 출근하는 중이었다. 미가엘이 잠들어 있는 새벽 다섯 시에 발끝으로 살금살금 빠져 나왔다. 하지만…… 그녀는 자신에게 말했다. 난 겁쟁이는 아니야. 다른 이유는 없어. 그냥 할 일이 많기 때문에 일찍 집에서 나온 거야. 이른 시간에 나오느라 시끄럽지 않게 하려고 조심했던 것뿐이지. 엄한 말투로 써놓고 나온 쪽지도 마찬가지였다. 하루 종일 아파트 밖으로 나가서도 안 되고, 누구 눈에 띄어서도 안 된다고 써놓았다. 그건 단지 만약의 경우에 대비해서 조심시킨 것뿐이었다. 미가엘도 자신이 누구 눈에 띄어서는 안 된다는 걸 알고 있겠지만 한 번 더 상기시켜주는 게 좋지 않은가. 그리고 대화보다는 편지가 한층 영향력을 가질 수 있었다.

에밀리는 또다시 미가엘과 춘 왈츠를 생각했다.

“점심 시간에 도널드한테 전화할 거야.”

그녀는 중얼거리면서 걸음을 재촉했다.

“가족들도 잘 지내죠, 셜리 부인?”

도서 반납 창구에서 에밀리는 만삭의 여자에게 물었다.

“네, 다 잘 지내요. 막내가 감기 걸린 것만 빼고요. 도널드도 잘 있죠?”

“아주 건강하게 지내고 있어요. 그 사람은…….”

고개를 들다가 그녀는 도서관 안으로 걸어 들어오고 있는 미가엘을 보았다. 하던 말이 뚝 끊겼다.

“에밀리, 괜찮아요? 유령이라도 본 사람 같네?”

“아닙니다. 천사죠.”

미가엘은 카운터에 팔꿈치를 괴고, 배가 부를 대로 부른 피곤한 셜리 부인을 지금까지 본 적 없는 가장 섹시한 여자인 듯 바라보았다.

“오, 이런, 만난 적이 없는 것 같은데…… 난 수잔 셜리거든요. 당신은…….”

셜리 부인은 눈썹을 실룩거리며 어쩔 줄 몰라했다.

미가엘은 셜리 부인의 커다란 손을 입술로 가져가더니 손가락 마디마다 아주 오래오래 입을 맞췄다. 10년 넘게 아이들을 키우느라 붉어지고 거칠어진 손이었다.

“저는 미가엘…….”

미가엘은 주저하면서 에밀리를 쳐다보았다. 자기 성을 잊어버린 것이다.

“체임벌린.”

후닥닥 대답하고 나서 그녀는 미가엘을 쏘아보았다. 밖으로 나오면 가만두지 않을 작정이었다는 걸 알아채게 하려는 심산이었다.

하지만 그는 에밀리의 눈을 못 본 척하고 다시 셜리 부인을 쳐다보았다.

“아, 예, 물론, 체임벌린입니다. 전 에밀리의 친척이지요. 외가 쪽으로요. 그리고 지금은 에밀리의 아파트에서 같이 지내고 있습니다.”

“에밀리, 그럼 우리한테 말했어야지.”

셜리 부인은 미가엘에게서 손을 거둘 생각은 하지 않았다.

에밀리는 딱딱하게 굳어서 아무 말도 못했다. 친척? 같이 지낸다고?

“귀여운 에밀리. 별일 없지? 마실 것 좀 갖다줄까?”

미가엘이 태연스럽게 능청을 떨었다.

셜리 부인은 두 사람을 번갈아 보며 보일 듯 말 듯 미소를 지었다. 내 인생은 이제 끝났어, 에밀리는 생각했다. 세 시간 안에 모든 그린즈 버러 사람들이 그녀가 ‘친척’과 함께 지내고 있다는 사실을 알게 될 것 이다.

“그러면 체임벌린 씨, 결혼은 하셨나요?”

“네, 했어요!”

에밀리는 대답을 가로채 급하게 내뱉다가 말이 목에 걸려 기침을 해 댔다.

미가엘은 책상 너머로 팔을 뻗어 그녀의 등을 두드려주었다. 그러나 딱 한 번 두드린 뒤, 그의 손동작은 어루만지는 것으로 바뀌었다.

“헤어졌어요. 슬프게도, 이혼했습니다.”

미가엘은 셜리 부인에게 미소를 지으면서 천연덕스럽게 말했다.

에밀리는 아직도 기침을 하면서 미가엘의 손을 뿌리쳤다. 그가 카운 터 위에 팔을 걸치자 그녀는 ‘2주 내에 반납하라’는 내용의 고무인을 그 의 팔에 힘껏 내리찍었다.

미가엘은 셜리 부인에게서 눈을 떼지 않고 슬그머니 팔을 내렸다. 그 때 에밀리의 기침이 그쳤다.

“그래요, 에밀리. 애들이 집안을 난장판으로 만들기 전에 집에 가봐야 겠어요. 뜻밖에 만나서 반가웠어요, 체임벌린 씨.”

“아, 네, 미가엘입니다.”

"우리 집에 오셔서 저녁식사 한번 같이 해요. 남편이랑 인사도 하구요. 아, 정말……."

그녀는 갑자기 생각났다는 듯이 말했다.

"이혼은 정말 외로울 텐데요. 내가 친구라도 좀 소개해줘야겠네요."

"원하는 바입니다."

미가엘은 상당히 만족스러워했다.

"아, 그런데 빨리 서두르셔야겠어요. 아기들이 곧 태어날 것 같은데요."

"아기들이라고요? 오, 아니에요. 하나예요. 그냥 좀 배가 많이 부른 편이죠. 그리고 아직 만 두 달이나 남았는걸요."

에밀리로서는 혐오스럽게, 그리고 셜리 부인으로서는 참으로 기쁘게도, 미가엘은 셜리 부인의 커다란 배 위에 손을 올려놓았다.

"둘이에요. 딸 하나 아들 하나. 그리고 두 달이 아니라 5주 남았습니다."

셜리 부인은 지금 막 로마 교황에게서 키스라도 받은 듯한 얼굴로 활짝 웃으면서 문으로 갔다.

"의사에게 전화를 해봐야겠어요. 초음파 검사도 해달라고 하고요."

"예, 그렇게 하세요. 그리고 초대하는 거 잊으시면 안 됩니다."

"걱정 마세요."

문을 여는 셜리 부인의 등에는 이렇게 쓰여 있는 듯했다.

'돌아서면 1초도 안 돼서, 당신이 보고 싶을 거예요.'

셜리 부인이 나가고 미가엘은 여전히 웃음 띤 얼굴로 에밀리에게 돌아섰다.

"당신은 미쳤어요!"

에밀리는 도서관 안의 다른 사람들이 듣지 못하도록 목소리를 낮췄다.

"당신이 무슨 짓을 했는지 알기나 해요?"

"당신 일하는 도서관을 보고 싶어서 그랬소."

미가엘의 목소리는 유쾌했다.

그녀는 한숨을 내쉬고 빨리 나가라는 말을 대신해서 숫자를 세기 시작했다. 그러나 겨우 셋까지 세었을 때, 미가엘이 책상에다 몸을 쭉 내밀고 코앞에다 얼굴을 들이댔다.

"셜리 부인이 온 동네 여자들한테 당신 애기를 할 거예요! 그러면 24시간 안에 FBI가 오겠죠!"

"난 당신 말이 맞다고 생각하지 않소. 오늘 아침에 누군가하고 애기를 했는데……."

"산 사람하고? 아니면 죽은 사람하고?"

"산 사람이었소."

"몸이 있는 사람, 아니면 없는 사람?"

그녀는 눈을 가늘게 뜨면서 물었다.

미가엘은 또 입을 한쪽만 올리며 웃었다.

"몸 없는 사람이었소 그 여자가 그러는데 이 마을 여자 대 남자 비율이 20대 1이라더군."

"그 여자라고요? 그 여자 누구?"

"자기가 여자라고 말해준 영혼이지. 질투하는 거요?"

"전혀요 나는 다만 당신이 그 여자를 어디서 만났는지 궁금해한 것뿐이에요 혹시 내 아파트에 나타났어요?"

"아니오. 그 여자는 오리…… 아, 아니, 도널드, 도널드의 집에 머물고 있지. 여자 영혼이 말하기를 이 마을엔 남자가 거의 없다는 거요. 그래서 나한텐 다른 어떤 행성보다 바로 여기가 안전하다고 그랬소 가정이 있는 남자들이라도 대개는 외지에 나가 있어서 여자들만 있는 시간이 많다고 하더군. 어느 누구도 나를 여기서 내던져버리겠다는 말은 안 할 거라고 했소. 그러니 여기가 확실히 안전한 곳이라고."

에밀리는 사랑하는 마을에 대한 왜곡된 관점에 대해 언급하고 싶은 마음이 없었다. 게다가 때마침 단골 이용자인 앤 헬머가 빌려갈 책을 책상 위에 갖다놓았다. 미가엘이 또 앤 헬머에게 말을 붙이려고 입을 여는 순간 에밀리가 사나운 얼굴로 노려보았다. 그는 슬그머니 몸을 돌려, 낸시 피커드의 최근 미스터리 작품 출간을 알리는 포스터에 관심을 갖는 척했다.

앤이 나가고 에밀리는 목소리를 한층 낮춰 말했다.

"그 여자가 도널드의 아파트에서 뭘 하고 있었죠?"

"나도 모르겠소. 무례한 것 같아 물어보지도 못했소."

"잘했어요. 유령에 대한 예의죠."

중얼거리는 그녀의 입술이 오므라져 있었다.

"에밀리, 나한테 뭐 화나는 거라도 있소?"

에밀리는 쓸데없이 반복되는 질문에는 대답하지 않음으로써 그가 애기의 핵심을 흩트려놓지 못하도록 할 작정이었다.

"나는 어제 우리가 갔던 집에 관한 기록을 훑어보고 싶소. 그리고 릴리안이 여기가 마을의 중심이라고 했으니까……."

"릴리안은 또 누구예요?"

목소리가 하도 커서 범죄 실화 소설을 읽고 있던 해티 서머빌과 사라 서머빌이 눈을 끔뻑이면서 쳐다보았다. 그녀는 다시 목소리를 낮추었다.

"아뇨, 말 안 해줘도 알아요. 도널드의 아파트에 사는 몸 없는 영혼, 맞죠?"

그녀는 거짓웃음을 지어 보이며 의기양양하게 덧붙였다.

"도널드는 평일에는 거기 없으니까 그 영혼은 방세를 내야 할걸요?"

"그 여자는 돈을 넣을 만한 주머니를 갖고 있지 않소. 그래서 은행 거래를 하려고 하면 말썽이 생길 거요. 당신도 알잖소. 당신 인간들이 영혼을 어떻게 생각하는지."

"비웃지 말아요. 그리고 그 여자에게 주머니가 없다는 건 무슨 뜻이죠?"

"내가 감히 당신을 비웃다니, 그렇게 생각하지 말아요. 그리고 릴리안은 목욕하는 중에 이 세상을 떠난 사람이오. 그래서……."

그는 어깨를 으쓱하더니 눈에 힘을 주고 말했다.

"어쩌면 당신은 그 여자에게 이 도서관 일자리를 하나 주고 싶을지도 몰라. 딱 부러지게 일을 도와줄 거요. 사람들이 대출 기한을 반드시 지키게 만들어줄 수도 있고 저쪽에 있는 남자들과 친구가 될 수도……."

"그만둬요! 더 이상 듣고 싶지 않아요. 그런…… 그런 벌거벗은 유령 애기는! 그리고 내 도서관 안에서는 어떤 유령 애기도 듣고 싶지 않아요."

"정말 그렇소? 저 사람들은 아주 좋은 사람들이오. 둘 중 하나가 살인자가 될 수도 있다는 것만 빼면……."

"한마디만 더 하면 집어 던져버릴 거예요!"

그녀는 쉿쉿 소리가 나게 낮은 소리로 말하면서 서머빌 자매가 있는 서가 사이 통로를 힐끗 쳐다보았다. 두 자매는 에밀리 쪽의 애기를 열심히 귀 기울여 듣느라고 몸이 거의 45도 각도로 기울어져 있었다.

미가엘은 싱긋 한번 웃을 뿐이었다.

"그래서 조사 기록은 어디다 보관하고 있는 거요?"

"내 아파트로 가 있는 게 어때요? 내가 집에 갈 때 가져다줄 테니."

"사양하겠소. 당신 주변의 악을 찾아낼 때까지는 당신 가까이 따라다닐 생각이오."

"당신하고 몸 없는 영혼보다 더한 악이 있을까요?"

"에밀리, 당신 나한테 정말 화난 것 같은데. 우리가 그렇게 친밀하게 속삭이면 사람들이 이상하게 생각할 테니 그냥 대수롭지 않은 것처럼 웃는 게 더 낫지 않겠소"

그를 가시거리 안에 두는 게 더 낫겠다는 생각이 들었다. 최소한 지금처럼이라도 해야 그가 어디 있는지 무엇을 하는지 알 수 있으리라. 게다가 그를 쫓아내려는 계획은 전혀 진도가 나가지 않았다.

"좋아요. 저쪽에 앉아 있어요. 내가 갖다줄게요."

"고맙소. 그런데 난 저쪽 구석 테이블에 앉겠소. 저기 있는 사람들이 뭔가 원하는 게 있고 그 사람들도 나를 도와줄 수 있을 거요."

"알았어요. 하지만 다른 사람 책 읽는 걸 방해하거나 놀래거나 하면……."

그 다음 말을 이을 수가 없었다. 천사에게 무슨 벌을 내릴 수 있단 말인가? 에밀리는 미가엘에게 억지웃음을 지어 보였다.

"만약에 그러면…… 아드리안에게 다 일러버릴 거예요."

빨개지는 미가엘의 얼굴을 보는 건 상당히 즐거운 일이었다.

"당신 눈치 한번 빠르군."

그러면서도 찡긋 윙크를 하더니 모른 척 고개를 돌려버렸다.

잠시 후 에밀리는 높이가 40센티미터 정도나 되는 자료 더미를 가져와서 책상 위에 털썩 내려놓았다.

"릴리안을 보는 게 낫겠군."

그는 자료 더미를 쳐다보면서 눈썹을 옴질옴질 움직였다. 에밀리는 웃지 않으려고 고개를 돌려야 했다. 천국 생활이 지루해진 늙고 지저분한 두 유령이 발가벗은 숙녀 유령을 만나고 싶어하면서 도서관 주변을 서성인다 생각하니 웃음을 참을 수가 없었다. 그녀는 꽤 시간이 지난 뒤에야 다시 말을 꺼낼 수 있었다.

"그걸 다 보면 더 갖다줄게요."

그런데 불행히도 목소리는 의도하는 만큼 엄하게 나와주질 않았다.

　금요일 밤, 에밀리는 욕조에 등을 기대고 눈을 감은 채 생각에 잠겨 있었다. 물론 이번 주 내내 그녀가 겪었던 모든 일이 정상이 아니라는 건 알았다. 그러나 한편으로는 지금까지 사는 동안 가장 재미있었던 한 주일이었다는 것 또한 인정하지 않을 수 없었다. 도널드와 보냈다면 더 좋았을지도 모르지만 어쨌든 아주 별난 한 주였다.

　화요일에 미가엘이 도서관에 나타났을 때, 누가 그를 알아볼까 봐 겁이 났다. 경기관총을 든 FBI와 마피아에게 둘러싸여 피범벅이 된, 도로 위에 누워 있는 미가엘의 모습이 떠올랐다. FBI와 마피아가 요즘은 어떤 총을 사용하는지는 모르지만. 그러나 조마조마한 오후가 지나가고 청부살인업자 같은 사람은 아예 나타나지도 않자 그녀는 조금씩 안심이 되기 시작했다.

　그렇다, 안심이라는 말이 맞았다. 사실 수잔 셜리가 도서관 문을 나간 순간부터는 일초 일초가 불안의 가시방석이었다. 이혼한 남자 하나가 도서관에 앉아 있다는 말이 삽시간에 온 마을에 퍼질 거라는 생각만으로도 끔찍했다.

그린즈버러에는 주로 시내로 출근하는 사람들이 많기 때문에 주 중에는 남자가 거의 없었다. 대부분의 사람들이 도널드처럼 근무처가 있는 시내에 따로 아파트를 얻어 살고 있었다. 그러다가 금요일이면 일감이 든 서류 가방을 들고 돌아오곤 했다.

언젠가 아이린은 이렇게 말했다.

"전쟁의 도시야. 남자들은 월요일 아침마다 전쟁터로 나갔다가 주말이면 전투 신경증에 걸려서 돌아오는 거지."

에밀리는 그린즈버러를 그렇게 나쁘게 생각하지는 않았지만 가끔 남자 기근이 느껴지는 건 사실이었다.

그래서 이성간의 사랑 가능성을 갖고 있는 남자가 마을에 있다는 애기가 뜨자마자 미가엘은 즉각 마을 최대의 관심사가 되었다.

그리고 미가엘은 그 사실을 좋아했다. 왼쪽 다리를 스펀지로 문지르면서 에밀리는 약간 아니꼬운 기분이 되었다. 그는 외로운 여자들로부터 받는 관심이거나 아버지를 거의 못 보는 아이들한테서 받는 관심이거나 가리지 않고 즐거워했다.

도서관에 왔던 그날, 미가엘은 에밀리가 제공해준 엄청난 분량의 자료를 읽는 것을 포기했다. 그건 에밀리도 예상했던 바였다. 대신 그는 관심을 그린즈버러 사람들에게로 옮겼다. 도서관 한쪽에는 에밀리가 아이들을 위해 예쁘게 꾸며놓은 공간이 있었는데, 점심때쯤 미가엘은 보던 자료들을 책상 위에 둔 채 그곳으로 성큼성큼 걸어갔다. 거기에는 의자와 커다란 쿠션이 놓여 있었고 두터운 카펫이 깔려 있었다. 카펫 도매업자에게 거의 석 달을 졸라서 그것들을 기증받았다.

에밀리가 들고 나는 책에 계속해서 소인을 찍고 찍고 또 찍는 사이 미가엘은 새로운 사업을 시작하고 있었다. 도서관 안은 비좁은 호떡집처럼 북적거렸다. 처음 그 일은 한 여자아이가 들고 있던 인형의 머리가 떨어진 것에서 시작되었다. 아이는 미가엘이 마을에 온 것을 반기러 온 엄마를 따라왔고, 아이의 엄마는 이혼을 하고 혼자서 딸을 키우고 있는 사람이었다. 조그만 여자아이는 머리가 없어진 인형을 내려다보며 커다란 눈에 눈물을 글썽거리고 있었는데 아이의 엄마는 그것을 미처 모르고 있었다. 그러나 미가엘은 알았다. 무릎을 꿇고 앉아서 두 동강 난 인형을 원래대로 붙여주었다.

줄기차게 이야기하고 있던 아이의 엄마는 그때부터 입을 다물고 예뻐 보이는 표정만 지으려고 애썼다. 그러는 동안에도 미가엘은 아이에게서 눈을 떼지 않았다.

"옛날얘기 아는 거 있어요?"

작은 소녀가 미가엘의 커다란 갈색 눈을 들여다보며 속삭였다.

"천사 얘기를 굉장히 많이 알고 있단다. 그리고 다른 것도 많지. 몇 가지 얘기해줄까?"

목소리는 말할 수 없이 부드러웠다.

아이는 고개를 끄덕이고는 미가엘의 손을 잡고 아이들 코너로 따라갔다. 아이의 엄마는 눈을 몇 번 깜박거리더니 에밀리에게 와서 몇 가지 볼일을 좀 보는 동안 아이를 거기에 두고 가도 괜찮겠느냐고 물었다.

"저는……."

그녀는 말을 시작하면서 미가엘과 아이를 힐끗 쳐다보았다. 탁아소로 이용되는 건 그녀의 도서관 정책이 아니었다. 그런데 아이와 미가엘은 바닥에 앉아 세상 모르고 이야기에 빠져 있었다. 에밀리는 물론 아이를 두고 가도 좋다고 말했다.

소문이 퍼지는 건 시간 문제였다. 온 동네 아이들이 부서진 장난감을 가지고 몰려들었다. 혹 장난감이 없는 아이들은 미가엘이 하는 얘기라면 무엇이든지 듣고 싶어하는 귀를 가지고 달려왔다.

오후 세 시에 에밀리는 시간제 조수에게 전화를 걸어 지독하게 바쁘니 곧바로 와달라고 요청했다. 그 요청에 너무나 놀란 기드라가 대답도 제대로 하지 않고 얼마나 빨리 도서관에 도착했는지, 에밀리는 그녀의 과속을 걱정했을 정도였다.

"아이쿠, 세상에……."

기드라는 왕방울 같은 갈색 눈을 동그랗게 뜨고 도서관 안을 휙 둘러보고 나서 물었다.

"저 남자분은 누구예요?"

기드라는 에밀리보다 30센티미터쯤 키가 더 컸고 몸무게도 45킬로그램 정도 더 무거웠다. 그녀는 에밀리가 만났던 사람 중에 가장 너그러운 여자였다. 기드라는 어쩌다 한 번씩 모습을 보이는 남편과 함께 마을 변두리에 살고 있었다. 하루 종일 TV만 보면서 줄기차게 먹어댄다는 아들도 둘 있었다. 언젠가 그녀는 일하러 오는 게 삶의 가장 큰 기쁨이라고 말한 적이 있었다.

에밀리는 소인을 받으려고 카운터에 줄서서 기다리는 세 명의 여자들 머리 위로 대답을 보냈다.

"제 친척이에요. 책 찾으러 가는 동안 자리 배치 좀 해주시겠어요?"

"네, 그렇게 하죠."

기드라는 아직도 눈을 동그랗게 뜨고 아이들 틈으로 보이는 미가엘의 머리를 눈여겨보았다.

"피리 부는 청년인가요?"

"천사예요."

에밀리는 무심코 대답해놓고 기드라를 한번 쳐다본 다음 어깨를 으쓱하면서 서가로 들어갔다.

창구에 줄지어 서 있던 사람들이 어느 정도 빠져 나갔을 즈음에는 에밀리도 도서관을 다녀갔던 다른 여자들처럼, 미가엘이 한쪽에서 아이들과 이야기하고 있다는 사실에 무관심해져 있었다.

책을 한아름 안고 에밀리는 아이들이 앉아 있는 주변에서 머뭇거려보았다. 미가엘이 도대체 무슨 얘기를 하고 있는지 들어볼 생각이었다. 아마도 종교적 의미가 있는 얘기이거나 최소한 성경 이야기 정도일 것이라고 예상했다. 그러나 그가 얘기하고 있는 것은 미국 역사였다. 단, 그는 자기가 독립전쟁에 참가했던 사람의 관점에서 얘기하고 있었다.

아이들이 묻는 말은 하나도 빼놓지 않고 대답해주었다.

"전쟁하는 사람들은 뭘 먹었어요?"

"목욕은 어떻게 했어요?"

"그 사람들 아빠들도 시내로 일하러 갔어요?"

"비디오 게임도 좋아했어요?"

미가엘은 어떤 질문에도 난처해하지 않았다. 에밀리는 아무 생각 없이 한두 가지 물어보고 싶은 게 있어서 천천히 미가엘에게 다가갔다. 그러나 미가엘이 고개를 들고 그녀에게 윙크했을 때 해야 할 일이 무엇인지 생각났다. 대출 창구에서 기다리는 사람이 있었다. 그녀는 책을 챙겨 들고 휙 돌아섰다.

기드라는 민첩하게 책에 소인을 찍으면서 다가오는 에밀리에게 말했다.

"창문을 닫는 게 좋겠어요. 거기 테이블 위에 있는 서류들이 다 날아가겠어요."

기드라는 매디슨의 비극이 적혀 있는 기록들을 턱으로 가리켰다.

에밀리는 너무 놀라 온몸에 소름이 돋았다. 마치 두 명의 투명인간이 기록을 읽기라도 하는 것처럼 한 장씩 한 장씩 페이지가 넘어가고 있었다. 그녀가 지켜보는 동안 두꺼운 파일 폴더가 서류 더미에서 책상 위로 옮겨지고 표지가 들춰졌다.

달려나가지 않으려고 안간힘을 쓰면서 차려 자세를 했지만 그녀는 의자 두 개를 더듬거리면서 뒤로 몇 걸음 물러섰다.

"그만 해요! 우리 고객들을 겁줘서 쫓아내려는 거예요?"

에밀리는 어금니를 악물고서 책상에 대고 소리쳤다. 즉시 서류 더미에서 움직임이 멈췄다.

움직임을 멈추게 한 데에 대해 기분 좋아해야겠지만 에밀리가 느끼는 감정은 그런 게 아니었다. 몸이 없는 두 고객의 도서관 이용 권리를 거부했다는 생각이 들었던 것이다. 그들을 정지시킬 권리가 있던가?

"말도 안 돼. 정말 말도 안 돼."

혼자 중얼거리면서 한쪽 구석에서 코르크로 만든 칸막이를 끌어다가 책상 앞에 갖다놓았다.

"계속 하세요. 하지만 누가 여기 가까이 오면 즉시 멈춰야 해요. 아시겠어요?"

확신할 수는 없지만 에밀리는 돌아서면서 고맙다고 대답하는 한 남자의 목소리를 들은 듯했다. 그녀는 한 손을 들어올리면서 말했다.

"좋아요, 됐어요. 나는 지금 권태를 극복하고 싶은 유령들을 돕고 있는 거니까요."

기드라가 가리개를 턱으로 가리키며 물었다.

"누구랑 얘기한 거예요?"

"나 혼자서요. 매디슨 조사 기록을 저기다 갖다놨는데 누가 손댈까봐서요."

에밀리는 기드라가 왜 서류들을 사무실 안으로 들여다 놓지 않는냐고 묻기 전에 얼른 자리를 떴다. 뭐라고 대답을 할 것인가. 저 두 명의 남자를 좋아하는데 그 중 한 사람은 살인자인지도 모르고 지금 사무실에 같이 있다고?

그렇게 저렇게 시간이 지나고 이제 금요일이 되었다. 지난 나흘 동안 도서관은 난리법석이었다. 처음에는 여자들이 열정적인 로맨스의 약속을 잔뜩 기대하는 눈빛으로 도서관을 찾아왔다. 최소한 에밀리가 보기에는 그랬다. 그러나 시간이 지나면서 사정이 달라졌다.

"어린아이들을 받아들이고 내게 오는 것을 금하지 말라. 저분을 보면 그 성경 구절이 생각나요. 아이들을 기다리고 아이들을 사랑하네요. 꼭 예수처럼요."

수요일 오후에 기드라가 미가엘을 쳐다보면서 그런 말을 꺼냈다. 미가엘은 15세기에 했던 게임을 알려주며 아이들에게 둘러싸여 웃고 있었다.

"미가엘은 수준이 좀 다르다고 생각해요."

에밀리는 책 더미를 안고 대출 창구로 가면서 딱딱하게 대꾸했다.

"수준이요?"

기드라는 뭔가 알겠다는 듯이 살며시 웃었다.

"질투하는 거예요, 에밀리? 참, 도널드는 잘 지내죠? 저렇게 멋진 근육질과 검은색 머리칼을 가진 사람하고 같이 산다는 걸 알면 뭐라고 할까요?"

카운터에 책을 내려놓으면서 에밀리는 한마디 대꾸도 하지 않았다.

"아, 그래요. 그렇게 얼굴색 하나 변하지 않는 걸 보니 TV맨은 아직 모르나봐요? 아하, 친척이라고 했지. 정확히 어떤 관곈데요?"

에밀리는 자신이 그 동안 어떻게 기드라의 유머 감각을 좋아했는지 의심스러웠다.

"우리 엄마 쪽인데요. 외할머니가 같은 거죠."

"오, 그렇구나. 우리 할머리랑 같이 학교 다녔던 그 할머니 말이죠? 털사 출신의 아저씨하고 결혼해서 외동딸을 두었던? 그 외동딸은 에밀리의 어머니이시고. 그 할머니를 말하는 거예요?"

기드라는 잽싸게 세 권의 책에 소인을 찍으면서 말했다.

"이 좁은 동네가 싫어."

서가 쪽으로 가면서 에밀리는 투덜댔다.

미가엘하고는 밤에만 같이 보낼 수 있었다. 그건 그들이 도망자처럼 지낸다는 이유 때문이었다. 화요일에는 도서관 문을 닫자마자 세 명의 여자들이 뜨거운 캐서롤(요리한 채 식탁에 놓는 서양식 냄비)을 들고 기다리고 있었다. 그 중 한 여자가 말했다.

"하루 종일 일했고 손님도 계시니 조금이라도 도움이 됐으면 해서요."

에밀리는 그 여자가 누구인지 생각이 나질 않았다. 다만 그녀의 약지에서 흰 선 같은 자국만 보았을 뿐이었다. 그건 오랫동안 끼고 있던 결혼반지를 최근에 뺀 자국처럼 보였다.

"고맙습니다만……."

에밀리가 주저하고 있는 사이 미가엘은 벌써 음식 냄비를 받아들고 여자를 보면서 웃고 있었다.

"여기 제 이름하고 주소하고 전화번호예요. 그릇 돌려주셔야죠."

하지만 그릇이 한 번 쓰고 버리는 알루미늄 그릇이라는 걸 알고 에밀리는 꾸밈없이 웃었다.

"물론 돌려드려야죠. 정말 친절하시네요."

에밀리는 우물우물 말하면서 미가엘을 쳐다보았다.

"이제 갈까요?"

걸어서 아파트로 돌아오는 길에 여자들만 탄 넉 대의 차가 두 사람을 아주 천천히 뒤따라왔다. 사회적으로 무슨 중요한 행사에 초청받아 가는 것 같은 착각을 하게 만들었다. 집에 도착했을 때는 문틈에 열일곱 장의 쪽지가 끼워져 있었다.

"다 당신 거예요."

에밀리는 쪽지를 모두 미가엘에게 던져주었다.

집 안으로 들어서자마자 에밀리는 다시는 밖으로 나오지 않을 작정으로 침실로 들어갔다. 무엇 때문에 화가 났는지는 자신도 알 수 없었지만 어쨌든 화가 나 있는 건 사실이었다. 미가엘이 노크도 없이 침실문을 열었을 때, 에밀리는 침실은 자신만의 사적인 영역이라고 쏘아붙일 생각이었다. 그런데 뜻밖에도 눈물이 솟구쳤다.

미가엘은 살며시 다가와 에밀리를 끌어안았다.

"괜찮소. 아무도 우릴 따라오지 않을 거요."

"그래서가 아니에요. 그래서가 아니고……."

손등으로 눈물을 닦아냈다. 사실 자신에게 잘못된 건 없는 것 같았다. 그러나 이제 더 이상 그녀만의 사적이고 비밀스런 소유물이 아닌 미가엘과 관련이 있는 것만은 분명했다. 하지만 어떤 상황에서도 그런 마음을 들키고 싶지 않았다.

"뭘 좀 먹고 숲으로 나갑시다. 나는 당신하고만 있고 싶소. 그리고 오늘 당신에게 있었던 일을 다 듣고 싶고. 나도 아이들에 대해서 얘기해주겠소."

"그리고 그 여자들에 대해서도 얘기해줘요."

콧소리가 섞인 말소리가 어린 소녀의 투정 같았다.

"에밀리, 당신도 알겠지만 그 여자들 중 어느 누구도 당신만큼 착한 마음을 가진 사람은 없소. 당신만큼 순수한 영혼과 아낌없는 마음씨를 가진 사람도 없고. 또 그 중에 몇 사람은 영락없는…… 그게 뭐지? 당신 인간들이 많이 얘기하는 그 물고기나 짐승들을 먹는……."

에밀리는 돌고래인가 하다가 이내 그가 의미하는 것은 '피도 눈물도 없는 사람' 쪽에 가깝다는 사실을 깨달았다.

"육식 동물 말인가요?"

"맞소, 그거. 그 여자들은 나를 좋아하거나 나를 알고 싶어하는 게 아니오. 단순히 남자가 필요한 거지."

만약 다른 모든 남자들처럼 '그래도 당신이 이 마을에서 제일 아름다워’라고 말했다면 그녀는 역시나 그를 믿지 못했을 것이다. 그러나 미가엘은 마음을 짚어주었고 내면을 들여다보았다.

대답할 말을 찾고 있는 중에 노크 소리가 났다. 에밀리는 얼굴을 찡그리면서 미가엘을 올려다보았다.

“청바지를 입어요. 엉덩이 쪽이 구멍난 그 청바지 말이오. 먹을 걸 좀 더 사 가지고 나무가 있는 곳으로 나가봅시다.”

현관문으로 가면서 그는 말을 계속했다.

“알프레드하고 에브라임이 오늘 나한테 한 얘긴데, 내일 몇 가지 메모를 하려면 종이하고 연필이 필요하다는군.”

에밀리는 알프레드와 에브라임이 누구냐고 물으려다가 그만두었다. 묻지 않아도 알 만했다.

“그렇지만 연필이 혼자 움직이는 걸 사람들이 봐선 안 돼요.”

미가엘 뒤에다 대고 큰 소리로 말해놓고도 자신이 무슨 말을 하는 건지 몰라 피식 웃었다. 사람들이 유령을 무서워하지 않을 순 없을까? 그녀는 찢어진 청바지를 꺼내 입었다.

11

막 나가려는 참에 전화벨이 울렸다. 미가엘을 찾는 전화가 최소한 열 두 번도 넘게 왔다. 그는 초대마다 다 감사의 인사를 하면서 받아들였다. 밖은 이미 어두워지고 있었다.

"이제 너무 늦어서 못 나가겠어요."

뾰로통해진 에밀리가 투덜거렸다. 소풍을 놓쳐버릴까 봐 기분이 상해 있었다. 그런 제안에 솔깃하지 말았어야 했는데……. 어찌되었건 그녀는 대부분의 평일을 혼자 지냈다. 정직하게 말하면, 주말까지도 혼자 지낸 적이 많았다. 도널드가 갑자기 생기는 기사를 쓰느라고 시내에 눌러 있어야 했던 적이 여러 번 있었기 때문이다.

그러나 미가엘은 전화를 끊고 소풍 바구니를 집어 들더니 그녀의 손을 덥석 잡고 문으로 갔다. 뒤에선 또 전화벨이 울려댔지만 모른 체했다.

“어두워지면 무섭소? 그게 무서워?”

그는 짓궂게 웃으면서 에밀리의 손을 잡고 후닥닥 계단을 내려갔다. 어찌나 빠른지 굴러 떨어질까봐 조마조마할 정도였다.

“이젠 두렵지 않아요. 오늘 이후로 그래요. 유령들한테 소리질러보기도 했잖아요. 그런데 당신은 언제 유령들하고 얘기할 시간이 있었어요? 내가 쳐다볼 때마다 당신은 아이들 때문에 바쁘던데.”

“에브라임이 훌쩍 나타나 나한테 얘기를 하나 해줬소. 내가 귀여운 예리미아의 유모차를 접고 있을 때였소. 나는 그냥 아이들한테 그 얘기를 그대로 해주기만 한 것뿐이오.”

숲 가까이 다다랐을 때 에밀리는 머뭇거렸다. 사려 분별을 할 줄 아는 인간이라면 이런 어두운 밤에 무성한 숲 속으로 들어가려 하지는 않을 것이다.

“자, 어서 와요. 숲의 요정이 우리한테 길을 알려줄 거요.”

“아, 그야 물론이죠.”

그의 손에 이끌려 따라가면서 에밀리는 계속 중얼거렸다.

“내가 무슨 생각을 하고 있었지? 숲의 요정 생각이었구나. 에브라임은 그 사람이 아니야, 음…… 그…….”

“아내를 죽이고 토막내서 시체를 트렁크에 감춘?”

“뭐라구요?”

에밀리는 낮게 속삭이면서 그 자리에 멈춰 섰다. 이 어두운 숲 속에서 숲의 요정 얘기라면 몰라도 토막살인 얘기는 너무 심했다.

미가엘도 자리에 멈춰 서면서 싱긋 웃었다. 그의 하얀 이에서 자그마한 빛 같은 게 보였다.

“아니오, 에브라임은 아무도 죽이지 않았소. 기소돼서 사형을 당했지만 진짜 살인범을 찾을 때까지 지상에 머물러 있겠다고 맹세했지.”

“오, 그래서 그렇게 했어요? 범인을 찾았냐고요.”

"아직 못 찾은 것 같소. 당신 인간들이 그런 죽음의 맹세를 하는 걸 그만뒀으면 좋겠소. 거기서 여러 가지 문제가 생기거든. 불쌍한 에브라임만 봐도 그렇잖소."

미가엘은 다시 에밀리의 손을 잡고 걷기 시작했다.

"그래요. 불행한 일이에요. 그는 죽음이라면 진저리가 날 거예요. 아니 어쩌면 그건 적당한 비유가 아닐지도 몰라요. 그런데 아내가 살해당한 지는 얼마나 됐어요?"

미가엘은 잠시 가만히 있었다. 누군가가 하는 얘기를 듣고 있는 듯한 표정이었다. 숲의 요정 소리를 듣고 있나? 그런 생각을 하는 사이 미가엘은 좀처럼 뚫고 지나갈 수 없을 것처럼 보이는 빽빽한 관목 숲으로 그녀의 손을 잡아끌었다. 거기에는 좁다란 오솔길이 하나 있었고 그 길이 끝나는 곳에 자그마한 샘이 있었다. 어둠 속에서도 그곳은 믿을 수 없을 만치 아름다웠다.

"좋소?"

"너무 아름다워요."

에밀리는 낮게 탄성을 지르면서 대성당의 지붕 같은 형상을 하고 있는 나무들을 올려다보았다.

미가엘은 피크닉 바구니를 열고 와인 한 병을 꺼냈다.

"숲의 요정은 장난꾸러기 창조물이지."

그는 에밀리의 잔에 와인을 가득 따랐다.

"여자가 배란기일 때만 여기 올 수 있게 해주거든. 요정들 말에 의하면 마을의 맏이들 중 절반 이상이 바로 여기서 만들어졌다더군."

에밀리는 풋 하고 웃으며 와인잔을 들었다.

"당신이 나한테 뭘 물었던 것 같은데, 뭐였지?"

미가엘은 뭘 찾는지 바구니 속에 손을 휘젓고 있었다. 그녀가 도와주려고 팔을 뻗자, 휙 뿌리쳤다.

“음…… 모르겠는데요.”

그녀는 다리를 쭉 뻗고 물소리를 들었다. 어쩌면 이것은 그녀가 만들어낸 환영일지도 모른다. 하지만 이곳이 아주 로맨틱하게 보이는 건 속일 수가 없었다.

미가엘이 부드럽게 에밀리를 불렀다.

“팔을 그렇게 뒤로 짚지 말고……, 머리 묶을 만한 거 뭐라도 갖고 있소?”

에밀리는 잠시 생각하다가 다리를 좀더 뻗고 머리카락을 살짝 뒤로 넘겼다. 미가엘의 말투는 그녀로 하여금 영락없이 남자를 유혹하는 여자처럼 느끼게 만들었다.

“저리 가!”

갑자기 미가엘이 팔을 내저으면서 소리쳤다.

“가! 다 가라고!”

그가 워낙 사납고 크게 소리를 지르는 바람에 에밀리는 마법에서 깨어나 똑바로 일어나 앉았다.

“왜, 누구한테 그러는 거예요?”

“심술궂은 창조물들이오. 자기네들이 할 수 있다고 하잖소.”

“뭘 할 수 있다고요?”

“아드리안이 못 보게 우릴 숨겨준다는 거요. 그리고 지금 당신이 배란기라는 거요.”

자르고 있던 치즈를 내려다보며 말하는 미가엘의 목소리는 낮고 부드러웠다.

“아…….”

마땅히 할 말을 찾지 못한 채 에밀리는 눈만 동그랗게 뜨고 있었다.

“자, 이제 에브라임에 대해서.”

미가엘은 짐짓 사무적인 투로 화제를 돌렸다.

에밀리는 그가 건네주는 접시를 받아들며 대답했다.

"아내의 팔다리를 자르지 않았던 남자에 대하여."

살인에 대한 생각은 이런 외딴 곳의 향기로운 보금자리를 금세 빼앗아갈 것이다. 그리고 미가엘과 에밀리가 해야만 하는 일들에 대해 생각하게 만들 것이다.

"맞아, 에브라임."

그는 마치 에브라임이 누군지 모르는 사람처럼 천천히 그 이름을 발음했다.

"에브라임이 몇 년 전에 나한테 그랬소. 매디슨 함장을 아는 남자 한 사람을 만났다고."

"몇 년 전에요? 하지만 매디슨 함장은 백 년 전쯤 죽었잖아요. 그런데 어떻게…… 아, 알았어요. 죽은 사람이지. 유령. 그 사람들도 파티 같은 걸 하나요? 정상적인 사회 생활도 할 수 있어요?"

그녀는 농담을 하고 있었지만 미가엘은 그렇게 받아들이지 않았다.

"아니, 대개는 그렇지 않소. 에밀리, 몸이 죽은 뒤에도 이 지구에 남아 있는 영혼들은 사실은 개인적으로 아주 불행해요. 그들 대부분은 자기가 몸을 가지고 있지 않다는 사실도 모르지. 지상에 그들을 남겨둬야 한다는 건 비극적인 일이야."

에밀리는 눈을 깜빡이며 그를 쳐다보았다. 유령이 두려움을 주는 존재라는 사실을 모르는 사람과 함께 있다고 생각하니 기분이 이상했다. 하지만 매디슨 함장은 미가엘조차도 두려워했다.

"그래서 에브라임의 친구가 그 무서운 매디슨에 대해 뭐라고 말하던가요?"

"매디슨은 더할 수 없이 좋은 남자였다고 했소. 함장은 남의 잘못에 관대한 사람이어서 배에 함께 탄 사람들이 기꺼이 목숨까지 바칠 정도로 그를 좋아했다더군."

"그럼 매디슨의 집에서 그 남자의 영혼이 당신에게 칼을 던진 게 아닌가요?"

"바로 그거요. 아, 난 이거 좋아해. 이게 뭐였더라?"

그는 음식이 가득 들어 있는 오목한 그릇을 집어 들었다.

"나도 모르겠네요. 너무 어두워서 안 보여요. 그리고 그 여자는 내가 아닌 당신한테 빠져 있잖아요. 그런데 그 여자 머리 색깔은 자연스럽지 않았어요."

어둠 속에서도 미가엘의 웃는 모습이 또렷이 보였다.

"당신은 그릇 속에 뭐가 담겨 있는지 못 보면서 그릇을 누가 보냈는지는 알 수 있단 말이지?"

에밀리는 굳이 대답하려 하지 않았다.

"그런데 매디슨 함장이 그렇게 훌륭한 사람이라면 왜 아직도 집에 나타나죠? 그리고 애당초 왜 살인 혐의로 교수형을 당했겠어요? 내 생각엔 당신 유령 친구의 기억이 잘못된 것 같아요."

"에브라임이 그러더군. 함장을 알고 있던 사람들은 그가 누구를 죽였다는 걸 절대 믿지 않는다고. 에브라임이 듣기로 함장과 결혼했던 그 소녀는 이미 임신 중이었고 아기 아빠는 마을을 떠났다더군."

"아……."

에밀리는 금방 먹은 쿠키에서 묻은 설탕을 손가락에서 핥아먹고 있었다.

"이제 이해가 돼요. 늙은 함장은 어린 신부와 사랑에 빠졌고 몇 년 후 신부의 연인이 돌아왔을 때 그를 죽였다는 거죠. 사랑은 선량한 사람에게도 무시무시한 일을 하게 만들 수 있어요."

"정말 그렇소?"

미가엘이 한쪽 눈썹을 치켜 올리며 물었다.

"난 이 세상에 온 지 얼마 안 돼서 잘 모르겠소."

"그렇겠죠, 므두셀라(인간으로서는 최고령인 969년을 살았다는 유대 족장). 나도 당신이 아주 오래된 사람이라는 건 알아요. 하지만……."

"므두셀라? 내가 언제 당신한테 므두셀라도 내 사람이었다는 얘길 했던가?"

에밀리는 잔디를 한줌 뜯어 그에게 던졌다.

"잠깐이라도 좀 진지할 수 없어요? 그래가지고 어떻게 지상에 내려온 이유를 알아낼 수 있겠어요?"

미가엘은 세 번째로 음식을 덜어다 놓은 접시를 내려다보면서 한동안 가만히 있었다.

"나는 치는 사람이었던 것 같소. 생계 수단으로 사람을 죽였을 테고. 당신은 어떻게 생각해요?"

"치는 사람이 아니고 쏘는 사람이죠. 청부 살인업자 말이에요. 그리고 당신은 어쩌면 천사가 아닌지도 몰라요. 하지만 당신은 분명 살인자는 아니에요. 그건 그렇고……, 매디슨 함장이 부당하게 사형을 당해서 그렇게 분노한 거라고 생각하세요? 그리고 그가 이 지상에서 떠나길 거부하는 이유가 뭐라고 생각해요? 어쩌면 당신은 그래서 여기로 보내졌을 거예요. 진실을 찾아내서 그의 영혼을 자유롭게 해주라고."

미가엘은 젤로 샐러드 같이 보이는 것을 한입 가득 우물거리고 있었다. 그는 정말 아홉 살짜리 수준의 미각을 갖고 있었다.

"어쩌면 매디슨은 누명을 쓰고 사형당했는지도 모르오. 그러면 우리가 할 일이 많아지겠지. 하지만 그 중에 어떤 것이 당신하고 관계 있는 거지? 매디슨은 내 사람이 아니오. 당신이 내 사람이지. 나는 당신하고 관련 있는 일 때문에 여기로 보내진 거요."

"만약에 내가 이 미스터리를 풀면 나는 그 이야기로 책을 쓸 거예요. 그러면 그 책은 베스트셀러가 될 거고 나는 부자가 될 수 있어요. 부자가 되는 게 나하고 관계 있는 거죠."

"나는 그렇게 생각하지 않소."

"너무 세속적인가요?"

"딱 그거요. 근데 이건 뭐지?"

"체리파이요. 그렇게 고기하고 젤로하고 파이를 한꺼번에 먹는 게 아니에요! 그래서, 내가 4년 동안이나 매디슨 함장을 조사한 것보다 나하고 더 많이 관련 있는 게 뭐죠? 그리고 당신하고는 또 무슨 관련이 있어요?"

"나는 지금 우리가 헛손짚는 것에 대해서 생각하고 있소."

에밀리는 그 말을 이해하기 위해 조금 생각해야 했다.

"헛다리짚는 거? 그러니까 내 말도 그 말이에요. 당신이 여기 온 이유하고 매디슨 함장하고는 아무 상관이 없는지도 몰라요."

미가엘이 4등분한 파이 한 조각을 한입에 베어먹는 바람에 그녀는 한동안 기다려야 했다.

"에밀리, 사실 난 모든 일이 곤혹스럽소. 거의 한 주일을 당신하고 보냈는데, 여기저기서 움직일 때마다 내 직관력도 많이 닳아버린 것 같소. 그러면서도 정작 당신 주변의 악은 보지 못하고 있소. 오, 당신을 질투하는 여자들이 몇 명 있지만……."

"나를? 도대체 왜, 누가, 나를 질투해요?"

"글쎄, 뭣부터 말해야 할까? 당신은 젊고 예쁘고 재치 있고 주변을 밝게 해주지. 사람들은 당신을 좋아하고 믿고 당신 가까이 있고 싶어해. 상도 받았고 명예도 얻었소. 그리고 남자친구도 있고 그리고……."

"알겠어요, 무슨 말인지."

에밀리는 당황스러우면서도 내심 기뻤다.

"그래서 나를 죽이려고 몰래 생각하는 사람은 아무도 없을 거다, 그거죠?"

그녀는 웃어가면서 농담처럼 얘기했지만 미가엘은 그렇지 않았다.

"그렇소. 지금까지 내가 만난 사람 중에는 그럴 사람이 없소. 하지만 항상 내일이란 게 있으니까. 참, 내일은 도서관에 안 나가요?"

"안 나가요. 토요일엔 항상 기드라가 일을 보니까요."

그리고 당신이 없으면 도서관은 텅 빈 것 같을 거예요, 라고 말하려다 그만두었다.

"그럼 우리 내일 시내 좀 돌아다닐 수 있을까? 가게도 다 들여다보고 싶고 집들도 구경하고 싶소. 어딘가에, 어떤 위험인가가 있을 거요. 내가 그걸 알아채지 못하고 있을 뿐이지."

"좋아요. 내일 아이린을 만나게 해줄게요. 나하고 제일 친한 친군데 주 중에는 시내에서 일해요. 상당히 유명한 변호사의 개인 조수거든요. 언제나 활기차게 살고 아주 매력적이에요. 항상 깜짝 놀랄 만한 얘깃거리를 많이 갖고 있죠."

"당신은 항상 그 친구를 좋아했지."

미가엘이 작은 소리로 소곤거렸다.

"지난 생에서 말인가요?"

가능한 한 그의 말을 믿지 않는 것처럼 들리도록, 에밀리는 목소리를 조절했다. 혹 믿는다 하더라도 별 신경 쓰지 않는 것처럼. 그러나 한편으로는 아이린과 서로 어떻게 알게 되었는지 얘기해달라고 하고 싶은 마음이 굴뚝 같았다. 그러나 미가엘은 아이린에 대해서는 별다른 말을 하지 않고 물건들을 이것저것 다시 바구니에 집어넣었다.

"정말 갈 거요? 아, 그런데 이 와인이 나를 졸리게 만들었어."

무슨 일 때문인지 확신할 수는 없지만 그의 기분이 무겁게 가라앉아 있다는 것을 알 수 있었다. 아파트로 돌아오는 길에 그는 내내 입을 다물고 있었다. 차에서 내려서도 말없이 그녀의 손을 잡고 걷기만 했다. 어둠 속을 마치 밝은 대낮인 듯 쉽게 걸어갔다. 딱 한 번, 그가 '입다물어!' 하고 중얼거렸을 때, 그녀는 합창하듯이 낄낄거리며 웃는 소리와 날개가 푸드득거리는 소리를 분명히 들었다.

아파트에 들어섰을 때 자동응답 전화기의 불빛이 깜빡거리고 있었다. 에밀리도 그것을 보기는 했지만 내용을 듣고 싶지 않았다. 다른 여자들이 파티나 영화 따위에 미가엘을 초대하는 걸 견딜 수 없었다.

미가엘은 샤워를 끝내고 타월을 허리께에 두르고 나와 그만 자러 가겠다고 말했다.

에밀리는 앞을 지나쳐 가는 그에게 물었다.

"나 때문에 그래요?"

"당신이 무슨 일을 했기에? 당신은 수백 년 동안 나쁜 일이라고는 안 한 사람이오."

그는 자기 잠자리인 거실 소파 쪽으로 어슬렁거리며 걸어가다가 그대로 서 있는 에밀리를 보고 어깨 너머로 말했다.

"에밀리, 당신은 내가 가장 사랑하는 사람이오. 그만 가서 자야지. 그리고 문 잠그는 거 꼭 확인해요. 내가 들어갈 수 없게 빗장을 단단히 걸라고."

그녀는 행복해져서 얼굴 가득 미소를 머금고 침실로 갔다. 그리고 문을 닫았지만 잠그지는 않았다. 물론 빗장을 걸 생각도 전혀 없었다.

12

"당신은 갈 거예요."

에밀리는 씩씩거리며 의심쩍은 눈초리로 미가엘을 노려보았다.

"그 사람들하고 내기 당구에 가겠죠. 가서 밤새 술 마시면서 천국의 사람으로서 알고 있는 걸 뭐든 할 거고. 그러면 사람들은 당신이 누군지 알게 되겠군요."

미가엘은 묵묵히 면도만 했다. 바지만 입고 셔츠는 입지 않아서 상체는 맨살이었다. 샤워하면서 감은 머리는 아직도 젖어 있었다. 그는 에밀리를 쳐다보지도 않고 화내는 것에 반응을 보이지도 않았다.

"대답 좀 해주시겠어요?"

"내가 누군지 그 사람들은 알 수가 없소. 내가 진짜 누군지."

그는 얼굴에 남아 있는 비누 거품을 손으로 닦아내고 베인 곳이 없는지 자세히 살펴보았다. 면도날을 쓰는 데 익숙하지 않아서였다.

"그 사람들도 세상이 당신을 누구라고 생각하는지 알아요. 세상이 당신을 아는 거나 사람들이 세상을 아는 거나 결국은 똑같은 결과를 가져와요."

"내 갈색 셔츠 어딨는지 알아요?"

미가엘이 에밀리의 옷장을 들여다보며 물었다.

"그 옷이 없으면 녹색 셔츠를 입어야겠네."

"피와 잘 어울리는 색깔을 입으시죠."

에밀리는 단단히 팔짱을 끼고 문손잡이에 기대면서 말했다.

미가엘은 갈색 셔츠를 찾아 들고 에밀리 앞을 지나치면서 그녀의 뺨에 입을 맞췄다.

"오늘 하루도 당신 덕택에 즐거웠소. 그리고 오늘밤에도 당신을 그리워할 거요."

"난 아니에요. 지난주 내내 당신하고 너무 많이 같이 있어서 이젠 정말 혼자 있는 시간이 기다려져요. 읽고 싶은 책도 몇 권 있고."

미가엘은 아무 대꾸도 하지 않았지만 그의 얼굴에 떠올라 있는 미소가 모든 것을 말해주고 있었다. 맘에 안 들어, 에밀리는 생각했다. 하지만 사실 오늘은 썩 괜찮은 하루였다. 자그마한 마을을 미가엘에게 보여주는 것도, 사람들에게 그를 소개시켜주는 것도 무척 즐거운 일이었다. 대부분의 남자들이 주말을 집에서 보내고 있었다. 미가엘은 들르는 곳마다 어찌나 사근사근하게 얘기를 잘 하는지 태어나면서부터 그린즈버러에 살고 있는 사람처럼 보일 정도였다.

가는 곳마다 사람들이 그를 반겼다. 집 안으로 들어오라고 권하고서 차나 커피, 레모네이드를 대접했다. 켈러 씨 집 베란다에 앉아 있을 때 에밀리가 말했다.

"저도 언젠가는 이런 집을 갖고 싶어요. 베란다도 넓고 녹색 잔디도 있고 그네도 달아놓을 수 있는 집."

“난 아니오.”

미가엘의 말에 에밀리는 놀라서 그를 쳐다보았다. 그러나 이내 고개를 돌렸다. 그가 좋아하든 좋아하지 않든 그게 무슨 상관이란 말인가?

“나는 매디슨 저택을 갖고 싶소. 넓은 공간에 익숙해 있어서, 그런 큰 집이 내게는 적당하거든. 그리고 아이들은 최소한 여섯은 가질 생각이오.”

“부인이 가엾어요.”

미가엘을 응시하면서 에밀리가 말했다.

“그 누구도 내 아내를 동정하지 않을 거라고 생각하는데.”

미가엘이 워낙 낮은 소리로 단호하게 말하는 바람에 에밀리는 등골이 다 오싹했다.

잠시 후 켈러 부인이 레모네이드와 케이크를 가져왔다. 두 사람은 각자 원하는 게 어떻게 다른지에 대해 더 이상 얘기하지 않았다.

아이린은 아직 시내에서 돌아오지 않아 만날 수가 없었다.

딱 한 가지 좋지 않은 일이 일어났다. 브랜든 씨 집에서 있었던 일이었다. 변호사인 브랜든 씨는 눈을 크게 뜨고 미가엘을 응시하면서 말했다.

“TV에서 당신을 본 것 같은데요?”

에밀리는 별안간 너무나 놀라서 한마디 말도 할 수 없었다. 그러나 미가엘은 미소까지 지어가면서 말했다.

“제 사진이 나온 적이 있지요. 맞습니다.”

브랜든 씨는 기억을 더듬으려고 열심히 머리를 굴리는 듯했다.

“마피아 청부 살인으로 기소돼서 FBI가 감옥에 넣었던? 그리고 총에 맞았죠?”

“네, 그랬습니다. 총에 맞아 죽을 뻔했어요 그런데 에밀리가 저를 발견해서 집게로 제 머릿속에 박혀 있던 총알을 꺼내줬습니다. 그 이후로 저는 에밀리의 충실한 노예가 됐지요.”

에밀리는 머리가 핑 돌면서 정신이 아뜩해졌다. 그런데 브랜든 씨는 처음에는 몹시 놀라는 듯싶더니 이내 크게 웃으면서 미가엘의 등을 탁 치는 것이었다. 그러고 나서는 저녁에 열리는 맥주 내기 당구 대회에 같이 가자고 초대를 했다.

지금 미가엘이 외출하려고 옷을 차려 입는 이유도 바로 거기에 가기 위해서였다. 그러나 에밀리는 같이 초대받지 못했다.

“자, 나 어떻소?”

너무, 너무 멋있어요, 그 말이 입 안에서 맴돌았지만 에밀리는 말 대신 고개를 푹 숙였다.

“괜찮아요. 즐거운 저녁 되기를 바래요.”

말이 딱딱하게 나오는 건 에밀리로서도 어쩔 수 없었다.

미가엘은 웃으며 그녀의 볼에 한 번 더 키스한 다음 문으로 곧장 달려갔다.

에밀리는 며칠 만에 처음으로 혼자 남았다. 미가엘이 가버린 아파트는 너무 크고, 텅 비어 보였다. 모든 게 못마땅했다.

“내가 왜 이래……, 말도 안 돼.”

중얼거리면서 미가엘의 옷을 집어 옷걸이에 걸고 몇 가지는 반듯하게 갰다. 그는 항상 옷을 벗은 자리에 그대로 두었다. 에밀리는 혼자 지내는 데 익숙해져 있었다. 주말도 대부분 혼자 지낼 정도니까. 그런데 왜 지금은 위로해주지도 않을 그 남자가 필요하다는 생각이 드는 것일까?

마음을 다시 다져먹고 일 주일 내내 손도 대지 않고 꽂아두었던 책을 꺼냈다. 정신을 집중해 책을 읽으려고 했다. 마음대로 되지 않자 벌떡 일어나서 냉장고를 청소했다. 그런 다음엔 실내 구석구석을 청소하고 캐서롤을 만들었다. 캐서롤은 식혀서 냉동시켰다. 그린즈버러 여자들이 미가엘에게 주려고 가져온 음식들로 냉장고가 꽉 차 있어서 자리가 없었기 때문이다. 침대 시트를 바꾸고 세탁할 시트는 주방에 있는 작은 세탁기에 집어넣었다. 그러고 나서는 그날 아침에 둘이 같이 가서 산 미가엘의 셔츠를 다려놓았다.

새벽 한 시가 다 되었는데 미가엘은 왜 돌아올 생각조차 하지 않는건지……, 전화번호부에서 당구장의 번호를 찾아냈지만 겨우겨우 참고 전화하지 않았다. 그는 천산데, 무슨 일이 생기기야 하겠는가.

하지만 물론 천사는 아니지. 그는 다만, 다만……, 하긴 에밀리도 그가 누구인지는 정확히 알지 못했다. 의지할 데 없는 사람이라는 것밖에는. 신발 끈을 매지 못하는 그에게 몸을 수그리는 방법을 알려줘야 할 정도였으니까.

새벽 두 시 반쯤, 계단 옆에 차 한 대가 서는 소리가 들렸다. 그녀는 정신없이 온 방을 뛰어다니면서 불을 끄고 침실로 뛰어들어갔다. 잠자느라 아무것도 모르는 척할 생각이었다.

하지만 아무리 무감각한 사람이라도 미가엘이 들어서는 소리를 듣고서는 잠을 잘 수 없었을 것이다. 그는 배신한 여자 때문에 마음에 상처를 입었다는 내용의 노래를 부르고 있었는데 음정은 하나도 맞지 않았고 박자도 엉망이었다. 앞으로 가면 의자에 부딪히고 뒤로 가면 테이블에 부딪히고 책장에 쾅, 다시 의자로 비틀, 말이 아니었다.

에밀리는 침대에서 나와 주방 불을 켰다. 미가엘이 씩 웃으면서 그녀를 돌아보았다. 에밀리는 한껏 노려보면서 뻣뻣하게 말했다.

"술을 마셨군요."

"마셨지. 근데 이것 좀 봐, 내 사랑 에밀리."

주머니에서 그는 지폐 뭉치를 꺼냈다. 지폐에는 맥주 얼룩이 져 있었다.

"내가 이걸 땄소."

그녀는 팔을 내려뜨렸다.

"도박을 했단 말이죠?"

그가 고개를 끄덕이자, 에밀리는 다시 물었다.

"아드리안이 뭐라고 할까요?"

"망할 놈의 아드리안. 망할, 그게 내 새로운 욕이야. 오늘밤에 그 말을 아주 많이 들었지. 좀더 듣고 싶소?"

미가엘은 히죽히죽 웃고 있었다.

"아뇨, 사양해요."

"좋다는 말이나 나쁘다는 말은 어떻게 해서 만들어지지?"

그는 주머니마다 쑤셔 넣었던 돈 뭉치를 끄집어냈다.

"그리고 왜, 어느 나라에서는 나쁘다는 뜻으로 쓰는 말이 다른 나라에서는 아닌 거지? 그리고 왜, 당신은 그렇게 예쁜 거지?"

깐깐한 표정을 풀면서 에밀리는 머리를 저었다.

"내일 아침엔 숙취로 시달리게 될 거예요. 빨리 자는 게 좋겠어요."

에밀리는 그의 허리를 부축하고 침실로 데려갔다. 거실 소파에서 자게 할 수는 없었다. 자다가 떨어질 게 뻔하니까.

미가엘은 기분 좋은 얼굴로 그녀의 어깨에 팔을 둘렀다.

"우린 피자도 먹었소, 에밀리. 피자 얘긴 안 해줬잖소. 그리고 그것도 봤는데, 음……."

그는 몸을 날리다시피 하면서 뭘 던지는 시늉을 해 보였다.

"풋볼이에요. 미식 축구죠."

"맞아, 풋볼. 그리도 또 두 사람이 서로 때리는 것도 봤소."

"권투라는 거예요."

그를 침대에 앉히고 무릎을 꿇고 앉아서 신발을 벗겼다.

"어떻게 그 돈을 다 땄어요? 앞을 내다보고 누가 이길 건지 미리 점쳐서?"

그는 몸을 지탱하려고 손을 에밀리의 어깨 위에 올려놓았다.

"그게 제일 이상한 일이었소. 게임마다 나는 누가 이길지를 알고 있는 거야. 언제 어떤 펀치가 나올지 그것까지도 나는 알았지. 하지만 그건 중요하지 않았어. 그 다음엔 경기를 그걸로 봤는데, 그게……."

"비디오 테이프?"

"맞아, 비디오 테이프로. 거기 있던 사람들 모두가 무슨 일이 일어나고 있는지 알면서 아무도 걱정 같은 건 하지 않는 거야. 두 번, 세 번까지 보면서도 그저 좋아하기만 했지. 이상하지 않소?"

"당신은 지금 이 지구상에 있는 여자들을 당황시키는, 알 수 없는 얘기 중에 한 가지를 말한 것뿐이에요. 그 대답을 찾아내면 얘기해줘요. 자, 좀 쳐들어봐요."

바지를 벗기는 에밀리를 거드느라, 미가엘은 어쩔 수 없이 반쯤 일어섰다.

"그건 내가 할게, 에밀리."

그는 상당히 진지하게 말했다.

"난 당신이 원하는 거라면 뭐든지 할 거요. 거기에도 여자들은 많았지만 아무도 당신 같은 영혼을 가진 사람은 없었소. 당신 영혼은 너무도 깨끗하고 눈부시고 거기다가 따뜻하고 사랑스럽기까지 해."

에밀리는 그의 셔츠를 벗기고 침대에 눕힌 뒤 이불을 끌어당겨 덮어주었다.

"늦었어요. 빨리 자야 해요."

불을 끄려고 돌아서는데 미가엘이 그녀의 손목을 잡았다.

"에밀리, 당신하고 지낸 지난 일 주일은 내 생에 있어서 가장 좋은 시간이었소. 함께 있는 매순간이 소중했지. 나는 당신을 보호하는 데 내 생을 다 쓸 생각이오."

그녀는 불을 끄고 침대 가장자리에 앉아 미가엘을 가만히 바라보았다. 눈을 감고 있는 모습이 깊이 잠든 것처럼 보였다. 손을 뻗어 그의 이마를 살며시 만져보고 관자놀이에 흘러내린 머리카락을 뒤로 넘겨주었다. 여기서 떠나면 그는 이 모든 기억을 지워버릴까?

창문으로 들어오는 달빛만이 그의 수려한 모습을 비춰주고 있었다. 눈을 감고 누워 있는 모습이 너무나 사랑스러웠다. 어린아이를 바라보는 엄마의 마음이 되어서, 에밀리는 그의 이마에 키스하려고 몸을 구부렸다. 그 순간 미가엘이 몸을 뒤척이면서 두 입술이 서로 맞닿았다. 미가엘은 에밀리에게 키스하는 게 자기의 본능이라고 해명했다. 에밀리의 목 뒤로 미끄러지듯 한 팔을 두르고 가장 편안한 위치에 입술이 오도록 그녀의 머리를 약간 기울였다. 그런 다음 입술을 열어 그녀의 입술을 덮고 깊고 섬세하게 키스했다. 마치 에밀리를 삼켜버릴 것처럼.

얇은 시트를 통해 그의 강하고 건장한 육체를 느끼면서, 허벅다리가 그의 탄탄한 다리에 살짝살짝 눌리는 걸 느끼면서, 그의 격렬한 힘을 느끼면서, 에밀리는 아무 말도 하지 않았다.

미가엘은 입술을 그녀의 목으로 옮겨가면서 뜨거운 숨을 짧게 토했다. 에밀리라는 이름이 숨에 섞여 감미롭게 흘러나왔다.

에밀리는 겨우겨우 정신을 수습했다. 아니면 최소한 자신이 누구이고 그가 누구인지, 그리고 지금 자신이 어느 자리에 있어야 하는지 정도만 가까스로 깨달았는지도 모른다. 안 지 얼마 되지도 않은 남자와 침대 위에서 이런 자세로 있을 일은 아니라는 생각이 들었다.

힘겹게 자제력을 발휘해 에밀리는 간신히 그의 가슴을 밀어냈다.

"안 돼요."

겨우 발음한 거부의 말이 그토록 힘없이 들릴 줄이야.

미가엘은 다시 그녀를 끌어당기지 않았지만 눈빛은 에밀리의 결심을 무너뜨리기에 충분했다. 바라보는 표정이 너무도 간절하고 안타까워서 다시 그에게 무너져 안기고 싶었다.

하지만 에밀리는 일어섰다.

“자는 게 좋겠어요. 내일 아침에 봐요.”

말이 목에 걸려 헛기침을 하며 목을 가다듬었다.

그의 눈빛을 한 번 더 쳐다본 뒤에 돌아서서 도망치듯 방을 나왔다.

아파트 밖으로 나와 앉아 차를 마시는 동안, 태양은 참 더디게 떠올랐다. 미가엘의 기척을 듣기 위해 문을 열어둔 채 나왔지만, 그는 어젯밤 이후 내내 잠잠했고 한낮이 되기 전에는 일어날 것 같지도 않았다. 그러나 에밀리는 혼자 생각할 수 있는 시간을 갖게 된 게 다행스러웠다. 잘 알지도 못하는 남자와 그녀 사이에 도대체 무슨 일이 일어나고 있는지 생각해봐야 할 필요가 있었다.

미가엘은 모르겠지만—아니, 어쩌면 그의 직관력으로 알고 있을지도 모른다—어젯밤 그녀는 자신을 스스로 바보로 만들었다. 그 남자가 다른 사람들과 밖에 나가는 게 무슨 문제가 되는가? 그가 온 동네에 얼굴을 보여주며 돌아다닌들 무슨 상관인가? 마을의 모든 여자들이 그에게 구애하며 따라다닌다고 해도 상관할 바 아니지 않는가.

사실 그 중 어느 것도 에밀리의 문제가 아니었다. 문제삼을 일이 있다면……

갑자기 아파트 안쪽에서 고함소리가 들렸다. 이어서 뭔가가 부딪치는 소리와 뭔가가 바닥으로 쿵 떨어지는 소리가 들렸다.

“왜 이러는……”

남자의 목소리가 들렸다.

“도대체 당신은 누구야? 왜 여기 들어왔어?”

또 다른 남자가 소리쳤다.

밖에서 눈을 커다랗게 뜨고 안쪽을 살피던 에밀리는 무슨 일이 생겼는지 짐작이 됐다.

“도널드……”

숨이 턱 막히면서 들고 있던 머그잔이 떨어져 조각났다. 아파트를 향해 정신없이 뛰었다.

속옷만 걸친 미가엘이 침실 바닥에 쓰러져 도널드를 올려다보고 있었다. 도널드는 주먹을 거머쥐고 미가엘을 노려보며 숨을 거칠게 몰아쉬었다. 금방 또 주먹을 날릴 기세였다.

에밀리는 두 남자 사이로 날쌔게 뛰어들어 미가엘을 가리고 섰다. 미가엘은 이제야 '숙취'의 정의를 깨닫고 있는 표정이었다.

"도널드, 거실로 가요. 내가 다 설명해줄게요."

에밀리는 가장 부드러운 목소리로 간청했다.

"말리지 마, 에밀리. 저자를 죽여버릴 거야."

도널드의 앙다문 이 사이로 싯싯 소리가 섞여 나왔다.

미가엘은 두 손으로 머리를 감싸고 중얼거렸다.

"이 몸이 저절로 죽을 때가 된 것 같군."

"도널드, 제발…… 다른 방으로 가요. 내 말 좀 들어봐요."

에밀리는 도널드의 팔을 잡고 흔들었다. 도널드는 그제야 에밀리를 쳐다보았다.

"저자를 여기 혼자 두고 나가자고? 당신 침실에다가?"

"내 옷이 여기 있는데……."

미가엘의 목소리는 천진난만하게 들렸다. 하지만 에밀리는 그가 도널드의 화를 더 돋우려는 심산임을 알기 때문에 매섭게 노려보았다.

도널드는, 몸에 감겨 있는 침대 커버를 풀고 있는 미가엘에게 돌진했다. 에밀리는 도널드에게 몸을 날려 두 손으로 가슴을 밀치면서 한 번 더 간청했다.

"제발 좀 나가요."

손 밑으로 도널드의 세찬 심장 박동이 느껴졌다.

도널드가 에밀리의 말을 알아들을 때쯤 미가엘은 커버를 다 풀고 에밀리 뒤에 서 있었다. 그리고 그때는 도널드도 어느 정도 화를 누그러뜨리고 진정한 상태였다. 도널드는 분명히 화가 났겠지만 비교도 안 될 만큼 체격이 월등히 큰 미가엘 앞에서 바보처럼 무모하게 굴지는 않을 것이다. 얼굴만큼은 도널드로 웬만한 모델 뺨치게 잘생겼지만 결정적으로 키가 작았다. 게다가 체육관에 투자한 수많은 시간도 그의 근육을 늘려주지는 않았다. 선천적으로 타고난 미가엘의 체격과는 비할 수가 없었다. 더군다나 미가엘의 짙은 갈색 눈동자와 머리카락, 그리고 턱에서 양쪽 귀밑까지 이어진 구레나룻 자국은 그를 암흑가 깡패로 보이게 했다.

"빨리요. 저쪽으로 가요."

에밀리는 도널드를 거실 쪽으로 떠밀면서 재촉했다.

마지못해 도널드는 등을 떠밀려 방에서 나왔다. 문을 닫으면서 에밀리는, 조그만 팬티 하나만 걸치고 이른 오전의 햇살 속에 서 있는 미가엘을 노려보았다.

"옷 입어요! 그리고 내가 부를 때까지 나오지 말아요."

미가엘은 아무런 동요 없이 얼굴에 가득 웃음을 머금고 그녀에게 윙크했다. 에밀리는 문을 쾅 닫아버렸다.

"전부 다!"

에밀리가 거실로 나오자마자 도널드가 말했다.

"샅샅이 알아야겠어. 어떻게 해서 그, 그……."

그의 얼굴은 심한 불쾌감과 공포로 일그러져 있었다.

"그 사람, 뉴스에 나왔던 사람이야."

어찌나 낮게 웅얼거리던지 에밀리는 겨우 그 말을 알아들었다. 다음 순간 도널드는 단호히 수화기를 집어 들었다.

"어쩌려고 그래요?"

에밀리가 수화기를 잡아챘다.

"당신이 일 주일 전에 했어야 하는 일을 하려고 그래. FBI로 전화해서

그 자식이 당신을 인질로 잡고 있고 내가 당신을 빼내줄 거라고 말할
거야. 그리고……, 도대체 뭐하는 짓이야?”

에밀리가 벽에서 전화기 플러그를 빼는 모습을 보고 그의 말소리는
고함으로 바뀌었다.

“아무한테도 전화하면 안 돼요. 나한테 설명할 기회를 줘야 해요.”

“FBI에 쫓기는 범인을 숨겨주는 게 왜 괜찮은지 그걸 설명해주려고?
관둬. 그 정돈 나 혼자서도 충분히 짐작할 수 있어. 자기는 정말 결백한
데 무고한 죄를 뒤집어썼고 아무도 자기를 이해해주지 않는다고 말했겠
지. 그런 뻔한 엉터리 같은 소리를 지껄였겠지?”

“아니, 아니에요. 그게 아니라구요!”

에밀리는 진정하려고 애썼다. 도널드가, 범인을 숨겨줄 수밖에 없었다
고 믿을 만한 거짓말을 생각해내야 했다.

도널드는 가슴에 팔짱을 꼈다.

“좋아. 들어주지. 하지만 잠깐! 내가 지금까지 들은 중에 가장 환상적
인 얘기를 시작하기 전에 그 이유를 먼저 알고 싶어. 내가 여기 도착하
기 전에 왜 그 자식을 내보낼 생각을 안 한 거지?”

진정하려고 호흡을 고르면서 에밀리는 자리에 앉았다.

“당신이 오는 걸 몰랐어요.”

솔직히 대답하면서도, 마음속은 아파트에 미가엘이 출현하게 된 변명
을 생각해내느라 부산했다. 진실보다는 그럴듯한 이야기가 필요했다.

도널드는 한마디 말 없이 일어나서 자동응답기가 있는 곳으로 가더니
재생 버튼을 눌렀다.

“안녕, 내 예쁜 에밀리. 정말 미안한데 금요일엔 못 갈 것 같아. 당신
도 뉴스에서 봤겠지만 그 암살 사건 때문에 시간을 다 뺏기고 있어. 토
요일 밤엔 꼭 갈게. 사랑해.”

그 다음 메시지도 도널드가 녹음한 것이었다.

"미안해, 귀여운 머핀 빵. 근데 오늘밤에도 못 가겠어. 이틀 밤을 한숨 못 잤거든. 대신 일요일 아침에 일찍 갈게. 침대에 들어가서 기다리고 있을래? 내가 기다린 보람이 있게 만들어줄게."

여자 목소리로 녹음된 세 번째 메시지도 있었다.

"안녕, 에밀리. 줄리아 워터스예요. 미가엘을 일요일 저녁식사에 초대하고 싶어서 전화했어요. 올 수 있으면 좋겠네요. 아, 그리고 에밀리도 바쁘지 않으면 같이 와요. 우린 환영이니까요."

세 번째 메시지가 흘러나오는 동안 도널드는 불신에 찬 눈으로 에밀리를 쳐다보았다.

"동네 사람들이 그 작자에 대해 알고 있다는 말인가? 그를 만난 적이 있어? 이 범인하고 당신이 같이 있는 걸 봤겠네? 그런 놈을 숨겨주면 어떤 처벌을 받는지나 알아?"

도널드는 아연해서 거침없이 말을 쏟아냈다.

"그 사람은 당신이 생각하는 그런 사람이 아니에요."

에밀리는 아직도 미가엘을 도와준 이유를 어떻게 설명해야 할지 생각해내지 못한 채 작은 소리로 대꾸했다. 에밀리는 앉아 있는데 도널드는 그녀의 머리 위에 곧추서 있었다. 미가엘 옆에 있으면 작아 보일 도널드가 그녀에게는 빌딩만큼이나 커 보였다.

"이 메시지는 들어보지도 않았지? 당신 침대에 그 사람이 있어서 그랬나? 같이 밤을 보내고 나서 내가 보든 말든 상관없다고 생각한 거야?"

"아니에요!"

에밀리는 고개를 쳐들면서 날카롭게 소리쳤다.

"어젯밤에 잔뜩 취해서 왔기에 내 침대로 데려다 줬어요. 나는 거실 소파에서 잤고요. 우린 연인이 아니에요."

"내가 그 말을 어떻게 믿지? 당신은 모든 걸 속였어. 그런데 이번이라고 왜 아니겠어?"

아니라고 맞서야 했다. 아이린은 항상 에밀리를 '짓밟히고도 가만히 있는 현관 발닦개'라고 했지만 지금 그녀는 죄책감을 느꼈다. 지난 며칠간 도널드를 완전히 잊고 지내온 것이다. 어제는 정말 이상하게 단 한 사람도 도널드에 대해 묻지 않았다.

에밀리는 고개를 돌리고 침실문 쪽을 힐끗 보았다. 그러나 미가엘이, 그녀가 도널드 생각을 하지 못하도록 하고 사람들도 도널드에 대해 언급하지 못하도록 마술을 부렸다고는 생각하고 싶지 않았다. 미가엘에게 그런 능력이 있었던가?

"좋아, 얘기해. 들을 테니까."

한참 만에 도널드가 말을 꺼냈다.

"나는 그 사람이 진실을 알아내는 걸 도와주려는 거예요. 그 사람은 결백해요."

"아, 어련하시겠어? 감옥에 가봐. 이유 없는 사람이 어디 있나."

에밀리는 오싹해져서 도널드를 쏘아보았다.

"그런 식으로 듣는다면 아무 얘기도 안 할 거예요."

형편없이 과잉 연기를 하는 배우처럼, 도널드는 그녀의 맞은편에 자리를 잡았다.

"화낸 건 미안해. 하지만 난 시장이 살았는지 죽었는지 알아보려고 꼬박 이틀을 병원 밖에 서 있었어. 하긴 당신은 알고 싶지도 않겠지만. 물론 그렇지. 뭐가 궁금했겠어. 당신하고 그 작자는……."

그는 침실문을 보며 빈정거렸다.

"두 사람이야 그린즈버러의 온 동네 사람들을 사귀고 돌아다니느라 정신없었겠지. 시장 소식 물을 겨를이나 있었겠어? 자, 이제 말해봐. 저 남자가 왜 당신 아파트에 살고 있는 건지, 왜 여기가 저 자식 집인 것처럼 자꾸 집, 집, 집 하는 건지!"

에밀리는 시장이 괜찮은지 묻고 싶었지만 그만두었다. 시장의 안부를 묻는 건 도널드의 최악의 의심을 확인시켜줄 뿐이었다. 에밀리는 곁눈질로 실내를 한번 훑어보았다. 도널드로서는 미가엘이 여기서 며칠째 살고 있다고 생각할 만했다. 그도 그럴 게, 다린 지 얼마 안 되는 미가엘의 셔츠가 옷장 손잡이에 걸려 있었고, 거실 소파 앞에는 그의 신발 한 켤레가 있었다. 문 옆 테이블에도 닳아 해진 스포츠 잡지 세 권과 그의 주머니에서 꺼내놓은 잡동사니들이 흩어져 있었다.

"우린 진짜 범인을 찾고 있는 중이에요."

에밀리는 손을 만지작거리며 자신 없이 말했다. 도널드에게서 아무 반응이 없자 고개를 들고 그를 쳐다보았다. 분노로 얼굴이 벌게져 있었다. 척추를 타고 소름이 돋았다.

"당신이 뭘 조사할 때 내가 도왔던 것처럼요. 당신도 항상 말했잖아요. 내가 조사하는 데는 소질이 있다고. 그래서…… 그 사람이 진짜 범인 찾는 걸 도와주고 있는 거예요."

"당신, 그 사람 사랑해?"

도널드가 냉랭하게 물었다.

"아뇨, 그런 말이 어딨어요. 그 사람은 단지, 그러니까…… 친구예요."

"평소엔 친구하고 같이 사는 걸 좋아하지 않았잖아."

갑자기 에밀리는 이상하다는 생각이 들었다. 왜 도널드는 가버리지 않는 걸까? 대부분의 남자들이 약혼녀가 다른 남자와 함께 살고 있다는 걸 알면 노발대발해서 떠나버리지 않는가?

"그러면 당신은 그 사람을 믿는다는 거지. 온갖 거짓말을 다 믿고 그 대가로 밥까지 먹여주고 살 집도 주고, 거기다가 동네 사람들한테 소개까지? 잘하는 일이군."

"겉으로 보이는 그대로가 아니에요. 그 사람은…… 기억을 상실했어요. 아무것도 모르고, 실어증도 있어요."

"어쨌다고?"

"실어증요. 몇 가지 기억을 못하고요. 자기가 무슨 음식을 좋아하는지, 옷은 어디 가서 어떻게 사는지, 일자리나 아파트 얻는 방법도 몰라요."

에밀리는 말을 늦추고 미소를 지으면서 그의 마음이 누그러지기를 바랐다.

"정말 그 사람은 누가 도와주지 않으면 단추라는 말도 생각해내지 못해요."

도널드는 일어서서 의자에 걸쳐놓았던 재킷을 집어 들고 에밀리를 내려다보았다.

"에밀리, 기자가 배우는 거 한 가지가 뭔지 알아? 거짓말을 분간해내는 거야. 바로 지금 당신이 하는 말은 죄다 거짓말일 뿐이야. 난 모르겠어, 지금 여기서 무슨 일이 일어나고 있는 건지. 다만 내가 아는 한, 그 자식은 당신한테 눈에 보이는 위해를 가하면서 공갈 협박하고 있어. 하지만 당신이 도움을 청하지 않으면 내가 도와줄 수도 없지."

그가 재킷을 걸치는 것을 보고 에밀리는 벌떡 일어섰다.

"도널드, 미안해요. 정말 미안해요. 나 자신도 이해할 수 없어서 당신한테 얘기하고 싶었어요. 당신이 한번만 용서해주면 나는……."

"당신은 어쩔 건데? 마음을 결정할 거야? 수년간 알아온 나를 택할 건지 일 주일간 알고 지낸 그 범죄자를 택할 건지? 한번 눈감아주면 그렇게 하겠다고?"

"난…… 모르겠어요. 지금 당장은 아무 생각도 못할 것 같아요. 내 생활이 너무 혼란스러워졌어요."

"뭐, 쉽게 생각하면 되지. 그 자식인지 난지."

그는 에밀리의 머리 위에 낮은 목소리를 쏟아놓고 나가버렸다.

13

도널드가 나가고 2분 후, 미가엘이 침실에서 나왔다. 바지를 입고 셔츠는 단추를 풀어놓은 채 걸치고 있었다. 표정으로 봐서 이제야 술의 악마 같은 위력을 알 게 된 것 같았다.

"한마디도 하지 말아요."

에밀리는 앞을 똑바로 보면서 차갑게 경고했다.

"아무 말도 듣고 싶지 않으니까 짐 챙겨서 나가요. 지금 당장!"

미가엘은 맞은편 의자에 앉았다.

"가방이 하나도 없는데. 당신이 가게 가서 사주지 않으면."

에밀리는 혐오스럽다는 걸 보여주려고 증오에 찬 표정을 지어 휙 돌아보았다. 그 순간, 눈자위가 거뭇해진 수척한 얼굴이 눈에 들어왔다. 왠지 전보다 얼굴이 더 길어 보였다.

"잘됐어요. 그렇게 당신이 상하는 걸 보니 참 기쁘네요. 당해도 싸요 당신은 지금 내 인생을 망쳐놓고 있으니까.”

미가엘은 두 손으로 얼굴을 쓸어 내렸다.

“내가 상하지 않으면 당신은 인생을 제대로 살지 못할 거요.”

“무슨 엉터리 같은 소리를 하려구요? 당신이 나타나기 전까지는 난 완벽하게 잘 살아왔어요. 그리고 이제 당신이 떠나주면 그 순간부터 다시 그런 생활로 돌아갈 거예요.”

“나한텐 거짓말 못해. 당신은 내가 나타나기 전까지 이 행성에 사는 다른 누구 못지않게 외로웠소. 이 몸의 머리가 좀 어지러운데, 어떻게 해야 하지? 그리고 뱃속도 이상하고.”

에밀리는 최대한 거만스럽게 일어섰다.

“한 시간 안에 여기서 나가줘요.”

여전히 감정을 억누르면서 에밀리는 복도로 나갔다. 팔짱을 끼고 의자에 앉아 기다릴 생각이었다.

얼마나 앉아 있었는지 모른다. 샤워하는 소리가 들리더니 다시 잠잠해졌다가 면도하는 소리가 들렸다. 어떤 상황에서도 그의 말에 대해 신경 쓰지 않으리라 다짐했다. 외로움이나 그가 떠난 뒤에 인생이 어떻게 될지에 대해서.

한참 후 주방 쪽에서 그의 기척이 들렸다. 잠시 후 그가 복도로 나와 옆에 의자를 갖다놓고 작은 테이블 위에 뭔가를 내려놓았다. 쳐다보지도, 뭘 가져왔는지 돌아보지도 않을 생각이었다.

“차를 가져왔소. 당신이 좋아하는 식으로 우유를 조금 넣었고. 그리고 어제 우리가 산, 그 버터가 들어간 것도 가지고 왔는데, 그걸 뭐라고 하지?”

“크루아상.”

에밀리는 입을 단단히 다물고 최소한만 입술을 움직였다.

“짐은 쌌어요?”

186

“난 안 갈 거요.”

그제야 에밀리는 고개를 돌리고 그를 쏘아보았다. 미가엘은 이제 말끔해져 있었다. 면도를 한 그의 턱은 신선한 푸른빛을 띠고 있었다. 그러나 눈에는 아직도 숙취의 고통이 보였고 슬픔의 빛도 분명히 보였다. 하지만 아는 체하지 않을 생각이었다.

“당신이 나가지 않으면 내가 당신을 경찰에 넘길 거예요.”

“아니, 당신은 그렇게 못해.”

그는 침착하게 말하면서 머그잔을 들고 차를 한 모금 마셨다.

“에밀리, 당신은 내가 누군지를 인정하지 않으려고 하지만 그게 나를 바꿀 수는 없소. 나는 천사요. 아니, 나는 당신의 천사요. 그리고 당신이 원하는 걸 당신 자신보다 잘 알고 있소. 지금 당장은 혼란스럽겠지. 당신은 나하고 그 사람 둘 다를 원하는 것 같아. 그래서 마음을 정하기 어려울 거요.”

진실을 꿰뚫어보는 말에 에밀리는 어느 정도 전의를 상실했다.

“당신이 천사가 아니라면 범인이에요. 어쨌거나 둘 다 정상적인 사람이 아닌 건 마찬가지죠. 내게 필요한 건······.”

“나도 알고 있소.”

알고 있소, 부분에서 미가엘이 어찌나 고통스러운 눈으로 쳐다보는지 에밀리는 고개를 돌려버렸다.

“당신보다 더 잘 알고 있지. 어떤 악이 당신을 둘러싸고 있는지 찾아내기만 하면 나도 없어져줄 거요. 그땐, 당신은 나를 기억하지도 않겠지.”

그는 차를 한 모금 더 마셨다.

“하지만 이제 나는 당신의 그 악을 찾아냈소.”

“아, 드디어? 그럼 말해봐요. 듣고 싶어 못 견디겠군요 어디에 그 악이 있던가요? 도박에? 위스키에? 권투하는 사람들에게?”

“도널드요.”

험상궂은 분위기 속에서 그녀는 갑작스럽게 웃어댔다.

“하! 최고 걸작이네요? 도널드는 화낼 만한 이유를 갖고 있어요. 나는 그 사람 약혼자니까. 하지만 당신은, 그리고 당신의 그 질투는 웃음도 안 나온다구요!”

“그 사람이 악을 가지고 왔소.”

“아, 옳으신 말씀이죠. 뒷주머니에 넣고 있던가요? 아니면 서류 봉투에 담아서 갖고 다녀요?”

“당신이 사랑하는 도널드가 악이라고는 말하지 않았소. 악이 그 사람하고 함께 왔다고 했지. 둘이 어떤 관계가 있다는 뜻이오. 당신 차의 폭발물도 그 사람을 통했소.”

“그거라면 오히려 당신하고 관계 있는 게 아닐까요?”

“아니오, 그건. 그때 말했잖소 당신 차에 폭발물을 장치했던 사람들은 당신이 어디 있다는 걸 알고 있었고, 그때가 당신을 제거하기에 가장 좋은 때라는 것도 알고 있었소. FBI가 당신을 찾아갈 걸 알고 폭발 사건으로 불을 식히려고 한 거요.”

“불이 아니라 열이죠. 열을 식히는 거겠죠. 그래서 FBI의 관심을 딴 데로 돌리려고 했다는 뜻인가요? 이치에 맞다고 생각해요? 내가 왕족이라도 돼서 내 소재가 맨날 ‘궁정 소식’에 나오는 것도 아닌데, 그리고 도널드처럼 TV에 나가본 적도 없어요. 그런데 어떻게⋯⋯.”

에밀리는 갑자기 고개를 쳐들었다.

“도널드가 진행했던 방송이 있긴 하네요. 내가 거기 나왔으니까. 요 며칠 너무 소란스러워서 까맣게 잊고 있었지만요. 도널드가 나한테 천사를 줬어요.”

“도널드가 어떻게 했다고?”

미가엘의 입매가 굳어졌다.

"제발 질투 좀 그만둘 수 없어요? 도널드가 일하는 TV 방송국에서 나한테 상으로 천사를 준 거예요. 매주 토요일마다 주에서 어떤 공적을 세운 사람에게 주는 조각상이죠. 그날 TV에서 당신 얘기가 나오기 직전에 내가 나왔어요. 방송에서 도널드가 내가 상 받은 장소를 얘기했고 그래서 내가 멀리 떨어진 곳에 있었어도 찾기는 쉬웠겠죠."

에밀리는 말하다 말고 미간을 찌푸리면서 미가엘을 쳐다보았다.

"아니, 잠깐! 당신이 지금 나를 혼란에 빠뜨리고 있어요. 이건 폭발물하곤 아무 상관 없이 당신하고 나, 그리고 도널드 얘기잖아요. 내가 도널드한테 못할 짓을 했어요. 내가 퇴근하고 와서 그 사람이 다른 여자하고 살고 있다는 걸 알게 되면……, 그런 일은 상상도 할 수 없는데 내가 도널드한테 그걸 보여준 거예요."

"누가 당신을 죽이려고 하는지 알아내지 못한다면, 당신은 어떤 남자도 만날 수 없고, 어떤 미래도 가질 수 없소."

"그럼 이제 나를 죽이려고 한 사람을 신고해야겠군요."

말하면서도 그를 쳐다보지 않았다. 흉악범 명단에 오른 사람에게 FBI는 어떻게 했던가? 그러나 그건 그녀의 문제가 아니었다. 그리고 그가 말한 것들이 사실이라면 그에게도 아무 문제 없을 것 아닌가?

"당신이 옳소. 나는 안전하지. 하지만 당신이 걱정이오. 저번에 당신이 내가 어디 있는지 모른다고 거짓말한 걸 알면 그 사람들이 당신한테 어떻게 하지 않을까?"

그녀는 허공에다 손을 냅다 뿌리치며 말했다.

"별 걱정 다하네요. 나도 당신 못지않게 잘 피해 다니는 사람 아닌가요? 하지만 이런 경우엔 당신이 훨씬 더 유리할지도 모르죠. 날개를 돋아나게 해서 날아가면 되니까."

에밀리는 최대한 심술궂게 보이려고 애썼다. 그러나 미가엘은 그녀의 독설에 전혀 개의치 않았다.

"에밀리, 나는 당신이 가장 바라는 게 내가 여기 온 이유를 찾아서 그걸 고쳐놓는 거라고 생각해요. 그 다음엔 난 다시 불려가겠지. 내가 다시 불려가면 나는 영원히 당신 인생에서 빠지게 될 거요."

"다시 불려간다……."

에밀리는 입술을 삐죽이며 중얼거렸다.

"물론이오. 당신도 잘 알다시피 이 몸은 이미 죽었지 않소."

에밀리는 그를 쳐다보았다. 마음이 가라앉기 시작하자, 그를 다시는 볼 수 없다는 생각에 우울해졌다.

"당신은 이 몸을 좋아해요. 그렇지 않소?"

약간 쉰 목소리로 묻는 말에 에밀리는 몽상에서 퍼뜩 깨어났다.

"아뇨, 난 도널드의 몸을 좋아해요. 알겠어요? 도널드의 몸이라구요. 실은 그 사람의 모든 것을 좋아해요."

미가엘은 고개를 돌려 복도 건너편 숲을 바라보았다. 보일 듯 말 듯 한 그의 미소가 화를 돋웠다.

"내가 가버리면 당신은 무지무지 나를 보고 싶어할 거요."

에밀리가 대꾸할 틈을 주지 않고 미가엘은 그녀를 보며 환하게 웃었다.

"당신이 진심으로 나한테 가라고 하면 당장 가겠소. 하지만 지금 당신은 내가 가는 걸 원치 않아. 오히려 나의 질투를 즐기고 있소."

"꼴도 보기 싫어요."

"그래, 나도 알아."

그가 쿡쿡 웃었다.

"이거 봐요. 지금 심각하다구요."

"사실 그 사람은 예전보다 더 당신을 원하고 있소. 그는 항상 당신을 변하지 않는 에밀리로 생각했고 그래서 그 역시 한들거리지 않았지."

"흔들리지 않았겠죠."

에밀리는 딱딱거리며 틀린 말을 고쳐주고 나서 차를 한 모금 마셨다. 벌써 차가워져 있었지만 개의치 않았다. 지금 미가엘의 말은 '도움을 주는 책' 같았다. 이를테면 '당신 남자를 지키는 법'이라든지 그런 유의……

에밀리는 지금까지 남자의 질투심을 자극하는 일 같은 건 해본 적이 없었다. 그러나 아이린은 그 전법을 자주 사용했다. 그렇지만 아이린같이 남자의 기분과 사랑을 장난감 취급하다가는 그 남자를 잃게 되는 수가 있었다. 에밀리로서는……

"당신이 지금 생각하고 있는 게 맘에 안 들어."

미가엘이 목소리에 노기를 띠고 말했다.

"할 일의 핵심만 생각할 수 없을까? 이번 한 번만 확고하게 당신이 하려고 하는 일을 남자친구한테 말할 수 없겠소? 내가 어떤 정보를 찾는 걸 도와주려고 한다고 말하고 만약에 그 사람이 싫어하면…… 싫어하면……."

그는 당황한 얼굴로 에밀리를 쳐다보았다.

"뭐지, 그게? 호수로 뛰어드는 거……."

"그러니까 그게 싫으면 도널드는 공중으로 날아가거나 땅으로 꺼지란 말인가요?"

"바로 그거요! 이제 뭐 좀 먹을 수 없을까? 뭔가 부드럽고 씹지 않아도 되는 걸로."

다짐도 아랑곳없이 에밀리는 미소를 지었다.

"당신은 지옥에서 온 게 분명해요."

"제에에발……, 아드리안이 그 말을 들으면 안 돼. 이 머리가 그 꾸중을 견뎌낼 수가 없소."

웃고 싶지 않았지만 그녀는 웃고 말았다.

"도널드하고 나 사이에 영구적인 손상을 입히면 그 원망 다 들을 수 있어요?”

미가엘은 잠시 부인하려는 듯 에밀리를 쳐다보다가 이내 웃음을 지었다.

“에밀리, 내 사랑. 당신은 너무 영리해요. 나는 이 인간 인생의 많은 법칙들을 모르지만 쓸데없는 참견을 하지는 않을 거요. 경험해봐서 알지.”

“그래요? 그걸 어떻게 알았어요? 죄 없는 당신의 불쌍한 인간 육체를 감옥에 보내려고 했다는 걸 누가 알기라도 했나요?”

미가엘이 부끄러워하면서 머리를 긁적거리자 에밀리는 소리내어 웃었다.

“들어가요. 내가 과일 젤리를 만들어줄 테니까.”

“그것 참 반가운 말이오.”

먹을 생각에 반가워하면서도, 미가엘은 그녀가 왜 그렇게 웃어주는지 그 이유를 눈치채지 못했다.

14

종이 꾸러미 하나를 더 쓰레기통에 밀어 넣고 나자 그 중 절반이 바닥으로 미끄러져 내렸다. 꽉 차서 더 구겨 넣을 자리가 없는데도 무리를 한 게 더 귀찮은 일을 만들었다. 에밀리는 짜증이 나서 쏟아진 종이를 휙 집어 들고 그 손으로 또 종이 자르는 칼 두 개를 잡으려고 낑낑거렸다.

"이런, 이런…… 정말 맘대로 안 되는군."

에밀리는 중얼거리면서 사무용 의자에 털썩 주저앉았다. 때가 지나 누렇게 변한 팜플렛이 가득 들어 있는 검정색 플라스틱 통이 세 개 있었다. 몇 년 전부터 그걸 버리겠다고 별러왔는데, 시간도 기력도 여의치 않아 여태 그냥 두었다.

그러나 해가 지고 있는 창 밖을 문득 보고 나서, 그리고 사무실을 한 바퀴 둘러보면서 폐기할 건 하고 청소도 하고, 이것저것 다시 정비해야겠다는 생각이 들었다. 소중한 하루 동안, 별로 하고 싶지 않은 일을 하면서 내내 도서관에 있었다. 그러나 오늘만큼은 지금 그녀의 생활을 돌아볼 필요가 있었다. 그녀를 무분별하게 몰아가려고 작정한 것 같은 두 남자가 있는 생활.

그날 아침, 도널드에게 몇 번이나 전화를 했지만 그는 받지 않았다. 그가 얼마나 전화를 중요하게 생각하는지 아는 만큼 전화를 받지 않는다는 것은 상당히 화가 났다는 뜻이었다. 그의 아파트를 찾아가 문을 두드렸지만 묵묵부답이었다. 차가 보이지 않는 걸 보고서야 그가 시내로 돌아갔음을 알았다.

미가엘은 도움이 되질 않았다. 도널드가 가버렸으니 에밀리가 자유로워졌다고 생각한 그는 얄미울 정도로 좋아했다. 자기와 함께 보내줄 거라는 기대에 들떠 있었다.

그러나 문득 에밀리는, 일요일 하루를 두 남자 중 누구하고도 같이 보내고 싶지 않아졌다. 혼자 있고 싶었다. 아무 생각도 나지 않을 만큼 바쁜 일이 필요했다.

한참 동안, 오래된 서류들을 폐기하고 불필요한 종이들을 버리고 난 지금은 지쳐서 숨이 헉헉 차 올랐다. 서슬 퍼렇던 결심도 따라 지치고 있는 듯했다.

도널드는 말할 것도 없이 내 사랑이었어, 그렇지만 항상 바빴지. 항상 떨어져 있었고. 너무 외로워서 TV 속의 인물들에게 넋두리한 적도 여러 번 있었다. 평범한 생활을 꿈꾸었다. 남편이 비상 사태로 불려갈 일을 걱정하지 않고 주말 계획을 짜고 같이 아침을 먹고…….

하지만 많은 여자들이 그녀처럼 살고 있으리라. 자주 불려 나가야 하는 의사나 소방수를 남편으로 둔 여자들이 얼마나 많은가.

그렇지만 미가엘하고 같이 있을 때는 아주 유쾌했다. 그는 아주 세심하고 그래서…… 아, 그는 내 사람이 아니야, 에밀리는 생각을 중단하고 자신에게 일깨워주었다. 그에 대해 제대로 아는 게 뭐가 있던가? 수배 중인 범인이면서 지금까지 만났던 사람 중에 가장 친절하고 부드러운 남자?

"내 남편하고 무슨 짓을 한 거야?"

에밀리는 눈을 깜빡이면서 소리나는 쪽을 돌아보았다. 키가 크고 검은 머리칼의 여자가 에밀리를 노려보고 있었다. 상당히 멋있어 보이는 여자였다. 외국 멜로드라마의 탤런트같이 완벽하게 화장을 했고 붉은 색 투피스를 입고 있었다. 풍성한 곡선 위에 그대로 천을 놓고 꿰맨 것 같았다.

"귀 먹었어?"

여자가 다시 소리쳤다. 그때였다. 여자가 총을 겨누고 있다는 사실을 알아차린 것은.

"나는……."

에밀리는 말하려고 했지만 무슨 말을 해야 할지 도무지 생각이 나지 않았다. 작은 마을 도서관 사서한테 총을 겨누다니, 이런 경우는 좀처럼 드문 일이었다.

"마이크 말이야!"

여자는 으르렁거리며 팔을 에밀리의 얼굴 쪽으로 뻗었다. 한발 한발 가까이 다가오면서 순식간에 말을 내뱉었다.

"마이크는 어디 있어?"

에밀리가 진짜 귀머거리라고 생각하는지 여자는 고함을 쳤다.

"집에 있어요."

조그만 소리로 대답하는데 그나마 목에 걸렸다.

"당신 집?"

여자는 에밀리를 위아래로 훑어보며 완벽하게 선을 그린 입술에 냉소를 흘렸다.

엉뚱하게도 에밀리는, 자신이 평생 발랐던 립스틱을 다 긁어모아도 저 여자가 지금 바르고 있는 양보다 적겠다는 생각을 했다.

"데리고 노는 여자를 바꿨구만. 그렇지만 마이크는 실험하는 걸 좋아하지."

여자는 잠깐 에밀리에서 눈을 떼고 실내를 휘 둘러보았다.

"당신은 남자를 몰라. 안 그래? 마이크는 항상 인생의 거친 부분을 더 좋아했지. 도박이나 살인, 피, 돈, 이런 것들 말이야. 그런 건 아는지 모르겠군."

에밀리는 곧 일그러질 것 같은 미소를 지었다.

"우린 그린즈버러 사람말고는 아는 사람도 없어요."

여자는 잠시 주저하더니 생각난 듯 소리 없이 웃었다.

"당신은 다른 사람하고는 다르구만."

한숨을 내쉬면서 여자는 의자에 앉아 왼쪽 발목을 문지르기 시작했다. 유별나게 큰 발이, 굽이 상당히 높은 빨간 샌들을 가득 채우고 있었다. 에밀리는 '페티시'라는 제목이 붙은 책에서 그런 똑같은 발을 딱 한 번 본 적이 있었다.

"그럼 당신하고 마이크에 대해서 얘기 좀 해주겠어?"

조금 누그러진 것 같아 보였지만, 여자는 손에서 총을 놓지는 않았다. 에밀리가 신경질적으로 바닥에 종이 꾸러미를 탁탁 내려치는 것을 보고 즉시 총을 다시 겨누었다.

"내가, 아, 내 차로 그 사람을 치었어요."

몹시 목이 탔지만 에밀리는 겨우 말을 꺼냈다.

"그 뒤엔 당신한테 사기를 쳤겠지. 자기가 말하는 대로 하지 않으면 경찰에 갈 거라고?"

에밀리는 놀라서 눈을 커다랗게 떴다.

"네, 그렇게 똑같이 말했어요."

　“긴가민가했더니 틀림없구만. 그래서 당신한테는 어떤 사기를 치던가? 물론 자기가 결백하단 말을 했을 테고 타자기 세일즈맨처럼 할 일이 태산 같다고 했겠지. 내가 그걸 좋아했어. 그 말로 동정을 얻은 적이 많았거든. 컴퓨터를 쓰는 여자들이 죄다 그 사람한테 미안함을 느끼고. 당신하고 같이 살려고 꼬신 말은 뭐였나?”

　“천사라고 했어요.”

　“푸하! 배꼽 틀어지는 소리 다 들어보네. 새로운 걸 연구해냈구만. 거기에 빠진 거야?”

　“상당 부분 그랬죠.”

　에밀리는 자신 없이 웃으면서 대답했다.

　꽤 한참 동안 여자는 에밀리를 쳐다보더니 완벽하게 화장한 눈을 가느스름하게 떴다.

　“우리 아버지께서 늘, 여자는 학교 다녀봤자 말짱 헛거라고 하시더니 옳으신 말씀이네. 당신은 여기 있는 책 다 읽고도 마이크 같은 킬러가 천사라고 하는 소릴 믿게 생겼어.”

　여자는 몸을 앞으로 쑥 내밀었다.

　“그러면 날개가 없는 거에 대해선 뭐라고 설명했지? 아니면 그 사이 좀 자랐던가?”

　뒷말이 여자를 상당히 즐겁게 만든 모양이었다. 어떤 게 인공적이면서도 완벽하게 부자연스런 이빨인지 보여주면서 여자는 뒤로 넘어질 만큼 웃어댔다.

　“진짜 천사들은 날개가 없어요.”

　에밀리는 자신이 한 말에 깜짝 놀랐다. 그러나 그렇게 말한들 무슨 일이 생기겠는가? 최근 며칠간 그녀는 유령과 천사와 폭발물과 부닥쳤다.

　“나를 죽일 생각인가요?”

에밀리가 물었다.

"아니."

여자는 에밀리가 자기를 그렇게 생각하는 데에 대해 불쾌해하는 것 같았다.

"난 그저 당신이 나를 마이크한테 데려다주기만 바래. 경찰에 처넣어 버리게."

"하지만 당신 남편이잖아요."

"당신은 나이 90이 안 된 모든 여자들한테 감언이설을 늘어놓고 다니는 남자하고 살아본 거야. 쪼그만 계집아이들도 그 인간을 좋아하지."

"그랬어요. 조그만 여자아이들이 달려와서 그 사람 무릎에 앉았죠."

에밀리가 혼잣말처럼 중얼거렸다.

"그렇다니까. 나는 25년 내내 그런 꼴을 봐왔어. 그 인간이 누구를 죽였든 난 상관없지만 그 계집아이들은 신경이 쓰여!"

"그러면 그 사람이 암살범인가요? FBI는 확신을 못하는 것 같던데."

"물론 그 인간이 암살범이고 FBI도 그걸 알아. 누가 죽였겠어? 아니면 죽이려고 맘이나 먹어봤겠어? 그 인간이 아직도 살아 있단 소릴 듣고 얼마나 놀랐는지. 자, 갈 준비 됐어?"

여자가 갑작스럽게 화제를 바꾸는 바람에 에밀리는 상황을 종잡을 수가 없었다.

"가요?"

"그래, 가자니까. 가서 마이크를 잡고 이 일을 끝내자구."

"끝내요?"

에밀리는 고장난 녹음 테이프처럼 여자가 한 말 끝만 똑같이 반복하고 있었다.

"이거 봐, 아가씨, 알짜를 잡자니까? 누가 처음으로 그 인간을 잡아넣어야 된다고 생각해? 나는 그 인간하고 그 인간 여자들이 지긋지긋해.

그 인간 있는 곳을 알려주면 고마워할 사람이 몇 명 있지. 당신이 알고
있다면 말이야.”

에밀리는 여자가 돈 때문에 남편을 감옥에 처넣으려고 하고, 그래서
에밀리가 자기를 미가엘에게 데려다주기를 바라고 있다는 것을 그제야
깨달았다.

여자는 에밀리의 망설임을 잘못 해석하고 있었다.

“우리 둘이 현상금을 나눌 수도 있어. 당신이 나를 그 인간한테 데려
다주고 내가 별 문제 없이 잡기만 하면 현상금의 20퍼센트를 주지.”

“잡아요?”

“그렇다니까. 당신도 그 인간을 떼어내 버리고 싶잖아?”

여자는 에밀리가 얼간이라도 되는 줄 아는 모양이었다.

갑자기 여자가 눈을 가늘게 뜨면서 총 잡은 손에 힘을 주었다.

“아니면 그 인간한테 빠져버린 거야? 진짜 천사라고 믿는 모양이네.”

“아니에요. 나는…….”

도서관학 학위로는 화가 나서 총을 든 아내들을 어떻게 다루어야 하
는지 알 수가 없었다. 그리고 삶과 죽음에 대한 결단을 내릴 준비도 되
어 있지 않았다.

“그러면 당신은 누구 편이야?”

“당신 편이죠.”

에밀리는 여자의 비위를 맞춰줄 생각으로 즉시 대답했다.

“나랑 같이 가는 게 좋을 텐데. 그 인간, 당신 집에 있다고 했지?”

“아뇨, 청년들이랑 밖에 나갔을 거예요. 축구랑 비디오 보는 걸 좋아
하거든요.”

여자는 잠시 정신나간 사람처럼 에밀리를 멍하니 쳐다보았다.

“마이크가? 축구를 좋아해? 청년들을 좋아해?”

여자는 벌떡 일어서더니 총을 단단하게 쥐고 에밀리의 머리를 겨눴다.

“그래, 이제야 알겠어. 당신은 평범한 도서관 사서고 킬러를 숨겨주는 흥분을 좋아하는 사람이다 이거지? 당신 인생에서 유일한 흥미거리겠구만.”

“내가 지금까지 들어본 막된 말 중에, 당신 말이 최고 막됐어요! 내 인생에 대해서 뭘 안다고 그래요? 언제부터 알았어요? 내가 이 작은 마을에 산다는 게…….”

에밀리도 화가 나서 일어서면서 쏘아붙였다.

“나를 찾고 있었습니까, 숙녀분들?”

두 사람은 동시에 미가엘이 서 있는 문 쪽으로 고개를 돌렸다. 그의 머리카락은 지금 막 잠자리에서 일어난 사람처럼 엉클어져 있었다.

“조심해요! 총을 갖고 있어요!”

에밀리는 여자에게 뛰어들 자세를 취하면서 소리쳤다. 그러나 에밀리가 어떤 조치를 취하기도 전에 총은 발사되었고 정확히 총구 정면에 미가엘이 있었다. 에밀리는 여자 발치에 종이 더미를 던지고 나서 미가엘을 돌아보았다. 비틀거리며 문 쪽으로 뒷걸음질치고 있었다. 잠깐 동안 그는 한 손으로 어깨를 만졌다. 총에 맞은 게 틀림없다고 생각했는데 다음 순간 똑바로 일어서서 여자에게로 걸어갔다.

“그런 폭력을 쓸 필요는 하나도 없다고 생각하는데.”

그는 여자에게로 계속 다가가며 조용히 말했다.

“이건 못 보던 행동인데, 마이크? 저 어린 여자를 감동시켜보려고? 그 여자는 당신 타입이 아냐, 안 그래? 아니면 온 동네 여자들하고 다 자보고 나니까 이제 순결한 여자를 등쳐먹고 싶어?”

미가엘은 손을 앞으로 뻗고 계속해서 여자에게로 걸어갔다.

“그 총은 이리 주는 게 좋겠소. 에밀리도 당신도 다치면 안 되니까.”

“당신을 다치게 할 거야!”

여자는 날렵하게 총을 바로 잡고 방아쇠를 당기려고 손가락을 구부렸다. 그러나 미가엘이 더 날렵했다. 에밀리는 자리에 서서도 그의 움직임을 미처 다 보지 못했다. 두 여자에게서 꽤 떨어진 곳에 서 있던 그가 어느 순간 여자 앞에 서 있었다. 그런가 싶더니 이제 총이 그의 손 안에 있었다.

"이 잡종아!"

여자는 악을 쓰면서 가소롭다는 얼굴로 미가엘을 쳐다보았다. 그는 여자를 팔 안에 가두고 단단히 조였다. 여자는 주먹과 뾰족한 신발로 번갈아 그의 가슴을 쳐대고 손을 물어뜯으면서 바둥거렸다.

"여기서 나가요, 에밀리."

미가엘이 에밀리를 돌아보며 말하는 동안 여자가 그의 머리채를 쥐고 어깨를 우악스럽게 물어뜯었다.

에밀리는 미가엘이 아파한다는 것을 알 수 있었다. 여자에게 던질 만한 물건을 찾으려고 주변을 두리번거렸지만 아무것도 눈에 띄지 않았다.

"어서 나가요! 빨리!"

미가엘이 다시 한 번 명령하듯 소리쳤다.

이번에는 에밀리도 주저하지 않았다. 사무실을 뛰어나와 어두운 도서관 건물을 달렸다. 밤의 어둠이 기다리고 있었다. 차가운 공기에 부딪히자 정신이 좀 들었고, 그때서야 이게 무슨 일인가 하는 생각이 들었다. 여자와 미가엘을 두고 선뜻 나와버리지도 못했고 그렇다고 경찰을 부르지도 못하고 있었다. 이게 무슨 일인가?

아무 결정도 내리지 못하고 있는데 갑자기 커다란 도서관 문이 와락 열리더니 여자가 밖으로 뛰어나왔다. 에밀리를 돌아보지도 않고 여자는 곧장 달려나갔다. 에밀리는 여자가 보지 못하도록 벽에 몸을 바싹 붙였다. 총을 갖고 있지 않은 것 같았지만 확인할 수는 없었다.

모퉁이를 막 도는데 얼굴에 불이 붙듯 분노가 치밀었다. 여자가 에밀리의 핸드백을 갖고 있었다. 신용카드와 열쇠, 그리고 아버지가 주었던 작은 약상자가 머릿속에서 춤을 추었다. 아무 생각 없이 에밀리는 여자의 뒤를 쫓았다.

모퉁이를 도는데, 여자가 차 문으로 열쇠를 들이밀고 있었다.

"내 차를 훔쳐!"

에밀리는 온몸의 힘을 짜내 소리를 지르면서 내달렸다.

이후의 일은 선명하게 기억할 수가 없었다. 모든 일이 동시에 일어난 것 같았기 때문이다. 어디선가 갑자기 미가엘이 나타나 달려가고 있는 에밀리를 잡아 건물이 있는 뒤쪽으로 던지다시피 밀었다. 도서관 건물 벽에 심하게 부딪혀 거의 의식을 잃을 뻔했다. 정신이 아찔했지만 고개를 들어 미가엘을 보았다. 여자가 문을 열고 차 안으로 들어가는데 미가엘이 전속력으로 달려가고 있었다.

미가엘이 차에 도착한 순간, 갑자기 온 하늘에 불이 붙어 세상이 폭발하는 것 같았다. 에밀리는 손으로 눈을 가리고 벽 쪽으로 머리를 돌렸다. 다음 순간 에밀리는 불타는 지옥 같은 차를 향해 뛰었다. 미가엘이 차 문에 손을 뻗는 장면을 마지막으로 보았다.

불길 가까이 갈 수가 없었다. 휘발유 냄새가 진동을 했고 불길이 나무 우듬지를 향해 치솟았다. 불타고 있는 차 가까이 가보려고 몇 번이나 발을 내밀다가 눈을 가리고 다시 물러섰다. 불꽃에 살이 타는 듯했다.

뒷걸음질치면서 그녀는 속삭이듯 미가엘을 불렀다.

차가운 도서관 벽 가까이 왔을 때는 불길이 너무 눈부셔 똑바로 바라볼 수 없었다. 그런데 어렴풋하게 불길 속에서 뭔가 움직이는 게 보였다.

"세상에…… 누군가 살아 있어."

그런 불길 속에서 살아남기 위해 치러야 하는 고통의 몸부림은 상상하기조차 어려웠다.

그런데 그 불길 속에서 불꽃의 색과는 다른 불기둥 같은 게 보였다.

에밀리가 본 것은 금색이었고 상당히 무게가 나갈 것처럼 보였다. 순금으로 만든 물건 같기도 했다.

에밀리는 홀린 듯이 눈을 동그랗게 뜨고 황금색 빛을 바라보았다. 빛은 점점 커지고 있었다. 처음엔 가느다란 기둥 같던 것이 점점 커지더니 사람 몸집만해졌다. 거의 2미터 가까이 커졌을 때 황금빛은 다시 움직이기 시작했다. 그리고 그것은 에밀리 쪽으로 움직여 왔다! 그녀는 돌아서서 벽을 마주 보고 손으로 눈을 가렸다.

불타는 차에서 나온 황금빛 기둥은 몇 발짝 앞에서 움직임을 멈췄다. 그리고 껍질을 벗듯 빛이 점점 사그라졌다. 그 빛 가운데 미가엘이 보였다. 에밀리는 정신이 멍해졌다. 미가엘이 앞에 와 서는 동안, 나머지 금빛이 땅으로 스러졌다. 그의 몸에는 어떤 자국도 나지 않았고 옷도 처음처럼 온전했다. 불에 데인 흔적 하나 보이지 않았다.

온몸의 피가 다 빠져 나가듯 정신이 희미해졌다. 시간이 한참 지난 다음에야 자신이 땅으로 넘어지지 않고 미가엘의 강인한 팔에 안겨 있다는 걸 알았다.

15

잡지만 않았다면 그녀는 광란적인 공포에서 깨어나 어디론가 달아날 수도 있었을 것이다.

"진정해요, 에밀리."

낯익은 목소리였다. 그리고 언제나 그렇듯 미가엘의 손길을 느끼자 에밀리는 평온해졌다.

"무슨 일이었어요?"

무서운 생각이 머릿속에 가득해 에밀리는 미가엘에게로 바짝 달라붙었다.

그는 두 팔로 그녀를 들어 무릎 위에 앉혀 놓았다. 에밀리는 머리를 그의 가슴에 기대고 있어서 심장 두근거리는 소리를 들을 수 있었다.

"에밀리, 당신이 얼마나 걱정됐는지 몰라. 너무 놀랐소."

목소리가 너무 낮아서 들린다기보다는 느끼는 편이었다.

"당신이 위험하다는 걸 알았는데 늦지 않게 당신한테 올 수 있을지 두려웠소."

그는 에밀리를 더 가까이 끌어안았다. 그녀의 입술이 미가엘의 목에 닿았다.

"그 여자가 당신을 죽일지도 모른다고 생각했지. 당신의 생명 없는 몸을 안고 싶진 않았소."

그는 속삭이면서 에밀리의 얼굴이 보이도록 위치를 바꿨다.

지금 그들이 어디 있는지 굳이 말해줄 필요는 없었다. 에밀리도 잘 아는 곳이었으니까. 숲의 요정이 숨겨 보호해주는 자그마한 나무숲이었다. 배란기의 여자가 아니면 출입이 허락되지 않는다는.

"하지만 진짜 위험했던 사람은 당신이잖아요."

그를 올려다보면서, 에밀리는 그의 목과 자신의 입술이 너무 가까이 있다고 느꼈다.

"아니, 나는 위험하지 않았소. 돌아갈 때가 되기 전에는 다치지 않는다는 걸 깨달았으니까. 그리고 당신이 안전하다는 걸 알기 전에는 갈 수도 없고."

그의 품에서, 자신을 평온하게 만들어주는 에너지를 느끼면서 에밀리는 얼마 전에 보았던 일을 기억해냈다.

"당신은 죽었어요. 폭발에 날아갔잖아요."

"이 몸은 그랬지. 하지만 그런 하찮은 일이 영혼을 해치진 못해요."

또렷해지는 의식을 느끼면서 그녀는 그의 얼굴을 볼 수 있도록 자세를 고쳤다.

"당신은 정말……."

그녀는 차마 다음 말을 이을 수가 없었다.

"천사. 그렇소, 에밀리, 나는 천사요. 당신한테 결코 거짓말한 적 없소. 당신을 보호하고 당신을 둘러싼 어려움을 해결하라고 여기 보내졌소. 나는 당신한테 진실만 말해왔소."

그는 가만히 올려다보는 에밀리를 감싸 안았다.

"당신은 총에 맞았는데도 살았고 공중으로 폭발했는데도 죽지 않았어요."

"그렇소. 이 몸은 빌린 것일 뿐이고 내가 이 몸을 필요로 하는 한 보호받을 거요."

"당신은 실제가 아니에요."

그녀는 잔뜩 겁먹은 목소리로 말했다.

"당신은 인간이 아니에요. 당신은…… 괴물이에요. 늑대 인간 아니면 무시무시한……."

미가엘이 그녀에게 키스를 했다. 며칠 동안 아니, 몇 년 동안 내부에 쌓아뒀던 모든 열정이 소리 없이 분출되는 키스였다.

에밀리도 기꺼이 응했다. 그의 목에 팔을 두르고 살며시 입술을 열고 키스에 빠져들었다.

"나는 당신이 만났던 그 누구보다도 실제적이오. 그리고 당신을 몇 세기 동안 사랑해왔소. 수백 년 동안 당신하고 어울리지 않는 사람들한테 그 선량함과 다정함과 사랑을 써버리는 모습을 지켜봤지. 한순간도 쉼 없이 당신을 사랑하면서 말이오. 당신을 팔에 안고 키스하는 기분이 어떤 느낌인지 알고 싶었소."

미가엘의 입술이 뜨겁게 그녀의 목을 타고 내려갔다.

"당신 눈에 키스하는 느낌도."

감고 있는 그녀의 눈꺼풀에 미가엘이 부드럽게 입술을 찍었다.

"당신의 머리칼에도 뺨에도 코에도……."

더 가까이 그녀를 끌어당겨 숨쉬기도 어려울 만큼 꼭 안았다.

"오, 에밀리, 사랑해…… 얼마나 당신이랑 같이 있고 싶었는지 몰라. 항상 내 가까이 두고 싶었소. 당신의 그……."

에밀리는 그가 해야 한다고 생각하는 말들을 더 이상 듣고 싶지 않았다. 만약 정중하게 그녀의 몸에 닿아도 되는지 양해를 구한다면, 분별 있게 안 된다고 대답할지도 모른다. 그러나 지금은 이성적인 판단을 하고 싶지 않았다. 이 남자의 키스와 피부가 닿는 손길을 느끼고 싶을 뿐이었다.

입술을 그의 입술에 포개고 입을 벌려 혀가 미끄러져 들어올 수 있게 했다. 그의 손은 다음에 무엇을 해야 하는지 어떻게 해야 하는지 너무나 잘 알고 있었다. 노련하게 스웨터를 들추고 등의 맨살을 미끄러져 올라가 빠른 동작으로 브래지어를 풀었다.

손이 가슴으로 와서 엄지손가락이 젖꼭지에 닿았을 때, 짧은 순간 숨이 멈추는 것 같았다. 그의 손이 가슴을 덮으며, 전에 그 어떤 남자도 하지 않았던 방식으로 애무하기 시작했다.

에밀리의 성적 경험은 한정돼 있었다. 사실 도널드가 유일한 파트너였고 그녀가 알고 있는 섹스 지식들은 모두 그를 통해 알게 되었다. 에밀리 입장에서는 만족할 만한 성생활을 하고 있다고 생각했지만 도널드는 그렇지 않아 보였다.

미가엘은 부드럽게 옷을 벗기면서 알몸이 드러날 때마다 경탄했다. 에밀리가 마치 지구상의 유일한 여자라도 되는 것처럼 쳐다보았다. 에밀리는 자신이 무척 아름답다는 생각을 하게 되었다.

"지구상에서, 아니, 천국에서조차도 당신만큼 아름다운 것을 본 적이 없소. 당신의 아름다움에 비길 만한 천사도 없소."

에밀리는 이제 맨몸으로 그의 팔 위에 누워 있었다. 미가엘은 에밀리가 몸을 받아들이고 싶어할 때까지 키스하고 애무했다.

미가엘의 애무는 그녀가 이 세상에 존재하리라고 상상해보지도 못한 부드러움이었다. 그의 손길을 따라 영혼이 울리는 듯했고, 사랑이 파고들었다.

미가엘은 그들이 영원히 서로의 몸에 닿을 수 있고, 서로를 바라볼 수 있고, 최상의 사랑을 경험할 수 있다는 느낌을 갖게 해줬다. 몸으로 전하는 사랑이 신비롭고 아름다운 것임을 알게 했다.

천천히 짙어지는 어둠 속에서, 에밀리가 꿈꾸어왔던 모든 방식으로, 그리고 미가엘이 알고 있는 모든 감각적인 동작으로 그들은 사랑을 나눴다. 그는 자연스럽게, 자신의 유일한 목적이 에밀리를 기쁘게 해주는 것이라는 확신이 들도록 했다.

잔물결이 너울너울 퍼지듯 손끝이 지날 때마다 그는 ‘사랑해, 에밀리’를 속삭이고 또 속삭였다.

“오랫동안 당신을 지켜왔소. 당신이 좋아하는 걸 알고 싶소.”

그는 중얼거리듯, 속삭이듯 낮게 읊조렸다.

눈을 감고서 에밀리는 향기 나는 실크 셔츠를 입고 깃털 침대에 누운 연인을 상상했다.

그녀의 마음을 읽었는지 미가엘이 웃으면서 말했다.

“당신한테 깃털을 줄 수 있소.”

다음 순간 에밀리는 커다랗고 하얀 날개가 주변을 감싸고 있는 것을 보았다. 그들을 에워싼 아주아주 섹시한 분위기, 에밀리는 천사로부터 사랑을 받고 있었다!

그녀는 낄낄거리면서 얼굴을 깃털에 묻고 깃털 하나를 물어 끊었다.

“우!”

미가엘이 짧게 내뱉었다. 에밀리는 한 번 더 깃털을 깨물었다. 그리고 두 사람은 향기로운 잔디 위를 함께 굴렀다.

“저것들은 어때요?”

그녀는 머리 위로 낙하산처럼 펼쳐진 나무를 향해 고개를 쳐들고 물었다. 미가엘은 그녀가 나무를 말하고 있는 게 아니라 숲의 요정을 보고 싶어서 하는 말임을 알아차렸다. 그는 미소를 머금고 몸을 굴려 에밀리를 배 위에 올려놓았다. 에밀리의 보드라운 다리는 땅 위에 펼쳐진 그의 하얀 날개에 닿아 있었고 미가엘의 탄탄한 다리는 그녀의 다리 사이에 있었다.

갑자기 주변 숲에 알 수 없는 이상한 기운이 흐르는가 싶더니 금세 무슨 왕궁처럼 신비로운 풍경으로 변했다. 그리고 아주 짧은 순간 한줄기 섬광이 비쳤다. 에밀리는 호리호리하면서 잘생긴 한 남자가 공중을 천천히 떠다니면서 웃는 모습을 보았다. 열두 명쯤 돼 보이는 사랑스러운 젊은 여자들이 그 호리호리한 남자를 에워싸고 있었다. 여자들은 한결같이 선이 곱고 날씬한 몸에 얇은 실크를 걸치고 있었다. 모두 부드럽고 따스한 저녁 공기 속을 떠다니면서 에밀리를 보고 장난꾸러기같이 웃었다.

그런데 그 꿈같은 광경은 나타났던 것만큼이나 빠르게 사라져버렸다.

"오, 세상에…… 저런 장면을 당신은 항상 보나요?"

"음……."

미가엘은 주변에서 춤추는 숲의 요정에게는 아무 관심이 없는 듯했다.

"에밀리, 당신 숲 속에서 사랑을 해본 적 있소?"

"생각 좀 해보고요."

에밀리는 짐짓 깊이 생각하는 척했다.

"철로 위에서 그런 적은 있지만 숲에서는……, 없는 것 같아요. 그렇지만 확실히 확인하려면 일기장을 다시 읽어봐야 해요."

"하!"

미가엘은 장난스럽게 웃으면서 국자로 음식을 푸듯 에밀리를 덥석 들어올렸다. 그리고 두 사람은…… 그렇다, 실제로 나는 게 아니라면 최소한 그들은 공중에 떠 있었다.

"날개예요?"

에밀리는 어느새 거리가 생긴 땅을 내려다보았다.

“날개말고 다른 물건을 사용하는 게 더 좋소. 얼마나 성가신지 몰라. 뜨겁고 무겁고 근질근질하다니까.”

위쪽으로 더 올라가는 동안 에밀리는 그에게 바싹 달라붙었다.

“하지만 이건 너무 아름다워요. 신이 내려준 것 같아요.”

에밀리는 그의 입술에 키스했다.

“그만한 가치도 있군. 당신이 그렇게 나한테 웃어주는 걸 볼 수 있으니 말이오.”

“당신은 내 미소를 다 합해서 가지고 있는 것 같은데요?”

“나는 그런 미소가 아주 오래 가기를 바래요. 그뿐이오.”

“얼마나 오래요?”

“내가 당신을 그만 사랑하게 될 때까지. 절대 끝이 없겠지만.”

에밀리는 목에 키스할 수 있도록 머리를 뒤로 젖혔다.

“당신이 그렇게 해주면 너무 좋아요.”

“그럼 이렇게 하는 건? 그리고 이건?”

에밀리는 대답할 겨를을 찾지 못했다. 최소한 말로는 대답할 수 없었다.

16

잠에서 깨어보니, 햇빛이 가득했다. 숲 속 작은 공터에 완전히 벌거벗은 몸으로 혼자 누워 있었다. 아름다운 남자가 사랑을 주는, 밤의 누드는 로맨틱하지만 햇빛 가득한 대낮에 실오라기 하나 걸치지 않은 몸으로 깨어났을 때 여자는 당황할 수밖에 없었다.

"미가엘?"

작은 소리로 불러보았지만 아무런 대답이 없었다. 더 난처해져서 주변을 둘러보았지만 미가엘의 기척은 어디에도 없었다. 혹시 꾀부리고 학교를 땡땡이 치는 아이들이 보았던 건 아닐까?

덤불 위에 던져두었던 옷을 후닥닥 끌어당겼다. 천사가 어딨어, 생각하니 혐오감이 솟구쳤다. 천사는 잠에서 깬 뒤에 뒤도 돌아보지 않고 이 세상에는 없는 먼 땅으로 날아가 버린 것이다.

이제 낮이었다. 건전하고 이성적인 에밀리로 돌아가서 지난밤 일을 기억하지 않으려고 무진 노력했다. 무슨 일이 있었는지 생각해보려고 하는 그 시도조차도 하고 싶지 않았다. 날개가 어디 있으며 숲의 요정이 말이나 되는 소린가……. 진실은 그뿐이었다. 그녀는 약혼한 여자였고 다른 남자가 있을 수는 없다는 것.

하지만 스웨터를 입는데 어젯밤 일이 떠올랐다. 총을 갖고 있던 여자! 자동차 폭발! 그 현장에서 밤새 떠나 있었던 것인가?

스웨터를 입으면서 그녀는 도서관을 향해 뛰었다. 누군가가 이미 차를 발견하지 않았을까?

도서관에 거의 도착했을 때, 저만치서 위험을 알리는 빨간 등이 보였다. 사람들이 웅성거리는 소리도 들렸다. 차가 발견되었음이 분명했다. 에밀리는 걸음을 늦추고 나무 뒤로 숨었다. 현장에 가보기 전에 무슨 일이 일어나고 있는지 알아보는 게 더 낫다는 생각이 들었다. 좀더 가까이 다가가자 소방차 두 대와 경찰차 여섯 대, 차 꼭대기에 위성 안테나를 장착한 취재 차량 두 대가 보였다. 백여 명쯤 되어 보이는 사람들이 이리저리 뛰어다니다 서로 걸려 비틀거리고 넘어지면서 아수라장을 이루고 있었다.

숲 한쪽에 소방수들의 방화복이 한무더기 쌓여 있었다. 에밀리의 체격 정도라면 두 사람도 들어갈 만큼 크고 무거워 보였다. 조심스럽게 하나를 집었다. 방화복을 입고 헬멧을 쓴 다음 최대한 얼굴을 가렸다.

에밀리는 신중하게 현장 한가운데로 걸어 들어갔다. 취재 차량의 음향 기기를 만지작거리고 있는 남자에게로 갔다.

"무슨 일이에요?"

남자는 에밀리를 쳐다보지도 않고 여기저기 버튼을 눌러보았다.

"어디 있었기에 그것도 모르십니까?"

"밤새 천사하고 요정들하고 신나게 지내고 잠들었다가 이제 막 깼거든요."

남자는 에밀리 쪽으로 고개를 돌리는 듯 마는 듯하며 웃었다. 볼륨을 조절하려는지 스위치를 돌렸다.

"도서관 사서가 차 안에 있다가 날려가 버렸습니다."

"뭐, 뭐라구요?"

"에밀리 토드라는 도서관 사서가 폭발에 날려갔단 말입니다. 이중 생활을 하고 있었던가봅니다. 낮에는 도서관 사서로 밤에는 범죄자로."

"범죄자요?"

남자가 날카롭게 에밀리를 힐끗거렸지만 그녀는 헬멧을 더 바싹 끌어내려 얼굴을 가렸다.

"그래요. 그 여자는 FBI가 긴급 수배하는 범인과 같이 살고 있었답니다. 여자가 갱단하고 관련이 있었다는 소문도 있지요. 여자는 여러 번 산 속에 들어갔다고 하는데 도피 중에 범인에게 필요한 물건을 구하려고 그랬을 거라고들 합디다. 가난한 아이들한테 책도 나눠주면서 아주 참하게 일하는 것처럼 보였다던데. 그걸로 상까지 받았답니다. 그런데 실은 범죄 집단을 위해서 일하고 있었던 거 아닙니까."

남자가 계속해서 스위치를 만지다가 귀에 이어폰을 꽂는 바람에 에밀리는 그의 옆얼굴만 뚫어져라 쳐다보았다.

"도널드라는 사람이 그 내막을 알고 있더군요."

"도널드요?"

목을 가시에 찔린 듯, 통증이 뚫고 지나갔지만 에밀리는 겨우 목을 가다듬고 물었다.

"예, 모르세요? 뉴스맨이라고? 들어본 적 있으실 겁니다. 몇 년 전에 존슨 사건을 캐냈던 사람이죠."

시도하던 일이 잘 됐는지, 그는 하던 말을 잠시 멈추고 만족스러운 표정을 지었다.

"이제 토드 사건으로 한 건 올릴 모양입니다. 당신도 알죠, 메리 토드

링컨? 혹시 그 사람하고 무슨 관련이 있는지 모르겠어요. 그 여자도 미쳤죠. 아하! 도널드한테 그 얘기를 해줘야겠군, 조사해보라고. 저기, 커피랑 도넛 좀 드시죠. 아무도 안 보는데."

남자는 아무런 의심 없이 에밀리를 소방관으로 생각하는 모양이었다. 에밀리는 너무 아연해서 움직일 수도 없었고 뭔가를 먹을 수는 더더욱 없었다. 자리에 그대로 서서 '통제구역'이라고 써놓은 푯말만 뚫어져라 쳐다보았다. 푯말을 보고 놀라서 움직이지 못하는 사람처럼.

이제 그녀는 죽은 사람이었다. 그리고 그게 잘된 일이라고 사람들은 생각하고 있었다. 법을 어기고 범죄자를 도와준 사악한 사람!

"이럴 수는 없어. 진실을 밝히고 이 일을 끝내야 해."

에밀리는 스스로에게 다짐하고 결단을 내렸다. 그러나 작정을 하고 헬멧을 벗으려던 그녀는 얼마 전에 호텔로 찾아왔던 남자들을 보았다. FBI야, 그 사람들한테라면 전에 범인같이 보이는 사람을 숨겨준 적이 있었노라고 사실대로 말해야 할 것이다. 동시에 그들에게 거짓말을 했다는 사실도 탄로 나게 될 것이다. 그렇게 되면 경찰에 보고된 사실과는 다르게 어젯밤 폭발로 사고를 당한 사람은 그 범인의 아내이며, 에밀리는 숲속으로 달아나 약혼자가 아닌 남자와 육체 관계를 나눴다는 사실도 드러나게 되리라.

"설상가상이야."

에밀리는 혼자 중얼거렸다.

"뭐라고요? 세상살이가 그렇다는 거예요, 아니면 이 사고가 그렇다는 거예요?"

가까이 서 있던 한 여자가 끼여들었다.

"이 사고가요."

에밀리는 여자가 얼굴을 볼 수 없도록 고개를 푹 수그렸다.

"난 여기 금방 왔는데요, 사람들은 차에 있던 사람이 미스 토드라고 생각하는 것 같네요?”

에밀리는 말해놓고 ‘미스’라는 호칭이 취재하는 남자가 쓰던 ‘그 여자’라는 호칭에 비해 너무 고상하다는 생각이 들었다.

“차가 토드 양 차였고 핸드백도 다 타버렸대요. 몸은 남아 있질 않았으니까 정확하다고는 할 수 없지만 전 약혼자인 도널드가 확인했다더군요.”

“어떻게 확인했대요?”

“나도 잘 모르지만 도널드가 토드 양 물건을 확실히 알고 있었던가봐요. 그게 도널드의 성공에 있어서 가장 큰 애깃거리가 될 거예요. 에밀리 제인 토드는 상당히 타락했었나봐요. 마약이랑 돈세탁도 했다는 얘기가 있는데 누가 그걸 알았겠어요? 세상에, 도널드가 그런 여자하고 결혼할 뻔했다니! 몇 년 동안이나 범죄자하고 놀아난 사람한테 다 속은 거죠, 뭐. 이거 보세요, 괜찮아요? 뭘 좀 드셔야 할 것 같은데. 저런 불길을 잡는 일이 얼마나 힘들겠어요.”

에밀리는 호흡을 고르려고 했지만 쉽지가 않았다. 두꺼운 방화복 때문에 온몸에 땀이 홍건했다. 자신의 미래를 보고 있는 것 같았다. 그녀가 정말로 차에 타서 시동을 걸었더라면 어떻게 되었을까. 만약 그랬다면 지금은 죽어 있을 것이고 이름은 영원히 더럽혀지게 됐을 것이다. 언제나 옳게, 그리고 받는 것보단 주면서 살려고 노력했던 모든 시간이 어이없이 위선으로 곤두박질치게 되는 것이다. 선량했던 모든 면 대신에 사람들은 마피아와 손잡은 위법자로만 그녀를 기억하게 되는 것이다. 범죄자를 숨겨주고 FBI에 거짓말을 했던 사람으로만……

다리가 후들거리면서 정신이 아뜩해지자 자신을 다잡았다. 지금 무너져서는 안 돼! 자신에게 소리쳤다. 사람들이 생각하는 온갖 부당함을 그대로 남겨둔 채, 쓰러져 버린다면 영원히 회복할 수 없으리라. FBI 본부로 끌려가서 감금되고 다시는 아무 말도 들을 수 없게 될 것이다.

안 돼, 생각을 하고 계획을 세워야 해. 난 혼자야. 가슴이 쓰려왔다. 천사? 말 같지도 않은 소리! 화가 치밀었다. 수호천사가 필요한 지금 어느 구석에 천사가 있단 말인가? 날개 사용법을 연습하러 갔나? 뭘 도와줘야 할지 연구하러 갔나?

돌아서다 에밀리는 아까 그 여자의 주머니에 꽂혀 있는 노트를 보았다. 맙소사, 그 여자는 리포터인 것 같았다. 한마디만 삐끗했어도 감옥으로 직행할 뻔했다.

에밀리는 자신의 붉어진 뺨 정도만 보일 만큼 헬멧을 쳐들고 그 여자를 곁눈질했다. 혹시 여자가 붉어진 얼굴을 보더라도 그것이 당황해서가 아니라 분노 때문일 거라고 생각해주기를 바랐다.

"감히 부탁 한 가지만 드려도 될까요? 도널드 스튜어트를 아주 잘 아시는 것 같지는 않은데…… 스튜어트 씨의 사인을 받아주실 수 있는 정도는 되시죠?"

"예, 물론 그런데요."

딱딱하게 말하는 걸로 봐서, 도널드하고 한번도 얘기해본 적이 없는 사람임을 알 수 있었다.

"그러면 그걸 좀 부탁드려도 될까요? '머핀 빵'이라고 써달라고 부탁해주시겠어요? 그건 제 별명인데요. 그걸 보면 우리 언니가 스튜어트 씨하고 제가…… 그래요, 서로 사귀고 있다고 생각할 거예요."

"머핀 빵?"

여자는 약간 역겨워하는 표정이었다. 사인을 받아줄 수 있다고 한 말을 후회하는 빛이 역력했다. 여자는 옆눈질로 에밀리를 보면서 금방 사인을 받아올 테니 움직이지 말고 있으라고 했다.

"절대 못 움직여요."

에밀리는 사실대로 말하고 그 자리에 꼼짝 않고 서 있었다. 여자는 북적거리는 사람들을 뚫고 도널드에게로 갔다. 카메라 앞 의자에 앉아

분장을 하고 있는 도널드가 보였다.

도널드의 뒤통수를 보면서 그가 메시지를 전해들었다는 사실을 알 수 있었다. 그리고 그게 무엇을 의미하는지도 알았다. 의자를 돌리고 그는 에밀리를 쳐다보았다. 커다란 방화복 때문에 상대적으로 더욱 왜소해 보이는 작은 몸뚱이를 쳐다보았다. 에밀리는 인사하는 것처럼 손을 들어 보였다. 잠시 후 도널드는 난폭하게 그녀의 팔을 잡아채 나무 그림자가 진 쪽으로 끌다시피 데려갔다.

사람들 눈을 피할 만큼 들어간 곳에서 따져 물었다.

"도대체 여기서 뭘 할 수 있다고 생각하는 거야?"

에밀리는 그의 손을 뿌리쳤다.

"글쎄요, 뭘 할 수 있을까요? 내가 죽지 않은 게 기쁘지 않아요?"

"물론 기쁘지."

전혀 기뻐하지 않는 말투로 그는 다급히 내뱉었다.

"너무 충격을 받았을 뿐이야. 우리는 다들⋯⋯."

"당신이 일생일대의 기사를 쓸 거라고 생각했겠죠."

비꼬아 말했지만 이내 그 허세는 사라지고 눈물이 차 올랐다.

"도널드, 나를 사랑한 줄 알았어요."

"사랑했어. 사랑하고 있고. 하지만 에밀리, 당신이 지난주에 나를 형편없이 대했던 건 인정해야 해. 당신은 다른 사람이랑 살고 있었다고!"

"당신이 생각하는 그런 식으로는 아니죠."

에밀리는 방화복 주머니에서 코를 풀 만한 걸 찾아보려고 했지만 주머니가 너무 아래쪽에 있어서 손이 닿질 않았다.

"당신은 나한테 끔찍한 얘기들을 했어요. 하지만 그게 사실이 아니란 건 당신도 알 거예요. 내가 너무 물렁해서 잘 속아넘어가기 때문에 미가엘 같은 사람을 도와줬을 뿐이라는 거 알잖아요."

도널드는 어깨를 으쓱했다.

“완전 소설이지.”

그의 무정함에 귀가 멍해지도록 놀라 에밀리는 입을 꼭 다물었다.

“차 안에 있던 사람이 내가 아니라는 걸 당신은 너무나 잘 알 텐데, 안 그래요?”

도널드는 아무 대답 없이 그녀를 응시하고 있었다.

“그런…… 인간하고 달아났다는 것보단 죽었다는 게 낫지 않겠어?”

“나한테 복수하려고 그런 거죠? 내 이름을 더럽혀서 그걸로 특종을 만들고, 그러고 나서 며칠 있다가 내가 살아 있다는 게 밝혀지면 지방 신문 23면에 취소 기사를 내고. 당신 계획이 그건가요?”

“당신이 마땅히 당할 일이야. 당신이 어떻게 감히 그런 킬러 때문에 내 완벽한 명성을 더럽힐 수가 있어? 정말로 어떻게 나한테 그런 일을 할 수가 있는 거야?”

도널드는 단호하게 말했다.

“당신한테 한 일이 아니에요. 난 그 사람이 선량하고 도움을 필요로 하는 사람이라서 받아들였어요. 당신하고는 아무 상관도 없는 일이에요.”

“당신이 하는 일은 다 나하고 상관이 있어. 내 앞날과 상관이 있다고. 당신은 성실하니까 나한테 아무런 어려움을 주지 않을 것 같아서 당신을 선택했어. 어떻게 이렇게 나를 배신할 수가 있어?”

“내가?”

반문하다가 그녀는 무슨 의미인지 알 것 같아 그만두었다.

“도널드, 왜 나한테 결혼하자고 했어요? 당신이 사기극을 끝내기 전에 한 가지 알려줄까요? 저기로 걸어나가서 사람들한테 내가 살아 있다고 말하면 당신은 전국 TV에 바보로 광고가 되겠죠? 충분히 전국적이죠. 여기서 나가면 당신은 바로 유명인사가 될 수 있겠네요.”

“그래, 전국적으로 유명해지겠지. 그럼 난 파멸할 테고.”

"그럼 대답해봐요. 왜 나한테 결혼하자고 한 거예요? 도널드, 당신은 정말 잘생긴 사람이에요. 그런데 왜 당신 주변에 항상 맴도는 그런 다리 긴 미인들을 놔두고 나를 원한 거죠?"

도널드는 에밀리의 두 손을 잡았다.

"나한테 관심을 가져주는 여자를 원했기 때문이야. 역정이나 내면서 장미나 다이아몬드 같은 걸로 눈물을 달래주길 원하는 그런 여자는 싫어. 당신처럼 나만 쳐다보는 눈을 갖고 있는 여자, 그리고 내가 전화하면 항상 집에 있는 여자, 그런 여자를 원했어. 집에서 살림하면서 아이들 키우는 일에 만족하는 여자, 엄마가 될 수 있는 아내를 원한 거야. 남자가 자기 시중이나 들어주기를 기대하고 하루에도 열두 번씩 아름답다는 소릴 듣고 싶어하는 여자는 질색이야. 나처럼 앞날을 기대하는 사람에겐 살금살금 모텔이나 드나드는 그런 여자는 필요 없다고. 아니, 나는 엄마 같은 타입을 원해. 예쁘면서도 화려하지 않은 사람. 영리하면서도 지식인은 아닌 여자. 재미있으면서도 너무 명민하지는 않은 여자. 내가 기댈 수 있는 여자. 당신처럼, 에밀리."

여전히 에밀리의 손을 잡은 채였다. 그의 얼굴은 솔직해 보였다. 그는 몸을 구부리고 에밀리의 콧등에 입을 맞췄다.

"에밀리, 내 사랑. 나는 당신이 얼마나 현명한지 알고 있어. 그리고 내가 원하면 그 범죄자를 포기할 거라는 것도 알아. 기꺼이 나를 도와줄 여자가 필요해. 그리고……."

그는 눈을 반짝이면서 음모를 꾸미는 사람처럼 웃었다.

"나를 도와주면 당신한테 보상해줄게. 오늘로부터 1년 후로 결혼 날짜를 잡는 게 어때?"

에밀리는 한동안 눈을 깜빡이면서 그를 쳐다보고만 있었다. 보상이라는 그의 아이디어는 바로 결혼이었다.

갑자기 모든 것이 선명해졌다. 도널드처럼 잘생기고 유명한 사람이 왜 그녀처럼 평범하고, 지루하고, 실용적인 여자와 결혼하려고 하는지 이해할 수 있었다.

"상 주는 건 당신의 직업이죠. 당신은 나를 조금도 사랑하지 않았어요."

"그런 게 아니야 에밀리. 당신을 사랑했어. 정말 사랑해."

"내가 문제없이 맑을 때만 사랑했어요. 내가 당신의 소중한 직업을 방해할 것 같으면 언제라도 늑대에게 던져버릴 준비가 돼 있었겠지."

에밀리는 그를 노려보며 소리쳤다.

"전국 방송에 한번 나와봐요!"

"에밀리…….."

그 목소리에서 에밀리는 자신이 뭔가 그를 누를 만한 힘을 갖고 있음을 깨달았다. 이내 모든 것을 알게 됐다. 지금 그녀가 숲에서 나가 사람들에게 자신을 보여주기만 하면 도널드는 자동으로 터무니없는 바보가 되는 것이다. 그것도 전국적으로. 에밀리 자신의 명예를 지키기 위해서는 지금 당장 그렇게 해야 했다.

"내가 항상 묵종(默從)의 전형이었다는 건 알아요."

에밀리는 결코 자신을 현관 발닦개라고 부르고 싶지 않았다. 짓밟히고도 아무 말 못하는 현관 발닦개.

"하지만 나 좀 도와줘요, 도널드. 차에서 폭발한 여자는 미가엘의 부인이었어요."

도널드는 한동안 미가엘이 누군지 기억 못하는 사람처럼 멍한 얼굴이었다.

"체임벌린? 부인이 그 사람을 찾아냈단 말이야? FBI도 못했는데? 부인이 제일 먼저 그자를 찾아낼 거라고 말한 적이 있었는데……, 하지만 그게 꼭 맞으리라고는 생각하지 않았어."

"자축해도 되겠군요. 여자는 미가엘을 찾아내서 죽이려고 했어요. 그런데 왜 처음으로 FBI에 알린 사람이 그 여자가 아니었을까요? 당신을 위한 특종이 여기 있네요. 차 밑에 폭발물을 장치했던 누군가에겐 미가엘이나 그 부인이 아닌 바로 내가 표적이었어요.”

“당신이?”

도널드가 놀라서 물었다. 그리고 다음엔 그의 입술이 묘한 웃음으로 일그러졌다.

“도대체 누가 당신을 죽이려고 하겠어?”

아무 대꾸 없이 에밀리는 구두를 신고 취재 차량을 향해 걸었다. 그러나 도널드는 그녀의 팔을 잡지 않았다.

“좋아, 내가 사과할게. 그 남자가 당신을 이런 식으로 만들어놨구만. 내가 그렇게 걱정하던 착한 에밀리한테 무슨 일이 일어난 거지?”

“폭발물, 권총 위협, 머릿속에서 총알 빼내기, 유령, 당신은 그런 이름들을 명명했고 나는 그 일들을 겪었어요. 이 정보는 이제 어떻게 처리할 건가요?”

“체임벌린의 부인이 폭발한 거 말이야? 생각해봐야지. 그리고 당신 이름을 결백하게 해줘야지”

“그러는 게 좋겠죠. 그렇지 않으면 당신 이름이 더러워질 것 같군요 다시는 어떤 직장도 다닐 수 없을 만큼이요.”

“당신은 내가 알던 에밀리가 아니야.”

“어찌됐든 좋아요. 내가 이 모든 상황에서 결백한 희생양이었다는 걸 밝혀줘요. 단, 내가 어딨는지 아무도 모르게 해줘요. 인간 사냥 당하는 건 싫으니까요.”

“당신이 경찰의 보호를 받고 있다고 말하는 건 어떨까?”

“내 이름이 결백해질 수만 있다면.”

에밀리는 무거운 방화복과 헬멧을 벗어 도널드에게 주었다. 숲 속으로 더 깊이 들어가기 위해 돌아서는 에밀리에게 도널드가 말했다.

"에밀리, 누가 그리고 왜 당신을 죽이려고 했을까?"

"그 모든 대답은 하늘만이 알 거예요."

에밀리는 어깨 너머로 대답하고 계속 걸어갔다.

"그럼 결혼은 어떻게 할 거야?"

에밀리는 뒤돌아 서서 자신이 지을 수 있는 가장 부드러운 미소를 지었다.

"당신이 어떻게 나랑 결혼할 수 있겠어요, 도널드? 나는 죽었어요. 알잖아요?"

17

무모함이란 그런 거야, 에밀리는 생각했다. 이제는 기자들에게서 떨어져 숲 속 깊이 들어와 있었다.

이제 어떻게 해야 하나……. 한편으로는 다시 도널드에게로 돌아가서 그의 가슴에 쓰러져 용서를 구하고 싶었다.

"혼자 힘으로 일어서는 건 외로운 일이야."

에밀리는 혼자 소리내어 말했다. 썩은 나무 밑동에 앉아 앞으로 어떻게 해야 할지 하늘의 계시라도 내려주길 바랐다.

"나를 찾고 있소?"

낯익은 목소리가 들렸지만 에밀리는 올려다볼 생각이 없었다. 가장 필요로 할 때 미가엘은 자신을 버렸다. 그런데 지금 그를 반길 이유가 뭔가?

에밀리가 화난 것을 알고 미가엘은 그녀의 발치에 다리를 쭉 뻗고 앉았다. 그녀는 미가엘을 보지 않으려고 다른 쪽으로 몸을 돌려 앉았다.

"난 당신을 떠난 게 아니었소. 당신도 알지. 당신 남자친구에 대해 당신 스스로 결단을 내릴 필요가 있다고 생각해서 나는 빠져 있어야 했던 거요. 방해하는 건 원래 내 일이 아니니까."

에밀리는 한참 동안 허공을 바라보았다. 그러다보니 다시 슬그머니 화가 치밀어 올랐다.

"방해라고요?"

에밀리는 이를 악물고 말했다.

"어떻게 해야 하는지 당신은 다 알잖아요. 당신은 완벽하게 건전하고 즐거운 내 생활을 공포 소설로 바꿔놨어요. 한 여자가 내 머리에 총을 겨눴고 몇 분 뒤에는 그 여자가 폭발하는 걸 봤어요. 내가 당하진 않았지만 두 번씩이나 내 차에 폭발물이 장치됐어요. 그러고보니 이젠 내 차도 없군요. 그리고 우리 집 계단에 캐서롤을 두고 가는 여자들도 볼 만큼 봤어요. 그리고 이제 내가 사랑했던 남자는……."

미가엘이 그녀에게 손수건을 건네주었다. 에밀리는 코를 풀었다. 모든 게 저주스러웠지만 그녀의 분노는 눈물로 변했다. 그 눈물이 자기 연민에서 나왔다는 사실이 두려웠다.

"이건 어디서 난 거예요?"

정사각형의 리넨 손수건을 쳐다보면서 물었다. 한쪽에는 'M'이라는 글씨가 수놓아져 있었다.

"매디슨 저택에서. 함장이 살아 있을 때 실제로 있었던 일을 출판하지 않는다는 약속하에 우린 평화 조약을 맺었지."

에밀리는 아직도 그를 쳐다보기를 거부하고 있었다. 앞에 대고 대롱거리는 미끼를 물 생각도 없었다. 매디슨 함장에게 실제로 있었던 일이 뭐냐고 물음으로써 그를 만족스럽게 만들어주고 싶지 않았다.

"인간들의 역사가 왜곡될 수 있다는 건 유감스런 일이오. 모든 사람들이, 그 젊은 남자 때문에 매디슨 함장이 결혼을 두려워했을 거라고 생각하지. 하지만 사실은……."

미가엘은 푸 하고 길게 한숨을 내쉬었다.

"그렇지만 지금 당신은 도널드 때문에 마음이 어지럽소. 매디슨 함장 얘기 같은 건 듣고 싶지도 않을 거요."

에밀리는 아무것도 묻지 않으려고 입을 앙다물었다. 그가 기분을 바꿔놓는 걸 허락하지 않을 생각이었다.

"이런 일들이 당신한테는 농담거리나 되겠죠. 내 인생은 당신 때문에 산산조각 났어요. 그런데도 당신은 농담이나 하고 있어요."

"좋소, 농담은 이제 그만. 당신은 진실을 원하지. 그렇다면 내가 나타나기 전에는 당신 인생이 곤경에 빠져 있었다는 게 사실이오. 당신은 굉장히 무서운 사람을 사랑하는 사람으로 선택했소. 당신의 도널드는, 그 사람은 당신이 너무 지루한 사람이라서 자기한테 아무런 걸림돌이 되지 않을 거란 계산하에 당신을 택한 거요. 자기를 바라보는 눈빛이 숭배에 가깝다는 걸 그 사람은 알고 있지. 당신이 깔끔하게 살림하면서, 수많은 저녁 파티를 차려내고, 자신을 위해 뼈빠지게 일해줄 거라는 사실을 알아챘지. 그렇지만 당신한테는 전혀 돌아오는 게 없소. 그 사람 입장에서는 자기 하고 싶은 일을 영원토록 할 수 있겠지. 직업과 외모를 보고 따르는 수많은 여자들과 얼마든지 잠자리를 같이 할 수도 있고."

그는 잠시 말을 멈추고 에밀리를 쳐다보았다.

"그 이상을 원하고 있소?"

"난 그 이상 원하지도 않았어요. 나는 그냥……."

"꿈결같이 살고 싶었겠지. 모든 인간들이 그렇듯이. 아무도 진실은 알고 싶어하지 않소. 에밀리, 지금 당장은 내 말에 화가 난다는 거 잘 알고 있소. 그렇지만 당신이 그 사람하고 결혼한다면 당신 인생은 너무 불행해져요."

"당신은 내 수호천사라면서 왜 그건 고쳐놓지 못해요? 사랑을 방해하는 게 바로 당신 남자들이 하고 싶어하는 일 아닌가요?"

미가엘이 대답을 하기까지는 시간이 꽤 걸렸다. 그는 단어를 아주 신중하게 고르고 있었다.

"천사는 지구상에서 사람들의 일을 방해할 수가 없소. 신으로부터 허락받지 않으면 말이오. 아, 천사가 인간에게 임시 휴식 장소를 찾아줄 수는 있소."

그는 잠시 말을 멈추고 자신이 한 말이 만족스러운 듯 미소를 지었다.

"하지만 천사도 신의 허락 없이는 목숨을 끝나게 하거나 연장할 수는 없소. 그리고 천사는 사랑을 방해할 수도 없소! 그건 절대 금기요. 수호천사가 할 일은 아내를 구타하거나 아동을 학대하는 사람들을 감독하는 일 정도지. 그렇지만 사랑이 가고자 하는 길을 방해하는 건 금지되어 있소. 왜냐하면 당신도 알겠지만, 신은 사랑을 좋아하니까."

미가엘은 에밀리가 그만 하라고 하는지 보려고 잠시 말을 멈췄다. 그녀가 아무 말 없이 듣는 걸 보고 얘기를 계속했다.

"그렇지만 천사들이 이런 일을 할 수는 있소. 사랑하는 사람에 대한 진실을 알게 만들어주는 것 말이오. 그러나 불행히도 사랑은 맹목적이라서 바로 앞에 보이는 진실조차 보질 못하지. 아버지들은 딸이 못된 남자하고 결혼하는 걸 막아주었소. 하지만 요즘의 사랑은 그 아버지들까지 정복해버린 거요. 지구상에서 악보다 강한 건 사랑뿐이오. 돈이나 섹스보다 그리고 모든 죄악보다 더 강한 게 사랑이오. 누군가가 누군가를 진실로 사랑할 때마다 신은 한 번씩 더 강해져요. 사랑의 힘만이 신을 지상으로 끌어내릴 수 있는 거요."

미가엘은 거기서 한 번 더 에밀리를 쳐다보았다.

"당신은 도널드를 사랑하지도 않았고 사랑할 수도 없었소. 에밀리, 당신이 얻을 수 있는 것에만 만족하면 안 돼요. 당신은 최고가 될 만한 가치가 있으니까."

그 말 끝에 에밀리는 벌떡 일어섰다. 두 손을 허리에 얹고 그를 노려보았다.

"아실지 모르지만 그런 연설은 나를 미치게 만들어요. 요즘 사람들은 여자가 좋아할 만한 남자에 대해 청산유수처럼 늘어놓기도 잘하죠. 하지만 그런 남자가 어딨는지 알고 싶네요. 친절하고 사려 깊고 여자의 사랑을 받을 만한 가치가 있는, 이야기 속에나 나올 그런 남자가. 우리 아버지 같은 남자가 어디 또 있을까요? 일 끝나면 항상 시간 맞춰 집에 들어오고 일생 동안 가족들 곁에 있어주는 남자가? 내가 본 남자라고는 나를 지루한 여자라고 생각하는 사람뿐이었어요. 밤을 함께 보내고도 뒤 한번 돌아보지 않고 떠나는 천사뿐이었다구요!"

미가엘이 일어서서 그녀의 손을 잡으려 했지만 에밀리는 쳐다보지도 않았다. 그녀 앞으로 가서 마주 서자 이번엔 고개를 돌려버렸다.

"어젯밤에 나는 규칙을 어겼소. 그래서 아침에 아드리안한테 불려가서 호통을 들었지. 그렇지 않았으면 내가 당신 기분을 살펴줬을 텐데. 난 심각한 윤리 위반을 한 것 같소. 그래서……."

그는 심호흡을 한 번 했다.

"돌아가면 한 계급 강등당할 거요. 그리고 새로……."

그는 말이 목에 걸렸는지 헛기침을 해서 목소리를 가다듬었다.

"돌봐줄 사람을 새로 배당받게 될 것 같소."

"그럼 이제 내 수호천사가 아니네요."

에밀리의 눈이 분노로 반짝반짝 빛났다.

"그렇소. 당신을 지켜줄 수 없을 거요."

"잘됐군요! 그럼 이제 나는 내 맘대로 연인도 선택할 수 있고, 친구도 고를 수 있고, 당신 방해 없이 뭐든지 할 수 있겠네요."

"그렇지, 나 없이 삶을 이루게 되지."

에밀리는 미가엘을 향해 턱을 치켜들었다.

"그런데 왜 아직 여기 있는 거예요? 한바탕 야단도 맞았고, 임무도 제대로 수행하지 못했는데 왜 불려가지 않았어요?"

"나도 모르겠소. 아드리안이 천사장 미가엘한테 연락을 했는데……."

"일단 보류래요?"

빌어먹을, 농담하고 싶지 않았는데!

그러나 미가엘은 웃지 않았다.

"천국에서는 한번 보류한다는 게 수백 년을 기다려야 한다는 의미일 수도 있소."

에밀리는 웃지 않으려고 혀끝을 깨물었지만 맘대로 되지 않았다.

"당신이 제일 구제불능 천사군요."

에밀리는 전혀 악의 없이 말했다. 왜냐하면 어젯밤이나 오늘 아침의 언짢은 일들은 결국 그녀에게서 시작됐음을 알기 때문이었다.

"아드리안이 무슨 말을……."

"어젯밤에 말이오?"

미가엘은 이제 됐다는 듯이 반색을 하며 웃었다. 에밀리가 관심을 표해주기 시작한 것이다. 그러나 에밀리는 다시 고개를 돌리고 별 관심 없는 척했다.

"사실 아드리안은 말을 조금밖에 안 했소. 아드리안은 나를 호통치는 동안 시간하고 말의 아귀를 맞추려고 지상의 시간을 잡아 늘여야 했지. 당신이 도널드하고 얘기하던 시간에 나는 꾸중을 듣고 있었는데, 그 시간이 지상 시간으로는 열흘 반나절이 되거든."

"세상에! 아드리안은 수다쟁이인가요?"

"아무한테나 그런 건 아니고 '나한테' 얘기하는 걸 좋아하는 것 같소. 그보다도 참, 당신 뭔가 알아냈소?"

"뭘 알아내요?"

"누가 당신을 죽이려고 하는지 말이오. 누가 당신을 쫓아다니는지 당신 전 애인이 좀 알아냈소?"

"아, 우린 시간이 너무 없었어요. 그 사람은……."

그녀는 또 고개를 돌렸다. 아직은 도널드와의 일을 사실대로 말하지 못하고 있었다.

미가엘은 두 손으로 그녀의 턱을 받쳤다. 머리를 약간 위로 올리고 그녀의 눈을 들여다보았다.

"그 역겨운 남자분께서 당신에게 해주려던 게 뭐요?"

"그 애긴 하고 싶지 않아요. 집에 가서 쉬고 싶을 뿐이에요."

에밀리는 미가엘에게서 몸을 돌리며 말했다.

"이제 당신 집도 안전한 곳이 아니오. 도널드가 자기 실수를 수정하면 당신 차에 폭발물을 장치한 사람들은 당신이 아직 살아 있다는 걸 알게 될 거요. 어쩌면 벌써 알고 있을지도 모르지. 당신 아파트가 안전하지 않다는 느낌이 들어."

"그럼 난 어디서 살아야 해요? 출근은 어떻게 하고?"

미가엘은 에밀리에게 팔을 두르고 끌어안았다. 뺨을 통해 그의 심장이 고동치는 소리가 느껴졌다.

"당신 몸에 닿고 싶지 않아요. 당신은 실제가 아니에요. 여기 머물 사람도 아니고요. 난 사랑하는 사람을 잃었고 또 다른 사람을 잃게 되는 건 견딜 수 없어요. 그건 공평하지 않아요!"

"그것이 바로 아드리안이 말했던 거요."

미가엘은 에밀리를 더 가까이 끌어안고 머리를 쓰다듬었다.

"아드리안은 내가 나 자신에게 한 일에 대해서는 신경 쓰지 않았소. 하지만 내가 당신에게 한 일은 규칙을 어긴 거였소. 당신도 알겠지만, 여자가 천사와 사랑에 빠지게 되면……, 어떤 인간도 천사만큼 살 수는 없으니까."

“뭐라고요?”

에밀리는 다급하게 말하면서 그의 팔에서 몸을 빼냈다.

“당신이 그렇게 훌륭하다고 생각해요? 하룻밤 정사로 끝까지 모든 남자로부터 나를 망쳐놓을 수 있다고 생각해요? 당신은 내가 만난 사람 중에 제일 천사 같지 않은 사람이에요. 허영심 강하고 자만 덩어리에다 자기가 얼마나 성가신 존재인지 모르는 사람! 당신 한 사람 상대하느니 아이들 여섯을 양자로 삼는 게 낫죠. 그게 훨씬 덜 골치 아플 테니까요. 당신은…… 뭘 비웃고 있는 건지 말해줄래요?”

“당신이 원래 모습으로 돌아간 것 같아서 기뻐하고 있는 중이오.”

그는 웃으면서 서글서글하게 에밀리의 팔짱을 꼈다.

“누가 당신을 죽이려고 하는지 알아내야 한다고 생각하는데, 당신은 어떻소? 에밀리, 만약에 당신이 그걸 알아낸다면 그 이야기로 책 한 권은 충분히 쓸 수 있을 거요. 매디슨 함장은 자기 이야기를 출판하면 무시무시한 저주를 내리겠다고 경고했으니까, 그리고 나도 약속했고. 그러니 함장 이야기는 책으로 쓸 수 없을 거고 그렇게 되면 결국은 내가 당신한테 다른 이야깃거리 하나를 빚지고 있는 셈이오.”

“책 쓰는 건 둘째 문제고, 우리가 그걸 알아낼 수나 있을까요?”

“당신은 믿지 않았지만 나는 도널드가 그 문제의 근원이라는 말을 했소.”

“당신이 아는 것보다 훨씬 큰 문제가 있겠죠.”

에밀리는 혼잣말로 중얼거렸다. 에밀리의 말문이 트여서인지 미가엘은 얼굴이 일그러질 정도로 활짝 웃었다.

“뭔가 괴로운 일이 있었소?”

“당신은 다 알고 있다고 생각했는데요.”

“나는 단지 두 사람이 견해 차이를 가지고 있다는 것만 알고 있었소. 세세한 것까지 나한테 다 말해주지 않겠소?”

"아뇨, 한마디도. 그런데 도널드가 악의 근원이라고 한 건 무슨 말이에요?"

"도널드가 어디 사는지 알고 있소?"

"시내를 말하는 거예요? 맞아요, 시내. 거기 가려고 그러는 건 아니겠죠? 나는 갈 수 없어요. 왜냐면……."

그녀는 말을 딱 멈췄다.

미가엘은 호기심 어린 눈으로 에밀리를 쳐다보았다.

"당신이 왜 거기에 갈 수 없소?"

"지금 난 수배령이 내린 범인이니까요. 사람들이 방송에서 본 나를 알아보고 신고할 거예요. 그런데 이미 죽은 내가 무슨 문제가 되죠?"

"음…… 에밀리, 용기를 내요. 당신은 죽었고 나는 천사요. 모든 것이 더 나아질 거요."

미가엘의 농담에 그녀는 웃지 않았다.

"나는 내 이름과 평판을 깨끗이 하고 싶어요."

말끝에 에밀리는 곁눈질로 그를 쳐다보았다. 그런데 이미 그녀의 마음을 읽었는지 엷게 미소를 지으면서 말했다.

"가서 나를 신고해요. 그래도 경찰은 나를 해칠 수 없소. 천국에서 당신한테 가도 좋다는 허락이 내리는 즉시 다시 돌아올 거요. 부딪쳐요, 에밀리. 이 문제가 풀릴 때까지 우리는 함께 할 거요. 신에게서 받은 임무를 완수해야 하니까."

"좋아요, 그렇다면 맨 먼저 뭘 해야 하죠? 난 내 인생을 되찾고 싶어요. 폭발물과 FBI, 그리고 천사한테 지쳤어요. 유령은 진절머리 나요. 난 평범해지고 싶어요!"

"매우 선량한 시민이 감정을 다친 거지."

그는 눈을 반짝이며 얘기하다가 에밀리의 표정을 보고는 조용해졌다.

"알았소, 농담 그만. 어쨌든 내가 아는 것은 악의 근원이 당신이 그렇게도 사랑했던 도널드라는 거요. 바로 당신을 배발한 남자지.”

“배반이겠죠.”

“아, 어쨌든. 당신은 도널드의 아파트에 가봐야 해요. 그린즈버러에 있는 집말고 시내에 여자를 숨겨두…….”

에밀리의 표정을 보고 그는 말을 뚝 멈췄다.

“정직한 보도로 받은 상과 트로피들이 있는 곳이지. 그런데 거긴 어떻게 가는 거요?”

에밀리는 경고하는 표정을 지었지만 미가엘은 접수하지 않았다.

“버스도 있고, 차, 기차, 헬리콥터도 있어요. 며칠 걸려도 좋다면 걸어갈 수도 있고요. 하지만 뭘로 가든 돈은 드는데, 내 지갑은 그 불쌍한 여자와 함께 불에 타버렸잖아요.”

“몸값을 받으려고 남편을 찾아다닌 여자 말이오? 두 번째 현상금을 받으려고 두 번째로 남편을 찾아다닌 여자, 그 여자 말이오? 우리, 기차로 갑시다. 내 담당 중 한 사람이 기차를 굉장히 많이 갖고 있거든.”

“강도 얘기 같은 건 듣기도 싫어요.”

미가엘이 팔을 잡으려고 하는 걸 알고 그녀는 휙 돌아서 앞서 걷기 시작했다.

“내 담당이 도둑질한 건 정말 아니고 다만 자기가 원하는 걸 다른 사람들한테 시킨 거요. 그 사람이 자기 아내한테 진주 목걸이 사준 얘기 해줄까?”

에밀리가 듣고 싶은 얘기는 목걸이 얘기가 아니었다. 집에 가서 따뜻한 물로 샤워를 해라, 그리고 한숨 푹 자라, 그러고 나면 이 모든 일이 실제로 있었던 일이 아니라는 걸 깨닫게 될 거다, 그런 말을 듣고 싶을 뿐이었다.

“기운 내놔, 에밀리. 이 모든 일의 원인을 곧 알게 될 거요. 그때는 당신도 나를 떼어버리고 당신만의 인생으로 돌아갈 수 있지.”

에밀리가 말해주기 전에 그는 스스로 틀린 말을 정정했다.

"기운 내놔가 아니고 기운 내가 맞군. 참, 당신한테 약속 하나 하겠소. 지금 여기서 맹세하는데, 당신에게 완벽하게 어울리는 남자를 찾아주겠소. 그 사람을 찾아서 당신하고 연결시켜줄게."

"더 이상 내 수호천사 하기는 틀린 것 같군요. 계급이 내려갔을 거 같아요."

"그건 그렇지만 아직 백 년 정도는 남아 있소. 시작한 일은 끝내야 하잖소? 인수인계도 해야 하고. 그러려면 시간이 꽤 걸리지."

맘 같지 않게 에밀리는 또 웃고 말았다.

"백 년이란 말이지……."

그들은 숲을 빠져 나와 그린즈버러를 벗어나는, 남쪽으로 면한 길 앞에 섰다.

"기차역에는 어떻게 가면 되죠? 아무리 못해도 40킬로미터는 넘는 곳인데 거기 도착해서 차비는 어떻게 낼 건가요?"

에밀리가 미가엘을 힐끔거리며 물었다.

"생각해봐야지. 나만 믿어요."

정말 이상하게, 그가 나타난 이후로 모든 게 잘못돼가고 있는데도 에밀리는 그를 믿었다.

18

"이 시간 현재까지는 토드 양이 오늘 오전의 가공할 살인 사건과 관련이 있는지 명확히 밝혀지지 않고 있습니다. 토드 양에게 확인할 수 있을 때까지는 아무도 확신할 수가 없는 상태입니다. 이것으로 오늘 뉴스를 마치겠습니다. 도널드 스튜어트였습니다."

길가의 어느 가게에서 도널드가 진행하는 TV 뉴스를 본 에밀리는 다른 곳으로 채널을 돌렸다. 그러나 결국 두 군데가 똑같이 자신의 사진을 화면에 내보내고 있었다.

"경력에 비해 도널드의 명성이 지나쳐."

그를 파멸시키기 위해서는 협박을 실행에 옮겼어야 했다. 그녀는 턱을 깊숙이 끌어내리고 가게를 나왔다.

"이게 뭔진 모르지만 참 좋아 보이는데."

미가엘이 기름투성이 봉투와 기다란 종이컵에 든 음료수를 내밀었다.

"타코스(옥수수가루 팬케이크에 고기, 야채를 곁들인 멕시코 요리)라는 거예요."

그녀는 대답해주고 나서 미가엘을 쳐다보며 고개를 저었다. 그녀는 아직 오전의 교통편에 대한 생각을 잊지 못하고 있었다. 미가엘은 지나가던 까만색 리무진을 세우고 시내까지 태워다 달라고 부탁했다. 그들은 아주 유쾌하게 차를 타고 왔고 차에서 내릴 때는 운전하던 남자가 미가엘에게 지폐 뭉치를 주기까지 했다.

"어떻게 해서 그린즈버러에 그런 리무진이 지나가게 만들었어요?"

"마술을 좀 부렸지. 악마의 힘을 빌린 검은 마술."

"아드리안이 듣겠어요. 조용히 해요."

"내 생각엔 아드리안이 질투심이 좀 있는 것 같소. 미가엘 천사장은 아드리안에겐 뭘 부탁하질 않지. 만약 내가 이번 일을 성공시키면 나는 계급 강등을 당하지 않아도 될 거고, 아드리안은 그걸 걱정하는 거지. 내가 자기보다 한 계급 높아질까봐."

에밀리는 얼굴을 찡그리고 고개를 저었다.

"천사들은 질투해서도 안 되고 야심에 차 있어도 안 돼요."

"그리고 인간들은 평화롭고 조화롭게 살아야 해요. 자, 내가 먹을 걸 구해올 테니 여기서 기다려요. 그런 다음에 당신의 '오리'네 아파트에 가는 거요."

이번에는 에밀리도 미가엘의 호칭 사용에 대해 항의하지 않았다.

미가엘이 뒤에서 재촉하며 몰아대는데도 그녀는 끊임없이 기름투성이 타코스를 먹으면서 걸었다. 도널드의 아파트에 가는 걸 지나치게 걱정하지는 않았다. 결국 그들이 무엇을 찾아낼까? 바람둥이라는 증거를?

사실 에밀리는, 도널드가 함께 보낸 좋은 시간들을 기억하면서 그녀가 돌아오기만 바라고 있기를 빌었다. 이제 그럴 일은 없다! 생각에 빠져 있는 사이 도널드가 사는 아파트에 도착했다.

"도널드 허락 없이는 경비원이 우릴 들여보내 주지 않을 텐데…… 당신에게 이런 말 해도 소용없겠지만."

에밀리는 미가엘이 잘난 척하며 웃는 얼굴을 보고는 고개를 끄덕거렸다. 그 정도야 '식은 죽 먹기'라는 표정이었다. 과연, 경비원은 미가엘을 오랜만에 만난 친구 대하듯 했다.

몇 분 뒤 그들은 엘리베이터 안에 있었다. 미가엘은 놀라서 눈이 휘둥그레졌다.

"너무 빠르고 너무 높아."

26층에서 내리는데 미가엘이 중얼거렸다.

에밀리는 도널드가 열쇠를 비상문 뒤 소방 호스에 숨겨둔다는 사실을 알고 있었다. 그러나 열쇠를 찾을 필요는 없었다. 미가엘이 문손잡이를 잡자 문이 그냥 열렸다.

"난 당신 집이 더 좋소."

유리와 크롬과 검은 가죽 일색인 도널드의 아파트 내부를 둘러보며 미가엘이 말했다. 천장에도 바닥에도 여기저기 거울이 있었다.

"됐어요. 다 둘러봤죠? 그럼 이제 가요."

전엔 내 집같이 드나들던 곳이 그렇게 불편할 수가 없었다.

"여기 있군."

미가엘이 조용히 말했다.

에밀리는 도널드가 있다는 말인 줄 알고 너무 놀라 현관문까지 달려갔다. 미가엘이 쫓아와 소맷자락을 잡아당겼다. 언제나 그렇듯이 그녀의 마음을 읽은 것이다.

"겁쟁이. 오리는 여기 없소. 침실로 가볼까? 금발 머리카락이 남아 있을지도 몰라."

"웃기지 말아요. 역시 아드리안이 할 일이 있어요. 정말 당신이 있어야 할 자리로 떨어뜨려주는 거."

"그럼 나는 당신 전생에 만났던 남자들을 다 만나볼 수 있겠군."

미가엘이 뒤로 휙 돌아서서 말했다.

"도박꾼에게 당신 일생을 바친 얘기 해줄까? 당신은 그 도박꾼이 개과천선하기를 기다리면서 사십 몇 년을 보내버렸지."

"자꾸 그런 엉뚱한 얘기 하면 난 가버릴 거예요. 여기서 혼자 있을 수 있겠어요?"

"아니, 안 돼. 백 년말고 그 다음 백 년까지도 당신은 떠나면 안 돼. 에밀리, 말해줘요. 당신이 일생을 같이 하고 싶은 남자는 어떤 사람이오?"

"현명하고 빈틈없고 재미있으면서 나를 섬세하게 사랑하는 사람. 나한텐 노예가 될 수 있는 사람. 그리고 나를 파리에 데려가 줄 수 있을 만큼 재력이 있는 사람."

"당신은 강에 가고 싶어하는 것 같소. 뗏목을 타고 싶어서, 맞소?"

그는 문 맞은편 벽에 기대 있는 캐비닛 앞에서 갑자기 숨을 크게 들이쉬었다.

"여기 있소"

꽤 분별력이 있는 사람임에도 불구하고 에밀리는 무엇이 있다는 건지 짐작하지 못하고 그대로 서 있기만 했다. 캐비닛 안에 뭐가 있다는 거지? 악마가? 유령이? 밖으로 튀어나와서 다시는 안으로 들어가고 싶지 않은 누군가가 들어 있나? 아니면 무슨 물건이?

미가엘이 캐비닛 문을 열었을 때 에밀리는 숨이 멎는 것 같았다. 그러나 캐비닛 안에는 가죽 장정의 책만 줄줄이 쌓여 있었다.

"저것들이 나한테 악이 될 것 같진 않네요. 그건 도널드의 방송 원고들이에요. 내가 제본소를 알아봐 줬어요. 그래서 알아요"

에밀리는 잠시나마 숨이 멎을 듯 긴장했다는 사실이 불쾌했다.

손에 불이 붙을까봐 두려워하는 사람처럼 미가엘은 머뭇머뭇하면서 천천히 손을 뻗어 책 한 권을 빼냈다. 에밀리 말대로 내용물은 도널드의 방송 원고였다. 표지는 우아하고 값비싼 가죽 제본인데 반해 원고는 구겨지고 찢어진 싸구려 종이였다. 미가엘은 책을 접어 원래 자리에 꽂고 손가락으로 아주 신중하게 다른 책들을 더듬어나갔다.

"뭐하는 거예요? 그 책들이 유령처럼 출몰할 수 있다는 말을 하려는 건 아니겠죠?"

에밀리는 조바심 나서 물었다. 뒤를 돌아보는 미가엘의 얼굴은 심각했다.

"이런 것들이 당신하고 무슨 관련이……."

"원고예요. 도널드가 전에 방송했던 원고들일 뿐이라고요. 거기에 뭐 잘못된 게 있겠어요?"

에밀리는 그가 필요 이상으로 신경 쓰는 게 못마땅했다.

"그러게 당신이 이것들하고는 무슨 관련이 있었느냐고."

"내가요? 난 조사하는 걸 도와줬어요. 그것뿐이에요. 도널드가 원했고 나는……."

에밀리는 말을 멈췄다. 거짓말하는 걸 알고 있다는 듯이 그가 빤히 쳐다보았기 때문이다.

"그래요, 그 일은 그린즈버러에서 나 혼자 했어요. 주로 평일에 했죠. 혼자 하느라고 연구도 많이 했어요. 가끔은 내가 도널드를 따라잡은 것 같기도 했어요. 조사도 직접 할 수 있을 것 같고. 누구나 할 수 있는 일이겠지만요. 도서관 상호 대출과 인터넷을 많이 이용했죠. 그런 눈으로 쳐다보지 말아요! 거기에다 불법적인 요소나 비윤리적인 요소를 끼워 넣지는 않았어요. 그래서도 안 되고요. 나는 그냥 도널드를 도와준 것뿐이에요. 더 이상은 없어요."

"그러니 오리가 결혼하자고 할 만했지."

미가엘이 작은 소리로 중얼거렸다.

“그건 무슨 뜻이에요?”

“에밀리, 도널드는 당신을 딛고 출세한 거요. 당신이 고르고, 조사하고, 써준 기사가 얼마나 돼요?”

“조금요.”

도널드가 거짓말하고 남을 속였다는 게 에밀리도 그랬다는 걸 의미하진 않았다. 도널드가 직접 기사를 취재하고 원고를 작성한다는 점이 뉴스 쇼에 대한 신뢰를 높였다. 에밀리의 이름은 원고 어디에서도 나타난 적이 없었다. 나도 그걸 원해, 에밀리는 자주 자신에게 말했다. 그러나 도널드 혼자서 작성한 기사 중 몇 가지는 상당한 모순점을 가지고 있었다.

에밀리는 미가엘을 올려다보았다.

“내가 누군가의 권리를 침해했다면, 원고를 쓴 사람이 도널드가 아니라 나라는 사실을 그자가 알고 있을지도 모른다, 당신이 생각하는 게 그건가요?”

“맞았소.”

한동안 에밀리의 머릿속은 도널드를 ‘도와’ 작업했던 기억으로 혼란스러웠다. 사실은 그게 두 사람이 만났던 방법이었다. 처음에 에밀리는 도널드에게 몇 번이나 반복해서 편지를 보낸 적이 있었다. 도서관에 와서 방송 관련 직업에 대해 알고 싶어하는 고등학생들에게 잠깐 강의를 해 달라고 부탁하는 내용이었다. 그러나 번번이, 스케줄이 빡빡해서 시간을 낼 수 없다는 답장만 받았을 뿐이었다. 에밀리는 도서관으로 그를 끌어오기 위해 머리를 쥐어짰다. 멸종 위기에 처한 동식물에 관해 읽었던 걸 기억해내고, 어느 거대 건축 도급업자의 부인이 장난으로 했던 말도 기억해내고, TV에서 보았던 여러 가지 얘기들을 기억해냈다. 그런 다음 그것들을 한꺼번에 섞어서 아주 훌륭한 이야기를 하나 써냈다. 그리고 도널드에게 보냈다.

2주 후 도널드는 그린즈버러에 왔다. 에밀리도 만나고 학생들에게 강의도 해주었다. 아파트를 빌리고 작은 그린즈버러 마을을 주말 휴식처로 만들었다. 에밀리가 편지에 썼던 내용들을 상세히 조사해보고 사실임이 밝혀지자 그것을 저녁 뉴스에 특종으로 보도했다. 결국 건축 도급업자는 중도에 사업을 그만둬야 했고 이후 계약과 관련해서도 수백만을 손해봤다는 소문이 돌았다. 그러나 도널드는 그 기사로 상을 받았다. 그날 밤 그는 샴페인과 장미를 사들고 와서 에밀리에게 주고 그녀의 순결한 처녀성을 가져갔다.

"왜 그렇게 이상한 표정이오? 도대체 얼마나 많은 기사들이, 당신이 미움받을 만한 빌미를 제공했을까."

에밀리의 생각 사이로 미가엘이 말을 꺼냈다. 에밀리는 옅게 미소를 지으면서 생각을 끝냈다.

"그들이 도널드를 미워했을 것 같아요. 도널드가 그 기사를 방송해서 상을 받았으니까요."

"당신 생각처럼 그렇게 도널드가 영리하기만 한 건 아니오. 상당히 바보스러워. 얼굴도 카메라에 잘 받고 원고 낭독하는 것도 훌륭하긴 하지. 도널드 옆에 30분 정도만 있어보면 누구든 이 기사들을 찾아낸 사람이 도널드라는 사실을 의심치 않을 거요. 도널드를 제거해봤자 당신이 뭘 얻을 수 있을까? 아무것도 없소. 정작 필요한 건 근원을 없애는 거지. 그 근원은 바로 당신이고."

에밀리는 도널드의 까만 소파 위에 털썩 주저앉았다.

"오, 나는 그런 식으로 생각해본 적이 없어요. 도널드한테 내 이름이 드러나지 않게 해달라고 한 사람도 나예요. 남의 이목을 끌고 싶진 않았어요. 난 그냥 일이 공정하게 이루어지는 것만 보고 싶었어요."

"당신이 결코 변하지 않는다는 게 나는 좋소. 당신은 항상 정의의 편이었지. 두 번씩이나 당신은 정의를 위해 목숨을 내놨소."

“이 목숨도 그 둘 중의 하난가요?”

“내가 살펴주는 한 그렇게 되진 않을 거요. 자, 일을 시작합시다. 아직 마무리되지 않은 일과 관련된 기사를 더 찾아봐야겠소. 거기 해당되는 원고가 어떤 건지 기억할 수 있겠소?”

“곧 가석방될 사람하고 상관 있는 일도 거기 해당되나요?”

미가엘은 잠시 눈만 깜박이면서 에밀리를 쳐다보았다.

“당신을 둘러싼 악을 아느냐고 물어봤을 때, 왜 진작 당신이 써줬던 이런 기사들을 생각하지 못했지?”

“내가 연결돼 있다는 건 아무도 모를 줄 알았어요. 도널드는 항상 내가 자기 비밀 무기라고 했거든요.”

“도널드는 모든 명성을 혼자 갖고 싶어서 그랬던 거요. 자, 이제 끝난 건 끝난 거고. 어디서부터 시작해야 하지? 하나씩 하나씩 훑어보면 어떤 악이 달라붙어 있는지 알아낼 수 있을 것 같기도 한데.”

“원고를 봐서는 모르겠어요?”

“너무 흐릿해요. 거기에 어떤 나쁜 에너지가 있기는 한데 아주 약해. 근원을 찾는 게 필요하거든. 당신이 독자적으로 조사한 자료는 어디 있소?”

“컴퓨터에 있어요.”

그녀는 일부러 막연하게 대답했다.

미가엘은 좀더 구체적인 대답을 원한다는 표정으로 에밀리를 가만히 쳐다보았다.

“좋아요, 모든 게 도널드의 노트북 속에 있어요. 도널드는 나한테 아무것도 남겨놓지 않아요. 왜냐면……”

에밀리는 말을 멈추고 미가엘을 쳐다보았다.

“말 안 해도 알고 있소. 누군가 우연히 알게 될 경우에 대비한 거지. 자기가 한 일은 아무것도 없고 당신이 모든 일을 했다는 비밀을 끝까지 감추고 싶을 테니까.”

“도널드는 그렇게 말하지 않았지만 어쩌면 그게 진실인지도 몰라요.”

“그럼 그 컴퓨터는 어디 있소?”

“그렇게 사적인 정보를 함부로 조사하면 안 돼요. 위법이고 비윤리적인 거예요. 그리고 컴퓨터가 어디 있는지 나도 모르고요. 그 사람이 가지고 다니거나 사무실에 있거나 할 거예요.”

“사무실에 뒀을 것 같아. 여기저기서 기웃거리면 신경 쓰일 테니까. 여기나 더 둘러봅시다.”

에밀리는 거기 더 있으면 안 된다고 말하고 싶었지만 그만두었다. 미가엘은 자기가 하고 싶으면 끝내 하고야 만다는 걸 잘 알고 있기 때문이었다.

“침실로 가볼까요? 아니면 거실부터?”

19

“만족해요? 가택 침입에다가 야심에 찬 도둑질까지 하고 있는데 아무것도 얻은 게 없네요. 그래서 무지무지 즐거워요?”

“아니, 전혀. 뭔가 잘못된 게 있긴 한데 그게 뭔지를 모르겠소.”

미가엘은 에밀리의 빈정거리는 말을 무시하고 진지하게 말했다.

“도널드가 언제 들이닥칠지 모른다는 게 잘못된 거죠. 경찰을 부르고 우리 둘은 감옥으로 직행하겠죠? 당신이야 날개 달고 날아가 버릴 수도 있겠지만 나는 꼼짝없이 감옥에 갇혀 있을 거예요.”

“인간들의 공통적인 문제점이오.”

오후 여섯 시가 지나 있었고 에밀리 말대로 그들은 아무것도 찾아내지 못했다. 아주 소득이 없었던 것만은 아니었다. 두 사람은 도널드의 컴퓨터에서 에밀리의 모든 조사 기록이 저장되어 있는 7백 바이트의 파일을 찾아냈다. 그러나 문제는 도널드가 모든 파일에 암호를 걸어놓았다는 것이었고 에밀리는 암호를 알지 못했다. 에밀리는 미가엘에게 그 대목까지 와서도 왜 기록을 볼 수 없는 건지 설명했다. 듣고 난 미가엘이 말했다.

"릴리안이 알고 있을 거요. 당신 오리의 인생이 바로 릴리안의 사업이니까."

"그 여자한테 전화를 걸어볼까요? 아니면 교령(交靈)을 해볼까요?"

에밀리는 릴리안이 발가벗은 숙녀라는 걸 상기시켰다.

"헨리한테 와달라고 부탁해야겠소. 내가 가고 싶지만 이 몸뚱이를 끌고 다니려면 너무 오래 걸려."

"헨리가 누군지 물어보고 싶지 않아요."

"여기 사는 영혼이오."

"물론이겠죠. 내가 왜 궁금하겠어요?"

그 뒤로 에밀리는 아무 질문도 하지 않았다. 덕분에 미가엘은 원고들을 한 페이지 한 페이지 숙독하면서 차분히 연구할 수 있었다.

얼마 후 그는 누군가로부터 애기를 듣는 것처럼 머리를 한쪽으로 기울이고 있었다. 그러고 나서 그는 암호를 알려주었다.

"뉴스맨!"

미가엘은 그다지 독창적이지도 않은 암호를 정해놓은 도널드가 시시하다는 말을 하고 싶은 눈치였다. 대신 그는 들릴 듯 말 듯 중얼거렸다.

"별 것도 아니었네."

에밀리는 영혼끼리 정보를 주고받는 방법을 물어보고 싶었지만 꾹 참았다. 유령들은 서로 어떻게 오가는 것일까. 보이지 않는 그런 단단한 세계에 대해 알고 싶어서 좀이 쑤셨다.

그런데 그때 갑자기 미가엘이 다급하게 말했다.

"나가야겠소, 지금!"

"도널드가 오고 있어요?"

미가엘은 한 번 더 누군가의 말을 듣는 것처럼 가만히 있다가 낮은 소리로 '알았어요'라고 대답했다.

그러고 나서 그는 심각한 눈으로 에밀리를 쳐다보았다.

"지금 바로 가야 해."

그의 태도에 에밀리는 망설였다. 보이지 않는 누군가의 지시를 따르는 게 탐탁지 않았다.

"영혼들이 알려줬어요? 당신보다 계급이 낮은 사람들이에요?"

미가엘은 대답하지 않고 노트북을 닫았다─시스템을 적절하게 종료하지 않았기 때문에 경고음이 울렸다. 겨드랑이 밑에 컴퓨터를 쑤셔 넣고 에밀리를 현관문 쪽으로 잡아끌었다.

하지만 너무 늦었다. 아름다운 긴 금발머리 여자의 목에 팔을 두르고 도널드가 복도를 걸어오고 있었다. 머릿속에 지식 따위는 들어 있을 것 같지 않은 여자였다. 저런 다리에 지적이기까지 하다면 너무 불공평하지, 에밀리는 꼼짝 못하고 그 자리에 서서 생각했다.

그때 움직인 사람은 미가엘이었다. 그는 날렵하게 에밀리를 벽으로 밀어붙이고 열정적으로 키스를 하기 시작했다. 에밀리는 한동안 미가엘에게만 열중했고 그러는 동안 거짓말처럼 도널드를 잊어버렸다.

미가엘이 키스를 멈추었을 때도, 에밀리는 아찔한 표정으로 미가엘을 올려다보았다.

"이제 갔소."

미가엘이 커다란 체격으로 에밀리를 가린 채 힐끗 뒤를 돌아보았다.

"누구 말이에요?"

미가엘이 아주 만족스럽게 웃는 것을 보고 에밀리는 그때야 상황을 기억해냈다. 그의 가슴을 떠밀었다.

"저리 떨어져요!"

"당신도 좋아하는 것 같은데……."

에밀리의 표정에 말을 멈추었지만 그는 여전히 생글생글 웃고 있었다. 갑시다, 하면서 손을 잡고 뛰는 미가엘의 뒤를 에밀리는 댕강댕강 따라갔다.

거리로 나왔을 때 에밀리는 숨을 헐떡거리면서 말했다.

"컴퓨터를 내가 가져간 줄 알 거예요. 열쇠 있는 곳을 알고 있는 줄 아니까."

"당신을 누가 왜 죽이려고 하는지 도널드가 모를 거라고 생각해요?"

"믿고 싶지 않아요. 도널드가 어쩌다 무분별해졌다 해도 살인…… 살인에 대해서 실제로 알고 있다고는 믿을 수 없어요. 그 사람은 내가 죽는 걸 원치 않아요."

"당신의 죽음이 도널드 생애 최고의 기사거리라고 생각하지 않는다면 그럴 수도 있겠지."

미가엘은 손을 번쩍 들고 택시를 불렀다. 택시 한 대가 와서 섰다.

"어디로 갈 건데요?"

택시 안에서 에밀리는 일단 행선지를 물었다.

"우리한테 안전한 곳이 딱 한 군데 있소."

그는 도널드의 컴퓨터를 무릎 위에 내려놓았다.

"오, 안 돼요. 매디슨 저택은 안 된다구요."

"당신도 거길 좋아하는 걸로 아는데?"

"전에는 그랬죠. 그래요, 지금도 좋아해요. 하지만…… 그만둬요!"

에밀리는 말을 하다 말고 냅다 소리쳤다. 웃고 있는 품으로 보아 마음을 읽고 있는 게 분명했기 때문이다. 에밀리의 두려움은 다름 아닌 미가엘과 그의 행동을 꾸짖는 매디슨 저택의 화난 영혼이었다. 속아넘어가지 않을 거야, 그녀는 자신에게 다짐시켰다. 그럴 수도 없고 그러지도 않을 것이다. 마음을 다잡고 목소리를 최대한 차갑게 해서 말했다.

"악은 당신 일이지 내 알 바가 아니에요. 하지만 그린즈버러로 돌아가는 택시비가 너무 비싸다는 건 아니까……. 택시 타고 그린즈버러에 들어가면 사람들이 다 쳐다볼 거고.”

“물론이오. 그러니까 기차를 타면 될 거요. 내가 아는 사람이 기차를 많이 갖고 있다는 얘기 해줬던가?”

“그래요! 기차 타요. 그 얘기 다 들었어요.”

에밀리는 고개를 휙 돌리고 창 밖만 쳐다보았다.

“난 이게 참 좋아. 뭐였지? 다시 한 번만.”

“진이에요. 그거 마시면 안 돼요. 신의 법률에 위배될 텐데요.”

“지나치면 신의 법률에 위배되지. 그런데 당신, 뭣 때문에 화났는지 말해줄 수 없소?”

그들은 매디슨 저택의 마룻바닥에 앉아 있었다. 바닥에는 상당히 값어치 있어 보이는 동양풍 카펫이 깔려 있었다. 백 년 정도는 청소된 적이 없을 벽난로에 피워놓은 불이 타닥타닥 타올랐다. 그 옆에는 모로코 치킨과 초콜릿 무스 찌꺼기가 흩어져 있었다. 미가엘은 인간 생활의 편안함에 쉽게 적응했고 짧은 시간에 음식에 대해 아주 많이 배웠다. 이제는 가끔 에밀리가 그에게 물어볼 정도였다.

“황금의 통치자.”

미가엘이 대뜸 내뱉는 말에 에밀리는 당황하여 그를 쳐다보았다. 그러나 그녀는 이내 고개를 돌리고 말았다. 불빛이 비치는 그의 얼굴이 너무나 수려해 보였기 때문이다. 집 안 깊숙이 내려온 어둠이 그들을 에워싸면서, 아늑하고 편안한 분위기를 만들어주었다.

“뭐라는지 못 들었어요.”

에밀리는 새치름하게 중얼거리면서 다이어트 콜라를 한 모금 빨아 마셨다. 그녀는 알코올성 음료를 좋아하지 않았다.

“당신 인간들이 ‘거 참, 되게 답답하게 하네’라고 말하는 것에 대해 생각하고 있었소. 좋아요, 자세히 말해줄게. 이 집 지하엔 금이 묻혀 있소.”

에밀리는 잠시 호기심이 동해서 눈을 커다랗게 뜨고 쳐다보다가 곧 고개를 돌려버렸다. 금 같은 것에 대해 물어보고 싶지 않았다.

“그런 거 없어요. 난 피곤해요.”

“에밀리, 나한텐 거짓말 못해요. 뭔가가 있지?”

“당신은 마음을 읽을 줄 아니까 당신이 말해봐요.”

“당신 인생은 엉망진창이 됐고 그걸 어떻게 되돌려놓아야 하는지 당신은 몰라.”

한마디도 틀리지 않는 미가엘의 정확한 지적에 에밀리는 말문이 막혔다. 용감해지고 싶었다. 용감해지고 강해져서 모든 일이 다 잘될 거라고 자신을 독려하고 싶었다. 하지만 그게 쉽지 않았다. 자기도 모르게 눈물이 흘러내렸다.

미가엘이 에밀리의 이름을 속삭이며 팔에 안으려고 했지만 그녀는 앙칼지게 뿌리쳤다. 그러나 그는 그녀를 단단히 팔에 가두고 꼼짝 못하게 했다.

“그렇게 힘으로 밀어붙이지 말아요.”

에밀리는 주먹으로 그의 가슴을 쾅쾅 쳤다. 그는 팔을 풀지 않고 부드러운 양털 스웨터에 그녀의 얼굴을 안았다.

“난 행복했어요. 도널드가 바보였고 내가 그의 아내로서 불행하게 산다고 해도, 그리고 어떤 잘못된 이유 때문에 도널드가 나를 원한 거라고 해도 나는 그런 거 몰라요. 그냥 행복했어요. 이해할 수 있어요?”

“물론, 이해하지. 당신은 처음엔 그런 모든 것들을 감싸 안고 행복해했소.”

미가엘은 한 손으로 에밀리의 머리를 꼭 감싸 안고 머리칼을 쓰다듬었다.

“그만둬요!”

팔에서 빠져 나오려고 했지만 그는 더 단단히 안았다.

“과거나 미래에 대해서 듣고 싶지 않아요. 지금 할 일만 생각하고 싶어요.”

“하지만 내가 그걸 망쳤지. 당신 인생을 또 한 번 망쳤소.”

“자주 그런 일을 해요?”

에밀리는 더 이상 빠져 나오려고 하지 않고 그의 가슴에 기대면서 빈정거렸다. 요 며칠 얼마나 무서운 시간이었던가!

“에밀리.”

그녀를 부르는 목소리는 너무 낮아서 귀로 듣기보다는 느낌으로 알아들을 수 있었다.

“난 당신한테 끔찍한 일을 했소.”

에밀리는 몸을 조금 빼내고 그를 올려다보았다. 그는 어두운 눈빛으로 벽난로를 응시하고 있었지만 그녀를 안고 있는 팔은 단단했다.

“나는…….”

그는 망설이고 있었다.

“당신이 어쨌는데요?”

미가엘은 깊이 숨을 들이쉬었다.

“당신의 지금 생을 망친 건 아니지만 지난 두 생을 망쳐버린 셈이오.”

에밀리는 그의 눈을 볼 수 있도록 좀더 몸을 뺐다.

그는 한동안 말을 꺼내지 못했다. 하고 싶지 않은 얘기를 꺼내려고 마음을 다잡고 있다는 것을 에밀리는 알 수 있었다.

“나는 강등당해야 마땅해요. 당신한테 한 일로 해서 아드리안이 내게 어떤 운명을 주든 감수해야 해요. 에밀리, 당신은 아주 착한 사람이오.”

“그럼요, 그렇겠죠. 약혼자가 다른 여자에게 가버려도 아무 말 못할 만큼 착한 여자죠.”

“바로 그거요. 여기 지상에 사는 남자들은 당신의 진가를 알아보지 못해. 겉모양만 보고 판단하지. 당신의 사랑스러운 외모를 보긴 해도 당신 내부의 비교할 수 없는 아름다움은 보질 못해. 여기 인간 남자들은 여자들의 정신에 대해선 전혀 관심을 갖지 않는 것 같소. 훌륭한 정신을 가진 여자라도 몸이 뚱뚱하거나 얼굴이 못생겼다면 남자들은 그 여자를 원하지 않지.”

“그렇지만 내가 도널드랑 같이 있던 여자처럼 화려하게 생겼더라면…….”

“아니, 당신은 아름답소. 다만 그 여자처럼 꾸미지 않았을 뿐이오. 그…… 함께 있던 여자 말이오. 당신의…… 당신의…….”

“전 애인요.”

“그래, 당신의 전 애인하고 함께 있던 여자처럼 말이오.”

“그런데 아까 해주겠다던 얘기는 아직 안 했어요.”

“그때도 당신은 지금하고 똑같았소.”

“평범하고 실용적이고?”

“그게 아니오! 당신은 잘 믿고 쉽게 이끌리는 사람이었소. 너무 다정한 마음씨를 갖고 있어서…….”

“그래서요?”

미가엘은 한숨을 쉬었다.

“선량해 보이는 사람이 하는 말이라면 당신은 뭐든 믿었소. 세상 사람들 마음이 다 당신 맘 같지는 않은데 말이오. 수십 년간 당신은 알코올 중독과 당신을 내팽개친 건달에게 선량함을 헛되이 써버렸소. 어느 겨울에는 아이들의 양식을 사야 할 돈을 당신의 그 못된 남편이 술로 탕진해버린 적이 있었소. 두 아이와 당신은 거의 얼어죽을 뻔했지. 그걸 지켜보고 있는 내 심정이 어땠을 것 같소? 당신은 남의 빨래를 해주면서 살았소, 에밀리. 당신 부드러운 손은…….”

말을 멈추고 그는 에밀리의 손을 가져다 입을 맞췄다. 처음엔 손바닥에 다음엔 손등에, 그리고 손가락 하나 하나에 섬세하게 키스했다.

"그래서 당신은 어떻게 했어요?"

"바느질일을 필요로 하는 어떤 부인에게 당신을 보냈소. 그래도 빨래보단 바느질이 나을 것 같아서. 그리고 그 부인은……."

"내 말은, 최근 두 번의 생에서 당신이 나한테 어떻게 했냐구요."

"오, 그거."

그가 말을 잇지 못하는 것을 보고 그녀는 머리를 어깨에 기댔다.

"계속해요, 그냥."

그는 심호흡을 한 번 하고 다시 얘기를 시작했다.

"가장 나중의 일생 얘긴데……, 당신이 내가 골라준 그 은색 드레스를 입었던 때요. 그건 내가 골라준 거였소. 은색이 잘 어울린다는 걸 알았거든. 당신이 그걸 입을 걸 보면 남편이 얼마나 좋아하겠느냐고 물었지. 나는…… 나는 당신이 결혼할 수 없게 만들었소. 남자가 나타나 당신이 그 사람과 결혼하고 싶어할 때마다 나는 당신 코를 근질거리게 했소. 그렇게 해서 남자와 헤어지게 했지. 마지막 두 일생 동안 나는 당신이 결혼도, 임신도 못하게 했소. 두 일생 동안 당신은 처녀로 살았지."

에밀리는 팔에서 빠져 나와 한동안 멍하니 미가엘을 바라보았다.

"당신 천사 맞아요? 어떻게 그런 마음으로 사람들을 보호해줄 수 있어요? 당신은 지상으로 보내진 게 아니라 쫓겨난 것 같아요."

"에밀리, 제발, 이해해야 돼. 세탁부로 산 일생 다음엔 당신이 돈 있고 강한 남편을 만나게 될 줄 알았소. 그런데 그 사람 역시 마찬가지였소. 그 남자는 당신의 재산 상속만 노렸고, 당신 돈을 몽땅 날려버린 뒤에 당신을 세탁부로 남겨놓았소. 나는 그런 일이 일어나는 걸 다시는 보고 싶지 않았소."

"그래서 내 코를 근질거리게 만들어서 나를 처녀로 살게 했군요. 이건 그냥 단순한 호기심에서 물어보는 건데, 어떻게 해서 그 남자를 나한테서 쫓아버렸어요? 그 남자는 우리 아버지 돈을 보고 덤볐을 것 같은데.”

“그 사람은 빚을 지고 다른 사람의 딸과 결혼할 수밖에 없게 됐소.”

“당신이 그 사람을 빚지게 만들었군요.”

“그렇소.”

에밀리는 한동안 그의 팔에서 움직이지 않았다. 그의 말을 믿어야 할지 말아야 할지 몰랐지만 어쨌든 이치에 맞는 얘기같이 들렸다. 지금까지 살아오면서 그녀는 자신이 결혼한 적도 없고 어떤 남자도 자신을 원하지 않는다는 느낌을 가져왔다. 어렸을 때 아기 사진을 보면 항상 울곤 했다. 어머니가 이유를 물으면 그때마다 아이를 가져본 적이 없어서 그렇다고 대답했다.

“당신이 그런 일을 내 두 생애 동안 했다는 말이죠?”

“맞소. 그게 내 잘못이었다는 걸 알고 있소. 그러지 말았어야 했는데. 결국 당신 인생은 건달하고 결혼했을 때만큼이나 나쁘니까.”

“생각 좀 해볼게요. 나는 지금까지…… 고양이 한두 마리와 책에 둘러싸여서 외롭게 살았어요. 한 달에 한 번 정도는 도서관에서 최근 베스트셀러에 대해 토론하는 자리를 만들기도 했어요. 그런데 그때도 나보다 나이 많은 아주머니들만 초대했고 젊은 친구는 사귀질 못했어요. 왜냐면 젊은 여자들의 아이들을 보는 게 견딜 수 없었고 행복한 가정 생활 얘기를 듣는 것도 싫었어요.”

미가엘은 한참 동안 말없이 있다가 들릴락 말락한 소리로 그래요, 라고 대답했다.

“그건 내가 나한테 일어날까봐 두려워하던 바로 그런 삶이에요. 그런데 당신은 나한테 그런 삶을 두 번씩이나 주었단 말이죠?”

“내가 뭘 하고 있는지를 몰랐기 때문에 모든 일이 잘못됐던 것 같소. 하지만 두 번째에는 그걸 바로잡을 수 있을 거라고 생각했지. 당신한테 세심하게 신경 써주는 훌륭한 남자를 찾아서 두 사람이 아주 행복한 일생을 보낼 수 있도록 해주고 싶었소.”

“그 다음을 짐작할 수 있어요. 나한테 어울릴 만한 남자를 못 찾았겠죠.”

“맞아요. 당신의 선량함에 어울리는 사람이 없었소.”

아주 느릿느릿 에밀리는 그에게서 떨어졌다. 그녀의 눈에 가득한 분노를 본 미가엘은 흠칫 놀랐다.

“나쁜······.”

그녀는 낮은 소리로 내뱉었지만 목소리에는 힘이 들어 있었다.

“나는 당신 같은······ 당신 같은 천사가 아니에요. 난 피가 통하는 인간이라구요. 숭배를 원하는 게 아니고 사랑받기를 원해요. ‘착하다’는 이유로 박물관에 전시돼 사람들 구경거리가 되고 싶지 않아요. 인생이 제공해주는 모든 경험을 하면서 살고 싶어요. 부를 누리면서 여자들의 사교 모임에나 나가고 그러는 것보단 세탁부로 살았던 인생이 훨씬 더 행복했을 거예요.”

“그래, 그랬소. 그런데 난 그걸 이해할 수가 없었지. 당신이 모든 행복을 누리는 걸 보고 싶었소.”

“난 전혀 행복하지 않았어요! 알겠어요? 단 한 번도 행복한 적이 없다고요.”

감정이 복받쳐 그녀는 말을 잠시 멈춰야 했다.

“당신은 절대 이해하지 못할 거예요, 절대로. 도널드는 나한테······.”

“당신한테 뭘 줬는지 나도 알아!”

미가엘은 거의 소리지르다시피 했다.

“내가 아무리 천사라 해도 인간의 몸을 하고 있는 지금, 나는 어쩔 수 없는 한 사람의 남자요. 이런 당신을 보면서도 만져주지 못하고 있는 내가 쉬울 것 같소? 나는 당신하고 하룻밤을 지냈소. 그리고 영원히 그 대가를 치러야 해요. 그렇지만 그건 가치 있는 일이오. 당신을 안고 나서 이 세상 어느 벌을 받는다 해도 나한텐 당신이 더 소중해요.”

에밀리는 말없이 그를 응시했다. 그리고 그의 팔에 쓰러져 안겼다.

“미가엘, 난 당신을 사랑할 수 없어요. 사랑할 수 없어요. 당신은 실제가 아니에요. 당신은 사라져버릴 거예요.”

미가엘은 자신의 목숨까지 가져가도록 허락하는 것처럼 그녀를 끌어안았다.

“나도 알아요. 당신하고 똑같은 마음이오. 내가 어떻게 인간을 사랑할 수가 있겠소? 그렇지만 또 어떻게 당신이 다른 사람하고 사는 것을 지켜보기만 할 수 있겠소…….”

그는 아주 오랫동안 숨을 내쉬고 나서 에밀리의 눈을 마주 보았다.

“내 기억을 다 지워버리면 어떨까?”

“그럴 수 없어요. 당신이 말했죠, 신도 사랑만큼은 지워 없앨 수 없다고. 나도 그 말 충분히 이해해요. 어쩌면 나는 항상 뭔가 그리운 것을 담고 살지 모르겠어요.”

“그렇소. 당신은 사랑을 잊지 못할 거요. 인간에 대한 사랑이든 신에 대한 사랑이든.”

“난 도널드가 보고 싶지 않아요. 하지만 당신이 다른 곳으로 가버리면 무척 보고 싶을 것 같아요. ‘숲 속’ 다음날 아침에 당신이 나 혼자 두고 가버려서 얼마나 야속하고 화났는지 몰라요.”

“나도 가고 싶지 않았는데…… 불려간 거였소. 내 몸과 영혼이 어디론가 움직여 갔소.”

에밀리는 그의 어깨에 머리를 기댔다.

“우리는 그러지 않았어야 했어요. 그래서 난 그 일을 잊어버리려고 무척 애썼지만 되질 않았어요. 당신이 떠나가고 나면 혼자 남겨질 게 두렵기만 했어요.”

254

"에밀리, 당신은 절대 혼자 남겨지지 않소. 지금까지도 그랬고 앞으로도 아주 오랫동안, 절대로."

"당신이 몸을 가지고 있지 않다면 그렇게 되지 않을 거예요."

"그건 그렇소. 나는 당신을 볼 수 있지만 당신은 나를 볼 수도 내 목소리를 들을 수도 없겠지. 그리고 어쩌면 나를 전혀 기억 못할지도 모르고."

미가엘은 그녀를 안은 팔에 힘을 주었다가 다시 눈을 들여다보았다.

"내 사랑, 우린 두 가지 중에 하나를 선택할 수 있소. 하나는 우리의 처지를 탄환해보는 거요."

"탄원이죠."

그는 환한 웃음으로 틀린 것을 인정하고 말을 계속했다.

"어찌됐든 우리 일을 신에게 탄원해볼 수는 있소. 실수가 일어나지 않는 한 우린 헤어지게 돼 있으니까, 그 슬픈 일을 선처해달라고…… 우리가 선택할 수 있는 다른 한 가지는, 내일 어떤 불행한 소식이 날아올지 알면서도 우선 당장은 최선을 다해 살아가는 거요."

"무슨 말인지 알아요. 당신이 지상에 있는 매순간을 서로 사랑하면서 살아야 한다는 뜻이죠."

"맞았소, 정확히."

그는 기쁜 얼굴로 밝게 웃었다.

"당신은 남자예요. 천사든 아니든 남자인 건 분명해요. 그렇죠?"

에밀리는 '남자'라는 말을 혐오스럽고 메스껍다는 듯이 내뱉었다. 미가엘은 에밀리의 돌변한 태도에 당황해서 빤히 쳐다보았다.

"당신 생각은 너무 혼란스러워서 읽기가 어려워."

"가엾어라! 나는 백 퍼센트 아드리안 편이에요. 당신은 정말 천국에서 가장 불량한 천사일 거예요. 어떻게 천사가 될 수 있었는지 의심스럽네요. 나한테 남자 고르는 눈이 없다고 한 그 속셈이 빤히 보여요."

미가엘은 그녀가 무슨 말을 하고 있는지 알아내려고 무척 애를 쓰고 있었다.

"내가 어쨌기에?"

"당신은 당신 목적을 위해 나를 도널드한테서 떼어놨어요. 그리고 두 생애 동안은 남자 없이 썩게 했죠. 그것도 당신 이기적인 목적을 위해서."

"아, 그렇소. 어떻게 보면 이기적일 수도 있었지만 난 당신을 보호하기 위해서였소."

"오, 그러시다고요? 그러면 당신이 나한테 그렇게 친절하게 대하고 있는 지금도 나를 보호하려고 노력하고 있어야겠네요? 당신도 남자니까?"

"난 나쁜 맘을 먹은 적은 없소."

"바로 그거죠. 당신이 여기 와서 아는 사람들한테 좋은 일을 해주는 건 인간을 평가하는 가장 나쁜 방법이에요. 당신이 나한테 그렇게 지독하게 잘 대해주고 나는 당신하고 머리에서 발끝까지 사랑에 빠지고, 그리고 다음은요? 그 다음엔 어떻게 되죠?"

"나는…… 나는 당신 논리를 따를 수 없을 것 같은데……."

미가엘은 머리를 긁적거렸다.

"아, 그래요? 나도 그런 얘기 질렸어요. 질렸다구요! 알겠어요?"

"그러면 내가 당신한테 어떻게 해주면 되겠소?"

"물론, 남자를 찾아줘야죠. 난 혼자 살고 싶진 않아요. 시골에 집도 갖고 싶고 아이도 최소한 셋은 낳고 싶어요. 당신은 천사고 사람들 마음을 꿰뚫어 볼 수 있으니까 떠나기 전에 나한테 남자 한 사람은 찾아줄 수 있겠죠."

"하지만 우린 당신을 죽이려고 하는 사람을 찾아야 하잖소."

"알아요. 당신은 그 일을 할 시간은 있어도 나한테 좋은 일을 해줄 시간은 없단 말인가요?"

"에밀리, 난 지금 이해력을 상실한 사람 같소. 당신이 나한테 왜 화를 내는 건지 알 수가 없소. 정말 혼란스러워."

"아주 간단한 거죠. 당신은 지상에 내려와서 내가 선택한 인생을 방해했어요. 당신 눈에는 몹쓸 인생으로 보였을지 모르지만 그게 내 '인생'이었어요. 그런데 지금, 고맙게도, 나한텐 아무것도 없어요. 나는 지금 이 지상을 떠나야만 하는 천사하고 3분의 2 정도는 사랑에 빠져 있어요. 가버리면 기억조차도 날지 안 날지 모르는 그런 천사하고요. 그리고 남자라고는 찾아보기도 어렵고 더더군다나 만날 가능성은 하늘에 별 따기 같은 시골 마을 도서관 사서로 살고 있죠. 그런 나한테 열릴 문이 있나요?"

미가엘은 에밀리의 말뜻을 이해해보려고 필사적으로 노력하고 있었다. 얼굴이 발갛게 달아오르도록 집중하고 있는 것을 보자 에밀리는 미안한 마음까지 들었다. 그렇지만 더 이상은 짓밟히기도, 아무 말 못하는 현관 발닦개 같은 사람이 되기도 싫었고, 수세기 동안 잘못된 인연의 남자와 사랑에 빠졌던 일을 되풀이하고 싶지도 않았다. 미가엘과 사랑에 빠진 것은 의심할 여지가 없지만 너무 가까이 다가가고 싶지는 않았다. 사람에겐 가끔 이기심이 필요한 때도 있지 않은가! 인생을 보호해주러 천사가 지상에 내려왔다는 건 충분히 경탄할 만한 일이었다. 그러나 어느 날 물거품처럼 사라져버릴지도 모르는 남자에게 이후의 인생을 얽매여 산다면 그 다음은 어떻게 될 것인가?

"어때요?"

에밀리는 자신의 목소리가 터무니없이 큰 데에 스스로 놀랐다. 그녀의 어머니는 언제 누구에게나 인정을 베풀라고 가르쳤다. 그러나 지금 이런 이기심을 느껴보는 것도 놀랄 만큼 기분 좋은 일이었다. 자신의 이기적인 목적에 천사를 이용해보고 싶었다.

"나를 위해서 훌륭한 남자 한 사람을 찾아줄 수 있어요, 없어요?"

"찾아줄 수 있을 거요. 어떤 사람을 만나고 싶소?"

"전에는 내 자신한테 저녁 파티 식탁을 차리게 하려고 결혼한 사람이나 술고래를 선택했던 것 같은데, 기억 나요? 그걸 알면서도 내가 어떤 사람을 원하는지 왜 또 물어봐요? 나는 나를 소중하게 대해주는 사람을 원해요. 같이 아이를 가질 수 있고, 당신이 마음을 읽어봤을 때 여자가 믿고 의지할 만하다고 생각되는 남자."

"알았소. 그런데 요즘 세상에 그런 사람을 찾기란 쉬운 일이 아니오. 이 세상엔 유혹이 너무 많아서……."

"그렇다면 당신이 천국으로 돌아가더라도 내 뒤를 항상 지켜봐줘야죠. 그럴 수 있어요? 그게 당신의 의무잖아요?"

그러나 에밀리는, 미가엘이 진정 원하는 건 천국으로 돌아가 그녀를 지켜주는 게 아님을 알고 있었다. 그리고 에밀리 역시 마찬가지였다. 매일 매일을 미가엘과 함께 살고 싶었다. 그와 비슷한 남자가 아닌 바로 미가엘 그 사람과. 인생을 그토록 소중하게 생각하는 남자를 어디서 찾을 수 있겠는가? 축구 경기를 보고 세상에서 처음 보는 불가사의인 것처럼 감탄하는 남자를, 어디서?

에밀리는 거기서 생각을 멈췄다. 미가엘과 함께 살 운명도 아니거니와 건전한 정신을 갖고 싶다면 그런 생각을 당장 그만두는 편이 낫다는 생각이 들었다. 아이린 말대로 '남자를 잊어버리는 가장 좋은 방법은 그 사람보다 더 젊고 멋있는 사람을 만나는 것'이었다.

"됐어요, 이제 거래해볼까요?"

에밀리는 사무적인 말투로 들리도록 억양을 조절하면서 단호하게 입을 열었다.

"거래?"

에밀리는 그렇게 풀죽은 목소리를 들어본 적이 없었다.

"거래라는 건 이를테면……, 내가 당신 등을 긁어주고 당신이 내 등을 읽어주는 것 같은 거죠."

"아하, 내가 좋아하는 거구나."

미가엘이 어찌나 호색적으로 말하던지 에밀리는 웃음을 감추려고 고개를 돌려야 했다. 그녀는 얼굴에서 웃음기를 싹 거두고 다시 고개를 획 돌렸다.

"아뇨, 그런 게 아니에요. 지금부터 우리는 사업상의 동반자일 뿐 그 이상이 아니라는 뜻이에요. 더 이상 짝짜꿍하는 사이가 아니라구요. 그렇게 하면 당신은 이제 아드리안한테 혼나지 않아도 되고 강등당하지도 않을 거예요. 그리고 이 일이 다 끝나면 나는 남자와 아이들을 얻게 되는 거죠. 맘에 들어요?"

"과학적이군. 그런데 나는 아드리안이 말한 걸 신경 쓰지 않소. 아드리안도 단지 거리 때문에……."

"거리, 아니고 거래!"

에밀리는 틀린 말을 고쳐주며 악수를 하자고 손을 내밀었다.

"그런데 난 인색한 남자들은 싫어요. 그런 사람들은 인생의 재미를 모르거든요."

"맞아."

미가엘은 맞장구치며 손을 내밀었다.

"자, 결정됐으니 이제 잠 좀 잘까요? 내일은 그 파일들을 더 훑어봐야 하고 또 당신은 내 인생 파트너를 찾아야 하잖아요."

슬며시 웃으면서 에밀리는 미가엘이 다락방에서 끌어다놓은 매트리스가 있는 쪽으로 갔다. 케케묵은 매트리스에서는 곰팡내가 났지만 너무 피곤해서 어디에서라도 잠들 수 있을 것 같았다.

자리를 잡고 누워서 혼자 소리 없이 웃었다. 미가엘과 부닥친 이후 처음으로 인생이 제대로 굴러가고 있는 것 같은 느낌이 들었다. 최근 며칠간 인생이 끝나버릴 것처럼 느껴지던 감정과는 상반되는 감정이었다.

그녀를 죽이려고 한 사람을 찾아내고 나면 미가엘은 그녀에게 남편감을 찾아줄 것이다. 함께 아이를 가질 수 있고, 아주 괜찮은…….

얼굴 가득 미소를 머금고 잠 속으로 빠져들었다.

그러나 미가엘은 잠을 잘 수 없었다. 에밀리는 자기가 요구한 것이 얼마나 어려운 일인지를 모르고 있었다. 자신이 보살펴주는 사람 중에는 '괜찮은' 남자가 없었다. 적어도 에밀리에게 어울릴 만큼 괜찮은 사람은 없었다. 그렇게 되면 다른 천사와 연락해, 그 천사의 담당 인간 중에서 괜찮은 남자를 찾아봐야 했다. 체격이나 나이도 적당하게 맞는 사람이어야 했다. 에밀리와 가까운 곳에 살고 있던 남자여도 괜찮을까?

미가엘은 다른 남자가 '자신의' 에밀리와 가까워지는 것에 무심해지려고 안간힘을 썼다.

'죽을 운명은 인간들을 위한 것. 인간 자신들의 잘못이 되도록, 그리고 나쁜 업 속에서 바둥거리도록 그 운명을 인간들에게 남겨두어라.' 아드리안의 충고였다. 미가엘이 소유하고 싶은 여자가 지상에 있어서는 안 된다는 뜻이었다. 그런 비천한 감정에 초연해야만 천사의 자격이 있음을 상기시켜주는 말이었다.

미가엘은 자신이 전혀 천사답지 못하다는 걸 느꼈다. 사실, 에밀리를 두고는 천사다운 생각을 해본 적이 없었다. 지금 이 순간에도 가장 원하는 것은 에밀리와 함께 침대 속으로 들어가 사랑을 나누는 것이었다.

그러나 그렇게 하지 않고 영혼의 집이 되어주는 지상의 육체를 매트리스 위에서 쉬게 했다. 그리고 그는 육체 밖으로 영혼을 빼냈다. 지상의 언어로 '별 세계의 정령'이라 불리는 영혼. 그는 영혼의 형태로 천국으로 올라가 어떤 남자가 에밀리를 행복하게 해줄 수 있을지에 대해 의논했다.

아침에 미가엘의 영혼은 누구누구의 이름 몇 개와 장소, 계획 한 가지를 얻어 돌아왔다. 몸은 밤새 꼼짝도 않고 있어서 조금 뻣뻣한 감이 있었지만 그런 대로 충분히 쉰 셈이었다. 그러나 마음은 무거웠다. 미가엘이 그렇게 고생하는 걸 보고는 아드리안조차도 잔소리 한마디 하지 않았다. 다른 천사들은 미가엘이 그렇게 심란해하는 이유를 모르지만 고통을 함께 느끼고 동정해주었다.

영혼이 몸으로 다시 들어가기 전에 미가엘은 잠시 에밀리 곁으로 가서 잠든 모습을 지켜보았다. 할 수 있는 최고의 의무를 다하겠다고 맹세했다. 과거에 안겨주었던 외로움을 보상해줄 것이며 남자와 더불어 미래를 행복하게 살 수 있도록 에밀리의 운을 바꿔줄 것이다.

기습적으로 에밀리의 뺨에 키스했다. 그것은 받아도 느끼지 못하는 '천사의 키스'였다. 그러나 에밀리가 몸을 뒤척이는 바람에 뒤로 멈칫 물러났다. 그가 어떤 감정을 갖고 있는지 에밀리가 알게 해서는 곤란했다. 질투와 후회의 감정을 에밀리에게 짐 지워서는 안 되며 그녀에게 사랑을 쌓아 올려서도 안 됐다. 그건 옳은 일이 아니었다. 에밀리가 말했듯이 그는 떠날 것이고 그녀의 마음을 가질 권리가 없었다. 지금부터는 해야 할 의무만 행할 것이고 자신의 감정은 혼자서만 간직할 것이다. 그게 옳은 거야, 미가엘은 미소를 지으면서 생각했다. 한 번만이라도 천사가 해야 할 일을 할 것이다. 돌려받을 걸 생각하지 않고 오직 주고, 주고, 주기만 할 것이다.

"하지만 신이여! 에밀리의 왼쪽 귀를 덮은 머리카락만큼은 허락해주옵소서. 저는 그만큼만 갖겠나이다."

그는 미끄러지듯 뒤로 물러서며 속삭였다.

20

이틀째야, 에밀리는 매디슨 저택 다락방에서 두 번째 트렁크를 열며 생각했다. 미가엘은 이틀 동안 그녀에게 관심을 가져주지 않았다. 대신에 지구상의 어느 멍청이 못지않게 컴퓨터에 달라붙어 낑낑거렸다. 그러고 있는 미가엘은 일에 도움이 안 됐지만, 에밀리는 점점 그가 한눈팔지 않는다는 사실에 익숙해졌다. 그러나 이제는 차라리 그녀의 모든 생각과 행동에 대해 문제삼는 사람이 훨씬 더 좋을 것 같았다.

그러나 그건 이미 끝난 것처럼 보였다. 에밀리가 미가엘에게 남자를 구해달라고 말했던 그날 밤 이후로 미가엘은 달라졌다. 그 다음날 아침 에밀리의 항의에도 불구하고 미가엘은 마을로 나갔다. 그리고 한 시간 후에 전화 회사의 젊은 남자와 함께 트럭을 타고 돌아왔다. 같이 온 남자가 낡은 집에 전화선을 설치하고 전기를 연결하는 동안—물론 무료였다—에밀리는 놀라서 입을 다물지 못했다. 미가엘은 컴퓨터에 모뎀도 설치했다. 인터넷을 이용할 경우에 대비한 것이었다.

잡화점에서 이것저것 사 담은 가방도 몇 개 가져왔다. 에밀리가 아침을 준비하려고 부엌에 있는, 아주 오래 된 곤로를 사용할 수 있도록 도와달라고 했을 때, 미가엘은 할 일이 있다면서 정중히 거절했다. 인터넷 접속을 도와준다고 했을 땐, 알프레드가 도와주고 있으니 다른 할 일을 찾아보는 게 어떻겠느냐고 했다. 필요한 게 있으면 부르겠다면서.

달라진 상황에 놀라 눈만 깜빡거리면서 에밀리는 뒤로 물러났다.

"집 안에 있는 모든 자물쇠의 열쇠는 주계단 디딤판 밑에 숨겨져 있어요. 세 번째나 네 번째쯤 될 거요."

미가엘은 컴퓨터 화면에서 눈을 떼지 않고 말했다. 이따금 '예'나 '아니오'를 중얼거리는 걸로 봐서 또 누군가의 말을 듣고 있는 모양이었다. 어떤 땐 키보드를 두드리면서 '잘 모르겠어요'라고 중얼거리기도 했다.

"세 번째가 맞소. 함장님이 그러는데 세 번째 디딤판이라는군. 그리고 당신이 궁금한 건 다 돌아다니면서 구경해도 좋은데, 진실을 알 만한 건 아무 데도 없을 거라고 했소."

쫓겨난 아이 같은 심정이 되어서 에밀리는 뒤돌아 나와 열쇠를 찾으러 갔다. 정확히 세 번째 디딤판 밑에 열쇠 꾸러미가 있었다. 어찌나 빈틈없이 묶여 있던지 열쇠를 쓰고 싶으면 꾸러미 푸는 걸 먼저 해결할 수 있어야 했다.

"이 정도는 나 혼자 할 수 있어. 유령은 못 오게 할 거야. 유령 누구 있으면 나가버려!"

열쇠 꾸러미를 이리저리 돌려보다가 에밀리는 분명히 웃음소리를 들었다. 웃음은 이내 희미해지면서 사라졌다. 함장 유령이 그녀를 혼자 두기로 맘먹고 돌아가는 건지도 모른다. 혼자 중얼거리면서 그녀는 곧장 다락방으로 향했다. 무엇을 탐험하고 싶은지 에밀리는 스스로 정확히 알고 있었다.

그러나 휑하니 넓은 다락방에서 이틀을 보낸 지금은 마음이 좀 달라졌다. 뭔가를 발견해내고 알게 되는 게 말할 것도 없이 흥미 있는 일이긴 했지만, 사이사이 미가엘에 대해 괴로울 정도로 안달이 나는 걸 어쩔 수가 없었다. 사람에게 관심을 주었다가 거두는 게 그에게는 어쩌면 그렇게도 쉽단 말인가? 차로 치었던 그 시간 이후로 두 사람은 거의 모든 시간을 함께 보냈다. 그런데 지금 그는 오직 컴퓨터에만 코를 박고 앉아서 그녀에게는 잠시도 시간을 내주지 않았다. 식사조차도 같이 하지 않았다. 에밀리가 방으로 들어가 가까이 다가가도 거들떠보지도 않았다.

어제 저녁에는 그에게 말을 붙여보려고 먼저 시도를 했다.

"잘돼가요?"

"당신들이 운이라고 부르는 것에 달려 있지."

그는 컴퓨터에서 눈을 들 생각조차 하지 않았다.

"무슨 악이라도 찾아냈어요?"

"많이 찾았소. 그게 문제지. 이 컴퓨터 안에는 악말고는 아무것도 없소. 여기 있는 기사들은 한결같이 무시무시한 남녀가 끔찍한 일을 하는 것만 다루고 있소. 이 중에 어떤 악이 당신하고 관계가 있는지 찾아내는 건 거의 불가능해요. 당신이 이 모든 기사를 썼기 때문에 모두가 다 당신하고 관련이 있을 수 있다는 점이 특히 어렵지."

"내가 도와줄 수 있을 거예요."

에밀리는 그의 눈길을 끌어보려고, 생각했던 것보다 열심히 말했다.

"됐소, 나하고 알프레드만으로도 충분해요. 다락방으로 가봐요. 거기 위쪽에 보물이 좀 있다는데 함장에겐 이제 감상적인 물건일 뿐이라고 했소. 함장은 부자이기도 했지."

에밀리는 또 한 번 운동장으로 쫓겨난 아이 심정이었다.

"남자는 찾았나요? 아주 잘생기고 박력 있는 사람이 좋아요. 그리고 아이는 여섯 정도 원해요. 기억하고 있어요?"

"며칠 전에 남자 세 사람을 알아냈소. 아 참, 며칠 전이 아니고 몇 시간 전이군."

"오, 그래요?"

에밀리는 실망을 들키지 않으려고 애써 반가운 듯 말했다.

미가엘은 컴퓨터 화면에 비친 에밀리를 힐끗 쳐다보았다.

"당신이 원하던 거 아니오? 마음을 바꿨나?"

"물론 안 바꿨죠. 어떤 사람을 선택할까? 그보단 먼저 당신이 도널드를 쫓아줘야죠. 그래야 내가 맘놓고 이 사람 중에 누굴 고르죠."

"당신은 그냥 혼자 살 수도 있소. 아니면 당신 스스로 다른 사람을 선택해서 결혼할 수도 있고."

"아뇨, 사양해요. 남자 고르는 눈이 형편없다는 걸 나한테 알게 해줬잖아요."

에밀리는 그의 뒤통수를 노려보았다.

"나는 항상 어울리지 않는 남자만 골랐죠. 도널드를 보세요. 도널드뿐 아니라 다른 것들을 봐도 그렇죠."

에밀리는 미가엘을 의미하는 '다른 것'이라는 말을 그가 알아들어 주기를 바랐다. 수세기를 지나오면서 선택했던 모든 남자들 못지않게 미가엘 또한 나쁜 사람이라는 말을 하고 싶었다.

미가엘은 여전히 컴퓨터만 들여다보았다.

"당신이 나를 선택한 건 아니잖소, 그렇지 에밀리? 내가 당신을 선택했지. 자, 이제 얼른 가서 보물을 찾아봐요. 함장이 루비라고 하던데. 아 내가 루비를 좋아했다는군."

에밀리는 그가 아무리 은근한 독재로 쫓아내더라도 매트리스 위에 꼼짝 않고 앉아 있어볼까 생각했다. 그러나 결국엔 루비가 이겼다.

계단을 올라가는데 웃음소리가 또 들렸다. 미가엘에게 앙갚음하는 대신 반짝이는 돌을 선택한 데 대해 기뻐하는 함장의 웃음이리라.

"당신 아내는 당신한테서 도망치고 싶어서 자살했는지도 몰라요."

소리 죽여 중얼거리고 나서 그녀는 즉시 함장의 영혼이 사라져가는 것을 느꼈다. 유쾌하지 못한 웃음소리는 사라지고 공허만이 주위에 가득했다.

"대단해. 내가 유령 하나, 천사 하나의 비위를 거슬리게 했군. 다음엔 누구지? 신이 악마를 허락해줄지도 모르지. 운만 좋으면 악마를 잔뜩 약 올려서 다시는 이 세상에 발붙이고 싶지 않게 해줄 텐데."

무거운 걸음으로 꾸역꾸역 올라온 다락방에서 너덜너덜한 트렁크 속을 뒤지고 수백 권의 책을 뒤적이면서 이틀을 보냈다. 루비 같은 건 보이지 않았고 대신 몇 가지 훌륭한 가구와 책 그리고 상당히 맘에 드는 도자기 그릇 세트를 발견했다.

둘째 날 오후 트렁크를 의자 삼아 앞에 있는 물건들을 둘러보고 있을 때였다. 에밀리는 함장의 강력한 힘을 인정하지 않을 수 없었다. 이날까지 약탈자들로부터 보석들을 지켜올 수 있었던, 보이지 않으면서도 영원한 힘. 에밀리가 지금 보고 있는 물건들에 상당한 관심을 가지고 있던 골동품상도 두 사람 있었다. 그리고 에밀리가 알고 있는 한 거기엔 진짜 보석도 몇 가지 있었다.

"이건 값이 얼마나 될까?"

독수리 머리 모양의 팔걸이가 있는 안락의자를 보면서 혼자 중얼거렸다. 그러나 실제로 돈을 생각한 건 아니었다. 돈보다는 그 의자를 아래층 거실에 놓아두면 얼마나 멋지게 어울리겠는가 생각했다.

커튼이 가득 들어 있는 아주 커다란 트렁크도 있었다. 에밀리는 커튼을 다시 사용할 수 있을지 생각해보았다. 붉은색 커튼을 식당에 치면 완벽한 분위기가 될 것 같았다. 크리스마스의 식당 모습이 눈이 보이는 듯했다. 곳곳에 붉은 양초가 타오르고, 식탁 위에서는 묵직한 은식기들과 접시들이 촛불에 반사되어 빛나고……

갑자기 온 집안이 진동하는 듯한 느낌에 에밀리는 생각 속에서 빠져나왔다. 지진이 시작되는 줄 알았다. 그러나 방 안의 물건과 벽은 아무런 진동도 없이 고요했다. 미세한 공기의 떨림일 뿐이었다. 전류가 방 안의 공기 속을 흐르고 있는 듯한 느낌이었다.

"천사하고 유령들인가."

자신의 목소리를 듣는 순간, 미가엘이 드디어 악을 찾아낸 것 같은 예감이 들었다. 몸의 먼지를 털어낼 생각도 하지 않고 계단으로 가려고 몸을 돌리는데 미가엘이 이미 거기 서 있었다.

"찾았소."

미가엘이 들고 있는 컴퓨터 화면에 그림 하나가 떠 있었다.

"인쇄물에는 이게 없었는데 사진 속에 있었소. 사진이라는 게 있다는 걸 몰랐어. 나는……."

미가엘은 말하다 말고 다락방을 한 바퀴 둘러보았다. 에밀리도 그의 눈길을 따라 한 바퀴 돌았다. 트렁크와 옷장, 나무 상자, 박스 등의 문이며 뚜껑들이 다 열린 채 내용물들이 삐죽 나와 있었다.

"당신이 뒤지기 명수라고 함장이 그러긴 했지만……."

미가엘은 기가 막히다는 표정이었다. 에밀리는 얼굴을 찌푸렸다.

"그 사진을 보여주고 싶은가본데, 그것만 보여주면 됐지, 다른 일은 왜 상관이에요?"

"루비가 어딨는지 알고 싶소?"

에밀리는 네, 라고 소리칠 뻔했지만 혀를 깨물면서 겨우 참았다. 미가엘은 며칠 동안 그녀에게 냉담했다. 그렇다면 이번엔 되돌려줄 차례였다. 호락호락 넘어갈 일이 아니었다.

"함장님이 나한테 말해주고 싶다면 말해줘도 되지만 그건 별로 필요치 않은 일이죠. 어차피 나는 그것들을 시(市)에 넘겨야 하니까요. 내 것이 아니잖아요?"

"아, 그렇소. 물론이지. 그리고 당신은 그런 걸 찾는 재미를 느껴보고 싶지도 않지, 그렇소?"

"그렇게 뜸들이지 말고 그만 알려주지 그래요? 뭘 찾아낸 건지 궁금해할 줄 알면서 일부러 그러는 거죠? 그리고, 아니 잠깐, 저 커튼 뒤에 누가 있는 것 같은데요?"

"알버트! 에밀리 놀라게 하지 말고 저리 가!"

미가엘은 커튼을 향해 날카롭게 소리치고 나서 에밀리에게 컴퓨터를 건네주었다.

"그 남자들 중의 한 사람이, 당신을 죽이려고 한 일의 원인이 되는 사람이오. 그 사람들이 누구고 당신하고는 무슨 관련이 있을까? 그 사람들 중 한 사람에게 당신이 무슨 일을 했던 거요?"

에밀리는 사진을 들여다보았다. 낡아빠진 낚시복을 입은 세 남자가 정면을 보며 웃고 있었다. 그들은 금붕어보다 작은 물고기 네 마리를 들어 보이고 있었다.

"이 중에 한 사람도 본 적 없어요. 사진은 어디서 났어요?"

"컴퓨터에서 났지."

미가엘은 에밀리가 너무나 어리석은 질문을 한다는 듯이 대답했다.

"누가 컴퓨터에 그 사진을 입력했을까요? 그리고 왜?"

잠시 미가엘은 또 누군가의 말을 듣는 듯, 귀를 한쪽으로 기울이더니 컴퓨터에 들어 있는 사진은 모두 도널드가 입력한 것이라고 말했다.

"그럼 이 사진말고도 디스크에 다른 사진이 많이 있다는 뜻인가요?"

"그렇소. 적어도 쉰 개쯤은 있소. 아니, 알프레드는 일흔한 개가 있다고 했소. 그 중에 제목이 있는 건 몇 개 되지 않아서 그 사람들이 누군지 알 수가 없다고 했소."

"도널드는 그 사진 속 사람들을 다 알 텐데."

"전화해볼까?"

미가엘은 금방 전화하러 갈 것처럼 돌아서는 시늉을 했다.

"우리가 자기 컴퓨터를 집어온 걸 알면 약간 헷갈릴걸요?"

에밀리는 쌀쌀하게 대하려던 다짐도 잊어버리고 미가엘을 보면서 웃었다. 둘의 눈이 마주친 순간, 그가 눈길을 돌렸고 다정하던 태도가 다시 냉랭해졌다.

에밀리는 푹 한숨을 내쉬었다. 그렇지만 왜 그렇게 변했느냐, 무슨 일이 있느냐, 내가 뭘 잘못한 게 있느냐 따위는 묻지 않을 생각이었다. 토라져 있고 싶으면 맘대로 하라지. 내려온 이유를 빨리 찾아낼수록 그만큼 빨리 떠날 것이고 그렇게 되면 그녀 또한 더 빨리 인생을 되찾을 수 있었다.

"잘생긴 사람들인데, 결혼은 했을까요?"

그녀는 사진을 들여다보며 물었다.

"그 중에 한 사람이 당신을 죽이려고 하는 사람이고 나머지 두 사람은 이용당했을 거요. 그게 누군지를 가려내야 해."

"좋은 생각이 있어요. 내가 그 세 사람을 다 만나보는 거예요. 그래서 내가 미친 듯이 사랑에 빠지는 사람이 있으면 틀림없이 그 사람이 킬러일 거예요."

미가엘은 그 말에 맘먹은 것과는 다르게 푸하하 웃고 말았다. 그리고 이내 호의적인 태도로 변했다.

"할 일이 있소. 내일 밤 시내에서 큰 파티가 열리는데 우리도 거기 갈 거요. 당신에게 소개해줄 남자 둘도 거기 오기로 돼 있소. 여기 이 사람들도 그 파티에 오게 만들려면 먼저 누군지를 알아야 하는데…… 일단 내가 그 사람들을 만나보면 당신을 해치려고 한 사람이 누군지 알 수 있을 거요."

"이유도 알 수 있을까요?"

"그건 장담할 순 없지만 말하게 만들 수는 있지."

"그런 다음엔 어떻게 할 거예요? 나를 죽이는 걸 어떻게 그만두게 할 거예요? 당신이 먼저 그 사람을 죽일 수는 없을 거고, 심장마비가 일어나게 만들 수도 없을 거고, 그렇죠?"

그 말에 미가엘은 아연실색했다.

"사람이 죽고 사는 건 신이 결정해요. 천사는 못해."

에밀리가 천사 세계의 규범을 모욕한 탓인지 미가엘의 말투가 갑자기 딱딱해졌다.

"그런데 정말로 그 사람을 찾아내면 당신이 어떻게 할 거냐구요!"

잠시 동안 미가엘은 어리둥절해 보였다. 그런 것에 대해서는 생각해 본 적이 없었던 모양이었다.

"나도 모르겠소. 그 사람을 만나게 되면 담당 수호천사를 알아보고 몇 가지 정보를 알아내야지. 또 다른 방법은 사진을 천국으로 가져가서 누가 그 남자를 몇 년 동안 천국에다 데려다놓을 수 있는지 물어보는 거요."

"그럼 당신이 천국 시간을 지구 시간 두 배로 농축시킬 수 있어요?"

미가엘은 눈을 가느스름하게 뜨고 에밀리를 쳐다보았다.

"당신이 나를 찾아올 때까지 몇 년이든 내가 일만 하고 있기를 바란다는 말이오?"

에밀리는 마치 '나한텐 다 마찬가지예요'라고 말하는 것처럼 어깨를 으쓱했다. 에밀리의 표정은 왠지 모르게 즐거워 보였다.

"자, 이제 생각해봐요. 도널드말고 또 누가 이 남자들을 아는 사람이 있을까?"

"무슨 근거로 내가 그런 사람을 알 거라고 생각해요? 어찌됐건 나는 매디슨 함장의 진실을 들을 수 있을 만큼 영리하지도 못하잖아요? 그런 바보 같은 내가 어떻게 낚시꾼 세 사람에 대해 알 수가 있겠어요?"

"에밀리!"

미가엘이 이를 앙다물고 따졌다.

"지금 그렇게 시간 낭비할 때가 아니오. 심각하다고! 이 중에 한 사람이 당신을 죽이려고 하고 우리가 그걸 막아야 해. 당신은 분명히 우리를 도와줄 만한 사람을 알고 있을 거요. 나는 그 남자들을 파티에 오게 만들어야 하고 당신하고 당신 친구는 라파엘을 해야 하는데…… 친구 이름이?"

"아이린요. 근데 그건 무슨 말이에요? 내가 라파엘을 해야 한다고요?"

대답 대신 미가엘은 에밀리를 조용히 쳐다보았다. 설명해주지 않아도 그 이유를 알고 있는 게 당연하다는 듯이.

"아이린에게 전화해서 우리도 파티에 갈 거라고 해요. 그리고 그 뭐냐……."

"변장! 그 말을 하려는 거죠?"

미가엘이 말하는 '라파엘'의 뜻을 생각하니 화가 치밀어 올랐다. 미가엘이 처음 그녀의 아파트에 왔을 때였다. 미가엘은 TV를 보고 있었는데 마침 '샐리 제시 라파엘 쇼' 광고를 보고 그것이 천사 라파엘에 관한 내용을 담고 있는 줄 알고 아주 열심히 지켜보았다. 그러나 라파엘 쇼는 헤어스타일을 조언해주는 프로그램이었다. 한 시간 내내 꼼짝 않고 보고 있는 미가엘이 너무나 신기해서 에밀리는 혼자 킬킬거렸다. 몇 시간 후 그는 여자들에게 있어서 화장이 의미하는 게 뭐냐고 물었다.

"사람들이 여자들의 영혼은 보지 않는다는 뜻인가? 눈에다 색칠하는 게 왜 중요하지? 머리카락 색깔은 또 왜 중요해? 이해할 수가 없소."

그는 라파엘의 의미를 화장이나 변장 정도로 파악한 것 같았다.

나를 변장시킬 생각을 하는 거라면 지금 그는 화장에 대해 완전하게 이해하고 있는 거야, 에밀리는 생각했다. 있는 그대로의 모습이 아름답다고 몇 번이나 말하더니…….

"전화기 좀 주세요."

에밀리는 곱지 않은 눈으로 미가엘을 쳐다보았다.

"에밀리, 내 말은 당신이 예쁘지 않다는 게 아니라……."

그는 말을 다 마무리짓지 않고 어깨를 똑바로 펴더니 계단을 내려가기 시작했다.

"바로 전화하는 게 좋겠소. 우린 할 일이 많으니까."

뒤따라 내려가면서 에밀리는 그가 모든 생각을 읽어주기를, 그리고 마음속을 들여다봐 주기를 바랐다.

아이린과는 곧바로 통화할 수 있었다. 비밀 직통 전화번호를 알고 있었기 때문에 기다리지 않고도 바로 연결이 되었다. 아이린은 에밀리의 목소리를 듣고 놀라기부터 했다.

"에밀리? 도대체 어디 있는 거야? FBI가 널 찾으러 여기 왔다 간 거 알아? 네 신랑 될 뻔했던 독불장군께서도 세 번이나 전화했더라. 도대체 무슨 일이야?"

"넌 말해도 못 믿을 거야. 나 좀 도와줘."

"뭐든지 말해. 네가 목 조르기 레슬링 선수 같은 그 뉴스맨에게서 벗어나게 돼서 난 기분 좋아. 뭐든 도와줄 테니 말만 해. 존도 널 도와줄 수 있을 거야. 내 부탁이면 다 들어주니까."

존은 에밀리의 사장이었다. 에밀리는 우연한 기회에 아이린이 그와 은밀한 관계를 맺고 있다는 사실을 알게 되었다.

"다음주에 시내에서 큰 파티가 열리기로 돼 있다는 거 알아? 사적인 게 아니고 상당히 규모가 큰가봐."

"래그타임(재즈연주 형식이나 그 곡) 무도회 말이니?"

"아마 그럴 거야. 거기 가게 해줄 수 있지? 티켓이 두 장 필요해."

"농담이지? 나도 초대받지 못한 곳인데? 거기 초대받으려면 절차도 까다로워. 그리고 언제부터 네가 그런 걸 좋아했어? 속물 근성 부자들을 좋아하지 않는 걸로 아는데."

"그래서가 아냐. 만나야 할 사람들이 있어서 그래."

"어쨌거나 마찬가지 아니니."

"아냐, 정말. 아무나 만나려는 게 아니라 특별히 정해진 사람을 만나려는 거야. 참, 중요한 부탁 하나 할 게 있어. 사진 하나 보내줄게. 거기 세 사람이 있는데 아는 사람들인지 봐줄래? 꼭 알아야 하거든. 사진은 전자메일로 보내줄게."

"그래, 하는 데까지 해볼게. 이쪽 지역 사람이면 내가 알 수 있을 거야. 혹 내가 모르면 누구한테 물어볼 수도 있고. 사진 지금 보내. 보고 나서 내가 다시 전화할게. 전화번호 불러볼래?"

옆에 있던 미가엘이 에밀리의 팔을 잡고 고개를 저었다. 아무에게도 전화번호를 알려주면 안 되었다. 그들의 불법적인 전화 회선에 번호가 있다면 말이다.

"사진을 보내고 나서 내가 다시 전화할게."

"그래, 신중하게 처신해. 나한테야 FBI가 뭘 어쩌지는 않겠지. 이 일이 마무리될 때까지는 너 있는 곳을 아무한테도 알리지 마. 그런데 네가 보호해주고 있었다는 그 암살자라는 사람은 어떻게 된 거야?"

"아, 그 사람은 벌써 갔어. 며칠째 못 보고 있어."

"그래, 알았어. 그럼 끊자. 사진 보내."

아이린은 전화를 끊었다. 에밀리는 사진을 보내놓고 몇 분 기다렸다가 다시 전화를 걸었다. 아이린이 대뜸 물었다.

"너 이제 거물들만 상대하는 거니?"

"누군지 알겠어?"

"네가 그 사람들을 모르다니 믿을 수 없어. 하긴 그 사람들은 사진 찍히는 걸 싫어한다고는 하더라. 내 생각엔 자기들 사진을 부두교(서인도 제도 및 미국 남부 흑인 사회에서 행해지는 일종의 마교) 마술 부리는 데다 쓸까봐 무서워서 그러는 것 같애. 이 사람들을 꼬드기려고 하는 사람들이 무지 많거든.”

“아이린, 농담은 그만 하고!”

“응, 알았어. 왼쪽에 있는 사람은 찰스 웬트워스야. 그 사람은 주에 있는 은행 대부분을 소유하고 있지. 가운데 사람은 스타틀러 모르트먼, 땅이 많은 사람이고, 웬만한 주 몇 개 정도는 될걸? 그리고 오른쪽에 있는 남자는 두 가지를 다 이용하는 사람이야. 웬트워스에게서는 돈을 얻고 모르트먼에게서는 땅을 얻어서 이런저런 건물들을 짓지. 가끔 사람들을 덮치는 크고 흉하게 생긴 건물들 말이야. 너도 알잖아, 에밀리. 신문들이 그 사진 사본을 구하려고 얼마나 난리였는데, 넌 그거 어디서 났어?”

“도널드한테서.”

“오, 세상에. 그럼 도널드 컴퓨터를 훔쳐간 사람이 너였단 말이니? 도널드도 그럴 거라고 말했지만 아무도 안 믿었지. 그도 그럴 것이 자기 입으로 이미 네가 죽었다고 말했으니까. 도널드 신용은 시시각각 곤두박질치고 있나봐. 다른 방송국에서는 도널드가 하는 말마다 꼬치꼬치 물고 늘어진다더라. 그 사람들은 네 차에 있었던 여자가 체임벌린의 부인이었다는 걸 안다던데, 너 그거 아니?”

“정말? 어떻게 해서 알았대?”

“글쎄, 시체 부검을 했나봐.”

“그런데 부검할 수 있을 만큼 흔적이 남아 있었을까?”

“아, 잠깐만 기다려. 존이 부르거든.”

기다리는 동안 에밀리는 컴퓨터 화면을 보면서 생각했다. 이 준수하게 생긴 남자들이 도대체 나하고 무슨 관련이 있을까. 도널드를 위해서 많은 기사를 썼지만 이런 세력 있고 부자인 남자들과 관련된 일은 한 적이 없었다.

아이린이 돌아와 보류 버튼을 풀고 다시 얘기를 시작했다. 거의 속삭이는 목소리였다.

“우와, 에밀리, 너 못 믿을 거다. 세상에, 존하고 부인이 래그타임 파티에 참석할 수 없게 됐데. 티켓 두 장을 나한테 주는 거 있지.”

에밀리는 미가엘을 곁눈질했다. 이렇게 되도록 만든 장본인이 미가엘임이 분명했다. 이런 조작이 싫었다. 래그타임 무도회는 존과 짓밟힌 그의 부인 인생의 하이라이트였다.

“존이 그러는데 자기는 생활에서 벗어날 수가 없데. 부인이 친척들 찾아보러 다니자고 조르나봐.”

“아이린, 그럼 그 티켓 나 줄 수 있어?”

“물론이지. 네가 달라고 하지 않으면 어디 쓸 데도 없을 것 같다. 이 좋은 때 내가 왜 이래야 되지?”

“모르겠다. 뭔가 있겠지. 그런데 친구 하나를 데려가야 하거든. 묵을 곳이 필요한데.”

아이린은 망설이는 듯했다.

“아, 남자는 아니겠지? 키가 180센티미터 정도 되고, 검은 곱슬머리? 그 남잔 아니지?”

“잠깐, 누구 듣는 사람 없어?”

“존 정도 되는 사람이 전화 도청하게 할 것 같아? 맘놓고 말해도 돼.”

“좋아, 그럼 다 얘기할게. 난 변장해야 돼. 너도 알지, TV에서 하는 것처럼 말이야. 최대한 내가 나 같지 않아 보이게 만들어야 돼.”

“넌 평소에 립스틱도 진하게 칠하지 않으니까 그것만 해도 되겠다, 뭐. 네가 잡고 싶은 남자가 누군데 그래?”

“사실은 내 수호천사가 지구에 내려와 있어. 나한테 아주 완벽한 남자를 만나게 해주기로 약속했지. 천사가 그러더라. 래그타임 파티에서 그 남자를 만나게 돼 있다고. 내가 왜 그렇게 최고로 보이고 싶은지 알겠지? 머리도 해야 하고 화장이랑 드레스도 필요해.”

“수호천사? 후! 얘, 에밀리. 그러다 빠져들겠다?”

"그래. 그런데 불행하게도 너무 자주 너무 열심히 빠져서 그렇지."

"전혀 안 빠지는 것보다는 나아. 그러면 오늘밤이나 내일 아침 일찍 올래? 내일 하루는 너랑 같이 있을게. 무도회는 내일 밤이니까. 참, 한 가지, 너 움직일 때 먼지 하나도 떨어뜨리지 마. 몸조심하란 말이야. 알았지?"

"물론 그래야지."

에밀리는 전화를 끊고 미가엘을 돌아보았다.

"이런, 드레스 얘길 빠뜨렸어. 아이린 걸 빌려 입을 순 없는데. 나보다 훨씬 크거든요."

"드레스는 내가 구해보겠소."

미가엘은 말하면서도 에밀리와 눈을 맞추지는 않았다.

"당신이 좋다고 했던 가게가 어디 있는 거였지? 그리고 이름은?"

에밀리는 그가 무슨 말을 하는지 뻔히 알고 있었다. 그러면서도 자기가 말을 금방 알아듣는다는 걸 기분 좋게 생각할까봐 시치미를 떼면서 거만스럽게 말했다.

"무슨 말인지 난 모르겠는데요."

미가엘은 컴퓨터 화면 위로 에밀리를 건너다보면서 눈썹을 찌푸렸다.

"텍사스 댈러스에 있는 니먼 마커스예요."

그녀는 입술을 잔뜩 오므리고 대답했다.

얼굴을 들진 않았지만 미가엘의 입가에 옅은 미소가 떠올랐다.

"당신은 항상 내가 원하는 걸 알고 항상 나를 이해하지."

에밀리는 지금은 그를 이해하지도 못하고 최근 이틀 동안 마음을 헤아릴 수도 없었다고 소리지르고 싶었지만 참고 입을 꾹 다물었다. 위층으로 다시 돌아갈까 하고 혼자서 중얼거렸는데도 미가엘이 아무런 반응을 보이지 않자 그냥 다락방으로 돌아왔다.

미가엘은 돌아서는 에밀리의 뒷모습을 한동안 지켜보았다. 자리에 그대로 앉아 있는 것은 엄청난 인내를 필요로 했다.

"나한테 책임이 있소."

그는 혼잣말로 자신에게 말했다. 지난 이틀간 혼자 외롭게 지내게 한 게 마음이 아팠다.

"다시는 그렇게 하지 않겠어."

미가엘은 전화기를 집어 들고 알프레드의 도움으로 댈러스에 있는 가게 전화번호를 알아냈다.

30초 후쯤 그는 얼굴 가득 미소를 지으면서 수화기를 내려놓았다. 죽여줄 만한 드레스 하나를 주문한 참이었다. 미가엘이 '진짜 죽으면 안 되고요'라고 말했을 때 가게 여직원은 깔깔거리며 웃었다. 드레스 값이 만 달러가 넘을 거라는 말을 들었을 때, 미가엘은 컴퓨터 화면을 흘끗 보았다. 바로 그때 알프레드가 신용카드 번호와 주소를 화면에 띄워주었다. 미가엘은 그대로 읽어주었다. 즉시 신용 조회가 통과되었다.

미가엘은 알지도 못했고 묻지도 않았지만, 한 달 후 그 청구서는 어마어마하게 부자인 한 남자에게로 날아갔다. 드레스 한 벌과 코트, 신발 한 켤레 값이 부자 부인이 쇼핑 목록에 포함되어 있었다. 그리고 남자의 비서는 눈도 깜짝하지 않고 청구서 대금을 지불했다.

드레스는 그렇게 주문해놓고 미가엘은 컴퓨터로 돌아왔다. 어쩌면 이제 누군가가 그의 에밀리를 죽이려고 하는 이유를 찾을 수 있을 것 같았다.

"정정!"

미가엘은 자신에게 경고했다. 나의 에밀리가 아니야. 에밀리는 이제 곧 친절하고, 사려 깊고, 좋은 친구 같고, 지적이고, 상당한 유머 감각이 있는 남자를 만나게 될 거야.

동료 천사가 내일 무도회에 보내주기로 약속한 남자에 대해서는 더 생각하고 싶지 않았다.

"알프레드, 함장에게 말해줘. 부인의 루비를 얻고 싶다고."

그리고 잠시 화면에 귀를 기울였다.

"알았어. 귀고리랑 팔찌까지 세트 전체가 필요해. 아니, 함장한테 돌려주지는 않을 거야. 에밀리에게 줄 생각이야."

그는 다시 키보드 위에 손을 올리고 주의를 집중했다.

“내가 널 사랑하지 않았다면 지독히 미워했을 거다. 질투가 나서 말이야.”

진붉은 드레스를 입은 에밀리를 보며 아이린이 말했다. 그렇게 비싼 드레스인데도 언뜻 보아선 아주 단순해 보였다. 단지 몸에 꼭 맞는, 빨간 실크 공단 드레스처럼 보였지만 재단과 디자인 방식 때문에 에밀리의 가슴이 터질 듯 풍만해 보였다.

“너무 심한 것 같지 않니?”

“너? 아니면 드레스가?”

“둘 다 그런 것 같아.”

에밀리는 드레스 밑으로 여기저기 살을 꾹꾹 누르며 염려스럽게 말했다.

“바보야, 너 같은 가슴을 만들고 싶어서 얼마나 많은 여자들이 돈을 써대는지 알기나 해?”

에밀리는 나오는 웃음을 참지 못하고 킬킬거렸다.

“정말, 네 남자친구는 감각이 있는 사람인가봐.”

“그 사람은 아니야…….”

“어, 그래. 그 사람은 남자친구가 아니라고 했지. 나 벌써 치매가 있나봐. 그런데 그 사람은 컴퓨터를 가지고 도대체 뭘 하는 거야?”

“나를 죽이려 하는 사람을 찾고 있는 거야.”

사실 에밀리는 친구에게 전적으로 진실만을 말했다. 그러나 친구는 그것을 깨닫지 못했다. 미가엘이 에밀리의 수호천사라는 말을 두 번째로 들었을 때, 아이린은 상당히 오래 웃었다.

에밀리와 아이린은 서로 다른 점이 많은 친구였다. 아이린은 육체적인 매력이 상당했다. 그 점을 그대로 살리기 위해 굽이 꼭 5센티미터 이상 되는 구두를 신었다. 반면 에밀리는 섹시한 하이힐은 한 켤레도 갖고 있지 않았다.

그들은 만난 순간 서로 친구가 되었다. 아이린이 어느 날 그린즈버러 도서관으로 걸어 들어와 마을에 집 빌릴 만한 곳이 있는지 물었다. 여권 사무소에서조차도 모르던 아이린의 진짜 나이는 그녀의 의사에 의해 알려졌다. 의사는 아이린이 정력을 낭비하는 생활을 자제하고 너무 재미만 추구한 생활의 대가를 치를 준비를 해야 한다고 말했다.

마지못해, 그리고 엄청난 이의 제기를 하면서 아이린은 답답할 정도로 조용한 그린즈버러의 마을에 작은 집을 빌렸다. 그러나 아이린 자신도 놀랄 정도로 곧 그곳을 좋아하게 되었다. 에밀리를 만난 첫날 그들은 동네 식당에서 점심을 함께 했고 그 이후로 친구가 되었다.

“우린 서로 샘낼 게 하나도 없어. 너는 절대 내가 하는 일을 하고 싶어하지 않아. 나도 네 직업에 대해선 그래. 남자친구에 대해서도 마찬가지고.”

에밀리는 도널드를 염두에 두고 말했다.

"너는 나를 부러워하지 않고 나도 너를 질투하지 않아. 간단하지."

진실이야 어쨌든 모든 문제에 대해 함께 해결점을 찾을 수 있을 것 같았다. 에밀리는 아이린의 번잡한 도시 생활에 무엇이 필요한지 알고 있었고 아이린은 항상 에밀리가 활기차게 생활할 수 있도록 흥미로운 조언을 해주었다. 그들의 유일한 의견 차이는 도널드에 관한 것이었다. 아이린은 도널드를 싫어했고 그가 이기적인 목적 때문에 에밀리를 원한다고 생각했다. 에밀리에게도 자주 그런 생각을 말했다. 그런데 미가엘은 만나자마자 좋아했다.

"천사라고? 흥, 그런 눈을 가진 사람이? 내 눈엔 차라리 악마처럼 보이던데?"

"그 사람은 내 사람이 아냐. 그러니까 네 희망 사항에 맞추지 마. 그 사람은 떠나게 돼 있어."

"알았다! 그 사람, 산퀜틴으로 갈 건가 보지? 요즘은 암살자들을 거기로 데려가지? 누군가 또 그 사람을 죽이려고 할까?"

아이린은 에밀리가 또 속아넘어갔다고 생각하는 게 분명했다. 미가엘을 좋아하긴 했지만 천사라는 건 믿으려 하지 않았다.

그러나 엄청나게 값비싼 드레스를 입고, 드레스 색으로 물들인 머리를 정수리까지 틀어 올린 에밀리를 보면서 아이린은 감탄을 연발했다. 신체적으로 두 사람은 상반되는 점이 많았다. 아이린은 키가 180센티미터가 넘었지만 에밀리는 그보다 30센티미터 정도 작았다. 아이린은 직각에 가까운 넓은 어깨를 갖고 있어서 입는 옷마다 우아하게 잘 어울렸다. 가슴이 풍만하고 곡선미가 있는 에밀리는 옷에 따라서 점잖게 보이기도 하고 말괄량이같이 보이기도 했다.

붉은 드레스를 입은 에밀리는 섹시하고 우아할 뿐만 아니라 화려하고 부티가 났다.

"넌 말을 달릴 때의 네 아버지, 폴로 경기를 하는 오빠, 자선단체 위원회에 가는 엄마처럼 보여."

아이린이 함박웃음을 머금고 말했다.

"너무 심한 건 아닐까? 너무 튀지 않겠어?"

에밀리는 똑같은 질문을 또 했다.

"전혀 아니라니까. 어떻게 생각해요, 미가엘?"

아이린이 미가엘을 끌어들였다. 그는 턱시도를 입고 방 한쪽에 서 있었다. 그는 눈부시게 아름다웠지만 에밀리는 일부러 눈길을 보내지 않았다. 어울리는 남자를 찾기로 한 맹세를 지켜야 했다. 말 그대로 한순간에 날아가 버리지 않을 남자.

"몸매가 다 드러나 보여요."

미가엘이 얼굴을 찡그리며 대답했다.

"남자들은 다 그렇게 생각할 거예요. 최소한 당신 같은 소유욕을 가진 사람은요. 에밀리가 사진 속 세 남자의 시선을 끌 수 있을 거 같아요?"

"그 사람들은 부자 여자 한 사람에게만 관심 있을 거 같은데요."

미가엘의 대답에 부정적인 견해가 들어 있다고 판단한 에밀리가 입술을 오므리고 말했다.

"그렇다면 나는 아니네요. 시골 도서관 사서가 어느 부잣집에서 빌려온 옷을 입고 있는 느낌이니까."

"옛날 옛적 신데렐라도 그런 기분이었을 거요."

미가엘은 유쾌하게 웃으면서 주머니에서 뭔가 꺼냈다.

"이게 아마 당신의 자신감을 도와줄 거요."

그러면서 에밀리의 아이보리색 목에 목걸이를 채워주었다. 금에 루비를 박은 줄에 커다랗고 완벽한 물방울 모양의 루비 몇 개가 매달린 목걸이였다.

"그리고 이것도."

세트로 디자인된 귀고리였다. 조그맣고 둥근 루비에 매달린 비둘기 알만한 루비들.

"그리고 이것도."

그는 세 줄로 된 루비 팔찌를 에밀리의 손바닥 위에 올려놓았다.

"함장 부인의 루비들이오."

"그거 다 진짜 루비 아니니? 그 루비들이 너를 '지루한 에밀리 제인 토드'에서 구제해주지 못한다면 지구상의 어떤 것도 그렇게 못하겠다."

눈이 휘둥그레진 아이린이 속삭였다. 그런 보석이라면 마땅히 받을 만한 경탄이었다.

"에밀리는 전혀 지루한 사람이 아니죠."

미가엘이 어찌나 강렬한 눈빛으로 쳐다보던지 눈빛이 루비에 옮겨 붙어 붉게 타는 게 아닐까 걱정될 정도였다. 그러나 그는 얼른 고개를 돌리고 에밀리의 코트를 가지러 갔다.

"세상에…… 저런 눈빛으로 나를 쳐다보던 남자, 언제 적 얘기야……. 너 나한테는 그 사람이 '그런 식'으로 관심 있는 게 아니라고 말했잖니. 네가 말한 게 그 뜻이 아니었어?"

"그렇게 말했어. 그 사람은 떠날 거야."

"그 사람 기다려라. 내 평생 너한테 해줄 수 있는 제일 좋은 충고 같아."

"좀더 보고 나서 그런 얘기 해."

에밀리는 소곤거리고 나서 미가엘이 내미는 코트를 받아 입었다. 드레스와 신발과 같은 색깔로 안감을 댄 흰색 공단 코트였다. 에밀리는 당장에 미가엘이 옳았음을 알 수 있었다. 루비가 요술을 부린 것이다. 아이린의 아파트를 나오면서 에밀리는 자신이 지구상에서 가장 아름다운 여인인 것처럼 느껴졌다.

미가엘이 무도회장까지 가는 차편으로 준비한 리무진 안에서도―그

대금을 어떻게 지불했는지는 묻지 않았다—에밀리는 그의 행동에 전혀 무관심한 척했다. 미가엘 자신의 모든 움직임을 모른 척해야 하고, 세 남자들로부터도 떨어져 있어야 한다고 하는 말도 못들은 체했다.

"내가 그 사람들의 마음을 읽을 수 있을 거요. 그러면 어떤 사람이 당신을 해치려는 사람인지도 알게 될 거고. 무슨 수를 써서라도 그만두게 만들 거요."

"나를 죽이려는 이유가 뭔지 알아야만 그럴 수 있어요."

찾아내려고 노력하면 알 수 있지 않을까? 그 남자를 루비와 풍만한 가슴으로 유혹해서…… 정보를 알아내는 것도 재미있지 않을까. 그런 생각을 하면서 에밀리는 다시 낄낄거렸다.

"에밀리, 지금 당신이 생각하고 있는 건 마음에 안 드는데."

미가엘이 심각하게 말했다.

"당신 마음속에 실속 없이 커다랗기만 한 남자의 영상이 보여. 그 사람이 이 일과 무슨 관련이 있소?"

에밀리는 살짝 웃음을 띠면서 창 밖을 내다보았다. 최근 스파이 영화에서 보았던 아놀드 슈왈츠제네거를 생각하고 있던 중이었다. 스파이 영화의 여자들은 빨간 공단 드레스를 입지 않았던가? 비둘기 알 크기만한 루비를 차고 있지 않았던가?

"아이린 집으로 다시 가야 할 것 같소. 이 파티에 꼭 가야 한다고는 생각하지 않소."

미가엘은 운전자와 그들 사이에 있는 유리를 손가락으로 톡톡 두드렸다. 에밀리는 그에게 팔짱을 끼고 부드럽게 웃어주었다. 미가엘은 움푹 파인 에밀리의 가슴 가운데를 힐끗 쳐다보고 나서 창백해지는가 싶더니 이후론 아무 말도 하지 않았다.

에밀리는 지금까지 자신이 그렇게 강력한 힘을 가지고 있다는 사실을 느껴본 적이 없었다.

미가엘을 가만히 훑어보았다. 이 사람말고 다른 누구를 생각할 수 있단 말인가. 턱시도를 입고 눈부시게 아름다운 사람, 그렇게도 친절하게 대해주는 사람. 곁눈질로 흘깃흘깃 훔쳐보면서 에밀리는 생각했다. 처음 그가 '라파엘'을 해야 할 필요가 있다고 했을 때는 무척 모욕적이었다. 그러나 지금은 고마울 따름이었다. 제대로 된 옷과 보석 몇 가지로 여자는 얼마나 달라 보이는가. 두 시간을 공들인 화장은 말할 것도 없고 머리를 치장하는 데 쓴 네 시간도 아깝지 않았다.

"태양이 키스한 것처럼 만들어드릴 거예요."

미용사는 그렇게 말했다. '자연스러움'을 위해서는 많은 시간이 필요했지만 충분히 시간을 투자할 만한 가치가 있었다.

"당신 아주 멋져 보여요."

에밀리는 미가엘을 보며 사랑스럽게 웃었다.

"당신도 정말 아름답소."

대답하는 태도가 에밀리의 기분을 한층 좋게 해주었다.

얼마나 악의 없이 남을 위해주는 사람인가. 그녀를 위해 일을 하고 있는 사람. 그는 다른 사람들에게 에밀리를 소개하면서 아주 오래 전부터 사랑했던 사람이라고 말하곤 했다. 남자를 찾아주기 위해 곤란한 일을 많이 겪었고, 매력 있게 보이도록 하기 위해 시간과 노력을 많이 들였다. 에밀리는 도널드처럼 고맙다는 말을 입에 달고 우물거리는 사람들에게 더 익숙해 있었다. 3주일 분량 정도의 보고서나 건네주어야 형식적으로 감사의 표시를 중얼거리는 사람들……, 그러나 지금 에밀리의 마음은 그런 것과는 달랐다.

"당신이 내게 해주는 모든 일, 진심으로 감사드려요. 이렇게 사심 없이 남을 위해주는 사람은 많지 않아요."

"내가 당신 수호천사인 거, 기억하겠지? 당신을 보살피는 게 내 일이오."

“그런데 그 사람은 어떻게 생겼어요?”

“누구?”

“오늘 만나기로 한 사람 말이에요.”

“친절하고, 사려 깊고, 아주 훌륭한 사람이오. 좋은 일도 많이 하는 사람이고. 다음 생에서는 더 높은 수준의 삶을 부여받을 우선 순위에 있는 사람이지. 당신만큼이나 헌신적으로 남을 위해주는 사람이오.”

에밀리는 호사스러운 차의 가죽 좌석에 등을 기대고 기분 좋은 미소를 지었다. 가족과 가정을 걱정해주는 남자와 함께 지낼 미래를 마음속에 그려보았다.

“고마워요. 나한테 이렇게 친절하게 해주니 진심으로……”

감동이 가득한 목소리였다.

미가엘을 향한, 솜털같이 부드럽고 애정 어린 느낌이 변하기 시작한 건 그로부터 30분쯤 후부터였다.

“당신같이 빈둥거리는 사람은 한마디로……”

그를 지칭할 만한 만족스런 나쁜 말이 생각나지 않았다. 그리고 처음에 생각했던 말조차도 소리내어 말하지 않을 작정이었다. 그러면서도 그가 마음을 읽어주기를 진심으로 바랐고, 소리 없이 보내는 생각의 요점들을 정확히 알아주기 바랐다.

“에밀리, 그 사람은 정말 괜찮은 사람이오. 그 사람은……”

“말도 꺼내지 말아요.”

그녀는 사납게 미가엘의 말을 막았다. 그러고는 선이 아름답게 드러난 검은 드레스를 입고 두 사람을 호기심 어린 눈으로 쳐다보는 한 여자를 보며 미소를 지었다.

“난 당신을 믿었어요. 믿었다구요!”

“하지만 그 사람은……”

“말할 필요도 없이 훌륭한 사람이겠죠!”

에밀리는 그의 얼굴에다 쏘아붙였다. 그렇게 화가 나긴 처음이었다.

아름다운 파티장은 첫눈에 보아서도 상상하던 그대로였다. 불은 하나였지만 여자들이 걸치고 있는 수많은 보석과 그 반짝거리는 빛으로 실내는 화려하기 그지없었다. 대리석 계단을 올라가 무도회장으로 들어가기까지의 기분은 황홀함 그 자체였다. 벗고 싶지 않은 코트를 어쩔 수 없이 내준 다음 미가엘의 팔을 끼고 다른 손님들과 함께 안으로 들어갔다. 모든 것이 완벽했다. 매력적인 드레스에 루비로 치장을 한 자신이 파티에 초대받은 손님으로 더없이 어울린다고 생각했다.

미가엘이 좌석으로 안내해준 다음부터 그녀는 곤혹스러웠다. 두 사람의 테이블은 다른 사람들로부터 너무 멀리 떨어져 있어서 춤추는 곳이 잘 보이지 않았다. 키 큰 야자나무가 시야를 가려서 춤추는 사람들은 물론이고 다른 손님들조차 제대로 보이지 않았다. 밖에서 안을 들여다보는 정도였다.

"프라이버시 때문에."

미가엘이 웃음을 띠며 말했다. 에밀리도 옅은 미소로 대꾸했다. 일생의 남자를 만날 때는 비밀스러운 게 더 낫겠지.

그러나 그로부터 20분 후, 에밀리는 미가엘을 죽여버리고 싶었다. 한 노신사가 그들 테이블로 와서 앉았는데, 에밀리는 정중하게 이야기를 나누었다. 그러면서도 목이 빠질 정도로, 테이블 쪽으로 다가오는 남자가 없는지 살폈다. 에밀리를 위해 선택된 남자는 신의 계시를 받은 사람일 것이다. 어떤 모습을 하고 있을까? 표내지 않으면서 남자를 눈짐작으로 찾고 있었다.

"그린 씨께서는 암연구 센터를 세우셨소."

미가엘이 에밀리에게 말했다.

"정말 훌륭하시네요."

어깨 너머로 춤추는 사람들을 훑어보면서 건성으로 대꾸했다. 고개를 한쪽으로 기울여 야자나무 세 개를 지나야만 춤추는 여자의 치맛자락이 겨우 보일 정도였다.

"저는 평소에 이런 곳에 잘 오지 않습니다. 하지만 이번 파티는 자선 기금을 위한 것이기 때문에 오늘밤은 예외가 됐지요. 그리고 제가 이 테이블을 여기다 준비해달라고 부탁했습니다. 시시한 무도장에서 좀 떨어져 있고 싶어서요. 별로 좋아하지 않거든요. 어떠십니까?"

"저요? 아, 저는 춤추는 걸 좋아해요."

에밀리는 날카로운 눈빛으로 미가엘을 쳐다보면서 마음속으로는, 자신이 기다리는 남자는 언제쯤 나타나느냐고 묻고 있었다.

미가엘은 에밀리 옆에 앉아 있는 노신사에게 얼굴을 돌렸다.

"회사의 이익을 종업원들에게 분배해주신다면서요?"

"예, 그렇게 하고 있습니다. 상부상조하는 거지요."

"그리고 지금은 혼자 살고 계시죠?"

"사랑하는 제 아내가 14년 전에 떠났습니다. 재혼해야 하는데 도덕적이면서도 현대적인 여자를 아직 찾지 못해서요."

"에밀리는 그린즈버러에서 도서관을 운영하고 있습니다."

미가엘은 그녀에게 무슨 말이라도 해보라는 듯 팔꿈치를 살짝 밀었다.

"아, 네, 한번 들러보세요. 음, 죄송해요, 아직 성함을……."

"그린입니다. 테일 그린. 내 이름을 모르는 여자분을 만나게 되다니 정말 기쁩니다. 요즘 여자분들은 남자가 하는 일보다는 은행 계좌에 더 관심이 많지요. 당신 같은 분을 뵈니 새롭고 상쾌합니다, 토드 양. 이렇게 말해도 될지 모르지만 아주 사랑스러우십니다."

그때서야 에밀리는, 일흔 고개를 지난 것 같은 이 노인이 바로 미가엘이 골라준 남자임을 깨달았다. 분노로 이글거리는 눈을 들어 미가엘을 쳐다보았다.

"잠깐 저 좀 보시겠어요?"

그는 억지로 미소를 지었다.

"에밀리, 내 생각엔……."

"지금요! 지금 당장 말이에요!"

"그린 씨, 이해해주신다면 잠깐 실례하겠습니다."

그는 정중하게 양해를 구하고 야자나무 속으로 깊숙이 들어가는 에밀리를 뒤따랐다.

"에밀리, 나는……."

미가엘이 먼저 말을 꺼냈지만 이내 저지당했다.

"나한테 한마디도 하지 말아요. 밑바닥 중에도 최고 밑바닥이네요? 내가 무슨 근거로 당신을 좋은 사람이라고 생각했는지 나 자신도 이해할 수 없어요. 어떻게 내가 당신을 천사라고 믿었는지!"

"그 사람은 훌륭한……."

"그리고 잠자리에서는 폭탄 같은 사람이란 말이죠? 거기서 내가 갖고 싶어하던 아이들을 가질 수 있고?"

"봐요, 에밀리. 시간이 넉넉하지 않았지만 최선을 다한 거요."

"아뇨, 최악을 다한 거겠죠. 다른 건 몰라도 최소한 젊은 사람을 알아볼 수는 있었잖아요. 아니, 그럴 수는 없었겠네요. 당신은 다른 남자가 나를 만지는 걸 견딜 수 없었을 테니까. 안 그래요? 수백 년간 나한테 해왔던 일을 또 하는군요."

"당신은 내가 천사라는 걸 믿지 않았군."

그는 엷은 미소를 지으면서 휙 돌아서는 에밀리의 팔을 붙잡았다.

"좋소, 내가 사과하겠소. 그 사람이 필요 이상으로 나이 들었다는 걸 개의치 않은 점."

"그 사람은 우리 할아버지보다 늙었어요."

이를 악물고 말하다가 곧바로 표정을 풀고 지나가는 남녀 한 쌍에게 미소를 지어 보였다.

“이 파티는 내 일생에 한 번뿐인 유일한 기회였어요. 근데 당신이 다 망쳤어요.”

“당신 말이 맞소. 그래서 사과하겠소. 오늘 저녁은 다 망쳤으니 당장 떠나는 게 좋겠소.”

“당신이야 그러고 싶겠죠? 나머지 저녁 시간을 어떻게 보낼 계획인가요? 당신하고 나하고 짝짜꿍하면서?”

미가엘은 놀라서 눈만 깜빡거리고 있었다. 그녀는 얼굴을 바짝 들이대고 내뱉었다.

“섹스! 당신이 계획한 게 그거냐구요!”

“그런 생각을 하진 않았지만…… 기꺼이 하겠소.”

그는 웃을 생각도 하지 않고 진지하게 말했다.

에밀리는 대꾸할 말을 찾지 못하고 구두 굽으로 그의 발등을 내리찍었다. 미가엘이 몸이 꺾일 것처럼 아파하자, 그때야 만족스러웠다.

“아파도 싸지.”

그의 귀에다 대고 으르렁거리는데 또 한 쌍의 남녀가 지나갔다. 그들은 가다 멈춰 서서 뭐 도와줄 게 없느냐고 물을 기세였다. 에밀리는 선수를 쳤다.

“여보, 집에 가야겠어요. 이러다 관절염이 도지겠어요.”

미가엘은 찍힌 발등을 문지르면서 한쪽 다리로 균형을 잡으려고 총총거렸다. 그러면서도 집에 가는 게 제일 좋은 생각 같다고 말했다.

“나는 춤도 추고 싶고 재밌는 시간을 보내고 싶어요. 그러기 전엔 집에 안 가요.”

“그러라고 놔둘 수가 없소. 당신을 죽이려고 하는 사람이 있어.”

“그거 찾으려고 여기 온 거 아닌가요? 나를 없애려는 사람이 누구이고 이유가 뭔지 찾으러 온 걸로 아는데요?”

“내가 그것들을 찾아낼 거요. 당신은 일생을 함께 지낼 남자를 찾아달

290

라고 했소. 그린 씨는 아주 훌륭한데 당신은……."

"따분해서 죽어버리겠죠. 그 사람이 어떻게 살 것 같아요? 술도 안 마시고, 담배도 안 피우고, 춤도 안 추고, 밝은 색 옷을 입지도 않죠. 그렇게 모범적인 사람이니까 천국에서도 그 사람 날개는 특별히 새로 맞춰놔야 할걸요?"

에밀리의 농담에도 미가엘은 웃지 않았다.

"에밀리, 당신에 대해선 당신이 잘 알잖소."

"무슨 말을 하고 싶어서 그래요?"

"나쁜 뜻은 아니고……, 당신은 덕이 없는 사람을 고르는 것 같소."

"당신처럼? 당신은 FBI한테 쫓기고 있고 당신을 죽이려고 하는 전처가 있었잖아요? 충분히 덕 없는 사람이죠."

"그 두 가지 다 나 때문에 일어난 일은 아니오."

"그 말은 맞네요. 당신은 천사니까. 내가 죽을 때까지 나를 방해하는 천사니까."

"난 당신을 보호하려고 노력하고 있소."

"뭐에서 나를 보호해요? 누구로부터 보호해요? 당신으로부터 나를 보호해줄 사람은 없는지 알고 싶네요!"

다시 돌아서는 에밀리를 미가엘이 잡아 세웠다.

"어디 가는 거요?"

"무도장에요."

"아니, 가면 안 돼요. 이런 마음 상태로 가게 놔둘 수 없소."

"이런 마음 상태라구요? 분별력도 없다는 뜻인가요?"

"오늘밤엔 당신이 좀 다르다는 뜻이오. 드레스 때문인지 루비 때문인지는 모르겠지만 당신이 뭔가 좋지 않은 일을 하고 싶어하는 것 같아. 나쁘다기보다는……."

"말썽 피운다구요?"

한쪽 눈썹을 치켜 올리며 물었다.

"그렇소, 그 말이 맞겠소."

"나는 뭔가…… 근사한 일을 하고 싶어요. 오늘밤은 나한테 신데렐라가 될 수 있는 한 번뿐인 기회라구요. 저 무도장에 가서 춤추고 싶어요. 그게 그렇게 이해하기 어려워요?"

"물론 그걸 이해 못하는 건 아니오. 좋소, 그럼 갑시다. 내가 찾아줄 수……."

"아뇨, 그런 생각 하지도 말아요. 내 춤 파트너는 내가 찾을 거예요."

에밀리가 무도장으로 가려고 몸을 움직이자 미가엘이 또 막아섰다.

"자, 이제 같이 가실까요?"

"싫어요, 같이 안 가요. 당신이 오늘밤 무슨 생각을 하고 있는지 모르겠지만 그 생각은 바꾸는 게 좋을걸요. 이 파티가 당신을 이상하게 만든 것 같아요."

갑자기 그는 동작을 멈추고 에밀리를 가만히 들여다보았다.

"에밀리, 당신 금방 울 것 같은데…… 집에 갈까?"

그의 말대로, 걷잡을 수 없이 눈물이 솟구쳤다. 오늘밤은 일생일대의 기회였다. 이렇게 드레스를 차려 입고, 이런 파티에 참석할 수 있는 날이 결코 흔한 건 아니었다. 그런데 미가엘이 기회를 망쳐놓고 있었다.

에밀리는 매섭게 그를 노려보았다.

"화장실에 간다면 막지 않겠죠? 아니면 지루하고 쪼그만 나한텐 그것도 너무 흥미 있는 일인가요?"

"아, 아니오. 왜 그런 말을……."

미가엘은 말을 더듬으면서, 대개의 남자들이 무슨 말을 해야 할지 생각나지 않거나 뭔가 실수했을 때 짓는 그런 표정을 지었다. 그러고 나서 여태까지 미소를 지어본 적이 없는 사람처럼 어색하게 웃으며 말했다.

"여기서 기다리겠소."

화장실로 간 에밀리는 일단 진정하려고 심호흡을 했다. 왜 이렇게 모든 일이 생각대로 되지 않는가. 도널드를 사랑했지만 결국 그는 다른 속셈을 가지고 있었다. 미가엘과도 거의 사랑에 빠질 만큼 가까워졌지만 그 또한 그녀의 사람이 아니었고 그렇게 될 수도 없었다. 이제 그가 떠나고 나면 무엇을 할 수 있을까.

"별로 즐거워 보이지 않는군요."

거울 밑, 기다란 대리석 탁자에 앉아 있는 에밀리에게 한 여자가 말을 걸었다. 어느새 여자는 에밀리 옆에 앉아 있었는데, 에밀리보다는 몇 살 더 들어 보였다. 이런 파티에는 수천 번도 더 와봐서, 파티보다는 화장실에 앉아 있는 걸 훨씬 더 재밌어하는 사람 같았다.

에밀리는 립스틱을 고쳐 바르면서 고개를 끄덕이기만 했다. 무슨 말 한마디만 해도 눈물이 터져 나올 것 같았다. 가슴 설레는 밤이 아무 흔적도 없이 사라져가고 있었다. 기드라에겐 또 뭐라고 얘기해줄까? 파티에 도착한 지 한 시간 만에 나온 이유를 어떻게 설명할까?

"밖에서 얼굴 찡그리고 있는 그 건장한 사나이가 당신 애인이에요?"

여자가 대뜸 물었다. 에밀리는 자리에서 벌떡 일어섰다.

"그 사람하고 얘기하고 싶어요?"

"그러면 실례되겠지? 으흠?"

세상 그 무엇보다도 지금 에밀리에게는 얘기할 수 있는 여자가 필요했다.

"그 사람은 지금 질투하고 있어요."

여자들이 가장 사사로운 비밀을 낯선 사람에게 얘기할 때 갖게 되는 동지애 비슷한 감정을 느끼면서 에밀리는 즉각 털어놓기 시작했다.

"나를 구석진 자리에다 데려다놓고 다른 사람하고는 춤도 못 추게 하고 얘기도 못하게 해요. 자기 자랑만 하고 싶어하는 노인 한 사람만 빼고요."

“그 남자한테서 도망쳐야 해요. 나도 한때 그런 남자친구가 하나 있었는데 나를 상아탑 속에다 가둬두려고만 했죠.”

“그래서 어떻게 했어요?”

“그 사람한테서 멀리 도망쳐 나와 다른 남자를 만났죠. 당신 정도 얼굴에, 그 정도 몸매면 좋다는 사람도 많겠구만.”

여자는 가방에서 안경을 꺼내 쓰고 에밀리의 루비 목걸이를 보려고 앞으로 몸을 기울였다.

“그리고 거 봐요, 그런 보석까지 갖고 있으니 원하기만 하면 어떤 남자라도 관심을 끌 수 있을 것 같은데.”

“정말이요?”

에밀리는 기분이 좀 나아졌다.

“누가 웬트워스와 모르트먼을 위해 일하는 도급업자예요?”

여자가 갑자기 숨을 흡 하고 들이쉬는 걸로 봐서 뭔가 결정타를 날렸다는 걸 알 수 있었다.

“최고가 되고 싶어하는군요. 맞죠? 그 사람은 데이비드 그레이엄이에요.”

다시 립스틱을 바르면서 에밀리는 무심한 척하려고 애썼다.

“그 세 사람 중에 결혼 안 한 사람 없어요?”

여자는 새로운 관심이 생긴 듯 에밀리를 쳐다보았다. 에밀리의 분위기를 어림잡아 보려고 눈을 가느스름하게 뜨고 있었다.

“이거 봐요, 아가씨. 내가 충고 좀 해줄게요. ‘죽음을 부르는 세 남자’ 중 누구 꽁무니를 쫓든지 간에 그 사람들이 어떤 사람인지 먼저 알아야 해.”

에밀리는 몹시 열망하는 눈빛으로 몸을 굽혔다.

“이 세상 모든 시간을 훔쳐 와서라도 그 애긴 듣고 싶어요.”

여자는 만족스런 미소를 지었다. 이러쿵저러쿵 해대는 남의 얘기가 여자의 인생에서 가장 큰 기쁨이라도 되는 듯했다. 여자가 막 입을 여는데 다른 한 여자가 화장실로 들어왔다. 다른 여자가 볼일을 보고 손을 씻고 화장을 고치고 나갈 때까지 여자는 겨우 참고 기다렸다.

"이제 됐어. 세 사람 각자가 아주 독특해요. 서로 비슷한 점이 없어요. 한 사람은 늑대고 한 사람은 쾌활하고 한 사람은 수줍음을 타지. 수줍어서 결혼도 못해요. 하지만 셋 다 돈 버는 데 있어서는 피도 눈물도 없어요."

여자는 숨을 길게 내쉬면서 그토록 열렬한 청중을 확보한 사실에 만족스러워하는 표정을 지었다.

"부끄러워하는 남자는 말을 많이 하지 않지만 일단 그 사람이 입을 열면 사람들은 아주 열심히 들어요. 돈을 아주 좋아하고 꽤 많이 벌어놓기도 했죠. 당신이 걸치고 있는 그런 보석도 아주 좋아할 거예요. 그런데 그 사람에 대해서는 많이 아는 사람이 없어요."

"쾌활한 남자는 진짜 창고기예요. 과부와 고아에게 담보권을 행사하면서 미소짓는 사람이지. 그 사람하고 만나고 나면 웃음을 잃어버리게 되고, 몇 시간 지나고 나면 가지고 있던 걸 다 빼앗기게 돼요. 현재 부인이 셋이 있는데 지금 또 네 번째 여자를 찾고 있다더군. 그런데도 수백 명의 여자들이 네 번째 여자가 되고 싶어한다는구만. 지금 있는 세 부인도 10센트 은화 한 닢 못 받는다는데도 말이에요. 늑대 남자도 결혼한 적이 없는 사람이에요. 그러면서도 여자들을 놀리는 데는 일가견이 있지. 곧 프로포즈할 것처럼 굴다가도 어느 날 갑자기 감감 무소식이 되는 거예요. 변명도 없고 죄책감도 없어. 냉혈 잡종이라니까. 그 남자한테 버림받은 두 여자가 자살했다는 얘기도 들었어요."

여자는 밖에서 나는 웃음소리에 잔뜩 목소리를 낮췄다.

"그 세 남자들은 항상 같이 다녀요. 혹시 남자 중에 누군가가 여자를 만나면 그 여자도 나머지 남자 둘과 같이 지내게 되나봐. 그러다가 혹시 여자가 아침 밥 먹을 때까지도 같이 있어야 되느냐고 불평이라도 하면 다음날 당장 절교장을 받게 된다는 거예요. 그 정도예요.”

갑자기 여자는 말을 멈추고 화장을 점검하더니 곧 나갈 것 같은 태도를 취했다.

“그런데 누가 누군지 어떻게 알아요?”

여자는 일어서서 화사한 우윳빛 공단 스커트 자락을 매만졌다.

“내가 알고 있는 비밀을 다 누설할 수는 없고, 그걸 알아내는 건 당신 몫으로 남겨줄게요.”

“당신은 이 사람들 중 한 사람을 맘에 두고 있나요?”

에밀리는 여자에게 물으면서도 그 정도 나이면 그런 기회는 얻기 힘드리라는 생각을 하고 있었다.

그러나 여자는 그런 일도 가능하다고 생각하는 듯했다.

“아니, 난 작년에 재혼했어요. 남편은 여든둘인데 죽기만 기다리고 있지. 그런데 당신은 그런 대단한 보석이 어디서 났어요? 상속받았어요?”

“아, 네.”

에밀리는 거짓말을 했다. 그러나 오래 전에 죽은 사람으로부터 간접적으로 받은 물건이라는 점에서 꼭 거짓말은 아니었다.

“음, 그렇다면 웬트워스한테 가봐요. 그 사람은, 사람들이 자기 아버지가 폴로 경기를 즐긴다는 사실을 알아주는 걸 좋아한대.”

“실제로는 안 그런가요?”

“이건 비밀인데, 사실 웬트워스의 아버지는 윤활유 찌꺼기를 매매하는 일을 해요. 그러니 그런 보석이 웬트워스의 관심을 끌 거예요.”

에밀리의 눈이 반짝 빛났다. 몇 주 전까지만 해도 자신을 지루한 도서관 사서로밖에 생각하지 않았다. 그러나 지금은 모험을 할 수 있는 기회 앞에 서 있었다. 원하던 일이었다. 미가엘의 말처럼 드레스와 루비가 그녀를 바꿔놓은 건지도 모른다. 고개를 끄덕이며 문 앞으로 갔다.

여자가 지갑을 열고 알약이 든 작은 약병을 하나 꺼내더니 약 세 알을 손바닥에 쏟았다.

"우리 영감이 안달복달하면 이걸 한 알 먹이지. 그러면 몇 초 안에 드르렁거리면서 곯아떨어지거든. 다음날 아침에 영감한테는 굉장했다고 말해주는 거예요. 내가 만난 연인들 중에 최고라고. 당신의 그 사나이에게 이거 세 알을 줘봐요. 그러면 당신은 하고 싶은 일을 뭐든 할 수 있을 거예요. 장소를 고를 때는 우선 그 사람이 잠잘 만한 곳으로 해야 돼요. 일단 눈꺼풀이 내려가기 시작하면 금방이니까."

손바닥 위의 알약을 내려다보니 자유가 보였다. 이것이 스파이 흉내를 내볼 수 있는 단 한 번의 기회였다. 또, 다른 원하는 일을 할 수도 있었다. 그 남자들을 만나 누구인지 알아낼 수 있다면…… 그렇지만 지금, 무슨 일을 하려는 건지는 생각하고 싶지 않았다. 그러나 그 이유는 알고 싶었다. 돈 많고 세력 있는 남자가 작은 마을 도서관 사서 뒤를 쫓는 이유가 도대체 뭔지. 위험할 건 하나도 없었다. 누가 알아보겠는가?

다른 행성에서 온 사람처럼 달라졌으니 평소 모습만 알고 있는 사람이라면 아무도 알아보지 못할 것이다. 오늘밤의 모습이라면 어머니조차도 마찬가지일 것이다. 하룻밤을 위해 위험스러운 일에 도전하면서 가슴 설레보는 것도 멋지지 않은가. 단 하룻밤을 위해서…….

"고마워요."

에밀리는 앞에 펼쳐진 숱한 가능성들에 대한 기대에 즐거워졌다.

"일이 잘되면 결혼식 날 맨 앞자리에 앉게 해줘요."

"글쎄요, 그건 장담할 수 없을 것 같고…… 일이 성공하면 당신은 내 장례식에 초대받지는 않아도 될 거예요."

에밀리는 환하게 웃었다. 그렇게 수수께끼 같은 얘기를 남기고 화장실을 나와 또박또박 발소리를 내며 미가엘에게로 갔다.

"괜찮은 거요, 당신?"

미가엘이 에밀리의 얼굴을 유심히 살피며 물었다.

"좋아진 건 하나도 없어요. 이제 갈까요? 아, 잠깐만. 샴페인 한 잔 정도는 마실 수 있겠죠? 나도 한 잔 정도는 마시고 싶어요."

에밀리는 방금 한 말의 내용과 어울리도록 우울한 표정을 보이고 싶었다. 가능하면 아래 입술도 예쁘게 삐죽거리고 싶었다.

미가엘은 실눈을 뜨고 에밀리를 쳐다보았다.

"당신 마음속에 뭔가 있소. 그게 뭐요?"

"특별한 건 없어요."

거만스럽게 대꾸한 뒤에 그녀는, 지나가는 웨이터의 쟁반에서 기다란 샴페인 잔 두 개를 집어 들며 '아 네, 고마워요' 하고 말했다. 그리고 미가엘에게 잔 하나를 건네주었다.

"가실까요?"

에밀리는 그의 팔짱을 끼고 간이 바가 있는 쪽으로 우아하게 걸어갔다.

15분 후, 미가엘은 술에 취해 떨어져 있었다. 에밀리가 집요하게 권하는 샴페인을 받아 마신 뒤 지금은 리무진 좌석에 등을 기댄 채 몸을 제대로 가누지 못했다. 에밀리는 세상에서 가장 만족스런 장면을 보듯 함박웃음을 머금고 리무진의 칸막이 유리를 톡톡 두드리면서 기사에게 말했다.

"다시 파티장으로 가요."

22

흠 잡을 데 없는 드레스에 어울리는 보석으로 치장하고, 또 그에 어울리는 장소에 있다는 것은 여자의 자존심을 한껏 세워주는 일임이 분명했다. 많은 사람들 사이를 걸어가면서 에밀리는 우월감을 느꼈다. 누가 알아주지도 않는 작은 마을의 여자 하나가 사교 모임 속에 실수로 섞여든 것 같은 느낌은 처음부터 없었다. 그 파티에 초대받을 만한 충분한 자격이 있었다. 아이린은 늘, 에밀리가 옷을 너무 많이 껴입고 그 안에다가 훌륭한 몸매를 다 감추고 다닌다고 불평했다. 하지만 지금은 상상의 몫으로 남겨야 할 만큼 감춰진 몸매는 없었다. 몸의 모든 곡선과 가슴의 풍만함이 충분히 드러나 있었다. 진가를 알아주는 남자들의 눈길을 느낄 수 있었다. 여자들은 뭔가를 어림짐작하는지 눈을 가느스름하게 뜨고 쳐다보았다. 위아래로 훑으면서 집요하게 보석에 눈을 주었다. 여기 있는 모든 사람이 루비가 진짜임을 알고 있는 듯했다.

화장실에서 여자가 말했던 세 남자가 누구인지 아는 데는 굳이 셜록 홈즈까지 필요하진 않았다. 세 남자는 한 자리에 앉아 담배를 피우고, 술을 마시면서 모여 있는 사람들을 쳐다보고 있었다.

걸음을 멈추고 에밀리는 잠시 그들을 쳐다보았다. 그들 중 한 사람이 자신을 죽이려고 했다는 생각은 하지 않는 게 나았다. 지금 무도회장에 있는 자신과, 하고 싶은 일을 찾고 있는 현재만을 생각하는 게 좋을 것 같았다.

세 남자 중 한 사람이, 탐스럽게 솟아 있는 에밀리의 가슴 앞섶을 쳐다보면서 은근한 미소를 지었다. 남자의 그런 눈길이 에밀리를 즐겁게 했다. 심호흡을 하면서 남자에게 살짝 웃어주었다. 남자가 잔을 들어올리며 인사를 건넸을 때는 소리내어 웃을 뻔했다.

새로 찾아낸 힘으로 충만해진 자신을 느끼면서 세 남자가 있는 테이블로 다가갔다. 한 손으로는 표나지 않게 목걸이를 풀고 있었다.

"실례합니다."

그녀는 등을 보이고 앉아 있는 남자 가까이 가서 최대한 유혹적인 목소리로 말했다. 남자가 몸을 움직여 자리를 만들어주었다―사실 처음부터 충분히 지나갈 만한 여유는 있었다. 장애물이 전혀 없었는데도 에밀리는 비틀거리는 척하다가 남자의 무릎 위로 주저앉았다. 가슴 가운데로 목걸이가 흘러내렸다. 목걸이를 움켜잡는데 얼굴이 확 달아올랐다.

"오, 이런…… 제가 너무 서툴렀어요."

"괜찮습니다. 목걸이는 제가 다시 해드릴까요?"

부딪칠 뻔했던 남자가 에밀리를 도우려고 일어섰다.

"그래 주시면 고맙죠."

남자가 목걸이를 다시 채워주는 동안 에밀리는 이 상황을 어떻게 끌고 가야 할지 생각했다. 그들의 관심을 끄는 말 한마디를 만들어내지 못하면 동석하자는 제의를 받지 못할 것이다. 그렇지만 어떻게 해야 하지?

이런 영향력 있는 거부들의 관심을 끌 수 있는 여자는 어떤 여자일까?

에밀리는 고맙다는 인사를 하고 남자가 다시 자리에 앉는 동안 호흡을 가다듬었다.

"어느 분이 어느 분인가요? 수줍음 타시는 분, 늑대 같은 분, 그리고 안에서는 엄하고 밖에서는 친절하신 분?"

잠깐 동안 에밀리는 너무 성급히 경계선을 넘은 게 아닌가 생각했다. 그러나 키 큰 금발 남자가 바로 대답했다.

"제가 바로 밖에서 친절한 그 사람입니다."

남자는 빈 의자를 가리키며 에밀리에게 앉기를 권했다.

"우리 집을 저당 잡히지 않겠다고 약속하면 앉을 수 있죠."

"약속합니다. 앉으시죠. 제 친구들을 소개해드릴까요? 이 사람은 찰스 웬트워스, 이쪽은 스타틀러 모르트먼입니다. 그리고 저는……."

"데이비드 그레이엄이죠. 얘기 들어서 알고 있어요."

테이블에 앉는데 걷잡을 수 없이 가슴이 두근거렸다. 이 중 한 사람은 살인자가 될 수도 있었다. 그러나 그토록 강력한 힘과 신비로운 분위기를 갖고 있는 남자들에게 둘러싸여 있는 것도 새로운 느낌을 주었다. 찰스 웬트워스는 차가운 시선으로 공공연히 목걸이를 주시하고 있었다. 가치를 어림잡아보고 있는 듯했다.

"전 이 목걸이를 감정해본 적이 없거든요. 얼마나 될 것 같은가요?"

"최소한 50만."

그는 담배를 깊이 빨아들이면서 말했다.

"웬트워스가 그렇게 말할 때는 말한 액수보다 최소한 두 배는 된다는 뜻입니다."

말참견을 하는 스타틀러 모르트먼의 태도로 봐서 그가 바로 '늑대'라는 것을 확신할 수 있었다. 그의 눈을 보자, 왜 그렇게 많은 여자들이 그에게 빠지는지 이해할 수 있었다.

"지금 당장 750짜리 수표를 지불할 수 있습니다."

모르트먼의 말을 이해하는 데는 시간이 좀 걸렸다. 그건 75만 달러를 뜻하는 것이었다. 에밀리는 너무 놀라 숨이 막혔지만 애써 태연을 가장했다.

"머리가 돌아버리겠어요. 저는 그냥 작은 마을 도서관 사서예요. 오늘 이런 무도 파티에 온 것도 처음이구요. 정말 재밌어 보이죠?"

에밀리는 춤추는 사람들에게 관심이 많은 것처럼 열심히 바라보았다.

"그러면 미스 사서님, 그 보석들은 어디서 구하셨습니까?"

"유령이 내 수호천사에게 이 보석들이 있는 곳을 알려줬고 천사가 찾아서 제게 줬어요. '천사' 말이에요."

세 남자 아무도 웃지 않았다. 갑자기 피가 얼어붙는 것 같은 기분이었다. 미가엘을 끌어들이지 말았어야 했다. 그리고 미가엘이 파티장에서 나가자고 할 때 떠났어야 했다.

찰스 웬트워스는 또 한 번 담배를 깊이 빨아들였다.

"그럼 당신의 천사는 지금 어딨습니까?"

이 정세를 유지하는 게 나아, 그녀는 생각했다.

"이 근처 어딘가에 있을 거예요. 아시다시피 수호천사는 항상 지켜보고 보호해주는 게 일이잖아요."

아무도 웃지 않았다. 스타틀러 모르트먼이 물었다.

"성함이 어떻게 되시죠?"

"아나스타샤 존스예요. 우리 어머닌 결혼했을 때 성을 그대로 쓰고 싶어하셨어요. 이제 먼저 실례를……."

"잠깐, 여기서 가장 신비스런 여인과 춤 한 번 추고 싶은데, 거절하진 않으시겠지요?"

스타틀러가 에밀리의 가슴에 눈길을 주며 말했다.

"제가요? 신비해요? 전혀 그렇지 않아요 전 겨우……."

"무도회의 신데렐라죠. 그러니 당신은 춤을 춰야 하고 그 아름다운 드레스와 엄청난 보석을 다른 사람도 볼 수 있게 해줘야 합니다. 여기 있는 모든 여자들이 그 루비를 보고 부러워서 애태우는 걸 못 봤습니까? 제정 러시아 이후에는 그런 보석을 가져본 여자가 없을 겁니다."

데이비드가 웃으면서 말했다.

에밀리는 얼른 손을 목으로 가져갔다. 다른 두 남자는 그녀를 쉽게 대하는 것 같았지만 이 남자는 달랐다. 매너가 너무나 근사했다. 화장실에서 만났던 여자가 뭐라고 했던가. 과부와 고아들에게 담보권을 행사하는 사람이라고 하지 않았던가.

"어서요, 스미스 양. 춤 한 번 출 수 있는 기회를……."

하도 진지하게 원하는 것 같아 에밀리는 내미는 손을 잡았다. 그러면서도 그가 이름을 혼동하고 있다는 사실을 알아채지 못했다. 춤을 추면 무슨 일이 일어날까?

그러나 10분쯤 후, 에밀리는 춤을 추면서 어떻게 하면 이곳을 빨리 빠져 나가 차에 있는 미가엘에게 갈 수 있을까 생각하고 있었다. 미가엘이 술에 취해 누워 있을 차 안의 모습이 아른거렸다. 그런데 그때 누군가가 춤추고 있는 두 사람에게 심하게 부딪혔다. 순간 오른쪽 엉덩이가 날카로운 바늘에 찔리는 것처럼 따끔했다.

"오, 미안해요. 제가 그랬나요?"

어떤 여자의 목소리……, 그러나 에밀리는 여자의 얼굴을 볼 수도, 목소리를 또렷이 들을 수도 없었다. 오로지 몸이 휘청거린다는 사실만 감지할 수 있을 뿐이었다.

"샴페인을 너무 마셨어요."

남자의 목소리를 들은 것 같았는데 순간 힘센 팔 하나가 그녀를 번쩍 안아 올렸다.

기분 좋은 꿈을 꾸고 있었어, 에밀리는 남자의 건장한 가슴에 얼굴을 파묻으며 생각했다. 스르르 눈이 감겼다. 신데렐라가 됐어…… 지금 마법의 왕자님 팔에 안겨 어디로 가고 있는 것일까.

꿈은 아니었지만 악몽인 것은 분명했다. 머리가 아파 손으로 이마를 짚으려고 했지만 이상하게도 손이 움직이질 않았다. 어딘가에 단단히 묶여 있는 듯했다. 비틀비틀 몸의 중심을 잡지 못하면서도 눈을 뜨고 초점을 맞추려고 안간힘을 썼다.

넓고 지저분한 실내, 바닥에는 쓰레기가 널려 있었다. 쥐 두 마리가 후닥닥 뒤편으로 달아났다. 어느 정도 초점이 잡히고 머리가 맑아지자 그녀는 몸을 내려다보았다. 의자에 앉힌 채, 손은 뒤로 묶이고 두 발은 의자 다리에 묶여 있었다. 방 안에 있는 물건이라곤 오래 돼서 못쓰게 된 철제 책상뿐이었다. 창문은 없었고 오른쪽으로 육중한 철문 하나만이 버티고 있었다.

버려진 건물 안에 묶여 있다는 것을 금방 깨달을 수 있었다. 기적이 일어나지 않는 한 아무도 그녀를 발견하지 못하리라.

문이 열리고 세 남자가 걸어 들어오는 걸 봤을 때, 에밀리는 소리를 지를 뻔했다. 남자들과 함께 빛이 쏟아져 들어왔다. 파티 다음날 낮인지 아니면 그 다음날 낮인지 분간할 수가 없었다. 머리의 통증으로 본다면 족히 일 주일은 지난 것 같았다. 아직 아름다운 붉은 색 드레스를 입고 있었다. 드레스는 온통 더러워졌고 군데군데 찢겨 있었다. 루비가 없어졌다는 건 굳이 내려다보고 확인하지 않아도 알 수 있었다.

남자들은 한동안 그녀가 방 안에 있다는 걸 모르는 사람들처럼 등을 보이고 서 있었다.

나를 죽일 생각이라면 그 이유라도 알아내야 해. 아주 지적이고 논리적으로 물어야 한다. 그러나 머리는 오직 하나의 단어로 꽉 차 더 이상 다른 생각을 해내지 못했다. 왜, 왜, 왜……

데이비드 그레이엄이 다가왔다. 화장실에서 만났던 여자의 말은 얼마나 정확했던가. 그는 참으로 괜찮은 남자처럼 보였다.

"정말 모른단 말이지?"

남자는 루비를 보여주며 말했다. 천장에 매달린 불빛을 받아 루비는 커다란 불꽃을 압축해놓은 것처럼 반짝거렸다.

"아무것도 모르겠어요."

"내가 이 여자한테 말해줄까?"

데이비드가 두 남자를 돌아보며 말하자 두 남자는 에밀리를 쳐다보았다.

"우리가 죽여줄까?"

스타틀러가 에밀리를 쳐다보며 말했다. 그 표정과 말투에 싸늘한 소름이 돋았다. 찰스의 비쩍 마른 얼굴에서는 냉소가 흘렀다.

"스타틀러는 늑대니까 당신 정도는 멋지게 죽여준다는 말이지."

그 말에 에밀리는 눈만 깜빡이고 있었다. 지금 대꾸를 한들 먹혀들지 않을 것이다. 영화에서는 재밌어 보이던 말들도 실제 상황에서는 그렇지 않을 때가 있는 것이다.

지금 무슨 생각을 하고 있는가? 에밀리는 고개를 번쩍 쳐들었다. 의자에 묶어놓고 죽일 생각까지 하고 있는 이 남자들로부터 사과를 받아내야 했다. 그런데 먼저 말을 꺼낸 사람은 찰스였다.

"그렇게 같잖게 거만 떨면 우리가 넘어갈 거라고 생각했나?"

데이비드가 말을 막았다.

"됐어, 그만 해. 곧 죽을 건데, 뭘."

그리고 다시 에밀리를 들여다보며 물었다.

"뭐 원하는 거 있나?"

순간 오직 한 이름만이 머릿속에 가득했다.

'미가엘……'

지금 마음속에 이름을 떠올리면 그가 구해주러 달려올 것 같았다. 그러나 아무리 천사라도 주소는 필요하겠지.

"여기가 어디죠?"

이 정보가 텔레파시로 미가엘에게 전달되기를 바라면서 에밀리는 일부러 큰 소리로 물었다.

"당신은 한번도 들어본 적이 없는 곳일걸?"

스타틀러의 말에 두 남자가 킬킬거리며 웃었다.

"그런데 이 보석들은 어디서 났지? 우리가 찾아볼 만한 곳은 다 찾아봐도 안 보이던데."

그들이 매디슨 저택의 다락방을 다 뒤졌다는 것을 이내 짐작할 수 있었다.

"집을 다 뒤져봤나요? 사람이 다녀갔던 흔적은 하나도 못 찾았는데요."

"우리를 띨띨이로 아는 거야? 집 안에 유령이 있다는 얘기는 누가 퍼뜨렸지?"

찰스의 목소리는 분노로 이글거렸다.

"하지만 집 안에 유령이 있긴 해요. 함장……."

"그 바보 같은 얘기를 우리한테 좀 들려주시지? 루비는 어디서 찾았지?"

"내…… 친구가 찾았고 나는 몰라요. 그 사람한테 물어보면 알 수 있겠네요."

미가엘을 데려오도록 유도할 수 있다면 그건 바로 구출을 의미하리라. 언제나 보호해주던 것처럼, 미가엘이 오기만 하면……, 눈물이 차 올랐다. 그러나 에밀리는 이를 앙다물며 자신에게 다짐시켰다. 강해져야 해, 에밀리. 최소한 죽음 뒤에 또 다른 삶이 있다는 것 정도는 알고 있잖아. 그러나 그런 생각도 두려움을 덜어주지는 못했다.

"차에서 잠자고 있는 게 그 친구야?"

한 여자가 걸어 들어오며 물었다. 화장실에서 만났던 여자……

"이것 봐, 맹꽁이. 그 사나이한테 알약 세 개를 다 먹였으면 이제 깨어나는 건 물 건너 간 거야."

에밀리는 경악할 만한 순간을 꾹 참으며 어쩔 줄 몰라했다. 에밀리의 얼굴을 쳐다보는 여자의 얼굴에 의기양양한 비웃음이 가득했다.

"그런 정보를 아무한테서나 얻을 수 있다고 생각했어?"

여자는 책상 쪽으로 가서 데이비드의 허리에 팔을 둘렀다.

"얘가 내 귀여운 동생이지. 얘들은 은행보다 나를 더 떠받들어."

여자는 루비를 집어 들고 웃음을 흘리면서 에밀리를 쳐다보았다.

"아직도 감을 못 잡는 거 같은데? 멍청하기는……, 화장실에서 우연히 마주친 사람한테 그런 정보를 얻을 수 있다고 생각해? 거기 있는 동안 내내 여자 하나만 들어왔다 나간 게 이상하지도 않았어? 문 밖에다 망보는 사람을 세워놨던 거라고, 이 맹추야. 오, 그런데 당신 남자친구 일은 참 안됐어. 아주 잘생겼던데."

미가엘이 죽었구나. 이제 더 희망을 걸 데가 없다. 그렇다면 미가엘은 몸이 없는 영혼만으로 천국으로 돌아간 것이다.

그러나 순간 그건 아니라는 생각이 들었다.

"당신들은 미가엘을 죽일 수 없어. 나를 둘러싼 악을 찾아내서 처치하기 전에는."

그 어리석은 말에 세 남자와 한 여자가 모두 큰 소리로 웃어젖혔다.

"이거 봐, 바로 여기에 악이 있잖아. 지금 둘러싸여 있는 거 모르겠어?"

스타틀러가 얼굴을 들이대고 말했다. 더러운 욕설을 내뱉어주려는데 전화벨이 울렸다. 찰스가 코트 주머니에서 휴대폰을 꺼냈다. 남자들은 모두 깨끗한 옷을 입고 있었다. 그러나 에밀리는 평생 목욕 한 번 하지 않은 것 같은 몰골이었고, 게다가 방광이 터질 듯한 요의를 억누르느라 하반신이 다 저려왔다.

"그래, 알았어. 여자를 여기서 나가게 해주자고."

스타틀러가 한 손으로 에밀리의 팔꿈치를 잡아채고 다른 손에 칼을 쥐어 들었다. 밧줄을 끊으려는 것인지 목을 베려는 것인지 알 수 없었다.

그때 전화벨이 또 울렸다. 세력 있는 남자들이 굴복해야 할 때 하는 것처럼 찰스가 한 손을 들어올렸다. 잠시 후에 그는 전화를 끊고 에밀리를 노려보았다.

"그자가 또 튀었대. 당신 친구가 자유의 몸이 되셨구만."

미가엘이 아직 살아 있다는 안도감에 눈물이 솟구쳤다. 그러나 에밀리는 눈물을 삼켜버렸다. 감정을 내보이지 않고 침착해야 한다고 생각했다. 미가엘은 분명 자신을 찾아낼 것이다. 그는 아주 높은 곳과도 접촉할 수 있는 사람이니까.

"그럼, 이 여자를 처치하려면 오늘밤까지 기다려봐야 한다는 얘기 아냐?"

찰스가 기분이 더럽다는 듯 내뱉었다.

에밀리는 새로운 자신감을 갖기 위해 천천히 심호흡을 했다.

"왜 나를 죽이려고 했는지 말해줄 수는 있겠죠? 당신들은 내 차에 두 번씩이나 폭발물을 장치했어요."

"그러게 그건 멍청한 생각이라고 내가 말했지."

데이비드가 스타틀러에게 한마디 했다.

"스타틀러 생각은 그거였지. 당신 차에 폭발물을 장치해서 당신이 죽게 되면, 사람들은 다 그 악한과 마피아가 손잡고 저지른 일로 알 거라고. 그렇지만 실패했지. 어떻게 해서 FBI가 알아버렸어."

에밀리는 입을 다물고 있었다. 그들에게 말하지 않을 것이다. 미가엘은 차 주변의 아우라까지도 볼 수 있는 수호천사라는 것을.

"당신같이 영리한 아가씨가 그런 걸 생각하지 못했다는 건 믿을 수 없어. 당신에 대해 알기 시작했을 때 우리는……."

데이비드는 스타틀러를 올려다보며 물었다.

"우리는 뭐지?"

"감동받았어."

"그래 맞아. 감동받았어. 당신은 그 멍청한 당신 애인한테 몇 가지 빅 뉴스를 제공해줬지. 당신 애인은 당신 덕에 뉴스계에서 부각되고 있었고. 그 사람하고 결혼하지 않았다니, 참 안됐군. 당신은 그 사람을 주지사로 만들어줄 수 있었을 텐데 말이야."

"그렇지만 내가 조사했던 기사들과 당신들이 나를 죽이려는 이유와는 아무 상관도 없잖아요?"

두렵기보다는 이제 오히려 흥미로웠다.

"아무 상관도 없지."

데이비드가 다시 루비를 집어드는 모습을 보고 에밀리는 설마 하면서 물었다.

"그것 때문에 나를 죽이려고 한 거예요? 그렇다면 훔칠 수도 있었잖아요. 아니면 그 정도는 충분히 돈 주고 살 수도 있었을 테고."

"그렇지만 이건 다 당신 건데?"

물론 농담이라고 생각하면서도 어리둥절했다.

"갈든지 깎든지, 당신 것으로 만들 수 있는 방법은 많잖아요."

옆에 있던 여자가 경멸하는 투로 끼여들었다.

"너도 아까 그랬잖니, 저 여자가 영리하다고. 말하는 거 봐. 얼마나 영리해?"

마음이 급했지만 에밀리는 호흡을 가다듬고 낮은 목소리로 말했다.

"루비가 내 거라는 건 무슨 뜻이죠?"

"당신이 상속받았으니까 법적으로 당신 거라는 뜻이지."

"함장에게서? 상속을?"

점점 더 혼란스러웠다. 평범한 세상 바깥의 일들이 아닌가. 지난 몇 주 동안 에밀리는 몸을 가진 영혼과 몸을 갖지 않은 영혼이 있는 세상에서 살았다. 이미 죽은 함장이 갖고 있던 루비를 주었다면, 그것이 바로 상속을 의미하는 것인가?

"그러니까 저렇게 멍청해지기 전에 죽였어야지."

여자가 에밀리에게서 돌아서며 투덜거렸다.

"당신 어머니, 처녀 때 성이 뭐였지?"

데이비드가 물었다.

"윌콕스."

"외할머니 이름은?"

"잘…… 기억나지 않아요."

"트라이 시몬스?"

"아, 맞아요. 그거였어요."

에밀리는 맞장구치면서도 확신은 없었다. 너무 흔한 이름이라서 그런지 기억이 뚜렷하지 않았다.

"그러면 매디슨 함장 부인의 이름은?"

"레이첼…… 시몬스…….."

에밀리는 말끝을 흐리면서 마음속으로 열심히 다음 말을 찾았다.

"내가 매디슨 함장하고 무슨 관련이라도 있다는 거예요?"

"함장 부인의 사진을 본 적 있나?"

"아뇨, 함장이 죽은 뒤에 부인이 자기 사진을 다 없애버렸죠."

"전부는 아냐. 우리가 함장 부인의 소녀 때 사진을 몇 장 갖고 있어."

데이비드는 코트 안주머니에서 사진 한 장을 끄집어내 에밀리의 눈앞에 들이밀었다.

"그런데 그건……."

"당신을 닮았어. 맞아, 함장 부인의 소녀 때 모습은 당신하고 거의 똑같아. 사진 속의 그 보석들을 봐."

"보고 있어요."

사진 속의 루비에 눈은 가 있었지만 실제로는 아무것도 보지 못했다.

"당신은 누구죠?"

데이비드는 에밀리가 묻는 의미를 정확히 파악하고 대답했다.

"우리 고조 할머니가 함장 부인의 언니였어. 그리고 당신, 미스 사서께서는 함장 부인의 현손녀가 되는 거지."

그랬구나! 온몸의 힘이 다 빠져 나가는 듯했다.

"난…… 난 전혀 몰랐어요. 생각해본 적도 없고요. 함장 부인에게 딸이 있었다는 것조차도 몰랐고. 그런 기록은 아무 데도 없었으니까요. 함장 부인이 왜 실성했다고 생각해요? 난 모르겠어요. 아직도 그 이유를 알아내지 못했어요."

"그렇지만 당신은 앞으로 알게 될 거야. 그건 우리 가족들 사이에서 철저히 지켜온 비밀이었어. 레이첼 시몬스는 너무 어릴 때 애인의 아기를 임신했지. 그런데 남자는 떠나버렸고 레이첼은 아이를 낳으러 이모 집으로 갔어. 다시 집으로 돌아왔을 때는 레이첼의 아버지가 이미 함장과 정혼을 해놓은 상태였지. 그 당시 레이첼을 데려갈 수 있을 만한 사람은 함장뿐이었거든. 그 사실은 아나? 술집에서 레이첼의 순결에 대해 농담하는 남자 둘과 결투하다가 함장이 그 두 남자를 죽였던 일, 알고 있어? 아, 아냐, 당신은 벌써 그 사실도 알아냈을 거야. 당신은 기사거리를 찾아서 항상 어슬렁거리고 다니니까."

"함장이 부인의 애인을 죽였어요."

에밀리는 모든 상황을 제대로 이해하려고 애썼다.

"아니, 함장이 죽인 게 아니야. 부인이 죽였어. 레이첼은 미련한 소처럼, 진심으로 애인을 사랑했는데, 레이첼이 임신을 했고 상속권을 빼앗길 거라는 말을 듣자마자 애인은 떠나버렸지. 몇 년 뒤, 외국으로 떠났던 남자는 레몬만한 루비를 걸치고 저택에 살고 있는 전 애인을 찾으려고 다시 돌아왔어. 몰래 레이첼을 다시 만나기 시작했지. 함장도 그 사실을 알고 있었지만 레이첼을 너무나 사랑했기 때문에 원하는 것은 무엇이든 해주려고 했어. 레이첼이 원한다면 그 애인이 함께 들어와 살도록 허락했을 거야. 그러나 어느 순간 레이첼은 애인이 원하는 게 보석뿐이라는 걸 알게 됐지. 함장의 권총을 몰래 가져다가 애인의 심장을 관통시켰지."

"생식기를 먼저 쏜 다음에 심장을 쐈지."

여자가 데이비드의 말을 정정했다.

"아, 맞아. 나는 그렇게 소름끼치게 자세한 건 잘 잊어버린다니까."

"그러니까 함장이 그 죄의 뒷감당을 다 했군요."

에밀리가 새로운 사실에 놀라 물었다.

"맞아. 함장은 나이 든 충실한 하인을 설득해서 증인으로 세웠어. 그렇게 해서 부인 대신 함장이 교수형을 당한 거지. 나중에 하인은 양심의 가책으로 괴로워하다가 자살했고 부인은 실성하게 됐지."

"그리고 아기는 아이오와의 훌륭한 집안에서 키워졌구요."

에밀리는 외가 쪽 고향을 떠올리며 말했다.

"맞아, 그거야. 그 아기가 자라서 결혼을 했고 거기서 태어난 딸이 당신의 할머니라는 거지."

"그럼 함장은 모든 것을 부인에게 남겼고 부인은 딸에게 모든 유산을 준 거군요. 딸이 어디에 있든지 간에."

"바로 그거야."

데이비드는 에밀리가 화장실에서 만났던 여자를 곁눈질하면서 말했다.

"거봐, 이 여잔 영리하다고 했잖아."

312

“하지만 난 아무것도 모르고 있었어요.”

“그래도 당신은 함장의 일생을 조사하고 있었어. 당신하고 직접 관련
이 없는 일이라도 여기저기 기웃거리며 조사하다보면 머잖아 알게 될
수도 있었겠지. 당신 남자친구처럼 바보스럽지 않은 게 참 안됐어. 그만
큼 어리석었다면 당신은 위험해지지 않았을 거야. 그 녀석은 당신 도움
없이는 신발도 찾아 신지 못했잖아.”

“그래서 결국 나를 없애버리면 당신이 매디슨의 재산을 상속받게 된
다는 건가요? 그런데 재산이 있기는 있어요?”

“오, 그럼. 상당한 재산이지.”

여자가 끼여들었다.

“그리고 그 집안에 숨겨진 보물도 상당하다는 소문이 있어. 함장 부인
이 보석 모으는 걸 상당히 좋아했다더군. 보석의 색깔들을 보면서 다른
상실감을 잊었는지도 모르지. 루비말고도 에메랄드랑 카나리아 색 다이
아몬드도 있고, 준보석도 상당히 감춰놨다던데. 요즘 돈으로 백만 달러
는 족히 될걸. 그런데 함장 부인이 죽었을 때는 보석이 하나도 발견되지
않았다더군. 부인이 보석을 판 적은 없으니까 그게 다 아직 그 집에 있
을 거라고들 생각하지.”

스타틀러가 꽤 자세하게 거들었다.

“그런데 왜 그런 일이 알려지지 않았죠? 보석으로 가득 찬 집에 대해
전설이라도 있을 법한데.”

한참을 말없이 있던 찰스가 에밀리의 말을 받았다.

“유령에 관한 전설은 있지. 그 부근을 살금살금 돌아다니는 꼬마 녀석
들을 혼내주려고 우리가 돈을 꽤 들여서 음향 장치를 설치했으니까. 어
쨌든 그 유령이 보석 이야기를 압도해버린 거지. 그 뒤로 보석 이야기는
묻혀버린 거야.”

“당신이 집에 대한 권리를 요구할 수도 있었잖아요? 당신말고는 나에

대해 아는 사람도 없었을 테니까. 난 정말 아무것도 몰랐으니까요.”

“헨리 애그뉴 월든 판사 때문이야. 내가 5년 전에 재산 상속권을 주장한 적이 있었는데 판사가 함장의 딸에 관해 알아봐야 한다는 거야. 어렸을 때 죽었다고 해도 믿질 않았어.”

“네가 무슨 말을 해도 판사는 믿지 않을 거라고 했잖아. 이 귀여운 동생이 판사 딸을 꼬셨다가 차버렸거든. 괘씸죄로 밉보이는 게 당연했지.”

“그럼 나보고 어쩌라는 말이야? 자기가 스스로 바친 거였는데.”

데이비드는 후회하는 기색 하나 없이 변명했다.

“그만 해! 알아들었으니까.”

화장실에서 만났던 여자가 날카롭게 쏘아붙였다.

“내가 그 집을 당신한테 넘기면 어떻겠어요? 그런 오래된 집과 보석다발을 가지고 내가 뭘 하겠어요? 그런 보석을 걸치고 나다닐 만한 곳도 없어요.”

에밀리의 나지막한 말에 네 사람이 모두 몸을 돌려 에밀리를 쳐다보았다. 네 사람의 한결같은 표정은 ‘우린 바보가 아니야’라고 말하는 듯했다.

“필요한 서류가 있으면 다 서명해드리겠어요. 최대한 빨리 계약서에 서명하는 게 어때요?”

에밀리의 말투는 아주 유순했다.

“어마어마하게 훌륭한 생각인걸. 수백만 달러의 보석을 포기하고 우리한테 양도한 다음에 당신은 법정에 가지도 않고 그대로 물러나겠다? 그런 계획인가?”

“하지만 그런 일들을 처리해야 하는 게 두려운 건 사실이에요.”

에밀리는 자신의 목소리에 애처로운 하소연이 섞여 있는 걸 스스로 들을 수 있었다. 용기는커녕 한없이 나약해지는 것 같았다.

“돈이란 건 이상한 거야. 아무리 자신감 없는 사람이라도 돈이 풍족하면 대담해지지. 미스 사서님, 정말 훌륭한 변호사라면 소송을 제기해서 당신이 승소하게 해줄 거야. 무엇보다도 당신은 떳떳한 현손녀니까.”

“됐어, 그만 해!”

여자가 에밀리를 위아래로 훑어보면서 소리쳤다.

“좀더 말하다간 저 여자한테 결혼하잔 소리 듣겠다.”

“그것도 좋은 생각인데?”

찢긴 드레스 사이로 여기저기 드러난 에밀리의 상반신을 쳐다보면서 스타틀러가 빈정거렸다.

“됐어, 이제 저 여자를 여기서 내보내고 마무리해야겠어. 일이 빨리 끝날수록 저 여자 시체도 그만큼 빨리 발견될 거고, 그래야 네가 가장 가까운 친척으로 밝혀지는 일도 빨라지지. 그리고 그건 이리 줘.”

여자는 데이비드의 손에서 루비를 잡아챘다.

‘미가엘!’

에밀리는 마음속으로 외쳤다. 그가 이 외침을 들을 수 있기를, 죽음에서 구해주기를 온 힘을 다해 빌었다.

그러나 마음속의 부름조차도 더 이상 계속할 수 없었다. 한쪽 팔에 따끔한 바늘이 꽂히는가 싶더니 다음 순간 의식을 잃고 말았다.

23

희미하게 정신이 들자, 에밀리는 그곳이 차 트렁크 안이라는 사실을 알았다. 트렁크에 들어가본 적은 없었지만 냄새와 소리, 그리고 타이어 잭 같은 공구가 가슴께에 닿는 느낌으로 보아 틀림없었다.

아무래도 이해할 수가 없었다. 지금 무슨 일이 일어나고 있는 것인가…… 몸이 묶인 채, 차 트렁크 속에 갇히는 일은 영화에서나 보는 일이었지 자신에게 일어날 일은 아니었다. 골동품상에서 원본을 찾아내는 걸 큰 기쁨으로 생각하며 살고 있는 도서관 사서에게 일어날 일은 아닌 것이다.

마음속으로 미가엘을 불렀다. 입에는 테이프가 붙어 있어서 달싹할 수도 없었다. 지금 입을 열 수 있다면 전에는 그에게 하지 못했던 말들을 다 하고 싶었다.

무엇보다도 그를 사랑했다. 그가 천사이어서도 아니고, 사랑에 대한 보답도 아니었다. 미가엘 자체를 사랑했다. 몸을 가지고 있는 사람이든 아니든 항상 사람들을 염려해주는 그 마음을 사랑했다.

그의 사랑을 너무 믿었기 때문에 마취약까지 먹였지만, 이후에도 여전히 미가엘은 그녀를 사랑할 것이다. 물론 그는 에밀리가 그토록 바보 같은 일을 저지른 데에 대해서 화를 내며 고함칠 것이다. 하지만 여전히 에밀리를 사랑할 것이다. 일생 동안 그런 사랑을 확신할 수 있는 여자가 몇이나 될까. 도널드와 함께였을 때는 항상 그를 기쁘게 해주기 위해 노력했다. 그러나 미가엘은 같이 있다는 사실만으로 기뻐했다.

"사랑해요."

한번도 하지 않았던 그 말, 이제는 들려줄 수 없다는 생각에 눈물이 가슴 가득 차 올랐다. 파티에 관해서는 그가 옳았다는 말도 해줄 수 없고 그와 함께 보낸 시간이 얼마나 즐거웠던지도 말해줄 수 없었다. 맑고, 사려 깊고, 환한 미가엘. 미가엘은 어떤 여자라도 원하는 것들을 모두 갖추고 있었다. 그런 그를 먼지처럼 아무렇게나 대하다니, 눈물이 흘러내렸다.

이제는 죽음을 향해 가고 있는데…… 의심할 여지 없이 멀지 않은 곳에서 버티고 있을 죽음. 미가엘이 가진 힘으로도 이제는 그녀를 구할 수 없었다. 그는 천국으로 돌아가면 어떻게 될까? 에밀리를 둘러싼 악을 뿌리뽑지 못했다고 천사장 미가엘에게 보고하면 그에게 어떤 일이 일어날까?

이제 죽음은 눈앞에 있고, 다시는 인간의 모습을 한 미가엘을 볼 수 없게 된다. 다음 생에서 에밀리는 인간이 될 것이고 그는 하늘에서 에밀리를 내려다 볼 것이다. 다른 어디론가 보내지기까지 최소한 백 년은 넘게 걸릴 것이다.

백 년도 그리 긴 세월은 아니라는 생각이 들었다. 모든 시간을 그와 함께 보낼 수 있을지도 모르니까.

차가 멈췄다. 그러나 더 이상 두렵지 않았다. 어쩌면 미가엘을 만나서 죽음 뒤에 어떤 일이 기다리는지를 알게 됐기 때문인지도 모른다. 죽음 뒤의 환생 같은 건 문제될 것도 없었다. 최소한 그녀에게는 그랬다. 확실한 것은 다시는 미가엘을 볼 수 없다는 것뿐이었다.

트렁크가 열리고 일행이 이미 숲 속으로 들어와 있다는 사실을 알았을 때도 그녀는 놀라지 않았다. 놀고 있던 어린이에게 발견되고, 아무도 얼굴을 알아보지 못하는 그런 시체로 변하리라는 사실도 잘 알고 있었다. 유서 같은 건 남기지 않을 것이다.

"됐어. 이쯤에서 해치우자고."

찰스가 에밀리의 팔을 잡고 더 깊은 숲 속으로 끌고 갔다. 이런 남자에게 자비를 구해봤자 소용없는 일이라는 걸 이미 알고 있었다. 눈물도 인정도 없는 자식들.

깨끗하게 죽을 것이다. 울며불며 구걸하지 않을 것이다.

마음을 다잡고 걸음을 똑바로 했다. 찰스에게 끌려가는 꼴이 되고 싶지 않았다. 그러나 묶여 있는 발을 어찌해볼 수가 없었다.

그때, 뭔가 이상한 기척을 처음 들은 사람은 데이비드였다.

"저게 뭐야?"

몹시 초조한 목소리였다. 그런데 이상하게도 다른 사람들은 모두 너무나 조용했다. 전에도 그런 똑같은 상황을 연습해본 적이 있는 사람들 같았다. '죽음을 부르는 세 남자'로 알려진 데는 그만한 이유가 있다는 생각이 들었다.

어쩌면 미가엘이 마법을 행하고 있는지도 모른다. 오토바이 소리는 이미 가까이 들려왔다. 오토바이는 가장 변변찮은 깡패들이나 탈 성싶은 몸체가 크고 오래된 까만색 할리데이비드슨이었다. 만약에 미가엘이 거기 타고 있다면 퇴역 장군 이상으로는 보일 수 없을 것이다.

"에밀리를 풀어주시오."

미가엘이 덩치 큰 오토바이에서 내리면서 조용히 말했다.

찰스가 미가엘의 머리에 총을 겨누며 험악하게 웃었다.

"나 좀 웃기지 마셔. 여기서 그 여자랑 같이 잠들게 해줄 테니."

"기꺼이."

미가엘은 말하면서 성큼성큼 걸어와 찰스의 손아귀에서 에밀리를 빼냈다. 미가엘이 에밀리의 입에서 테이프를 떼어내려고 하자, 그녀는 아픔을 각오하면서 입을 앙다물었다. 그러나 테이프는 아무런 통증도 없이 떼어졌다.

"둘 다 죽이면 안 돼!"

흥분한 나머지 데이비드의 목소리는 심하게 갈라져 나왔다.

"아니야, 우리는 할 수 있어. 사실 더 완벽한 상황이 됐어. 저 남자가 여자를 쏘고 자기도 자살한 걸로 되는 거지. 완벽하잖아? 얼마든지 있을 수 있는 일이야."

화장실에서 만났던 여자가 입가에 차디찬 냉소를 흘리면서 말했다.

"내가 경찰한테 당신들 있는 곳을 알렸소."

미가엘은 낮은 소리로 말하면서 에밀리의 손발을 풀어주었다. 사실 미가엘은 움직이는 것 같지도 않았는데, 몸을 묶은 끈은 분명히 풀어지고 있었다.

"우리가 경찰을 매수할 수도 있다는 건 모르시는구만? 게다가 도널드 그 멍청이가 그 여자 이름을 이미 더럽혀놨으니, 사람들은 이 여자가 마땅히 당할 일을 당했다고 생각할걸?"

스타틀러의 말끝에 화장실에서 만났던 여자가 입술 한쪽을 올리며 섬뜩한 미소를 지었다.

"이거 봐, 맹추. 좀 늦은 감이 없진 않지만 절대 남자를 믿지 말라고. 무슨 소린지 알아? 아까 우리한테 전화해준 사람은 도널드였어. 다음 주지사 선거 자금 때문에 너를 팔아먹은 거지."

에밀리는 숨이 막히고 앞이 캄캄해졌다. 그러나 곧 미가엘의 따뜻한 손이 미끄러지듯 다가와 에밀리의 손을 잡았다. 언제나 그랬듯이 이내 평온해졌다. 에밀리는 그에 대한 사랑을 생각했다. 그가 분명히 마음을 읽어주리라.

다음 순간 에밀리는 한번도 소리내어 말하지 않았던 그에 대한 사랑이 마음 그대로 전해졌음을 확인할 수 있었다. 그가 더욱 힘을 주어 손을 꼭 쥐어주자, 에밀리는 기분이 훨씬 나아졌다. 미가엘 곁에만 있으면 언제나 안심이 됐다.

"당신들은 나를 죽일 수 없소."

미가엘은 에밀리에게서 한치도 떨어지지 않고 잡은 손에 더욱 힘을 주며 말했다.

"하늘이 나를 다시 부를 준비를 끝내기 전에는 당신들이 무슨 짓을 해도 나를 죽일 수 없을 거요."

불행히도 미가엘은 찰스가 옆에 서 있다는 사실을 모르고 있었다. 입가에 싱글싱글 웃음을 흘리면서 찰스는 총을 들어올리고 방아쇠를 당겼다.

에밀리는 다른 생각은 아무것도 하지 않았다. 미가엘이 없는 행성에 혼자 남고 싶지 않다는 생각뿐. 그가 이 지구를 떠난다면 그녀 또한 따를 것이다. 어디에서 끝을 맞이하든지, 두 사람은 이후에는 오래도록 함께 있으리라.

에밀리는 자신에게 생명이 있다는 사실을 모르는 사람처럼 미가엘에게로 뛰어들어 그를 감싸 안았다. 총알 하나가 에밀리의 심장을 향해 날아왔다.

에필로그 1

미가엘은 천사장 미가엘 앞에 서 있었다. 천사장 미가엘의 당당한 위풍은 위협적이기까지 했다. 그는 역사에 기록된 모든 전쟁을 관장하는 천사로서 군인 신분이었다. 아름다우면서도 위엄 있는 모습은 그와 이름이 같은 또 한 미가엘에게 두려움을 주기에도 충분했다.

"나는 너에게 임무를 줘서 보냈다."

천사장은 귀족적인 콧날 아래로 미가엘을 내려다보며 말했다.

미가엘은 평소 이 명성 높은 천사장을 만나보는 게 소원이었지만, 지금 이 순간 그의 모습에 두려워 떨고 있는 자신이 한심스럽기까지 했다.

"네, 그렇지만 저는 임무를 수행하지 못했습니다. 실패를 인정합니다. 용서해주십시오."

천사장은 수천 년의 나이를 먹은 친구 가브리엘을 쳐다보았다. 가브리엘은 한때 지구를 통치하기도 했지만, 이미 오래 전에 젊은 천사장 미가엘에게 그 임무를 넘겨주었다.

"당장 여기서 나가거라!"

그러나 미가엘은 움직이지 않았다.

"뭐하고 있나?"

천사장은 짙은 눈썹을 찡그리며 단호하게 말했다.

"에밀리와 함께 있고 싶습니다."

미가엘은 용기를 내려고 안간힘을 썼지만 말이 자꾸만 목에 걸렸다.

"그렇다면 다음 수백 년간 함께 있게 해주지."

"싫습니다! 지금 여기, 이 생에서 같이 있고 싶습니다. 지구에서, 인간의 모습으로 말입니다!"

천사장은 미가엘을 꿰뚫을 듯 응시했다. 천사장의 눈빛에서 나오는 불꽃에 영혼이 불붙는 것 같았다.

"하지만 지상에서의 그녀 육체는 이미 죽었다."

미가엘은 숨을 들이 삼키며 대답했다.

"되살릴 수 있습니다."

"그건 신만이 할 수 있는 일이지."

천사장 미가엘은 호기심 어린 눈으로 미가엘을 쳐다보았다.

"그러면 제가 신에게 부탁하겠습니다."

미가엘이 고집스럽게 대답했다.

"하지만 그런 부활에는 이유가 있어야 해."

뒤에 서 있던 가브리엘이 참견을 했다.

미가엘은 자신이 가지고 있는 모든 용기를 그러모아서 말했다.

"그녀를 다시 살려내고, 그녀와 함께 있을 수 있다면 그 무슨 일이라도 하겠습니다."

천사장들은 굳이 애쓰지 않고도 미가엘처럼 낮은 계급의 영혼을 쉽게 읽을 수 있었다.

"지금 무슨 말을 하고 있는지 알기나 해?"

"네, 압니다. 제가 지금 무슨 말을 하고 있는지 정확히 알고 있습니다."

미가엘은 힘주어 말했다. 두려움은 이미 사라지고 없었다.

"그녀를 위해 천사를 포기하겠다는 말인가? 그녀를 위해 천국을 포기해?"

"네, 그러겠습니다. 그녀는 저를 위해서 목숨을 포기했습니다. 저는 그녀를 위해서 모든 걸 포기할 수 있습니다."

미가엘은 망설임 없이 대답했다.

천사장 미가엘은 한 손을 저으며 그의 말을 저지했다.

"하지만 그녀는 지금 더 나은 생으로 가고 있다. 비록 짧은 생이었지만 이승에서도 아주 잘 살았고. 그러니 후세에는 훨씬 좋은 생을 부여받게 될 거다."

"저는 바로 지금, 그녀와 같이 있고 싶고…… 그리고 이 다음의 모든 생까지요. 그러기 위해서 천국을 포기할 수 있습니다."

미가엘은 말하고 나서 떨리는 몸을 진정시키려고 갖은 애를 썼다.

천사장 미가엘은 한동안 그를 쳐다보았다.

"그렇게 하면 넌 인간 삶의 끔찍한 일들을 모두 겪어야 한다. 고통과 슬픔과 비극, 그리고……."

"그리고 사랑이죠."

대답과 함께 용기가 솟았다.

"저는 그녀를 사랑합니다. 항상 그녀를 사랑해왔고 지금도 그걸 알 수 있습니다. 저는 수호천사로서는 적당치 않습니다. 에밀리에게만 많은 시간을 주고 다른 사람들에겐 그렇지 못했습니다. 그리고 에밀리가 다른 남자와 함께 있는 모습을 참을 수가 없어서 그녀의 삶을 조종하기까지 했습니다. 그렇게 간섭하고 조종하는 제가 어떻게 수호천사가 될 수 있겠습니까? 저는 그녀와 속세의 사랑을 나눴습니다. 에밀리를 사랑하는 제 마음에 신성함 같은 건 없습니다. 그 사랑은 아주 세속적이었지요.”

“아, 그렇다면…….”

천사장 미가엘은 여전히 굳은 얼굴로 말했다.

“하지만 만약 지금 천국을 포기하면 다시는 마음을 바꿀 수 없다는 걸 알아야 한다.”

잠시 주저했지만 다음 순간 미가엘의 얼굴에는 미소가 떠올랐다.

“예, 저는 마음을 바꾸지 않습니다. 수백 년 동안 그녀를 사랑해오면서 추호도 마음을 바꿀 생각은 없었습니다.”

“너는 천사였던 때의 기억을 전혀 할 수 없게 될 것이다. 그리고 인간 세상의 온갖 나쁜 일들로 괴롭게 될 거고.”

“알고 있습니다. 기꺼이 받겠습니다. 그녀에게 다시 생명을 주시겠습니까?”

“네가 결심했다면 그렇게 해주겠다. 다시 마음을 바꾸지는 않겠느냐?”

“바꾸지 않습니다.”

“그렇다면…… 그렇게 해라.”

천사장은 그렇게 말하고 미가엘의 말대로 해주었다.

“다 끝냈어.”
“정말이에요? 더 고쳐 쓸 것도 없어요?”
에밀리는 8주 된 아들을 무릎에 앉히고 단추를 채우면서 말했다.
“없어. 아기는 이리 줘. 당신 옷 갈아입을 동안 내가 안고 있을게.”
“왜 옷을 갈아입어요?”
“외식하게. 저녁 먹으면서 자축하자구. 한 남자가 책 한 권을 탈고하는 게 흔한 일은 아니잖아?”
“서른일곱 살의 남자가 자서전을 쓰는 것도 흔한 일은 아니죠.”
“우리들의 자서전이야.”
그는 아기를 받아 입을 맞추고 가슴에 꼭 끌어안았다.
“당신 자서전이잖아요.”
에밀리는 오래된 저택의 계단을 오르면서 얼굴 가득 웃음을 머금었다.

지난 2년간의 생활을 떠올렸다. 미가엘을 어떻게 해서 만나게 됐는지, 그가 왜 자신에 관한 걸 기억 못했는지, 그런 그의 기억을 찾아내기 위해 둘이서 어떤 일들을 했는지……. 지명 수배가 내린 범인으로 잘못 알고 FBI가 그를 추적하던 때, 누군가가 에밀리를 죽이려고 한다는 사실을 알게 된 이후…….

잠시 걸음을 멈추고 남편의 검은 머리칼을 내려다보았다. 아기를 안고 부드럽게 흔들어주면서 아기가 가장 좋아하는 에냐의 음반을 듣고 있는 모습.

에밀리는 다시 생각했다. 미가엘이 그 악당들로부터 그녀를 구해주었고……, 악당들은 미가엘의 오토바이를 타고 달아나다가 산 아래로 굴러 떨어졌다. 세 남자와 한 여자는 그 자리에서 즉사했다.

에밀리의 약혼자인 도널드 스튜어트가 그 음모에 연루되었다는 사실이 드러났을 때, 그는 온갖 비난을 받고 해고되었다. 그 후 이름도 잘 모르는 어느 작은 마을의 기상 방송국에서 일하고 있다는 얘기를 들었다.

에밀리는 매디슨 저택을 상속받고 미가엘과 결혼했다. 그들은 함장의 재산 중 일부를 사용해 낡은 집을 산뜻하게 고치고 아이들의 영롱한 웃음으로 집안을 가득 채우고자 했다.

참 이상해. 그렇게 불행해 보이던 시작이 어떻게 그토록 좋은 결과를 보게 되었는지……. 가끔 그녀는 생각했다. 남자들이 에밀리와 미가엘에게 총을 겨누었던 그날, 둘 중 한 사람이 거기서 빠져 나올 수 없었다면 삶은 어떻게 달라져 있을까.

"하지만 우린 살아났어."

소리내어 말 한 뒤, 에밀리는 다시 계단을 올랐다.

"신과 하늘의 모든 천사들에게 감사드리고 싶어."

에밀리는 잠시 멈춰 서서 엄청나게 큰 스테인드글라스 창문을 올려다보았다. 창문은 집 꼭대기에서 시작해 일층까지 이어져 있었다. 원래 있던 창문은 수년 전에 박살나고 임시로 판자를 둘러댄 상태였는데, 집을 상속받아 들어왔을 때 미가엘이 말했다.

"천사장 미가엘을 그려놓자."

"그럼 창문 만드는 사람한테 보여줄 사진이라도 갖고 있어요?"

에밀리가 짓궂게 물었다.

"아니, 사진은 없지만…… 이상하게도 그 모습을 뚜렷이 알고 있거든."

그래서 지금 창문에는 거의 4미터에 가까운 한 남자가 그려져 있었다. 특출나게 잘생긴 얼굴에 검은색 갑옷을 입고 그 밑을 지나가는 사람들을 뚫어져라 쳐다보는 모습. 노려보는 것 같은 그 표정에서는 어떤 자비로움 같은 것도 느껴져서 에밀리는 그림 밑을 지날 때마다 살며시 미소를 짓곤 했다.

"당신에게도 감사드려요."

그녀는 그림 속의 천사장에게 속삭이면서도 감사드리는 이유는 알지 못했다. 총을 든 남자들에게서 두 사람을 구해낸 일과, 천사장 미가엘 같은 가공 인물간에 무슨 관계라도 있었단 말인가?

대답을 구하지 못하고 에밀리는 어깨를 으쓱했다. 위층 침실로 들어가 옷장 문을 열었다.

"그런데 함장님, 오늘밤에 저는 뭘 입죠?"

그 집에 자주 출몰한다는 유령에게 들으라는 듯, 에밀리는 큰 소리로 말했다. 하지만 그녀와 미가엘은 그런 말을 아예 믿지도 않았거니와 유령의 증거를 본 적은 더더군다나 없었다.

아직도 살이 빠지지 않아 볼록한 배를 내려다보며 에밀리는 얼굴을 찡그렸다.

"빨리요, 함장님. 불쌍히 여겨주세요. 아이 낳고 뱃살도 안 빠진 여자가 남편을 유혹하려면 어떤 옷을 입어야 하는 거죠? 도와줘요.”

혼자 웃어가면서 그녀는 장난스럽게 말했다. 그러나 다음 순간, 옷장 꼭대기에서 무슨 소린가가 들렸다.

“또 다람쥐는 아니겠지.”

그녀는 천장을 올려다보며 중얼거렸다. 불을 켜는 순간, 너무 놀라 뒤로 넘어질 뻔했다. 천장이 아래로 떨어져 내리고 있는 것처럼 보였다.

흰개미들인가? 판자 같은 게 요란한 소리를 내며 바닥으로 떨어지자, 그녀는 머리를 수그리며 몸을 피했다. 그러나 이미 무엇인가가 머리 위로 내려앉는 느낌이었다. 매끈매끈하면서 차가운 뭔가가 만져졌다.

먼지가 가라앉자, 에밀리는 손을 내리고 들여다보았다. 에메랄드 목걸이가 손에 쥐여 있었다. 해적들의 전리품처럼 몸 여기저기에 보석이 아무렇게나 걸쳐져 있었다.

“오, 이런……”

빛을 발하며 반짝거리는 보석들을 쳐다보면서 에밀리는 어리둥절할 뿐이었다.

“무슨 일이야?”

미가엘이 아기를 품에 끌어안고 계단을 뛰어올라오면서 소리쳤다.

“괜찮은 거야? 지붕이 꺼지는 소리가 들렸다구!”

에밀리는 천천히 남편에게로 몸을 돌려 손을 펴 보였다.

“우리가 고조할머니의 보석을 찾아낸 것 같아요.”

“세상에, 이런 일이……”

미가엘은 노란빛을 띠는 다이아몬드 팔찌를 집어 들었다. 그의 표정이 뭔가 알 것 같다는 듯 환해졌다.

“당신이 그렇게 한 거로군요. 고맙습니다, 어르신.”

그는 방 한쪽 구석을 뚫어져라 쳐다보면서 말했다. 그 말끝에 어디선가 애정 어린 웃음소리가 들렸다.

“나갑시다, 여보.”

손을 잡고 계단을 내려가는 세 사람 뒤를 밝은 웃음소리가 따라 내려 갔다.

가브리엘은 천사장 미가엘에게 물었다.

“왜 그를 지구로 보냈나?”

“미가엘은 수세기 동안이나 에밀리와 사랑에 빠져 있었습니다. 이런 일은 이따금 일어나는 일이기는 하지만 미가엘의 경우에는 부정적인 방 법으로 방해하는 일을 했습니다. 에밀리는 착한 심성을 가지고 있었지 만, 문제가 많은 남자에게 빠져들고 있었어요. 지난 두 삶 동안, 에밀리 가 자기를 발바닥의 먼지 정도로밖에 여기지 않는 남자와 결혼하는 것 을 보다 못해 미가엘이 그 동안의 관행을 깨고 그 결혼을 방해했던 겁 니다.”

“잘한 일 아닌가?”

가브리엘은 그 대답을 이미 알고 있으면서도 장난기로 눈을 반짝이며 물었다. 천사장 미가엘 같은 영예로운 군인이 전쟁과 평화에 관계된 일 이외의 다른 일로 신경 쓰는 걸 보면 가브리엘은 항상 즐거웠다.

“에밀리가 다른 남자와 결혼하는 걸 견디지 못해 두 번의 생애를 처 녀로 살다 죽게 한 건 잘한 일이 아니었지요. 아이도 가져보지 못하고, 식구들에게는 부담스런 존재로…… 슬프고 외로운 삶이었지요. 하지만 그게 에밀리의 원래 운명은 아니었습니다.”

“그러니까, 미가엘이 사랑하는 여인과 함께 있을 것인지 아닌지 마음 을 정하라고 지구로 내려보냈단 말인가?”

“바로 그겁니다.”

“그래서 미가엘이 자네가 바라던 대로 했나?”

“아, 네, 그랬습니다. 나를 아주 기쁘게 해줬지요. 두 사람은 아주 착한 사람들이고 그만큼 착한 아이들을 키워내게 될 겁니다. 그들에게서 사랑과 선의 빛이 나와 사방으로 퍼져 나갈 거라고 생각해요. 그렇게 되면 언제라도 필요한 곳에 사랑과 선을 쓸 수 있게 되지요.”

“그러면 이제 우리 젊은 친구 미가엘의 계급이 내려가는 건가?”

천사장 미가엘은 오랜 세월 같이 지낸 동료의 장난기 어린 얼굴을 보고서 소리 없이 웃었다. 아무리 위협적인 표정을 지어도 결코 가브리엘을 놀라게 할 수는 없고 속일 수는 더더욱 없었다. 내내 신과 같이 움직이는 가브리엘로서는 미가엘이 부드럽고 향기로운 마음씨를 가지고 있다는 사실을 익히 알고 있기 때문이었다.

“아뇨, 그렇게는 안 합니다.”

천사장 미가엘은 중동 지역 일이 어떻게 돼가는지 살피려고 몸을 굽히면서 다시 한 번 중얼거렸다.

“그렇게 안 하고말고요. 절대 안 합니다.”

주드 데브루

장미의 복수는 죽음보다 아름답다

장미의 영혼 Twin of Ice

어머니조차 구별해 내지 못하는 일란성 쌍둥이 휴스턴과 블레어.
두 여인을 둘러싸고 펼쳐지는 훈훈한 웃음과 음모, 복수, 그리고 사랑.
죽음보다 아름다운 장미의 복수를 조심하십시오. 책을 펼치는 순간 단 한 번의 입맞춤으로 당신의 일생이 바뀔 수 있습니다.

환상 속에서 빛을 잃은 사랑의 아름다움

우연한 결혼 Counterfeit Lady

미국의 부호, 클레어는 죽은 형수를 닮은 비앙카를 납치해 신부로 맞을 계획을 세우지만, 정작 납치해 온 여자는 하녀 니콜. 클레어가 부자라는 소문에 당장 미국으로 달려오는 탐욕스런 비앙카. 하지만 클레어는 형수의 환상에서 과감히 벗어나 착하고 아름다운 니콜과 결혼하려 한다. 한데 뜻밖의 일이 터진다.

일란성 쌍둥이가 보여 주는 사랑 방정식

장미의 계절 Twin of Fire

<장미의 영혼>에 이은 주드 데브루의 또 다른 화제작.
일란성 쌍둥이 자매 휴스턴과 블레어.
정열의 화신 블레어가 펼치는
가슴 짜릿하고 통쾌한 사랑게임!
일과 사랑, 그 어느 것도 놓칠 수 없는 급박한 상황에서 그녀만이 풀어 내는 사랑의 방정식은 과연?

리버풀 항구에서 벌어지는 사랑 게임

금지된 결혼 Lost Lady

자신의 유산을 둘러싸고 벌어지는 정략 결혼에 환멸을 느끼고 집을 뛰쳐나온 리건. 갈 곳 없는 리건은 리버풀 항구에서 만난 미국 남자, 트래비스를 따라 낯선 땅 미국으로 간다. 혼자 무엇을 할 수 있는지 확인하기 위해 트래비스에게 벗어나 머나먼 길을 떠나는 리건.
그리고 그후……

사랑은 가슴 저린 슬픔에서 피어나는가
아리아를 위하여 The Princess

제2차 세계대전 당시 미국을 방문한 랑코니아의 아리아 공주는 정체불명의 사내들에게 납치된다. 미국 해군 대위 몽고메리는 아리아 공주의 생명을 구하지만, 그녀의 비인간적인 모습과 오만함에 치를 떤다. 가짜 공주의 등장으로 일은 더욱 꼬이게 되어, 몽고메리와 아리아는 정략 결혼을 치르는데……

사랑한다는 말은 부끄러운 게 아니랍니다
세 가지 소원 Wishes

오로지 가족의 행복만을 위해 헌신하는 뚱뚱한 노처녀, 넬리. 제이스는 아무도 거들떠보지 않는 넬리에게 형언할 수 없는 편안함을 느끼며 연모의 정을 품는다. 하지만 제이스가 대단한 재력가임을 알게 된 넬리의 여동생은 질투심에 불타 사사건건 두 사람의 사랑을 방해하고 나서는데……

어느 날 갑자기 다가온 사랑의 열병
잃어버린 약속 Maiden

영국인 어머니의 핏줄이 흐르고 있는 랑코니아의 왕위 계승자, 로완. 뜨거운 열정으로 조국에 발을 들여놓는 순간, 여성 친위대의 쥬라와 운명적인 만남을 갖는다. 하지만 로완의 신분이 드러나면서 쥬라는 놀라움을 금치 못한다. 그는 쥬라가 혐오하는 영국인 혼혈아였다. 결국 쥬라는 억지로 로완과 결혼하지만……

시공을 넘나드는 사랑의 위대함
영원보다 긴 사랑 A Knight in Shining Armor

애인에게 버림받아 어느 교회 안의 무덤에서 울고 있는 더글리스 몽고메리. 그에 응답하듯 나타난 눈부신 갑옷을 입은 기사, 니콜라스 백작. 그는 16세기 사람이었다. 두 사람은 서로 운명의 상대임을 깨닫는다. 하지만 시간의 고리가 얼마나 강한지, 그 앞에 놓인 대모험이 어느 정도인지 감히 상상도 못 하는데……

내 삶에 깃들인 따스한 봄날 같은 사랑
그대가 있는 세상 The Taming

리아나는 새어머니의 강력한 요구 때문에 어쩔 수 없이 결혼을 서두르는데, 그때 사랑의 여신도 질투할 만큼 멋진 로건 페레그린이 나타난다. 첫눈에 사랑에 빠진 리아나는 결혼을 결심하고, 전쟁과 복수밖에 모르는 페레그린 역시 오직 돈을 위해 결혼을 결심한다. 결혼 후 리아나가 얻은 건 남편의 냉대뿐……

거부할 수 없는 운명이 만들어낸 사랑
귀여운 신부 Eternity

결혼에 실패한 아픔에서 헤어나지 못하는 연극배우 조수아. 그를 사랑하는 캐리는 초라한 조수아의 오막살이집을 찾아가 하루 만에 그 집을 안락한 가정으로 바꿔 놓지만, 조수아는 또다시 사랑의 상처를 받을까 두려워 마음을 닫는다. 우여곡절 끝에 안정을 찾은 그들 앞에 조수아의 첫번째 아내가 나타나는데……

로키산맥에 울려 퍼진 사랑의 하모니

뮤즈의 연인 Mountain Laurel

황량한 광산촌. 누군가에 의해 납치된 동생을 찾기 위해, 매디는 그곳을 돌며 노래를 한다. 그녀를 호위하겠다고 나타난 링 몽고메리 대위는 매디를 무작정 동부로 돌려보낼 생각으로 거칠게만 군다. 그런 두 사람 사이에 아름다운 사랑이 싹튼다. 마침내 동생을 찾고, 매디는 제자리도 돌아가야 하는데…….

히스와 백파이프가 어우러진 사랑 수채화

밤의 이방인 The Duchess

헤더 벌판을 가로지르는 바람소리와 들녘을 깨우는 백파이프 소리. 스코틀랜드에 대한 환상 속에서 공작 부인을 꿈꾸는 클레어에게 약혼자의 형, 트리벨리언이 나타난다. 둘 사이에 은밀한 사랑의 감정이 싹트면서 상상도 못할 일들이 벌어진다. 트리벨리언은 다름 아닌 탐험왕 캡틴 베이커였다!

천년을 드리운 화사한 그림자, 그것은 사랑

내 마음의 도둑 The Awakening

호프가 한가로이 익어가는 콜덴 농장. 어느 여름날, 노동조합을 조직하기 위해 찾아온 정열적인 남자, 행크 몽고메리. 시간표를 따라 규칙적으로 흘러가던 아만다의 삶에 일렁이는 격정과 혼란의 물결. 호사스런 요리와 달빛 아래의 댄스 파티 그리고 도둑맞은 키스 아만다는 행크를 향해 사랑의 꽃을 피우는데…….

달콤한 사랑 이야기 모음집 제1탄

사랑의 기적 A Holiday of Love

<사랑의 기적>은 각박한 현대 사회에 꿈 같은 이야기를 전함으로써 삶의 숭고한 의미를 되찾는 가슴 훈훈한 작품이다. 꿈과 희망은 이 시대에 없어서는 안 될 소중한 보물이다. 그 소중한 보물을 가슴에 간직하고 살아간다면 우리는 언제 어디서나 '사랑의 기적'을 이룰 수 있으리라.

달콤한 사랑 이야기 모음집 제2탄

사랑의 노래 A Gift of Love

우리의 사랑 노래가 이 세상 끝까지 울려 퍼진다면 얼마나 좋을까. <뉴욕 타임즈>가 베스트셀러로 선정한 로맨스 소설의 선두주자인 주디스 맥노트와 주드 데브루를 비롯해 사랑의 노래를 부르는 작가들과 함께 마법의 세계로 여행을 떠나자. 저 깊은 곳에 자리한 신비로운 사랑을 느껴 보자.

**계속해서 주드 데브루의
신간을 발간할 예정입니다.**

천국의 사계

안나 터틀 빌리가스 지음 / 서율택 옮김

에밀리 디킨슨의 시를 따라 잔잔하게 사랑을 일구는 두 사람.
거기에는 여느 책에서 보지 못했던 진지한 사랑의 세계가 있다.
사랑은 단순히 삶의 단면이 아니라
삶 자체에 대한 은유가 될 수 있다는 가능성.
'낙원이 우리를 피해간 건 실낙원(失樂園)의
고통을 덜어주기 위한 방어조치가 아니었을까' 하는
주인공의 독백은 원숙한 사랑을 경험한 자만이 경험할 수 있는,
마지막 책장을 넘기기 전까지는 결코 실감할 수 없는 표현이 되리라.

—— 소설가 **김국태** ('추천의 글' 중에서)

안나 터틀 빌리가스 *Anna Tuttle Villegas*

스탠퍼드 대학에서 문학을 전공한 안나 터틀 빌리가스는
지난 **22**년간 시와 단편소설, 에세이를 발표해 오다
1997년 첫 장편소설 『천국의 사계』를 발표했다.
두 번째 장편인 『Swimming Lessons』이 곧 발간될 예정이며,
현재 캘리포니아 센트럴 벨리에서 작문과 문학을 가르치고 있다.

JOY AND ANGER

제니퍼 블레이크 / 장은영 옮김

할리우드를 무대로 펼쳐지는 음모와 사랑, 그리고 배신

영화 촬영을 위해 루이지애나 늪지를 찾는 줄리.
베일에 싸인 수수께끼 같은 남자, 레이.

촬영장에 드리워진 어둠의 그림자는
수많은 사람들의 안전을 위협한다.
꼬리에 꼬리를 물고 일어나는 미궁의 사건들.
급기야는 영화를 포기해야 하는 상황에 처하는데……

스턴트맨을 자청하고 나서는 레이의 속셈은?

제니퍼 블레이크 *Jennifer Blake*

로맨스와 추리를 절묘하게 조화시켜 이야기를 한층 흥미진진하게
그려 나가는 솜씨가 탁월한 제니퍼 블레이크는
미국 로맨스 작가협회의 Golden Treasure Award를 수상하는 등,
수많은 영광의 주인공이 되었다. 1977년 『Love's Wild Desire』가
베스트셀러에 오른 후 지금까지 50여 권의 소설을 발표했다.